길고
빛나는
강

고 나는 강 길고 빛나는 강

LONG BRIGHT RIVER

리즈 무어 Liz Moore 장편소설 | 이나경 옮김

황금시간

M.A.C.에게 바칩니다.

길게 늘어선 상업 지구 거리와 으리으리한 저택들, 그리고 아름다운 주택들이 자리 잡은 오늘날의 켄징턴에 대해 우리가 모르는 어떤 이야기를 할 수 있을까? 차분한 델라웨어주 한가운데 자리한 도시 안의 도시. 사업체가 넘칠 만치 가득하고, 공장이 하도 많아 그 연기에 가려 하늘이 보이지 않는 곳. 그 넓은 곳 구석구석에서 윙윙거리는 산업의 소리가 들려온다. 행복하고 만족한 사람들은 풍요의 땅에서 풍요를 즐긴다. 용감한 남자들, 아름다운 여자들, 부모가 세상을 떠나면 그 일을 물려받을 믿음직한 젊은 세대가 사는 곳. 경배하라, 켄징턴이여! 미 대륙의 자랑이요, 델라웨어의 영광이어라.

_《켄징턴, 도시 안의 도시Kensington: a City Within a City》(1891)

그 작은 섬에 혼란이 있는가?
부서진 것은 그렇게 두라
신들은 화해하기 어렵나니
다시 한번 질서를 마련하기가 어렵구나
죽음보다 더한 혼란이 실제로 존재하나니
고생 위에 고생이, 고통 위에 고통이
늙은이의 가쁜 숨엔 긴 노동이
숱한 전쟁에 지친 가슴과 길잡이 별을 바라보느라
침침해진 눈에는 쓰라린 과업이 주어진다

하지만 아마란스와 몰리의 꽃밭에 누워 있으니
어둡고 성스러운 하늘 아래
반쯤 감은 눈으로
자줏빛 산에서 도도히
물을 흘려보내는 길고 빛나는 강을 바라보고
무성한 포도 덩굴 사이에 난 동굴에서 동굴로
부르는 이슬 머금은 메아리 소리를 듣고
에메랄드빛 폭포가 신들의 것처럼 아름다운
숱한 아칸서스 화환 사이로 떨어지는 모습을 보자니
얼마나 달콤한가(낮게 부는 따뜻한 바람이 자장가를 부르니)!
저 멀리 빛나는 바다의 소리를 듣고, 그 모습을 보는 것만이
소나무 아래 누워 그 소리를 듣는 것만이 달콤하련만
_앨프리드 테니슨, 〈연蓮을 먹는 사람들〉

■ 일러두기
각주는 옮긴이 주다.

LIST

명부

숀 조지건, 킴벌리 거머, 킴벌리 브루어, 킴벌리 브루어의 어머니와 삼촌, 브릿앤 코노버, 제러미 해스킬, 디파올란토니오 형제 중 둘, 척 비어스, 모린 하워드, 케일리 자넬라, 크리스 카터와 존 마크스(같은 약으로, 하루 차이로), 성이 도무지 기억나지 않는 칼로, 테일러 보스의 남자 친구 그리고 1년 뒤 테일러 보스, 피트 스톡턴, 우리 예전 이웃의 손녀 헤일리 드리스컬, 셰이나 피트루스키, 두니 제이컵스와 그의 어머니, 멀리사 길, 메건 모로, 메건 해노버, 베건 크리스홈, 메건 그린, 행크 챔블리스, 팀과 폴 플로러스, 로비 시먼스, 리키 토드, 브라이언 올드리치, 마이크 애시먼, 셰럴 소콜, 샌드라 브로치, 켄 라워리와 크리스 라워리, 리사 모랄레스, 메리 브리지스와 그녀의 동갑내기 친구이자 조카딸인 메리 린치, 짐, 마이키 휴스의 아버지와 숙부, 우리가 거의 만나보지 못한 할아버지의 형제 두 분, 우리를 가르치신 폴스 선생님, 데이비스 병장, 우리 사촌 트레이시, 우리 사촌 섀넌, 우리 아버지, 우리 어머니.

NOW

지금

+++

거니스트리트 선로에서 시신이 발견됐다. 여성이며 연령 미상, 사인은 약물 과용 같다고 종합상황실에서 전한다.

케이시일 거다. 내게는 여자의 시신이 발견됐다는 보고가 있을 때마다 뇌 기저에 똑같은 메시지를 보내오는 장치가 있다. 경련이나 반사 반응이 일어날 때처럼 말이다. 그런 뒤에야 이성적인 판단력이 책임감 있고 무뚝뚝한 군인같이 나타나 확률과 통계를 상기시켜준다. 작년에 켄징턴에서 약물 과용으로 목숨을 잃은 사람이 900명이었고, 그중 케이시는 없었다고. 그 군인은 전문가다운 태도를 잊었느냐고 나를 나무라기도 한다. 어깨를 펴. 미소를 짓고. 편안한 표정으로. 눈썹 찡그리지 말고. 턱 당기고. 일에 집중해.

나는 래퍼티에게 종일 무전 받는 연습을 시켰다. 그를 향해 고개를 끄덕이자, 그가 목청을 가다듬고 입가를 닦는다. 긴장한 표정이다.

— 2613. 그가 말한다.

우리 차량 번호다. 정답.

상황실에서 계속 무전이 들어온다. 신고자는 익명이다. 전화는 켄징턴애비뉴에 아직 남아 있는 서너 개의 공중전화 중 하나에서 걸려온 것이다. 내가 알기로는, 작동하는 공중전화는 한 대뿐이다.

래퍼티가 날 본다. 나도 마주 본다. 손짓한다. '더. 질문을 더 하세요.'

— 알겠습니다. 래퍼티가 무전기에 대고 말한다. 오버.

오답. 나는 무전기를 입에 갖다 댄다. 분명하게 말한다.

— 현장에 다른 정보는? 내가 말한다.

무전을 마친 뒤, 래퍼티에게 상황실에 직설적으로 말하는 걸 두려워하지 말고─신참 경관들은 영화나 텔레비전에서 배운 형식적인 말투를 쓰는 습관이 있다─세세한 내용은 최대한 빼라고 알려준다.

하지만 이번에도 내가 말을 마치기 전에 래퍼티가 말한다. 알겠습니다, 라고.

나는 그를 본다. 좋아요, 라고 말한다. 기쁘다.

만난 지 겨우 한 시간밖에 안 됐지만 어떤 사람인지 알 것 같다. 말하기 좋아하고─그가 나에 대해 알게 될 모든 것보다 더 많은 그에 대한 것들을 이미 알게 됐다─허세가 있다. 야심가다. 다시 말해, 가짜다. 가난하다, 약하다, 멍청하다, 같은 소리를 듣는 게 겁이 나서 자신의 결함을 인정하지 않는 사람이다. 하지만 나는 내가 가난하다는 걸 잘 안다. 사이먼의 수표가 들어오지 않고 있으니 지금은 더욱 가난하다. 나는 나약한가? 어떤 면에서는 그럴 수 있다. 고집 세고, 완고하고, 도움을 받아야 할 상황에서도 그러기를 꺼린다. 신체적으로 두려움이 많다. 친구를 위해 총구 앞에 몸을 던지거나, 도망치는 범인을 잡으려고 차도로 뛰어들 경찰은 아니다. 가난하다. 나약하다. 멍청하진 않다. 나는 멍청하지 않다.

오늘 아침에 지각했다. 또. 부끄럽지만 한 달 동안 벌써 세 번째다. 지각하는 사람을 그토록 혐오하면서도. 좋은 경찰관은 최소한 시간은 잘 지킨다. 벽에서 벗겨져가고 있는 정책 포스터 외에는 가구 하나 없이 우중충하고 그저 전등 불빛만 밝은 휴게실에 들어서자, 에이헌 경사가 팔짱을 낀 채 나를 기다리고 있었다.

─피츠패트릭, 잘 왔네. 래퍼티와 함께 2613번을 타게.

— 래퍼티가 누구죠. 나는 그렇게 말하고 후회했다. 웃길 생각은 없었다. 구석에 있던 셰보스키가 크게 한 번 웃었다.

에이헌이 말했다. 래퍼티다. 손가락으로 가리키면서.

거기에 에디 래퍼티가 있었다. 지구 순찰 둘째 날이었다. 그는 건너편에서 자신의 빈 근무 일지를 들여다보고 있었다. 조심스러운 눈초리로 나를 흘낏 보았다. 그러더니 방금 닦아 반짝반짝 빛이 나는 구두에 뭐가 묻어 있다는 양 허리를 숙였다. 그는 입을 꾹 다물었다. 낮게 휘파람을 불었다. 그때 나는 그가 좀 불쌍하다고 느꼈다.

그러더니 래퍼티는 내 옆에 앉았다.

만난 지 한 시간 만에 에디 래퍼티에 대해 알게 된 사실: 나이는 마흔셋, 나보다 열한 살 많다. 필라델피아 경찰에 늦깎이로 들어왔다. 작년까지 건설 관련 일을 하다가 경찰 임용 시험을 봤다. (허리 때문에요, 에디 래퍼티가 말한다. 아직도 가끔 안 좋아요. 아무한테도 말하지 마세요.) 그는 현장 훈련을 마친 직후였다. 전처가 셋, 성인이 다 된 자녀가 셋이다. 포코노스에 집이 있다. 웨이트트레이닝을 한다. (체육관에서 살죠, 라고 에디 래퍼티가 말한다.) 역류성 식도염이 있다. 가끔 변비에 시달린다. 남부 필라델피아에서 자랐고, 메이페어에 산다. 친구 여섯 명과 이글스[1] 시즌 티켓을 공유한다. 가장 최근에 이혼한 처는 20대다. (아마 그게 문제였겠죠, 그 여자가 철이 덜 들었다는 거.) 골프를 친다. 짐보와 제니라는 이름의 핏불테리어 잡종견을 키운다. 고등학교 때 야구를 했다. 우리 서의 경사 케빈 에이헌이 당시 그와 한 팀이었고, 경찰 일을 제안한 것도 에이헌

---

[1] 필라델피아를 연고지로 하는 미식축구 팀.

이었다. (이 점은 이해가 됐다.)

에디 래퍼티가 한 시간 동안 나에 대해 알게 된 사실: 나는 피스타치오 아이스크림을 좋아한다.

오전 내내, 에디 래퍼티가 말을 그치는 짧은 순간을 이용해서 주변 지역에 관해 알아야 할 기본적인 것들을 그에게 주입하려고 노력했다.

켄징턴은 미국 기준으로 오래된 도시인 필라델피아의 한 구역이다. 이곳은 1730년대, 영국인 앤서니 파머가 작은 땅을 얻은 뒤 당시 영국 왕족이 선호하던 주거지의 이름을 따 붙이면서 세워졌다. (어쩌면 파머도 가짜였을 것이다. 좀 더 호의적으로 말하면 낙관론자이거나.) 현재 켄징턴 동쪽 끝은 델라웨어강에서 1.5킬로미터 떨어져 있지만 초기에는 강과 닿아 있었다. 자연스레 초기 산업은 조선업과 어업이 주류를 이루었으나, 19세기 중반부터 제조업 중심지로서의 긴 역사가 새로이 시작되었다. 전성기의 켄징턴은 철강, 제철, 섬유 그리고—적절하게도—제약업을 자랑했다. 하지만 1세기 뒤 미국 내 공장 수가 크게 줄자 켄징턴 역시 서서히, 그러다가 빠르게 경제적으로 쇠퇴했다. 많은 주민들이 일자리를 찾아 시내 혹은 시외로 떠났다. 나머지 사람들은 상황이 변할 거라는 충성심, 혹은 착각에 빠져 그곳에 남았다. 오늘날 켄징턴은 19세기와 20세기에 이주해 온 아일랜드계 미국인, 그리고 근래에 이주해 온 푸에르토리코와 여타 남미계 가족이 절반씩 섞여 있다. 그 밖에 아프리카계 미국인, 동아시아인, 카리브해 연안 국가 출신 등이 켄징턴 인구를 조금씩 소분한다.

현재 켄징턴은 두 개의 대동맥이 관통하고 있다. 도시 동쪽 끝으로 뻗으며 북쪽으로 나 있는 프런트스트리트와 그 프런트스트리트에서 시작해 북동쪽으로 향하는 켄징턴애비뉴가 그것인데, 켄징턴애비뉴는 사람에 따라서는 친근감이나 경멸을 담아 '앱'이라고 줄여 부르기도 한다. 마켓프랭크포드 고가 전차—혹은 '엘'이라고 부르는데, 별명이 '필리'인 도시에서 시의 인프라 명칭을 모두 줄여 부르는 건 당연한 일이기 때문이다—는 프런트스트리트와 켄징턴애비뉴 바로 위를 지나간다. 다시 말해, 두 길 모두에 하루 종일 그늘이 드리운다는 뜻이다. 10미터 간격으로 파란 강철 기둥이 떠받치고 있어서, 철로는 거대하고 위협적인 애벌레가 공중에 떠 있는 모습을 연상케 한다. 켄징턴에서 일어나는 대부분의 (약물, 성) '매매'는 이 두 거리로부터 시작되어 그 두 거리를 가로지르는 작은 골목길이나 빈 건물에서 끝이 난다. 중심가에는 네일숍, 포장 음식점, 휴대전화 가게, 편의점, 잡화점, 전자 제품 판매점, 전당포, 무료 급식소와 기타 자선단체, 바 등이 있다. 상점의 3분의 1은 문을 닫은 채다.

하지만 지금 왼편에 보이는, 옛 공장을 철거하고 비어 있던 공터에 새로 짓는 콘도처럼, 이 지역은 되살아나고 있다. 여기서부터 내가 자란 피시타운까지 새로운 사업체나 술집들이 속속 생겨나고 있다. 새로운 젊은이들이 자리 잡는다. 진지하고, 부유하고, 순진하고, 잘 자란 사람들이다. 그래서 시장市長은 외양에 신경을 쓴다. 병력을 추가하라고, 그가 말한다. 병력을 더, 더, 더 투입하라고.

오늘은 비가 많이 온 탓에, 무전을 받을 때면 평소보다 느리게 운전한다. 지나치는 상점과 그 소유주에 대해 알려준다. 래퍼티가 알아둘 만한, 최근에 발생한 범죄를 설명한다.(래퍼티는 매번 고개를 절레절레 흔들면서 휘파람을 분다.) 평소와 마찬가지로 차창 너머에는 약물을 찾거나,

혹은 이미 그것을 투약한 사람들이 섞여 있다. 보도의 사람들 중 절반이, 다리에 힘이 빠져 서서히 무너져 내리고 있다. 저걸 두고 '켄징턴 자세'라고, 질 낮은 농담을 즐기는 이들은 일컫는다. 나는 그러지 않는다.

날씨 때문에 우산을 든 여자들도 있다. 겨울 모자와 두툼한 외투, 청바지 차림에 더러운 운동화를 신고 있다. 연령대는 10대부터 노인까지 다양하다. 대다수가 백인이지만, 중독에는 차별이 없다 보니 온갖 인종과 종교가 다 모인다. 여자들은 화장을 아예 하지 않거나 눈가에 새카만 아이라이너로 선만 그린다. 켄징턴애비뉴에서 일하는 여자들은 매춘부 같은 옷차림을 하지 않는다. 하지만 다들 안다. 표정만 봐도 안다. 지나가는 차와 남자를 빤히 보는 그 눈빛만으로도. 나는 그 여자들 대부분을 알고, 그들도 나를 안다.

— 제이미예요. 래퍼티에게 말한다. 저긴 어맨다. 그리고 로즈.

그 여자들을 알아두는 것도 그에게 필요한 훈련이다.

구역의 끝, 켄징턴과 케임브리아 교차로에서 폴라 멀로니가 눈에 들어온다. 오늘은 목발을 짚고 불쌍하게 비를 맞는 중이다. 우산을 들 수가 없으니까. 청 재킷이 빗물에 진청색으로 변한 것을 보니 마음이 무척 심란하다. 어서 실내로 들어가면 좋겠다.

재빨리 케이시를 찾는다. 케이시와 폴라는 주로 이 모퉁이에 있다. 이따금 둘이 싸우고 하나가 잠시 다른 곳에 가 있기도 하지만, 일주일 뒤면 언제 그랬냐는 듯 화해하고 어깨동무를 한 채 케이시는 담배를 물고 폴라는 물이나 주스나 맥주를 들고서 매우 즐거워하는 모습을 보이곤 한다.

오늘은 케이시가 보이지 않는다. 문득, 꽤 오래 모습을 보이지 않고 있다는 사실이 떠오른다.

폴라는 자기 쪽으로 다가오는 우리 차를 보더니 안에 누가 타고 있
는지 살핀다. 나는 운전대에서 두 손가락을 든다. 인사다. 폴라는 나와
래퍼티를 번갈아 보고는 하늘을 향해 고개를 살짝 든다.

— 폴라예요. 내가 래퍼티에게 말한다.

더 이야기할까 생각한다. 저랑 학교를 같이 다녔죠. 가족의 친구예
요. 동생 친구죠.

하지만 래퍼티는 벌써 다른 화제로 넘어갔다. 이번에는 1년째 속 쓰
림 때문에 괴롭다는 얘기다.

뭐라고 대답해야 할지 모르겠다.

— 늘 이렇게 말이 없어요? 그가 불쑥 묻는다. 내가 어떤 아이스크림
을 좋아하는지 묻고 난 뒤로 처음 던지는 질문이다.

— 그냥 피곤해서요.

— 나 전에 파트너가 많았어요? 래퍼티가 묻더니, 농담이었다는 듯
이 웃는다.

— 말을 잘못했네요, 미안해요. 그가 말한다.

적당한 시간 동안 나는 아무 말도 하지 않는다.

그리고 말한다. 한 명 있었어요.

— 같이 얼마나 일했어요?

— 10년이요.

— 그 사람은 어떻게 됐어요? 래퍼티가 묻는다.

— 지난봄에 무릎을 다쳤어요. 잠시 병가를 냈죠.

— 어떻게 다친 거예요? 래퍼티가 묻는다.

그가 왜 궁금해하는지 알 수 없다. 그럼에도 대답한다. 일하다가요.
트루먼이 모두에게 상황을 설명하고 싶어 한다면, 그가 직접 하면 된다.

— 애가 있어요? 남편은? 래퍼티가 묻는다.

그가 도로 자기 이야기나 했으면 좋겠다.

— 아이 하나요. 남편은 없어요.

— 오, 그래요? 몇 살이죠?

— 네 살이요. 다섯 살 다 돼가요.

— 귀여울 때로군. 래퍼티가 말한다. 그 시절이 그립네요.

상황실에서 알려준 선로 입구—오래전 누군가 울타리에 내놓은 구멍—에 차를 세운다. 우리가 의료 팀보다 먼저 현장에 도착했다.

래퍼티를 보며 가늠해본다. 문득 그에게 동정심이 든다. 앞으로 보게 될 장면 때문에. 그가 현장 훈련을 받은 23지구는 우리 구역 바로 옆이지만 범죄율은 이곳보다 훨씬 낮다. 게다가 도보 순찰이나 군중 통제 따위의 업무를 주로 했을 것이다. 이런 호출을 받아본 적이 있는지 모르겠다. 살면서 사체를 몇 구나 본 적 있느냐고 어떻게 물어야 할지 잘 모르겠어서, 두루뭉술하게 질문하기로 한다.

— 이런 일, 해봤어요? 내가 묻는다.

그는 고개를 젓는다. 아뇨.

— 자, 그럼 시작하죠. 내가 밝게 말한다.

달리 뭐라고 해야 할지 모르겠다. 충분히 준비를 시킬 방법이 없다.

+++

13년 전 내가 처음 경찰 일을 시작했을 때, 이런 일은 1년에 겨우 서너 번 있을 뿐이었다. 누군가 치사량의 약물을 투약했다거나, 사망한 지 너무 오래돼서 의료진은 필요 없다는 신고. '마약 투여 중'이라는 신고가 더 많았고 그나마 그런 사람들은 살릴 수 있었다. 그런데 요즘에는 이런 일이 자주 일어난다. 올해 발생한 것만 해도 시 전체에서 1,200건 가까이 되고, 그중 대다수가 우리 구역에서 일어났다. 대부분이 발견 시점 직전에 사망한 경우다. 그 밖에는 이미 부패하기 시작한 시신이다. 사망을 목격했지만 신고하고 싶지도, 진술하고 싶지도 않은 친구나 연인이 시신을 서투르게 감춰놓는 경우도 있다. 하나 그저 바깥에, 눈에 띄지 않는 곳에 버려져 있는 경우가 더 많다. 가족들이 먼저 찾는 경우도 있다, 아이들이. 혹은 우리가. 순찰 중이던 우리가, 누군가 쓰러져 있거나 엎드려 있는 모습을 발견하고 생체 신호를 확인하면 맥박이 뛰지 않는다. 만지면 차갑다. 여름에도.

울타리 구멍을 통과한 뒤, 래퍼티와 나는 작은 골짜기로 내려간다. 경찰이 된 뒤로 수십, 수백 번은 다닌 길이다. 이론적으로, 이 숲속은 우리 순찰 구역이다. 들어갈 때마다 무언가를, 혹은 누군가를 발견한다. 트루먼과 파트너였을 때는 늘 그가 먼저 들어갔다. 그가 선배였다. 오늘은 내가 먼저 들어간다. 고개를 숙이고 들어가지만 그런다고 덜 젖는 것은 아니다. 비가 그치지 않는다. 모자에 떨어지는 빗소리가 너무 커서 내 말소리조차 제대로 들리지 않는다. 진흙에 신발이 미끄러진다.

켄징턴 지역의 대부분이 그렇듯, 주로 '선로'라 불리는 리하이 고가는 목적을 상실한 지 오래다. 산업 전성기에는 화물차가 자주 다녔지만 지금은 쓰지 않아 잡초만 무성하다. 잡풀과 낙엽, 나뭇가지들이 바닥에 떨어진 주삿바늘과 비닐봉지를 덮고 있다. 작은 나무들이 사람의 움직임을 감춰준다. 최근에는 시와 콘레일사가 도로포장을 한다는 이야기가 있었지만 아직 실행에 옮겨지지는 않았다. 나는 회의적이다. 마약이 필요한 사람들과 켄징턴애비뉴에서 일하는 여자들과 그 '고객'들이 숨어드는 지금과 같은 장소가 아닌 다른 모습의 이곳을 상상할 수 없다. 도로를 포장해봤자 주변에 새로운 은신처들이 생겨날 것이다. 전에도 그랬다.

왼쪽에서 바스락 소리가 난다. 잡초 속에서 남자가 나온다. 유령처럼 낯선 모습이다. 옆구리에 양손을 붙이고 얼굴에서는 물을 뚝뚝 흘리면서 가만히 서 있다. 사실, 그가 우는지 어떤지 알 수 없다.

—선생님. 내가 묻는다. 이 주위에서 뭔가 보신 거 있습니까?

그는 말이 없다. 빤히 보기만 한다. 입술을 핥는다. 마약이 필요한 사람 특유의 멍하고 굶주린 표정이다. 눈이 부자연스럽게 파랗다. 여기서 친구나 마약상을 만나는 모양이다. 도와줄 사람을. 결국 그는 천천히 고개를 젓는다.

—여기 계시면 안 됩니다. 내가 말한다.

격식을 차리는 게 소용없다고 여기는 경찰관들이 있다. 잡초 뽑기나 마찬가지라면서 말이다. 뽑아봐야 또 자란다고. 하지만 나는 늘 격식을 갖춘다.

—미안해요. 남자는 그렇게 말하지만 곧 떠날 생각이 없어 보이고, 나는 그와 실랑이할 시간이 없다.

계속 걷는다. 양옆에 큰 물웅덩이가 생겼다. 상황실 담당자는 우리가 이용하는 입구에서 100미터 직진하면 약간 오른쪽에 시신이 있을 거라고 했다. 통나무 뒤라고. 신고자가 찾기 쉽게 통나무 위에 신문을 놔뒀다고 했다. 울타리에서부터 점점 깊이 들어가며 신문지를 찾는다.

래퍼티가 통나무를 먼저 발견하고 길에서 벗어난다. 사실 그건 길이 아니라 오랜 시간 사람들이 밟아 다져진 곳이다. 나는 뒤따른다. 늘 그렇듯이 내가 아는 여자일지 궁금하다. 거리에서 순찰차에 태운 적이 있거나, 혹은 여러 번 지나친 사람인지. 그러다 나도 모르게 익숙한 질문이 떠오른다. '혹은 케이시일지. 혹은 케이시일지. 혹은 케이시일지.'

열 발자국 앞서가던 래퍼티가 통나무 너머를 살핀다. 아무 말도 하지 않는다. 몸을 숙이고 고개를 갸우뚱하며 관찰할 뿐이다.

나도 도착하자 똑같이 행동한다.

케이시가 아니다.

가장 먼저 든 생각이다. 다행히 모르는 사람이다. 최근 사망했다. 두 번째로 든 생각이다. 오래되지 않았다. 무르거나 흐트러진 부분이 없다. 바로 누운 채 한 팔을 들고 손을 꼭 쥔 상태로 사후경직을 일으켰다. 일그러진 날카로운 얼굴, 눈을 흉하게 뜨고 있다. 약물 과용의 경우 보통은 눈을 감고 있다. 늘 그것이 약간의 위로가 된다. 적어도 평화롭게 죽었다고 느껴져서. 하지만 이 여자는 자신의 운명을 믿을 수 없다는 듯한, 놀란 표정이다. 낙엽 위에 누워 있다. 오른팔 외에는 양철 병정처럼 곧게 뻗어 있다. 젊다. 20대. 머리를 하나로 단단히 모아 묶었지만, 흐트러졌다. 머리카락이 고무줄에서 빠져나와 있다. 민소매 옷과 데님 스커트를 입고 있다. 이렇게 입기에는 날씨가 너무 춥다. 몸과 얼굴에 비가 쏟아지고 있다. 증거 보존에도 좋지 않다. 나는 본능적으로, 뭐라도 덮어주고 따뜻한 무언가로 감싸주고 싶다. 재킷은 어디 있지? 죽은 뒤 누가 벗겨 갔을지도 모른다. 주사기와 압박대가 옆에 놓여 있다. 사망 당시 혼자였을까? 여자들은 보통 그렇게 죽지 않는다. 연인이나 고객이 곁에 있다가, 연루되는 것이 두려워 시체를 두고 홀로 떠나는 경우가 많다.

현장에 도착하면 맥박을 확인해야 한다. 보통 이렇게 사망이 명백한 경우에는 하지 않지만, 래퍼티가 보고 있으니 원칙대로 한다. 마음을 굳게 먹고 통나무를 넘어가 손을 뻗는다. 맥을 짚으려는데, 주위에서 발소리와 말소리가 들린다. 젠장. 그렇게 말한다. 젠장. 젠장. 비가 더 세차게 내린다.

의료 팀이 우리를 발견했다. 청년 둘이다. 급하지 않다. 구할 수 없다는 걸 이미 알고 있다. 벌써 사망했음을 안다. 검시관도 필요 없다.

— 얼마 안 됐어요? 한 명이 묻는다. 나는 천천히 고개를 끄덕인다. 그들, 혹은 우리가 사망자에 대해 말하는 투가 가끔은 마음에 들지 않는다.

청년 둘이 이쪽으로 다가오더니 태연하게 통나무를 넘겨다본다.

— 세상에. '사브'라고 적힌 명찰을 단 사람이 잭슨에게 말한다.

— 그래도 가볍긴 하겠네. 잭슨이 이렇게 말하자 나는 배를 한 대 맞은 느낌이다. 그들은 함께 통나무를 넘어 시신을 빙 돌아와서는 곁에 무릎을 꿇는다.

잭슨이 시신에 손끝을 댄다. 의무적으로 몇 차례 건드려보더니 일어선다. 시계를 확인한다.

— 현재 시각 11시 21분, 제인 도[2] 발견.

2 신원 미상의 여성을 지칭하는 가상의 이름.

— 그거 기록하세요. 내가 래퍼티에게 말한다. 파트너가 다시 생기니 좋은 점 한 가지. 근무 일지를 적을 사람이 생겼다는 거. 래퍼티는 재킷 속에 넣어둔 기록지를 꺼내 젖지 않도록 몸으로 비를 가린다.

— 잠깐만요. 내가 말한다.

에디 래퍼티가 나와 시신을 번갈아 본다.

잭슨과 사브 사이에서 허리를 숙이고 시신의 얼굴을, 거의 불투명해진 눈과 고통스러울 정도로 앙다문 턱을 살핀다.

거기, 눈썹 아래와 광대뼈 끝에 작은 분홍색 점이 흩어져 있다. 멀리서는 그저 얼굴이 붉은 것으로 보였다. 그런데 가까이서 보니 작은 주근깨나 펜으로 찍은 점처럼 또렷하다.

사브와 잭슨도 허리를 숙인다.

— 아, 그렇네. 사브가 말한다.

— 뭐가요. 래퍼티가 묻는다.

나는 무전기를 입에 갖다 댄다.

— 살인 사건일 수도 있어요. 내가 말한다.

— 왜죠. 래퍼티가 묻는다.

잭슨과 사브는 그를 무시한다. 아직 허리를 숙인 채 시신을 살피는 중이다.

나는 무전기를 내린다. 그의 훈련, 훈련. 래퍼티에게 이야기한다.

— 점상 출혈이요. 내가 점을 가리키며 말한다.

— 그게 뭐죠?

— 혈관이 터진 거예요. 교살의 징후죠.

강력계, 현장감식반 그리고 에이헌 경사가 곧 도착한다.

THEN

그때

+++

내가 처음으로 여동생이 죽은 줄 알았을 때, 그 애는 열여섯 살이었다. 2002년 여름. 48시간 전, 금요일 밤에 동생은 학교가 끝나고 친구들과 놀러 가면서 저녁때 돌아올 거라고 말했다.

돌아오지 않았다.

토요일, 나는 겁이 나서 케이시 친구들에게 전화를 걸어 그 애가 어디 있는지 물었다. 아무도 몰랐다. 적어도 내게 말해주는 아이는 없었다. 열일곱 살이던 나는 아주 내성적이었고, 이미 평생 해오고 있던 배역을 그때도 맡고 있었다. 책임감 있는 아이 역. 할머니는 나를 **꼬마 할머니**라고 불렀다. '그렇게 진지하게 구는 건 네게도 안 좋아.' 케이시의 친구들도 나를 마치 부모처럼, 자기들이 가진 정보를 철저히 감춰야 하는 인물로 여겼다. 그들은 줄곧 미안하다고 하면서 모른다고 발뺌했다.

그 시절 케이시는 활달하고 시끄러웠다. 케이시가 집에 있는 시간은 점점 줄고 있었지만, 그 애가 집에 오면 내가 즐거워지는 것은 물론이고 집도 따뜻하고 행복하게 느껴졌다. 소리 없이 입을 벌리고 몸을 떨다가 갑자기 날카롭고 높은 소리를 내면서 배를 움켜쥐는 그 애의 특이한 웃음. 그 웃음소리가 온 집 안에 울려 퍼졌다. 그 소리가 없으면 허전했고, 적막이 불길하고 낯설게 느껴졌다. 그 애 소리도, 냄새도 사라졌다. 동생과 친구들이 아마도 담배 냄새를 감추려고 쓰기 시작했을, 파촐리머스크라는 지독한 향수 냄새도 함께.

할머니에게 신고하라고 설득하는 데 꼬박 일주일이 걸렸다. 할머니는 외부 사람이 끼어드는 것을 늘 꺼렸다. 그들이 할머니의 양육 방식을 부적절하다고 판단할까 봐 두려웠던 모양이다.

기어이 할머니는 올리브색 구식 전화기의 다이얼을 잘못 돌려서 다시 한번 전화를 걸어야 했다. 할머니가 그렇게 겁을 내거나 화를 내는 걸 본 건 처음이었다. 전화를 끊은 할머니는 분노인지 슬픔인지 부끄러움인지 알 길 없는 무언가에 휩싸여 부들부들 떨었다. 길고 불그레한 얼굴이 처음 보는 불안한 표정을 띠고 있었다. 할머니는 욕설인지 기도인지 알 수 없는 혼잣말을 중얼거렸다.

놀랍기도 하고 놀랍지 않기도 했다. 케이시가 그렇게 사라진 것 말이다. 늘 친구가 많았던 그 애는 착하지만 게으로고, 인기는 많지만 그렇다고 진지하게 받아들여지는 것도 아닌 아이들 무리에 들어갔다. 케이시는 8학년 때 잠시 히피처럼 행동하더니, 이후 몇 년 동안 펑크족처럼 옷을 입고 머리도 희한하게 염색하고 코까지 뚫는가 하면 몸에는 거미줄과 거미 모양의 문신을 했다. 그리고 남자 친구들이 생겼다. 내게는 한 명도 없었다. 케이시는 인기가 좋았고 그 인기를 좋은 일에 썼다. 중학생 때는 체중이나 위생 상태, 가난, 놀림받기 쉬운 이름 때문에 심한 괴롭힘을 당해 열한 살 때부터 실어증에 걸린 지나 브릭하우스라는 아이를 거의 입양해 키우다시피 했다. 케이시가 지나에게 관심을 주자, 그 애의 비호 아래서 지나는 꽃처럼 피어났다. 고등학교 졸업식 때 지나 브릭하우스는, 괴상하지만 학우들로부터 존중받는 아이에게 수여하는 특별상을 받기까지 했다.

그랬던 케이시의 사교 생활이 변했다. 자칫 퇴학을 당할 수도 있는 심각한 문제에 자꾸 휘말렸다. 학교에서도 술을 마셨고, 그 시절엔 아무도 그 위험성을 모르고 복용하던 갖가지 처방 약을 케이시도 먹었다.

나에게 감추는 것들이 생겼다. 그해 전까지만 해도 케이시는 내게 모든 것을 털어놓았다. 면죄를 바라는 사람처럼, 애원하는 어조로 다급하게. 하지만 내게 감추는 것이 생긴 뒤에도 그 애는 그것을 끝내 비밀로 만들지 못했다. 나는 감지할 수 있었다. 당연했다. 그 애의 행동거지, 외모, 시선에서 무언가 변했다는 것을 알 수 있었다. 케이시와 나는 어린 시절 한방의 한 침대를 썼다. 서로를 너무나 잘 알아서, 서로가 다음에 무슨 말을 할지도 알 수 있을 정도였다. 우리 대화는 매우 빨랐고, 남들은 해독할 수도 없었다. 문장을 끝맺지 않았으며, 때로는 긴 협상을 오로지 눈짓과 손짓으로만 마치기도 했다. 그래서 나는 불안해졌다. 동생이 자꾸만 친구 집에서 자고 새벽에 들어오는 것이나, 당시에는 내가 정체를 몰랐던 그 냄새를 풍기는 것 때문에.

아무런 소식도 없이 이틀을 보낸 뒤 케이시가 사라졌다거나 무언가 잘못돼 끔찍한 일이 벌어졌을 거라는 느낌이 든 것은 놀랍지 않았다. 내가 놀랍게 느꼈던 건, 케이시가 나를 그토록 배제했다는 점이다. 그 애가 이런 식으로, 내게조차 가장 중요한 비밀을 감춘 것이 놀라웠다.

할머니가 경찰에 신고한 직후, 나는 폴라 멀로니의 무선 호출을 받고 그 애에게 전화를 걸었다. 폴라는 고등학교 때 케이시와 친했고, 우리 관계를 이해하고 존중하는 유일한 아이였다. 그 애는 자기가 케이시 소식을 들었고, 지금 어디에 있는지 알 것 같다고 했다.

— 하지만 할머니껜 말하지 마. 폴라가 말했다. 아닐지도 모르니까.

폴라는 키가 크고 강하면서 '터프한', 예쁘장한 아이였다. 어떤 면에서는 '아마존' 여전사가 떠오른다. 9학년 영어 시간에 《아이네이스》에서, 그리고 열다섯 살 때 좋아하는 DC코믹스의 만화책에서 본 부족이다. 폴라가 **아마존 같다**고 칭찬의 뜻으로 딱 한 번 말했을 때, 케이시는 그런 소리는 아무에게나 해선 안 된다고 했다. 어쨌든, 나는 폴라를 좋아했지만—지금도 좋아한다—당시에도 그 애가 케이시에게 나쁜 영향을 끼친다고 생각했다. 그 애의 오빠 프랜은 마약상이었고, 폴라가 오빠의 심부름을 한다는 걸 모두가 알고 있었다.

그날, 폴라를 켄징턴과 앨러게니의 교차로에서 만났다.

— 따라와. 폴라가 말했다.

걸어가면서, 폴라는 케이시가 이틀 전에 자기 오빠 친구 집에 갔었다고 말했다. 나는 그게 무슨 뜻인지 알았다.

— 난 나와야 했는데, 케이시는 더 있고 싶어 했어.

폴라는 나를 데리고 켄징턴애비뉴를 걷다가 이름이 기억나지 않는 골목으로 들어간 뒤 하얀 덧문이 있는, 다 쓰러져가는 집을 찾았다. 문에는 검은 말과 마차 장식이 붙어 있었는데, 말의 앞다리가 없었다. 누군가 안에서 문을 열어주기까지 5분은 족히 걸렸기에 그걸 자세히 볼 수 있었다.

— 정말이야. 사람이 있다니까. 폴라가 말했다. 항상 있어.

한참 뒤에 문이 열렸다. 내가 그때까지 본 사람 중 가장 마른, 꼭 유령 같은 여자가 검은 머리에 달아오른 얼굴로 눈을 게슴츠레 뜨고 있었다. 나중에는 그런 눈을 볼 때마다 케이시가 떠올랐다. 하지만 그때는 그게 무슨 의미인지 몰랐다.

— 프랜은 없어. 그 여자가 말했다. 폴라의 오빠 이야기였다. 우리보다 열 살은 많아 보였지만, 정확히는 알 수 없었다.

— 쟨 누구니. 폴라가 대답하기 전에 여자가 말했다.

— 내 친구. 동생을 찾고 있어요.

— 동생은 여기 없어.

— 짐 좀 볼 수 있을까요. 폴라가 화제를 바꿨다.

필라델피아의 7월은 가혹하다. 마치 열을 한데 모으는 듯한, 검은 타르를 칠한 지붕 아래는 그야말로 찌는 듯했다. 안으로 들어가니 담배 내와 그보다 더 들척지근한 냄새가 풍겼다. 원래는 공장 직원 부부와 아이들, 즉 가족을 위해 지어진 집이었다고 생각하니 어쩐지 서글퍼졌다. 지금은 켄징턴 거리 한가운데 버려져 있는 거대한 벽돌 건물로 날마다 일하러 가던 사람, 하루가 끝나면 가족의 품으로 돌아와 저녁을 앞에 놓고 감사 기도를 하던 사람이 살던 곳이라니. 예전에는 가족이 식사를 했을 곳에, 우리가 서 있었다. 접이식 의자 몇 개 외에는 가구라곤 하나도 없었다. 집에 대한 예의로, 한 세대 전에는 이곳이 어떤 모습이었을까 상상해보았다. 타원형 식탁과 레이스가 달린 식탁보, 폭신한 카펫, 고급 의자. 창문에는 누군가의 할머니가 만든 커튼. 벽에는 과일 담긴 그릇을 그린 그림.

집 주인인 짐이 검은 티셔츠와 청 반바지 차림으로 들어오더니 우릴 보았다. 그는 양팔을 늘어뜨리고 있었다.

— 케이시를 찾아? 그가 말했다. 그땐 어떻게 아는 건지 궁금했다. 아마 내가 순진해 보였나 보다. 구원자처럼, 보호자처럼, 도망치기보다는 찾아다닐 사람처럼. 나는 평생 남들에게 그렇게 보였다. 사실 경찰관이 된 이후에도, 내가 검거한 상대가 나를 진지하게 대하도록 만드는 습관과 매너리즘이 몸에 배기까지는 시간이 좀 걸렸다.

나는 고개를 끄덕였다.

— 위층. 짐이 말했다. 몸이 안 좋아. 정확하게 듣지는 못했지만, 그

렇게 말한 것 같았다. 나는 이미 올라가고 있었다.

위층 복도 문은 전부 닫혀 있었다. 문 너머에 알 수 없는 공포가 도사리는 것 같았다. 솔직히 두려웠다. 잠시 꼼짝 않고 서 있었다. 그랬던 걸 나중에는 후회했지만.

— 케이시. 동생이 나타나기를 바라며 나직이 불렀다.

— 케이시. 다시 부르자 누군가의 머리가 문 뒤에서 나타났다 사라졌다.

복도는 침침했다. 아래층에서 폴라가 잡담하는 소리가 들렸다. 오빠 이야기, 이웃 이야기, 켄징턴애비뉴에 경찰들이 자꾸 돌아다녀서 모두가 당황하고 있다는 이야기.

결국 나는 용기를 끌어모아 제일 가까운 문을 두드리고, 열었다.

거기에 동생이 있었다. 처음엔 머리를 보고 알았다. 얼마 전 형광 핑크로 염색한 머리가 매트리스 아래 깔려 있었다. 동생은 나를 등진 채 모로 누워 있었고, 베개가 없어서 고개가 이상한 각도로 꺾여 있었다.

몸에 걸친 것도 별로 없었다.

손을 뻗지 않아도 죽었다는 걸 알 수 있었다. 어린 시절 그 애와 한 침대에서 자던 내게는 그 자세가 익숙했지만, 그날은 몸이 이상하게 처져 있었다. 팔다리가 너무 무거워 보였다.

동생의 어깨를 잡아 바로 눕혔다. 왼팔이 침대 위로 툭 떨어졌다. 면 티셔츠 조각이 팔뚝 아래쪽에 헐거워진 채 감겨 있었다. 그 임시 압박대 아래로 새파란 혈관이 보였다. 얼굴은 핼쑥하니 파랗게 질려서 입을 벌린 채였고, 눈은 감고 있었지만 속눈썹 아래로 흰자위가 보였다.

동생을 흔들었다. 이름을 외쳤다. 침대 위에 주사기가 놓여 있었다. 다시 이름을 소리쳐 불렀다. 대변 냄새가 났다. 뺨을 세게 때렸다. 그때까지 헤로인이란 걸 본 적이 없었다. 헤로인에 취한 사람을 본 적이 없었다.

―911에 신고해. 내가 외쳤다. 돌이켜 생각하면 우습다. 구급대든 경찰이든 그 집으로는 부를 수 없었으니까. 내가 계속 소리치고 있는데, 폴라가 방으로 들어오더니 내 입을 막았다.

―이런, 젠장. 폴라는 케이시를 보더니 이렇게 말했다. 지금은 그 애의 용기와 상식, 신속하고 정확한 움직임을 높이 평가한다. 그 애는 케이시의 어깨와 무릎 아래로 팔을 하나씩 넣더니 번쩍 안아 들었다. 케이시는 고등학생일 때 통통한 편이었는데도, 폴라는 아무렇지도 않은 것 같았다. 운동선수처럼 케이시를 번쩍 들고 넘어지지 않도록 벽에 등을 붙인 채 조심스럽게 계단을 내려간 다음 현관을 나섰다. 나는 뒤따라갔다.

―근처에서 전화하지 마. 문을 열어준 여자가 말했다.

죽었어. 나는 생각했다. 죽었어. 내 동생이 죽었어. 그 침대에서 죽은 케이시의 얼굴을 봤다. 폴라도 나도 케이시가 숨을 쉬는지 확인하지 않았지만, 나는 동생을 잃었다고 확신하며 그 애 없는 미래를 떠올리기 시작했다. 내 결혼식. 아이들의 탄생. 할머니의 죽음. 그러자 자기 연민 때문에 울음이 터졌다. 태어날 때부터 우리에게 주어진 온갖 삶의 무게를 함께 나눌 유일한 사람을 잃다니. 죽은 부모님의 무게. 이따금 친절하지만 꾸준히 잔인하게 구는 할머니의 무게. 가난의 무게. 눈물이 차올랐다. 땅이 보이지 않았다. 나무뿌리 때문에 불쑥 솟아오른 보도블록에 발이 걸렸다.

몇 초 만에 젊은 경찰관이 우리를 발견했다. 짐과 폴라가 불평하던, 빈번한 순찰의 결과였다. 몇 분 내에 구급차가 도착했다. 차에 함께 오른 나는 그 애가 나캔^{Narcan}[3]으로 죽은 자 가운데서 거칠게, 기적적으로 살아나 고통과 오심에 비명을 지르면서 자기를 내버려두라고 사정하는 모습을 지켜보았다.

이것이 그날 배운 비밀스러운 진실이었다. 그들 중 누구도 구조되기를 원치 않는다는 것. 모두가 다시 드러누워, 땅에 파묻혀서, 계속 잠들기를 원한다. 죽음에서 깨어난 그들 얼굴에는 혐오가 떠올라 있다. 이제는 경찰 일을 하면서, 그들을 저승으로부터 끌고오는 불쌍한 구조대원 옆에 서서 수십 번은 봐온 표정이다. 그날 케이시도 눈을 뜨고, 욕을 하고, 울면서 그런 표정을 지었다. 나를 향한 표정이었다.

---

3 알칼로이드가 아편양 수용체와 결합하는 것을 막는 차단제.

NOW

지금

래퍼티와 나는 현장에서 벗어났다. 현장을 폐쇄하고, 시신 부검 및 동부서 형사들과 현장감식반을 감독하는 일은 에이헌 경사 몫이 될 것이다.

차에서 래퍼티는 드디어 입을 다문다. 나는 그제야 조금 편안해져서 와이퍼 소리, 지글거리는 무전기 소리를 듣는다.

— 괜찮아요? 내가 묻는다.

래퍼티는 고개를 끄덕인다.

— 질문은요.

이번엔 고개를 젓는다.

다시 침묵으로 돌아간다.

또 다른 종류의 침묵을 생각해본다. 지금의 이 침묵은 낯선 두 사람 사이에 흐르는 불편하고 긴장된 침묵이다. 트루먼과의 평화로웠던 침묵이 그립다. 그의 차분한 숨소리에 나는 늘 마음이 진정되는 기분이었다.

5분이 지난다. 그리고 그가 입을 연다.

— 좋은 시절. 그가 말한다.

— 그게 뭐죠. 내가 묻는다.

래퍼티는 주위를 가리킨다.

— 이 주위에도 좋은 시절이 있었다고 했어요. 그렇죠? 내가 어릴 때는 괜찮은 동네였는데. 여기 와서 야구를 했었죠.

나는 이맛살을 찌푸린다.

— 지금도 나쁘지 않아요. 내가 말한다. 좋은 곳과 나쁜 곳이 있다.

대부분의 주거지역이 그렇듯이.

래퍼티는 글쎄, 라고 말하는 듯이 어깨를 으쓱인다. 1년도 안 돼서 벌써 불평이라니. 순찰을 맡은 지구에 대해 이러쿵저러쿵 비판하는, 보기 썩 좋지 않고 전혀 건설적이지 않은 습관을 가진 경관들이 있다. 유감이지만, 에이헌 경사를 포함해 많은 경찰관들이 지역사회를 보호하고 개선해야 하는 사람으로서 써서는 안 되는 말로 켄징턴을 이르는 것을 들었다. '마약 굴. 미국의 쓰레기 타운.'

— 커피를 마셔야겠어요. 내가 에디 래퍼티에게 말한다.

보통은 커피를 사러 구멍가게에 간다. 버너 위에 올린 유리 주전자에서 물이 끓고 있고, 벽에는 고양이 똥과 달걀 샌드위치 냄새가 배어 있는 곳. 주인인 알론조와는 이제는 친구사이다. 하지만 최근 프런트스트리트에 문을 연 가게들 중 내가 눈여겨보던 보머커피에 오늘 일부러 찾아간 건, 래퍼티가 이 지역을 무시했기 때문일 것이다.

새로 문을 여는 가게—특히 보머커피—에는 지나갈 때마다 나를 끌어들이는 뭔가가 있다. 차가운 금속이나, 따뜻하고 포근한 목재 인테리어. 다른 행성에서 우리 지구로 떨어진 것 같은 손님들. 그들이 생각하고 말하고 쓰는 내용은 상상하여 짐작할 수밖에 없다. 그들이 집에 두는 책과 의류, 음악과 식물들. 그들은 개 이름을 짓고 있다. 어떻게 읽는지 알 수 없는 이름의 음료를 시킨다. 그런 사람들 곁에 있기 위해 거리를 벗어나고 싶을 때가 있다.

보머커피 앞에 차를 세우자 래퍼티가 나를 본다. 회의적인 표정이다.

— 진심이에요, 마이크? 〈대부〉의 대사를 인용한 것일 테다. 내가 알아들을 거라고 기대하지 않겠지. 내가 '대부' 시리즈를 여러 번 본 걸 모

를 테니. 원해서가 아니라, 매번 몹시도 싫어하면서.

— 커피에 4달러나 쓴다고요? 그가 말한다.

— 한잔 사죠.

들어갈 때 긴장하는 내가 짜증 난다. 실내에 있는 모든 사람들이 하던 일을 잠시 멈추고 우리 제복과 무기를 본다. 매우 익숙한 시선이다. 그리고 노트북으로 다시 돌아간다.

카운터의 여자는 마른 몸에, 앞머리는 겨울 모자처럼 일직선으로 잘랐다. 그 옆의 남자는 머리를 뿌리는 검게, 끄트머리는 은색으로 염색했다. 부엉이 눈 같은 큰 안경을 쓰고 있다.

— 뭐로 드릴까요? 남자가 말한다.

— 미디엄 커피 두 잔 주세요. (가격이 2달러 50센트밖에 안 된다는 사실에 만족한다.)

— 더 필요한 거 있으면 말씀해주세요. 남자가 말한다. 우리를 등지고 커피를 따른다.

— 네. 래퍼티가 말한다. 위스키 좀 부어줘요.

그는 씩 웃으며 반응을 기다린다. '아저씨 농담'이다. 진부하고, 재미없고, 무해한 농담. 래퍼티는 키가 크고 꽤 잘생긴 편이라 남의 호의에 익숙할 것이다. 남자가 돌아설 때까지 그는 웃고 있다.

— 술은 안 팝니다. 남자가 말한다.

— 농담이었어요. 래퍼티가 말한다.

남자는 묵묵히 커피를 건넨다.

— 화장실 쓸 수 있어요? 래퍼티가 말한다. 이제 친한 척하는 것은 포기한 모양이다.

— 고장 났습니다. 남자가 말한다.

하지만 뒤쪽 벽에, 고장을 알리는 표지라곤 전혀 없는 화장실이 보인다. 여자 점원은 우리와 눈을 맞추지 않는다.

— 다른 화장실은 없어요? 래퍼티가 묻는다. 필라델피아 경찰 순찰 경관은 사무실 없이 하루 종일 차를 타고 다닌다. 공중화장실을 찾는 것은 일과의 중요한 일부다.

— 네. 남자가 말하더니 컵을 건넨다. 다른 건요? 그가 다시 묻는다.

나는 말없이 돈을 내민다. 그리고 나온다. 오후에 커피를 살 때는 알론조에게 갈 것이다. 알론조는 우리가 아무것도 사지 않아도, 침침하고 더러운 작은 화장실을 쓰게 해준다. 그는 우릴 보면 미소를 짓는다. 그는 케이시를 안다. 내 아들의 이름을 알고, 안부를 묻는다.

— 참 착한 애들이네. 밖에서 래퍼티가 말한다. 귀엽기도 하지.

쏠쏠한 음성이다. 기분이 상했다. 처음으로 그가 마음에 든다.

켄징턴에 온 걸 환영해요. 속으로 생각한다. 하지만 아직 여기에 대해 아는 척은 말라고.

+++

근무가 끝나고 주차장에 순찰차를 세운다. 래퍼티가 잘 보도록 평소보다 철저하게 차량을 검사하고, 둘이 함께 서로 가서 근무 일지를 확인한다.

에이헌 경사가, 에어컨을 켜면 항상 결로가 생기는 콘크리트 벽 사무실에 돌아와 있다. 하지만 그곳은 그의 사무실이고 그의 것이다. 문에는 '노크 먼저'라고 적혀 있다.

우리는 노크를 한다.

안에서 그는 책상에 앉아 컴퓨터 모니터로 뭔가를 보고 있다. 그는 아무 말 없이, 눈길 한번 주지 않고 기록지를 받는다.

— 잘 가게, 에디. 래퍼티에게 그가 말한다.

나는 문턱에 서서 잠시 머뭇거린다.

— 잘 가게, 미키. 그가 말한다. 또렷하게.

나는 잠시 망설인다. 그리고 말한다. 피해자에 대해서 말씀하실 건 없어요?

그는 한숨을 쉰다. 화면에 박고 있던 고개를 든다. 그리고 젓는다.

— 아직은. 소식이 없네.

에이헌은 잿빛 머리칼에 파란 눈을 가진 작고 마른 남자다. 못생긴 건 아니지만, 그는 자기 외모에 자신이 없다. 키가 172센티미터인 나는 그를 최소 5센티미터는 내려다본다. 키 차이 때문에 그는 내게 말할 때 가끔 발뒤꿈치를 들고 선다. 오늘은 책상에 앉아 있는 덕분에 그런 모멸감을 피한다.

—아무것도요? 내가 말한다. 신원 확인도 안 됐어요?

에이헌은 다시 고개를 젓는다. 그 말을 믿어야 할지 모르겠다. 에이헌은 이상하다. 별 이유 없이 자기 패를 감춘다. 나는 그것이, 그가 우리에게 발휘할 수 있는 권력이 그다지 크지 않다는 걸 오히려 강조하는 꼴인 습관이라고 생각한다. 그는 나를 좋아하지 않는다. 딱 한 번, 그가 다른 곳에서 우리 지구로 전출 온 직후에 내가 저지른 실수 탓일 것이다. 브리핑 때 우리가 찾는 '가해자'에 대해 그가 잘못된 정보를 알려줬고, 그래서 나는 손을 들어 그것을 정정했다. 어리석고 무신경한 행동이었다. 뒤늦게 깨달은 것이지만, 위계질서를 위해서 나중에 조용히 말했어야 했다. 하지만 대부분의 경사는 이 정도의 작은 실수라면 그냥 넘기면서 고맙다며 농이라도 쳤을 것이다. 에이헌은 내가 결코 잊을 수 없는 표정으로 나를 보았다. 트루먼과 나는 에이헌이 그 일로 내게 보복을 할 거라고 농담하곤 했다. 둘이서 가볍게 나눈 말이었지만, 나는 진심으로 염려했다.

내가 에이헌에게 말한다. 전에 일하는 걸 본 적 없는 여자였어요. 혹시 궁금해하실까 봐요.

—궁금하지 않았네. 에이헌이 말한다.

'궁금해하는 게 옳죠.' 이렇게 말하고 싶다. 그건 중요한 정보다. 그 여자가 우리 지구에 새로 들어왔거나, 아니면 지나가던 행인이라는 뜻이니까. 우리 지구를 가장 잘 아는 건 다름 아닌 우리, 순찰경관들이다. 거리에 나가 가게와 주택을 죄다 파악하고, 그곳을 운영하거나 거기에 사는 사람들도 다 알게 되니까. 현장에 나온 동부서 형사들은 적어도 내게 그에 관한 질문들을 건네고, 또 아주 구체적인 다른 질문도 함으로써 내 기분을 달래주었다.

하지만 나는 그런 말은 하지 않는다. 문설주를 한 번 두드리고 돌아설 뿐이다.

내가 나오기 전에, 에이헌이 말한다. 컴퓨터에 시선을 꽂은 채.

─ 트루먼은 어떤가?

나는 잠시 멈춘다. 놀라서.

─ 잘 있는 것 같아요.

─ 요즘 소식 못 들었나?

나는 어깨를 으쓱인다. 에이헌의 속내를 파악하기는 어렵지만, 그의 말에는 항상 진의가 있다는 것만은 알게 된다.

─ 재미있군. 에이헌이 말한다. 둘이 가까운 사이라고 생각했는데.

빤히 보는 그의 시선이 살짝 불편하다.

귀갓길에 할머니에게 전화를 한다. 요즘은 자주 통화하지 않는다. 만나는 일은 더욱 드물다. 나는 토머스가 태어난 뒤 아이에게 내가 자랄 때와는 전혀 다른 양육 환경을 조성해주기로 결심했는데, 그건 할머니를 최대한 피하겠다는 뜻이다. 오브라이언 혈육은 전부 다 피하겠다는 뜻이다. 내키지는 않지만, 그럼에도 가족으로서 갖는 의무감을 아주 떨치지는 못해서 크리스마스 무렵에는 토머스와 함께 할머니를 찾아가고, 가끔은 생사 확인을 위해 전화를 걸기도 한다. 할머니는 이따금 불평하기도 하지만 우리가 없는 것에 대해 진심으로 신경 쓰거나 하는 것 같지는 않다. 할머니가 먼저 전화를 걸어오는 일은 없다. 토머스를 봐주겠다고 한 적도 없다. 출장 요리 보조 일을 곧잘 하는 데다 슈퍼마켓에서 일할 정도로 건강한데도 말이다. 최근 나는 내가 연락을 끊는다면 우리는 다시 대화할 일이 없을 거라는 확신이 생겼다.

— 말해라. 서너 차례 신호음이 들린 뒤에 느닷없이 할머니가 말한다. 전화를 늘 그렇게 받는다.

— 저예요. 내가 말한다. 그러자 할머니가 다시 말한다. 저 누구.

— 미키요.

— 아. 할머니가 말한다. 목소리를 못 알아들었네.

나는 그 의미를 이해하느라 잠시 입을 다문다. 영원한 죄책감. 바로 그거다.

— 케이시한테서 소식 온 거 있는지 궁금해서요.

— 왜 갑자기. 할머니가 조심스레 말한다.

— 이유는 없어요.

— 없어. 할머니가 말한다. 내가 걔랑 안 얽히는 거 알잖니. 그 애 헛소리가 나한테는 안 통한다는 거 말이야. 나는 안 얽혀. 할머니는 한 번 더 강조한다.

— 알았어요. 연락 오면 알려줄래요?

— 무슨 생각이니. 의심쩍다는 듯한 목소리다.

— 아무것도 아니에요.

— 너도 걔랑 얽히지 마라. 네 신상에 뭐가 좋은지 알면 말이야.

— 그럴게요.

잠시 후 할머니가 말한다. 알고말고.

재확인.

— 애는 어떠냐. 할머니가 화제를 바꾼다. 토머스에게는 늘, 우리를 키울 때 그랬던 것보다 상냥하게 대한다. 토머스를 보면 오냐오냐하면서, 주머니에서 반쯤 녹은 사탕을 엄청나게 많이 꺼내 포장지까지 벗겨서 먹여준다. 그런 작은 행동들을 통해 할머니가 자기 딸, 우리 어머니리사에게 어떻게 대했는지 알 수 있다.

— 아주 팔팔해요. 말하고 보니 이상하다.

— 그만둬라. 할머니가 말한다. 마침내 음성에서 아주 옅게, 웃음이느껴진다. 내 손자한테 그런 식으로 말하지 마.

— 사실인걸요.

나는 잠시 기다린다. 마음 한구석으로는 아직도, 할머니가 먼저, 토머스를 데리고 오라고, 자기가 봐주겠다고, 우리 새집을 보러 오겠다고말해주기를 바란다.

— 다른 건. 할머니가 입을 연다.

— 없어요. 그걸로 끝이다.

내가 더 말하기 전에 할머니는 전화를 끊는다.

차를 주차하려는데, 집주인 머혼 부인이 앞마당의 낙엽을 쓸고 있는 게 보인다. 머혼 부인은 2층짜리 식민지 시대풍 주택에다 되는대로 3층을 올린 집에 산다. 우리가 1년 가까이 살고 있는 그 집 3층은 건물 뒤쪽의 흔들거리는 계단을 밟고 올라가게 되어 있다. 작은 집이지만 뒤편에는 기다란 모양의 뒷마당이 있어서 토머스가 놀이터로 쓰고 있다. 나무에는 타이어로 만든 오래된 그네도 매달려 있다. 뒷마당을 제외한 이 집의 가장 큰 매력이라면 단연 가격이다. 월세 500달러, 관리비 포함. 자기 동생이 살던 곳이라며 동료 경관이 내게 추천했다. 대단한 곳은 아니지만 깨끗하고, 고장 난 게 있으면 주인이 재빨리 고쳐준다고 했다. 내가 할게요. 그날 바로 포트리치먼드의 집을 매물로 내놨다. 나도 괴로웠다. 그 집을 좋아했으니까. 하지만 다른 방법이 없었다.

운전석 창문으로 머혼 부인에게 재빨리 손을 흔든다. 부인은 나를 보더니 일을 멈추고, 갈퀴 손잡이에 팔꿈치를 대고 선다.

차에서 내린다. 한 번 더 손을 흔든다. 뒷자리에 장을 본 종이봉투가 있어서 그걸 안아 들고, 항상 굉장히 바쁜 척, 늦었다고 혼잣말을 중얼거린다. 머혼 부인에게선 늘 다급함이 느껴지는데, 나는 그걸 별로 살피고 싶지 않다. 우선, 부인은 늘 앞마당에 서서 집 앞을 지나치는 누구에게든 말을 걸고 싶어 한다. (집배원이 경계하는 눈빛을 한 채 다가오는 것을 본 적도 있다.) 그리고 내게 항상, 염려하는 동시에 기대하는 표정을 지어 보인다. 무슨 걱정거리가 있는지 물어보기라도 하면 한동안 그 이야기를 끊임없이 털어놓을 태세다. 부인은 내가 청하지 않아도 조언한다. 집에 대해서, 차에 대해서, 복장에 대해서─머혼 부인은 늘 내 복장이 날씨에 맞지 않는다고 지적한다. 그럴 때마다 구급차가 필요한 사람처럼 긴박한 말투다. 부인은 흰머리를 짧게 잘랐고 턱과 쇄골 사이의 살은 아래로 조금 늘어져 있는데, 머리를 움직이면 그 살이 흔들린다. 스웨트셔츠와 헐렁한 옅은 색 청바지를 입고 있다. 언젠가 한 이웃이 내게 부인이 결혼한 적이 있다고 말해주긴 했지만, 남편이 어떻게 됐는지는 아무도 모르는 것 같다. 가끔 못되게 굴고 싶을 땐, 남편이 너무 짜증이 난 나머지 죽어버린 걸지도 모른다고 상상한다. 토머스가 차를 타고 내리다 잠시 투정을 부릴 때면 어김없이 부인이 창문으로, 마치 경기를 보는 심판같이 내다보고 있다. 이따금 더 잘 보려고, 팔짱을 끼고 못마땅한 표정을 한 채 밖으로 나오기도 한다.

오늘, 뒷자리에서 장 봐 온 것을 들고 허리를 펴자 머혼 부인이 말한다. 누가 찾아왔었어요.

나는 인상을 찌푸린다.

─누가요?

머혼 부인은 이 질문에 매우 만족한 표정이다.

남자였는데 이름도 안 남겼어요. 다음에 오겠다고만 말하고.

─어떻게 생겼죠?

─키가 커요. 검은 머리. 아주 잘생겼던데. 부인이 음흉하게 말한다.

사이먼이다. 복부가 찌르르하다. 나는 아무 말도 하지 않는다.

─뭐라고 하셨어요? 내가 묻는다.

─집에 없다고 했지.

─다른 말은 없던가요? 토머스가 그 사람을 봤어요?

─아니. 머혼 부인이 말한다. 벨만 눌렀어. 어리둥절해하던데. 나랑

같이 사는 걸로 안 것 같아.

— 그래서 제대로 알려주셨어요? 위에 산다고요?

— 아니. 머혼 부인이 말한다. 인상을 찡그린다. 모르는 사람인걸. 아무 말도 안 했어.

나는 망설인다. 내가 하려는 행동은 머혼 부인을 내 삶 속에 받아들이는, 내 모든 본능을 거스르는 일이다. 하지만 다른 선택지가 없다.

— 왜요. 머혼 부인이 묻는다.

— 혹시 또 찾아오면 이사 갔다고 말씀해주시겠어요? 여기 안 산다고요. 그렇게만 말씀해주세요.

머혼 부인이 허리를 조금 편다. 과제를 받은 것이 자랑스러운 모양이다.

— 다른 말썽이 없다면 그렇게 할게. 부인이 말한다. 난 말썽 일어나는 거 싫거든.

— 위험한 사람은 아니에요. 상대하기가 싫어서 그래요. 여기로 이사 온 이유가 있거든요.

머혼 부인은 고개를 끄덕인다. 찬동해주는 눈빛이라 놀랍다.

— 좋아요. 부인이 말한다. 그럼 그럴게.

— 감사합니다, 머혼 부인.

부인이 손을 흔든다.

그리고 잠시도 참견하기를 그만두지 못하는 사람처럼, 부인이 말한다. 그 봉투, 찢어지겠네.

— 네?

— 그 봉투. 부인이 내 종이봉투를 가리킨다. 너무 무거워서 찢어지겠어. 그래서 난 늘 두 겹으로 싸달라고 하는데.

— 다음부턴 저도 그럴게요. 내가 말한다.

토머스가 태어나고 복직했을 때, 퇴근하면 온몸이 아이를 그리워했다. 그건 허기와 비슷했다. 어린이집을 향해 차를 몰면서, 우리 둘을 묶어주는 끈이 요요의 실같이 짧아지는 모습을 상상하곤 했다. 토머스가 자라면서 그 감정은 조금 가라앉았지만, 오늘은 뒤쪽 계단을 한 번에 두 단씩 뛰어오르며 아이의 얼굴과 웃음, 그리고 내게 뻗는 양팔을 떠올린다.

문을 연다. 내 아들이 베이비시터인 베서니 앞에서 달려 나온다.

— 보고 싶었어. 아이가 말한다. 얼굴을 바짝 붙이고 내 뺨에 손을 대고서.

— 베서니 말 잘 들었니? 내가 묻는다.

— 응.

베서니의 표정을 살피려고 보니 벌써 나가려고 전화기를 들여다보고 있다. 몇 달 동안, 조금 다른, 더 나은 육아 방법을 찾아야겠다고 생각했다. 토머스는 베서니를 좋아하지 않는다. 아이는 피시타운에서 다니던 유아원, 그곳 친구들, 그곳 선생님들 이야기를 날마다 한다. 하지만 내 근무 일정을 따라 2주마다 주간과 야간을 바꿔가며 아이를 봐줄 사람을 구하기란 거의 불가능하고, 스물한 살의 파트타임 메이크업 아티스트인 베서니는 수고비가 싼 데다가 필요할 때 거의 와줄 수 있다. 그러나 용역 시간대가 자유로운 반면에 신뢰할 수가 없고, 얼마 전부터는 아파서 오지 못하겠다는 말을 자주 했다. 오기로 한 날에도 자꾸 늦게 와서 나도 지각하게 되고, 그래서 에이헌 경사는 서에서 마주칠 때마다 내게 점점 더 냉랭하게 군다.

어쨌든 지금은 고맙다고 인사하고 수고비를 준다. 베서니는 말없이 나간다. 그러자마자 집안 분위기가 가벼워진다.

토머스가 날 본다.

— 유아원엔 언제 갈 수 있어?

— 토머스, 예전 유아원은 너무 멀어. 그리고 유치원은 9월에 시작하고. 기억하지?

아이는 한숨을 쉰다.

— 조금만 참아. 1년도 안 남았어.

또 한숨.

— 그렇게 힘드니. 내가 묻는다.

물론 죄책감이 든다. A조 근무 후에는 저녁때마다, 종종 오전에도, 아이에게 어떻게든 보상하려고 노력한다. 아이 바로 곁에 앉아 지칠 때까지 놀아주고, 세상에 대해 알아야 할 것들을 가르쳐준다. 나와 헤어져 있는 긴 시간 동안, 그리고 재워주는 것조차 하지 못하는 B조 근무 주 동안 버틸 수 있도록 아이 안에 지식과 용기와 호기심을 꽉꽉 채워준다.

이제 토머스는 내가 없는 동안 만든 것을 신이 나서 보여준다. 중고로 사준 나무 블록으로 조립한 기찻길 가득한 도시, 종이를 뭉쳐 만든 바위와 산과 집, 재활용품 통에서 가져온 캔과 병으로 만든 나무들.

— 베서니가 도와줬니? 기대하며 묻는다.

— 아니. 나 혼자 다 했어.

아이 목소리에 자부심이 묻어 있다. 내가 그렇게 대답하기를 바랐다는 걸 아이는 당연히 모른다.

다섯 살이 다 되어가는 토머스는 키가 크고 튼튼하고 민첩하며, 벌써부터 너무 똑똑하다. 잘생기기까지 했다. 사이먼처럼 똑똑하고 잘생겼다. 하지만 지금까지는, 아버지와 달리 착하다.

강력계에서는 다음 날도, 그다음 날도, 또 그다음 날도 연락이 없다. 2주가 지났다. 에이헌은 내 파트너로 에디 래퍼티를 그대로 둔다. 트루먼이 그립다. 그가 휴직한 뒤 혼자 근무하던 기간도 그립다. 요즘은 장기간 누군가와 파트너를 하기가 쉽지 않다. 예산도 빠듯하고, 일인 순찰이 점점 흔해진다. 트루먼과 나는 굉장히 잘 맞았다. 우리는 합창하듯 대답이 동시에 나올 정도로 합이 좋았고, 성과도 우리 지구에서 따라올 이들이 없었다. 에디 래퍼티와 내가 그런 사이가 될 것 같지는 않다. 날마다 그가 좋아하는 음식, 좋아하는 음악, 정치 성향에 관한 이야기 따위나 듣고 있다. 그가 '전처 3호'에 대해, '밀레니얼 세대'에 대해, 노인들에 대해 불평하는 소리를 듣는다. 그게 가능한지 모르겠지만, 나는 처음보다 말수가 더 줄었다.

B조로 바뀐 우리는 오후 4시부터 자정까지 근무한다. 일하는 내내 피곤하다.

아들이 보고 싶다.

서너 차례—아마 여러 번—에이헌 경사에게 선로에서 발견한 여성에 대해 묻는다. 신원 확인이 되었는지 알고 싶다. 사인은 확인됐는지? 강력계에서 문의 사항은 없는지?

그는 계속해서 고개를 젓는다.

11월 중순, 어느 월요일—시신을 발견한 지 근 한 달째 될 즈음—에 근무를 시작하며 에이헌에게 다가간다. 그는 복사기에 서류를 넣고 있다. 말을 걸기도 전에 그가 홱 돌아서더니 없네, 라고 말한다.

─네?

─소식 없다고.

나는 잠시 멈춘다. 부검 결과가 없다고요? 아무것도?

─왜 그렇게 관심을 갖나? 그가 묻는다.

그는 미소 비슷한 묘한 표정으로 나를 본다. 나를 놀리는 것처럼, 내 약점을 잡은 것처럼. 굉장히 불안하다. 트루먼 외에는 서에서 케이시 이야기를 한 적이 없고, 오늘도 그럴 생각은 없다.

─그냥 이상해서요. 내가 말한다. 시신을 발견한 지 한참 됐는데. 아무 소식이 없다니, 참 이상하지 않아요?

에이헌이 길게 한숨을 쉰다. 강력계 영역이잖나. 하지만 부검에서 나온 게 '결정적'이라고 할 만한 건 아니라는 말은 들었어. 피해자 신원 파악도 아직 안 됐으니 그쪽 수사 대상에 우선순위로 들어가 있지는 않을 테지.

─농담이죠. 미처 참기도 전에 말이 튀어 나간다.

─심장 발작만큼 심각하네. 에이헌이 자주 쓰는 표현이다.

그는 복사기로 시선을 돌린다.

─교살됐어요. 내가 말한다. 제 눈으로 봤다고요.

에이헌은 말이 없다. 내가 너무 밀어붙인다는 건 나도 알고 있다. 그는 이런 상황이 내키지 않을 거다. 나를 등지고 허리에 손을 얹은 채 복사가 끝나길 기다린다. 아무 말도 없다.

이럴 땐 돌아서서 나가라고, 트루먼은 말하곤 했다. 정치 감각이 있어야 한다면서. 모든 게 다 정치야, 믹. 적당한 사람을 찾아서 친구로 삼아야지. 필요하다면 에이헌과도 친구가 돼야 해. 자네 스스로를 지키려면 말이야.

하지만 나름대로 서너 차례 시도를 했음에도 한 번도 성공하지 못했다. 이를테면, 에이헌이 커피를 좋아하는 걸 알아서 두어 번 내가 사오기도 했고 크리스마스에는 토머스가 다니던 어린이집 옆에 있는 가게에서 원두도 한 봉지 사다 주었다.

— 이게 뭔가. 에이헌이 물었다.

— 커피 원두요.

— 요즘은 이걸 직접 갈게 하나? 에이헌이 말했다.

— 네.

— 그런 기계 없는데.

— 아. 나는 말했다. 음, 그럼 내년 크리스마스 땐 그걸 사드리죠.

에이헌은 뻣뻣하게 미소 지으며 염려 말라고 하더니 예의 바르게, 고맙다고 말했다.

불행히도 그런 노력이 우리의 얼어붙은 관계를 녹이지는 못했다. 에이헌은 우리 팀의 대장이라서 나와 함께 A조에서 B조로 돌아가며 근무를 서기 때문에, 십중팔구 내가 보고를 올리는 대상이 된다. 에이헌이 좋아하는 경관들은, 그에게 의견이나 조언을 구하고 그는 또 그걸 귀 기울여 들으며 고개도 끄덕여주는, 그와 친한 남자들이다. 에디 래퍼티가 그러는 걸 보기도 했다. 고등학교 야구팀에서 함께 활동하던 두 사람의 모습이 눈에 선하다. 에이헌이 앞장서고 래퍼티가 뒤따르는 모습이. 직장에서도 그와 유사한 관계가 그들에게는 잘 맞는 모양이다. 그러니 래퍼티는 보기보다 똑똑한 것인지도 모른다.

복사가 끝나자, 에이헌은 서류를 꺼내 비죽배죽한 모서리를 복사기에 탁탁 쳐서 고른다.

나는 소리 없이 거기 서서 대답을 기다린다. '믹, 나가라니까.' 트루먼의 목소리가 들린다.

에이헌이 갑자기 내 쪽으로 돌아선다. 표정이 좋지 않다.

— 질문할 게 있으면 강력계에 연락해봐. 그가 나를 지나친다.

하지만 그러면 어떻게 되는지 알고 있다. 부모들이 걱정하며 전화를 걸어오는 일이 없다는 건, 미디어 보도가 없었다는 뜻이다. 보도가 없다면 사건도 없다. 켄징턴애비뉴에서 죽어 나간 또 하나의 마약중독자 매춘부일 뿐. 경찰에서 걱정할 일은 없다.

순찰 내내 기분이 좋지 않아서, 나는 평소보다 더 말을 하지 않는다.

래퍼티도 뭔가 이상하다는 걸 눈치챈 것 같다. 그는 조수석에서 커피를 마신다. 자꾸 내 쪽을 곁눈질한다.

— 괜찮아요? 결국 이렇게 묻는다.

나는 정면만 본다. 그에게 에이헌 경사의 험담을 하고 싶지는 않다. 두 사람이 얼마나 친한지는 아직 잘 모르겠지만, 두 사람의 내력을 알기 때문에 내 심정을 이야기하지 않는다. 그러는 대신, 일반적인 이야기를 하기로 한다.

— 좀 짜증이 나서요. 내가 말한다.

— 왜요?

— 지난달에 선로에서 발견한 여자요.

— 네?

— 부검 결과가 나왔어요.

래퍼티는 커피를 한 모금 마신다. 뜨거운지 입술을 오므린다.

— 나도 들었어요.

— '결정적'인 건 없었다고. 내가 말한다.

그는 아무 말도 하지 않는다.

— 믿어져요? 내가 묻는다.

래퍼티는 어깨를 으쓱인다.

— 내가 상관할 일은 아닌 거 같군요. 래퍼티가 말한다.

나는 그를 본다.

— 그 여자 봤잖아요. 내가 말한다. 나랑 같이 봤잖아요.

래퍼티는 처음으로 입을 다물더니 밖을 내다본다. 침묵이 2분 정도 이어진다.

그러다 그가 말한다. 그렇다고 해서 꼭 나쁜 것만은 아닐 수도 있죠.

나는 멈칫한다. 내가 제대로 들은 건지 확인하고 싶다.

— 오해하지 말아요. 그가 말한다. 사람이 죽은 건 물론 안된 일이죠. 하지만 그렇게 사느니……

나는 얼어붙는다. 바로 대답할 경우 입에서 무슨 말이 나갈지 나도 알 수 없다. 잠시 정면의 도로에 집중한다.

케이시 이야기를 할까 생각해본다. 그가 당황하도록. 미안함을 느끼도록. 하지만 내가 그러기 전에 그가 천천히 고개를 젓는다.

— 그런 여자들. 그는 나를 보더니 자기 오른쪽 관자놀이에 손가락을 대고 톡톡 두드린다. '멍청해요.' 그런 뜻이다. '지각이 없어.'

나는 입을 꾹 다문다.

— 그게 무슨 뜻이죠? 내가 나직이 말한다.

래퍼티는 눈썹을 치켜세우고 나를 본다. 나도 마주 본다. 얼굴이 화끈거린다. 평생 따라다니는 문제다. 화가 나거나, 창피하거나, 심지어 기분이 좋을 때도 얼굴이 빨개진다. 경찰관에게는 좋지 않은 습성이다.

— 그게 무슨 뜻이죠? 다시 말한다. '그런 여자들'이라고 했잖아요. 그게 무슨 뜻이에요?

— 글쎄요. 래퍼티가 말한다. 뭐.

그는 손으로 주위를 가리킨다. 그냥 불쌍해서 그래요.

— 그런 뜻은 아니었던 것 같지만, 알겠어요.

— 이봐요. 래퍼티가 말한다. 저기, 마음 상하게 하려고 한 말은 아니었어요.

THEN

그때

+++

우리가 어릴 때, 4학년과 5학년이 함께 센터시티로 〈호두까기 인형〉 공연을 보러 가는 체험 학습 과정이 있었다. 그때 나는 같은 학년의 아이들보다 한 살 많은 열한 살이었고, 케이시는 아홉 살이었다.

그 시절 나는 학교에서 거의 말이 없었다. 말을 해도 소리가 너무 작아서 할머니는 더 크게 이야기하라고 자주 내게 말하곤 했다. 선생님들도 마찬가지였다. 친구는 거의 없었다. 나는 교실 한구석에서 책만 읽었다. 날씨 때문에 실내에 머물러야 할 때면 몹시 기뻤다.

반대로 케이시는 가는 곳마다 친구를 사귀었다. 그때 그 애는 작고 매서웠다. 금발에 활기가 넘치는 아이였다. 고개는 항상 살짝 숙인 채였고, 윗입술로 덧니를 가리려고 애썼다. 친구들 사이에서 그 애는 상냥하고 우스운 아이였다. 보통 우리 또래 아이들은 케이시에게 끌렸다. 하지만 적도 있었다. 주로 약한 애들을 괴롭히고 타인에게 잔인하게 굶으로써 남의 눈에 띄려고 하는 아이들. 일찍이 케이시는 그런 애들을 경멸했다. 그래서 그와 같은 부당한 일이 벌어지는 장면을 보면 그것을 지적했고, 학생들의 먹이사슬에서 최약체인 아이들을 지키려고 열심히, 가끔은 극성맞게 들고일어나기도 했다. 약한 아이들이 케이시를 필요로 하지 않을 때도 그런다고, 교사들은 주장했다. 그런 까닭에 케이시는 성 구세주 학교(당시에는 이 이름의 아이러니를 알지 못했다)에서 쫓겨났다. 그리고 할머니는 우리가 다른 학교에 다니는 걸 바라지 않았기에, 결국 우린 둘 다 쫓겨났다.

내게는 불행이었다. 나는 성 구세주 학교를 좋아했다. 거기엔 내 편이 있었다. 교사 둘. 한 명은 일반인이고 다른 한 명은 수녀였는데, 나와 내 능력에 특히 관심을 가지고 내성적인 내게서 몇 년에 걸쳐 뭔가를 끌어낸 사람들이었다. 또, 그 선생님들은 내게 재능이 있다고 할머니에게 알리기도 했다. 나는 그 일로 만족감을 느꼈고 내 지적 능력에 대해 작은 허영심을 채우기도 했지만, 당시 마음 한구석으로는 그들의 행동이 달갑지 않았다. 할머니에게 있어서 재능이란 '건방지다'는 뜻이었고, 그 때문에 벌을 받지는 않았어도 한동안 비난의 눈초리를 피할 수 없었으니까.

케이시가 마지막으로 싸움에 휘말려 우리가 퇴학당한 날, 할머니는 소파에 앉아 있는 우리를 노려보았다.

— 네가 쟤를 잘 지켰어야지. 할머니가 케이시를 향해 턱짓하며 내게 말했다. 그래서 우리는 부모가 너무 가난하고 제 구실을 못해 심지어 자녀들을 교구教區 학교에도 보내지 못하는 가정의 아이들이 모이는 공립학교로 전학을 갔다. 할머니도 그 범주의 가정에 속한다는 뜻이었을 것이다.

새 학교, 하노버 초등학교에서 케이시는 놀랍게도 곧장 활달한 아이들 무리에 섞여 들었고, 나는 곧장 잊혔다. 그 학교에서 내성적인 아이들은 아무런 관심도 받지 못한 채 하루를 보냈다. 교사의 삶을 더 복잡하게 만들지 않는 학생이라면 누구나 착하다는 칭찬을 받고 교실 뒤편으로 조용히 사라질 수 있었다. 교사의 잘못은 아니었다. 작은 교실이 서른 명의 시끄러운 아이들로 가득 차 있었다. 교사들도 살아남으려면 어쩔 수 없었다.

그렇기는 하지만, 하노버 초등학교에 갔기 때문에 〈호두까기 인형〉

을 보러 갈 수 있었다. 필라델피아의 공립학교 학생들은 교구 학교 학생들은 받지 못하는 혜택을 받곤 했다. 시에서 공립학교에 다양한 자선을 베풀었던 것이다. 겨울에는 따뜻한 외투를 사주고, 수업에 집중할 수 있도록 교재도 나눠주고, 때로는 할 일 없는 부자들처럼 삶이라는 거창한 문제를 놓고 몇 시간이나 고민할 수 있게끔 문화 체험을 시켜주기도 했다. 이번 같은 경우는, 체험 학습은 연례 자선 행사에서 포장지를 가장 많이 판 학생들에게 주는 상이었다. 케이시와 나는 그 일을 매우 진지하게 받아들이고 가을 내내, 주말이면 집집마다 찾아다니며 포장지를 팔았다. 우리가 1등과 2등을 했다.

우선, 나는 기뻤다.

그날 나는, 할머니가 드물게 기분이 좋던 날에 빌리지라는 이름의 중고 가게에서 가져다준 하나뿐인 원피스를 입었다. 나는 그 원피스가 아름답다고 생각했다. 몸통 부분에 흰 꽃이 달린, 파란색의 면직 원피스였다. 하지만 2년째 입는 옷이라 그 무렵에는 너무 작아져서, 할머니는 그 위에다 친척 보비에게서 물려받은 남아용 파란색 파카를 걸치게 했다. 한 번도 빨지 않은 파카였다. 땀자국이 나 있고, 보비 냄새 같은 시큼한 내가 살짝 났다. 그것과 함께 입으니 왠지 원피스가 바보 같아 보였다. 어린 나이에도 알 수 있을 정도였다. 하지만 당시 발레는 처음 보러 가는 것인데도, 나는 예의를 갖추고 공연을 관람하고 싶었다. 그래서 파카를 걸친 원피스 차림으로, 점심을 먹은 뒤 긴 복도에 줄을 서서 버스를 기다리며 책을 읽었다.

바로 앞에 선 케이시는 평소처럼 아이들에게 에워싸여 있었다.

버스 탈 때가 되자 나는 동생을 따라 버스 계단을 올라 뒤쪽 좌석으로 갔고, 동생 뒤에 앉았다. 내 또래들에게는 내가 독립적임을, 내 자신에게는 케이시의 근처에 자리하고 있음을 확인시키는 선택이었다. 집에서건 학교에서건, 동생과 함께 있으면 마음이 놓였다.

밝고 재미있는 성격의 음악 교사 존스 선생님이 그해 체험 학습을 기획했다. 젊었던—아마 지금의 나보다 젊었을 것이다—그는 이듬해, 교외에 있는 더 나은 학교에 발탁되어 직장을 옮겼다. 버스가 시청에 도착하자, 존스 선생님은 우리 버스 앞에 서서 손뼉을 두 번 치고 오른손을 들어 손가락 두 개를 폈다. '조용히' 하라는 뜻이었다. 모두 그 동작을 따라해야 했다. 평소처럼 나는 누군가 먼저 하기를 기다려서 따라한 뒤에야 마음을 놓았다.

— 잘 들어요. 존스 선생님이 말했다. 학급에서 정한 규칙이 뭐죠?

— 말하지 말아요! 누군가가 외쳤다.

— 하나. 존스 선생님이 엄지를 들었다.

— 앞자리를 발로 차지 않아요! 같은 아이가 말했다.

— 좋아요. 존스 선생님이 말했다. 우리가 이야기했던 건 아니지만, 어쨌든 맞아요.

그는 조심스레 검지를 폈다.

— 또? 선생님이 말했다.

나는 답을 알았다. '다른 사람들이 손뼉 칠 때까지 기다려요.' 하지만 말하지 않았다.

— 다른 사람들이 손뼉을 칠 때까지 기다려요.

—4번. 가만히 앉아 있어요. 존스 선생님이 말했다.

—5번. 친구랑 속삭이지 않아요. 존스 선생님이 말했다. 웃지도 않아요. 유치원생처럼 몸을 꼬거나 비틀지 않아요.

선생님은 그 전 주 음악 시간에 〈호두까기 인형〉의 줄거리를 우리에게 들려주었다. 저택에 사는 여자아이가 나온다고 했다. 먼 옛날이라서, 무대 위 사람들 모두 옛날 옷을 입을 거라고도.

선생님은 잠시 생각했다.

—또, 남자들은 타이츠를 입으니까, 미리 알아둬요. 소녀의 부모가 크리스마스 파티를 열고 무서운 아저씨를 초대하는데, 그분은 사실 좋은 사람이라서 소녀에게 인형을 선물해요. 그 인형을 '호두까기'라고 부르는데, 그것도 미리 알아두면 좋아요. 그날 밤 소녀가 잠들어 아주 긴 꿈을 꾸는데, 그게 발레의 내용이에요. 호두까기 인형이 살아나 왕자가 되어 거대한 쥐와 싸우고 소녀를 데리고 눈의 나라로 가서 어떤 곳으로 가는데, 거기 이름은 잊었네. 사탕 나라인가 그럴 거예요. 소녀와 왕자가 보는 동안 다른 무용수들이 공연해요. 끝. 선생님이 말했다.

—그다음에 현실로 돌아와요? 나와 같은 반인 남자아이가 물었다.

—기억이 잘 안 나네. 존스 선생님이 말했다. 아마 그럴 거야.

우린 필라델피아 도심에서 5킬로미터도 떨어지지 않은 곳에서 자랐지만 거기에는 1년에 단 한 번, 오직 1월 1일에만 친척들과 숙부, 숙부의 상사 그리고 친구들과 함께 멈머스퍼레이드[4]의 거리 행진을 구경하러 간 게 전부였다. 그러니 어쩌면, 그 전에도 음악 아카데미를 본 적이 있을지 모를 일이다. 퍼레이드의 루트인 브로드스트리트에 음악 아카데미가 있으니 말이다. 하지만 내부는 한 번도 본 적이 없었다. 그곳은 높다란 아치형 창문이 있고 현관 옆에는 구식 등불이 매달려 있는, 예

4 필라델피아의 새해 거리 축제.

쁘장한 벽돌 건물이었다.

버스에서 내리는 동안, 보도에 늘어선 교사들이 학생들을 자동차로부터 막아주며 장갑 낀 손으로 로비를 가리켰다.

나는 이번에도 케이시 뒤를 따라갔다. 케이시는 발을 질질 끌고 있었다. 보도에 발을 끄는 소리가 들렸다. 케이시는 늘 그랬다. 하지 말라는 짓을 하고, 야단을 맞고, 주위 어른들에게 점점 더 반항하면서 그들 분노의 한계를 시험했다. 나는 그 애가 끝내 벌받는 꼴을 보기 싫어서 가능하면 말리려고 했다.

로비로 들어가니 사람이 많아서 멈춰 서야 했다. 지금 기억나는 건, 주중 낮인데도 어머니와 함께 온 어린 여자아이들이 참 많았다는 것이다. 아이들은 우리 또래거나, 우리보다 조금 어렸다. 모두 백인이었다. 그에 반해 우리 학교 아이들은 유엔총회라도 연 것 같았다. 그 백인 아이들은 메인라인에 사는 아이들이었다. 그때도 그건 알았다. 알록달록하고 예쁘장한 코트 아래로 꼭 인형 옷 같은, 프릴로 장식한 새틴이나 실크 또는 벨벳 소재의 퍼프소매 드레스를 입고 있었다. 그렇게 차려입은 아이들은 마치 보석이나 꽃, 혹은 별 같았다. 그리고 그 아이들 모두가, 자기들만 아는 규칙을 따르는 양 흰색 타이츠에 반짝거리는 검은색 인조가죽 구두를 신고 있었다. 머리를 뒤로 넘겨 올려 묶은 아이들도 많았다. 나중에 보니, 발레리나들의 머리 모양이 그랬다.

로비에 하노버 초등학교 학생이 60명 내지 80명쯤 모였다. 우리가 길을 막고 있었다. 어디로 가야 할지 알 수 없었다.

— 계속 가자. 존스 선생님이 말했지만, 그도 잘 모르는 눈치였다. 한참 만에 안내원이 오더니 하노버 초등학교에서 왔냐고 미소를 지으면서 물었고, 선생님은 안심한 표정으로 그렇다고 대답했다.

— 이쪽으로 오세요. 안내원이 말했다.

우리가 줄지어 지나가자, 그 백인 아이들과 어머니들까지 우릴 빤히 보면서 입을 딱 벌렸다. 그들은 우리가 입은 오리털 점퍼와 운동화, 그리고 머리를 봤다. 나는 그 아이들의 어머니들이 그날 휴가를 낸 것일 거라 생각했다. 그때는 그들이 일하지 않는 사람들일 수도 있다는 생각은 하지 못했다. 내가 아는 모든 성인 여자는 일을 했으니까. 심지어 여러 가지 일을 하는 경우도 많았다. 내가 아는 성인 남자들은, 절반 정도만 일했다.

막이 오르던 순간을 결코 잊지 못할 것이다. 처음부터 그것에 마음이 사로잡혔다. 무대에 눈이—진짜 눈 같았다—내리고 있었다. 이런 걸 보게 될 줄은 몰랐다. 크고 아름다운 집 외부와 내부가 보였고, 집 안에서는 잘 차려 입은 아이들이 잘 차려 입은 어른들의 돌봄을 받고 있었다. 아이들은 예쁜 선물을 받았고, 사람과 크기가 같은 인형 댄서의 춤을 구경했다. 아이들이 싸우면 어른들은 화를 내기는커녕 재미있어하면서 다정한 말로 달래주었다. 진짜 오케스트라가 음악을 연주했다. 무대 위 댄서들의 아름답고 낯선 동작을 나는 몸으로 느꼈고, 음악은 내가 모르던 세상을 알려주었다. 너무 감동한 나머지 눈물이 났다. 나는 주위 아이들에게 그걸 감추려고 했다. 어두운 극장에서 소리 없이 눈물을 흘렸다. 훌쩍이지 않으려고 애쓰면서.

하지만 곧 집중하기가 어려워졌다. 하노버 학생들로 가득한 좌석에서 폭동이 시작되고 있었기에.

솔직히 말하면, 우리는 그렇게 오랫동안 가만히 있는 법을 배우지 못했다. 학교에는 쉬는 시간이 있었다. 하노버 아이들은 이런 기회를 준 데 감사해야 한다는 것이나 존스 선생님을 위해 착하게 행동해야 한다는 것은 알았지만, 그 방법을 몰랐다. 꼼지락거리고 속닥거리고, 모든 규칙을 어겼다. 존스 선생님과 일곱 명의 다른 선생님들은 몸을 돌려 학생들을 노려봤다. 그들은 자기 눈을 먼저, 그다음엔 학생들을 손가락으로 가리켰다. '내가 보고 있다.' 우리 모두, 살면서 많은 것을 배웠다. 시키는 대로 하고, 즐겁게 살고, 입 다물고, 딴생각을 하는 법을. 하지만 한자리에서, 세 시간 동안 느릿느릿 추상적으로 진행되는 공연을 보는 법 같은 것은 배우지 못했다. 우리가 갖지 못한 기술이었다.

내 옆의 케이시도 마찬가지였다. 그 애도 몸을 비틀고 있었다. 무릎을 끌어안았다가, 다리를 쿵 소리가 나게 바닥에 내려놨다. 고개를 양옆으로 흔들었다. 케이시가 내 어깨를 쿡 찌르면 나는 팔꿈치로 그 애를 밀었다. **아야.** 케이시가 속삭였다. 그러다 크게 하품을 했다. 잠든 척하다가 깨어나기도 했다.

케이시 앞에 우리 또래 여자아이가 있었다. 로비에서 본, 머리를 깔끔히 올려 묶고 붉은색 코트는 의자 등받이에 단정히 걸쳐둔 아이였다. 우리는 처음 자리에 앉을 때, 그 애 어머니에게서 나는 향수 냄새를 맡을 수 있었다. 케이시가 특히 거친 행동을 한 뒤에, 그 아이가 딱 한 번 뒤를 돌아보고는 다시 무대 쪽으로 고개를 돌렸다.

케이시가 앞좌석으로 몸을 당겼다.

— 뭘 보냐. 케이시가 그 애 귀에다 대고 속삭였다. 나는 얼어붙었고, 그 애가 불안한 몸짓으로 못들은 척 어머니 쪽으로 다가가는 걸 보았다. 뒷자리에서 케이시가 주먹을 들어 올렸다. 그 순간 당황스럽게도, 나는 케이시가 그 애를 때릴 거라고 생각했다. 동생이 그 아이 뒷덜미에 몸을 부딪는 모습이 눈앞에 그려졌다. 나는 재빨리 손을 뻗어 동생

을 막았다. 하지만 그 애 어머니가 그 순간 뒤를 돌아봤고, 케이시의 자세를 보자마자 겁에 질려 입을 동그랗게 벌렸다. 그러자 부끄러워진 케이시가 손을 내렸다. 그러더니 금세 지친 모습으로 아무것도 할 수 없게 된 채 의자에 등을 기댔다. 그날 전까지는 우리 둘 다 알지 못했던 무언가를 그 순간 받아들인 것이다.

그 애 어머니가 우리를 내쫓게 만들었는지, 아니면 교사들이 자발적으로 나가는 것에 합의했는지는 지금도 모른다. 내가 아는 건 중간 휴식 시간에 우리 모두 로비로 몰려나와, 아이스크림을 사려고 줄지어 서서 기다리던 그 애들과 어머니들 뒤를 지나서 성난 교사들의 손짓에 따라 노란 버스에 올라탔다는 것뿐이다.

나는 내내 사촌 보비의 점퍼를 입고 있었지만, 마지막 순간에 그걸 벗었다. 터무니없는 행동이었다. 밖이 추웠으니까. 하지만 어린 나는 다른 '로비의 아이들'에게 나도 안다고, 나도 발레를 보러 오기 위해 차려입었다고, 나도 거기에 속할 자격이 있다고 알리고 싶었던 것 같다. 나도 너희들과 같다고 말이다. 이미 너무 작아진 면직 드레스 차림으로, 또 오겠다고 선언한 셈이었다. 언젠가 돌아오겠다고.

그러나 그 아이들은 내 행동을 보지 못했고, 그 대신 하노버 초등학교 4학년 남자아이와 여자아이가 그 모습을 보고 웃음을 터뜨렸다.

— 왜 저런 괴상한 원피스를 입은 거야? 남자아이가 큰 소리로 외치자 주위 아이들이 따라 웃었다. 그리고 케이시는 기다렸다는 듯이 그 애에게 달려들었다.

케이시는 구실만 기다리고 있었다. 동생은 그 아이에게 신속하고 정확하게 주먹을 날릴 수 있어서 후련하다는 듯이 웃고 있었다. 아주 오랫동안 쥐고 있었던 주먹이니까. 어쩌면 거의 평생을 쥐고 있었으니까.

　　— 케이시, 하지 마. 내가 말렸지만 이미 늦었다.

NOW

지금

+++

래퍼티가 '저런 여자들'이라는 말을 입에 담은 뒤로, 에이헌 경사에게 에디 래퍼티와 함께 순찰 근무를 하고 싶지 않다는 말을 전해야겠다는 생각이 든다. 해명할 생각도 있다. 일하는 스타일이 다를 뿐이라고, 어느 쪽 잘못이 아니라고 설명할 준비를 하는데, 미처 시작도 하기 전에 에이헌이 긴 한숨을 내쉰다.

— 알겠네, 미키. 에이헌은 전화기로 가 있는 눈을 들지도 않는다.

일주일 동안 혼자 일한다. 다시 혼자가 되니 마음이 편하다. 원하는 곳, 원하는 때에 차를 멈추고 받을 무전을 고를 수 있어서 편하다. 그리고 베서니에게 전화를 걸어 토머스를 바꿔달라고 할 수도 있으니 특히 편하다. 길게 통화하는 동안 이야기도 해주고, 지나치며 보는 것들을 말해주고, 앞으로의 계획도 알려준다. 곁에 있어주는 것과는 다를지 몰라도, 아이에게 이런 식으로 지적 자극을 줄 수 있다고 생각하니 마음이 놓인다. 게다가 아이와 대화가 잘된다. 마치 트루먼이 옆에 앉아 있는 느낌이다.

어느 날 아침, A조 교대가 시작될 때 출근을 알리러 휴게실에 들어가니 낯선 사람이 보인다. 젊고, 회색 정장을 깔끔하게 입은 남자다. 진지한 표정. 그가 마음에 든다. 한 손은 가는허리에 올리고 있다. 다른 손으로는 파일을 들고 있다. 강력계 형사구나. 그는 아무 말도 하지 않는다. 경사를 기다린다.

에이헌이 도착하더니 청년을 주목하게 하고 그에게 자기소개를 시킨다. 동부서에서 온 데이비스 응우옌이라고 합니다. 그가 말한다. 몇 가지 소식이 있다.

— 밤새 이 지구에서 두 건의 살인 사건이 있었습니다. 응우옌이 말한다.

신원 확인이 됐다니 마음이 놓인다. 한 명은 17세의 백인으로, 델라웨어카운티에서 사무원으로 일하는 케이티 콘웨이이며 1주 전에 실종 신고가 접수됐다. 다른 한 명은 18세의 라틴계 방문 간호보조원 애너벨 카스티요다.

둘 다 비슷한 위치에서 비슷한 모습으로 발견되었다고, 응우옌이 말한다. 콘웨이는 타이오가 근처 공터에, 거리에서 잘 보이도록 유기되어 있었다. 카스티요는 하트레인 근처 공터에서, 다리는 불에 타버린 차량에 가려져 있었지만 머리와 어깨는 행인이 볼 수 있게끔 드러나 있었다.

둘 다 성 노동자일 가능성이 크다고, 응우옌은 말한다. 둘 다 교살되었을 가능성이 크다. 그리고 두 시신 모두 한참 동안 911에 신고되지 않았다. (켄징턴에서 길거리에 쓰러져 있는 사람들은 흔한 편이라 그다지 주목을 받지 못한다.)

응우옌은 케이티와 애너벨의 사진을 벽 위로 쏟아지는 컴퓨터 화면에 띄운다. 몇 초 동안 모두가, 행복했던 시절에 미소를 짓고 있는 희생자의 얼굴을 가만히 바라본다. 열여섯 번째 생일을 축하하는 파티일까. 수영장 옆에 서 있는, 앳된 모습의 케이티가 보인다. 애너벨은 아이를 안고 있다. 아들이 아니기를 바란다.

— 이 모든 정보는 기밀입니다. 응우옌이 말한다. 유가족에게는 알렸지만, 이름이나 세부 사항은 발표하지 않았습니다.

잠시 후 그가 계속 말한다. 또, 10월에 거니스트리트의 선로에서 발견된 젊은 여성 시신에 관한 수사를 재개했습니다. 초기 부검에서 사건의 성격을 규정할 정도로 결정적인 것은 나오지 않았지만요.

나는 에이헌을 본다. 그는 나를 보지 않는다.

응우엔이 계속한다.

— 여성의 신원은 아직 미상입니다. 하지만 어젯밤 사건으로, 이전의 판단을 재고할 이유가 생겼습니다.

에이헌은 고개를 들지 않는다. 아직도 전화기를 보고 있다.

— 여러분의 구역에 여러 건의 살인을 저지른 범인이 있을지도 모른다는 뜻입니다.

아무도 입을 열지 않는다.

— 들리는 내용이 있으면 뭐든지, 우리 쪽으로 보고하거나 전달해주세요. 두어 가지 실마리가 있지만 신뢰할 만한 건 없습니다. 도움을 부탁드립니다.

+++

브리핑 후 한동안 차량에 혼자 앉아 전화기를 들여다보고 있다. 갑자기 부는 강한 바람에, 아스팔트 주차장에 가지를 드리운 참나무들이 격렬히 움직인다. 토머스가 가장 좋아하는 나무다.

선로에서 그 여자를 발견한 이후로 서서히, 께름칙한 무언가가 스미는 느낌이었다. 사실 그때부터 어디서도 케이시를 보지 못했다. 그리고 솔직히 말하면, 아무렇지 않게 생각했었다. 동생을 한 달 정도 못 보는 건 대수롭지 않은 일이다. 그리고 그건 그 애가 회복 중이라는 뜻이기도 했다. 하지만 켄징턴애비뉴에서 그 애가 모습을 감춘 시점 때문에, 아주 어렸을 때 어머니가 너무 오랫동안 퇴근하지 않던 그날처럼 차츰 불안해진다.

공식적으로 케이시와 나는 말을 하지 않는다. 5년 동안 그랬다. 그 후로 드물게—정확히는 세 번—서에서 대화를 한 적은 있었다. 나는 경관으로서, 그 애는 용의자로서. 그동안 나는 경관답게, 그 애에 대해서도 다른 범죄자와 똑같이 사건을 접수하거나, 또는 방면했다. 케이시도 올바르게 행동했다. 나는 그래야 할 때면 동생 손목에 부드럽게 수갑을 채우며 무슨 죄로 체포되는 것인지 설명(대개는 성매매 시도 및 환각제를 소지한 혐의로, 한 번은 불법 약물을 매매한 혐의로)과 함께 권리를 읊어주고, 차에 태울 때 다치지 않게 정수리에 손을 대주고, 차 문을 조용히 닫고, 그렇게 서로 데려가서 등록하고, 그러고 나서 우리는 말없이, 서로를 보지도 않는 채로 유치장에 마주 앉아 있었다.

트루먼은 매번 나와 함께 있었고, 매번 나와 케이시를 번갈아가며 말없이 지켜보았다.

— 내 평생 가장 괴상한 광경이었어. 그런 일이 처음 있었을 때, 트루먼이 차를 운전하면서 말했다. 나는 어깨만 으쓱이고 대답하지 않았다. 우리의 내력과 최근에 있었던 우리의 암묵적 합의를 이해하지 못하는 사람에게는 '괴상한' 모습으로 보이는 모양이다. 트루먼에게도, 다른 누구에게도 설명하려 들지 않았다.

— 동생을 지키는 거로군. 다음번에 트루먼이 말했다.

내가 아니라고 하자, 트루먼이 말했다.

— 동생을 지키려는 게 아니라면, 일찌감치 순찰 일을 그만뒀을걸. 승진 시험을 쳤겠지.

그런 게 아니라고 말했다. 그 지역이 좋아졌고, 그곳 복지에 관심을 가지게 됐으며, 지역 역사가 흥미로워서 그곳이 성장하고 발전하는 과정을 지켜보고 싶다고 했다. 그리고 마지막으로, 지루하지 않다고도. 오히려 흥미진진하다고. 켄징턴을 싫어하는 사람들도 있지만, 내게 그곳은 약간 문제가 있기는 해도 소중한 친척처럼 느껴진다고. 그래서 공을 들이는 거라고.

— 당신은 왜 승진 시험을 안 쳤죠? 그때 트루먼에게 물었다. 트루먼은 내가 아는 사람들 중 가장 똑똑했다. 쉽게 승진하는 것은 물론, 그가 원하면 다른 곳으로 근무지를 옮길 수도 있었을 것이다. 내 질문에 그는 웃었다.

— 비슷한 이유인 것 같네. 그가 말했다. 여기서 일어나는 일들을 놓칠 수 없거든.

10분이 흐르고, 나는 여전히 전화기를 들여다보고 있다가 주차장에 내 차만 남은 뒤에야 그 사실을 깨닫는다. 이렇게 시간을 허비하는 걸 에이헌이 보면 큰일이다. 작년에 벤세일럼으로 이사해, 믿을 수 있었던 토머스의 유아원을 믿을 수 없는 베서니로 바꾸고 오랜 파트너를 잃는 사이에, 내 업무 성과가 크게 하락했다. 에이헌은 그 사실을 계속 지적한다.

나는 주차장을 나와 담당 구역으로 향한다.

하지만 도중에 켄징턴과 케임브리아 교차로로 간다. 케이시는 찾을 수 없어도, 폴라 멀로니는 찾을 수 있을지 모르니까.

폴라가 보이지 않는다. 알론조의 편의점도 같은 곳에 있어서, 그와 필라델피아의 옛 투수 이름을 딴 고양이 로메로를 찾아간다. 평소에는 가게 앞쪽 창문으로 폴라와 케이시의 모습을 볼 수 있었다.

그런 까닭에 알론조는 내 동생을 꽤 잘 안다. 나처럼 케이시도 가게의 단골인데, 우리가 서로 말을 하지 않게 되기 전부터 그 가게에 자주 갔다. 그 애가 주문하는 건 나도 외우고 있다. 로젠버거 아이스티와 테이스티케이크 크림페즈 빵. 케이시가 어릴 때부터, 담배를 제외하고 가장 좋아한 간식이다. 우연히 그 애와 알론조의 가게에서 마주칠 때면 우리는 꿋꿋이 못 본 체한다. 알론조는 호기심에 우리를 번갈아 본다. 내가 솔직하게, 케이시가 요즘 어떤지나 카운터에서 그 애를 지켜보다가 뭔가 이상한 점을 발견한 것은 없는지 자주 묻기 때문에 그도 우리가 자매라는 걸 알고 있다. 그러나 이것은 그 애를 걱정해서 하는 행동이 아니고, 그저 지역사회와 알론조를 향한 경찰관으로서의 관심일 따름이다. 저 여자들을 쫓아내고 싶은가? 케이시와 폴라에 대해 알론조와 자주 이야기한다. 내게 말만 하면 저들을 가게 앞에서 쫓아내주겠다고. 하지만 알론조는 늘 됐다고, 상관없다고, 그 애들을 좋아한다고 말한다. 좋은 손님이라면서. 아무 말썽도 피우지 않는다면서.

전에는 커피를 들고 가게에 머물며 케이시와 폴라가 일하는 모습을, 일을 달라고 기도하는 모습을, 금단증상에 시달리는 모습을, 기어이 필사적으로 되어가는 모습을 지켜보곤 했다. 이 자리에서는 그 애들의 고객도 볼 수 있었다. 순찰 때마다 온갖 남자들이, 나나 내 순찰차를 보고는 도로에 시선을 꽂는다. 내가 거기 없을 때는 보도의 여자들과 소녀들을 뚫어져라 보면서도. 이 남자들에게는 늑대와 같이 저열하고 비열한, 포식자 같은 구석이 있다. 딱히 유형이라고 할 만한 것은 없다. 설사 있다고 해도 예외가 너무 많다. 차 뒷자리에 자기 아이들을 앉히고 켄징턴애비뉴를 천천히 지나가는 남자도 봤다. 메인라인에서 아우디 차를 몰고 오는 쓰레기들도 보았다. 이곳에 찾아오는 남자들은 나이도 인종도 천차만별이다. 80대와 10대 패거리. 이성애자 부부가 함께 즐길 상대를 찾으러 온 것도 봤다. 여자들끼리만 온 것도 본 적이 있다. 여자들이 고객인 드문 경우가 있다. 내 생각으로는 여자라고 더 좋을 것도 없을 것 같지만, 케이시와 친구들에게는 다를지도 모른다. 적어도 여자들은 덜 두려울지도.

거의 모든 범죄자에게 동정심을 느낄 수 있지만, 성 매수자만은 예외다. 그들에 관해서라면 나는 공정하거나 객관적으로 행동하지 못한다. 단순히 말해서, 그들이 싫다. 그들의 몸뚱이가 혐오스럽고, 탐욕이나 이익을 챙기려는 자세 그리고 가장 저급한 본능을 제어하지 못하는 것 따위가 모두 역겹다. 자주 폭력적인 모습을 보인다는 점이나 부정직하다는 점도. 이런 감정을 느끼는 게 내 잘못인가? 경찰관으로서는 약점일 수 있다. 하지만 두 명의 성인이 서로 동의하고 침착하게 거래하는 경우와, 상대가 누구건 간에 무슨 짓이든지 하는 여자들과 약물 생각이 너무 간절해서 절대 거절하지 못하는 여자들이 있는 켄징턴애비뉴에서 이루어지는 거래에는 분명한 차이가 있다고 나는 믿는다. 이런 여자들을 표적으로 삼는 사람들을 보면 즉각 분노가 끓어올라 대화할 때 눈을 마주치기가 힘들다. 나는 그들에게 수갑을 채울 때면 필요 이상으로 난폭해진다. 그건 인정한다.

하지만 내가 본 것을 보고 나면 침착하기가 어렵다.

한번은 붉은 머리의 50대 여자가 신발도 없이 쪼그리고 앉아서 울고 있는 걸 보았다. 그녀는 얼굴을 가리지도 않았다. 태양을 향해 고개를 들고서, 눈을 뜨고 입을 벌린 채 엉엉 울고 있었다. 트루먼과 함께 순찰하던 때였고, 우리 둘은 그 여자를 살폈다. 트루먼의 생각이었다. 그는 늘 그렇게 친절했다.

하지만 우리가 다가가자 그녀는 머리를 두 팔에 묻어 얼굴을 가렸다. 그때 근처 건물의 현관에서 누군가가 외쳤다. **당신들과 이야기하지 않겠대.**

— 별일 없습니까? 트루먼이 물었다.

— '점프'당했어. 여자 목소리가 무겁게 말했다. 목소리의 주인은 보이지 않았다. 건물 안은 어두웠다.

여러 가지 의미를 가진 말이었다. 보통은 '강간을 당했다'는 뜻이다.

— 넷이었어. 그 음성이 말했다. 남자가 저 여자를 집으로 데려갔어. 그놈 친구 셋이 거기서 기다리고 있었대.

— 시끄러. 시끄러. 붉은 머리의 여자가 말했다. 흐느끼는 소리를 제외하면 그게 그녀가 처음으로 낸 소리였다.

— 신고하시겠어요? 트루먼이 물었다. 부드러운 목소리였다. 그는 여자들과 면담을 잘했다. 가끔은 나보다 더 나았다.

하지만 붉은 머리 여자는 다시 팔에 얼굴을 파묻고 아무 말도 하지 않았다. 너무 심하게 울어서 숨도 제대로 쉬지 못할 정도였다.

나는 그 여자 신발이 어떻게 됐을까 추측해봤다. 하이힐을 신고 있다가 달아나려고 버린 걸까? 발톱이 부러지고 엉망이 돼 있어서 아파 보였다. 오른발 바로 옆 보도블록 위에 핏자국이 있었다. 발바닥을 베인 것 같았다.

— 선생님. 트루먼이 말했다. 여기 제 연락처를 두겠습니다. 마음이 바뀌면 연락 주세요.

그가 명함을 건넸다.

한 구역 내려가니 또 다른 차가 또 다른 여자를 찾아 속도를 늦추고 있었다.

알론조의 가게에서 케이시가 거래하는 장면을 목격했다. 그 애가 천천히 다가와 멈춰 서는 차 안을 들여다보는 걸 보았다. 그 차가 골목길로 접어들면 그 애가 차 뒤를 따라가 건물 모퉁이를 돌아서 알 수 없는 곳으로 사라지는 모습을 지켜보았다. 케이시가 선택한 거야. 나는 내 자신에게 이렇게 말한다. 그 애가 한 선택이야.

가끔 시계를 보고 나서야, 내가 10분이나 15분 동안 그 애가 돌아오기를 기다리고 있었음을 깨닫는다.

알론조는 뭐라고 하지 않는다. 내가 지켜보고, 내가 스티로폼 컵에 든 커피를 조용히 마시도록 그는 내버려둔다. 오늘 그는 다른 손님을 응대하느라 바쁘고, 나는 차가운 창문 앞에 서서 알론조가 일을 마치길 기다리며 밖을 내다본다.

그렇게 생각에 잠겨 있는데, 손님이 가게를 나서면서 알론조가 문에 걸어둔 종 세 개가 딸랑딸랑 소리를 낸다.

마침내 가게 안이 비자 나는 카운터로 가서 커피값을 낸다. 알론조가 먼저 입을 연다. 저기, 동생 일은 안됐어요.

나는 그를 본다.

— 네?

알론조는 멈칫한다. 자기가 쓸데없는 소리를 했다는 걸 깨달은 사람의 표정이다.

— 뭐라고 하셨어요? 나는 다시 묻는다.

그는 고개를 젓기 시작한다.

— 글쎄, 틀린 정보일지도 모르지만.

— 그게 뭔데요?

알론조는 오른쪽으로 목을 길게 뽑아 평소에 폴라가 서 있던 자리를 내다본다. 그는 폴라가 없는 걸 확인하고 다시 말한다.

— 아무것도 아닐지도 모르지만, 폴라가 엊그제 여기 오더니 케이시가 실종됐다고 했어요. 한 달이나요. 어쩌면 그것보다 더 오래된 것도 같다고. 아무도 케이시가 어디에 있는지 모른대요.

나는 입을 꾹 다물고 몸을 꼿꼿이 세운 채 고개를 끄덕인다. 벨트 위에 손을 가볍게 올리고, 침착하고 냉정한 표정을 지어 보인다.

— 알겠습니다. 내가 말한다.

기다린다.

— 다른 얘긴 없던가요?

알론조는 고개를 젓는다.

— 솔직히, 폴라 생각이 틀렸을 거예요. 요즘 상태가 안 좋았거든요. 헛소리를 자꾸만 하고. 제정신이 아니에요. 알론조는 동정 어린 표정으로, 내 어깨를 두드려서 위로한다든지 하는 터무니없는 행동을 고려 중인 것 같았다. 다행히, 우리 둘 다 움직이지 않는다.

— 네, 틀렸을지도 모르죠. 내가 말한다.

THEN

그때

자신의 고통을 힘들었던 어린 시절 탓으로 돌리는 사람들이 있다. 이를테면 케이시는, 나와 마지막으로 대화했을 때 자신의 문제가 우선은 자식을 버린 부모, 그다음엔 자기를 사랑하지 않고 싫어한 할머니 때문이라는 결론을 내렸다고 말했다.

나는 눈을 깜빡이며 그 애를 보다가, 나도 같은 집에서 자랐다고 최대한 차분하게 말했다. 물론 내 말뜻은, 내가 지금의 자리에 오게 된 것은 내가 내린 결정 때문이지 우연이 아니라는 거였다. 우리 자매의 어린 시절이 이상적인 환경은 아니었을지 몰라도, 그래도 둘 중 하나는 생산적인 일을 하며 살고 있다는 것도.

그러자 케이시는 손으로 얼굴을 가리고 이렇게 말했다. 달라, 언니. 언니는 항상 달랐어.

지금까지도 그 애가 한 말을 이해할 수 없다.

사실, 우리 중에 누가 더 힘든 어린 시절을 보냈는지 굳이 평가한다면 저울은 아마 내 쪽으로 기울 것이다.

우리 둘 가운데 어머니를 기억하는 건 나뿐인데, 그것도 아주 좋은 기억이기 때문이다. 그러므로 어머니를 잃은 것은, 너무 어려서 어머니를 기억하지 못하는 케이시와는 달리 내게는 무척 힘든 일이었다.

어머니는 젊었다. 나를 가졌을 때 겨우 열여덟 살이었고, 고등학교 졸업반이었다. 착한 학생, 착한 딸이었다고 할머니는 늘 말했다. 아버지와 겨우 몇 달 만나다가 그렇게 돼버렸다. 임신 사실을 안 모두가 놀랐다. 지금까지도 그 이야기를 꺼내면 절망과 슬픔을 드러내는 할머니에게는 특히 더 그랬다. '아무도 믿지 않았다.' 할머니는 말한다. '사람들한테 말하면 말이야. 모두 **리사가 그럴 리 없지**, 라고 했어.'

할머니는 종교적인 이유로, 임신중절은 논외로 했다. 하지만 역시 종교적인 이유로 어머니가 임신한 것에 화를 내고, 그것을 수치로 여겨 감추었다. 1984년의 일이었다. 할머니 자신도 열아홉 살에 결혼해 스무 살에 우리 어머니 리사를 낳았지만 그때는 시대가 달랐다고 했다. 할머니의 남편, 우리 할아버지는 자동차 사고로 일찍 돌아가셨다. 할머니가 그분의 음주 이야기를 자주 꺼내는 걸 보면 아마도 음주 운전이 아니었나 싶다. 할머니는 재혼하지 않았다.

할아버지가 돌아가시지 않았다면 상황은 달라졌을 거라고, 나는 상상하곤 했다. 할머니는 먹고사느라 너무 바빴다. 식탁에 음식을 차리고, 생활비를 감당하고, 계속 불어나는 빚을 갚느라고. 이런 일을 함께 해줄 사람이 할머니에게 있었다면, 누군가 생활비를 벌어오고 외동딸이 죽었을 때 함께 슬퍼해주었다면, 할머니와 우리의 삶은 지금보다 더 나았을지도 모른다. 하지만 이런 덧없는 생각은 그저 감상에 불과할지도 모르겠다. 오늘날까지도 할머니는 남자 따위는 필요 없다고 주장하니까. 남자는 앞길에 방해만 될 뿐이고, 이따금 번식을 위해서만 필요한 존재에 불과하다고. 할머니는 내심 남자를 믿지 않는다. 가능하면 피한다.

결혼을 통해 할머니가 얻을 수 있었던 유일한 것은, 딸을 임신했을 때 남들에게 결혼했다고 말할 수 있었다는 것뿐인 듯하다. 할머니는 보이지 않는 가슴을 향해 손가락을 찔러 넣으며 '결혼했었지'라고 말한다. 실수로 가진 애가 아니라고.

그러므로 리사가 임신 소식을 알렸을 때, 할머니는 결혼식을 올려야 한다고 우겼다. 할머니는 대니얼 피츠패트릭이라는 놈(할머니는 우리 아버지를 항상 '대니얼 피츠패트릭이라는 놈'으로 불렀다)을 전에 딱 한 번 봤을 뿐이었지만, 두 사람을 소파에 앉혀놓고서 교구 신부님을 찾아가 정식으로 식을 올려야 한다고 강력히 주장했다. 우리 아버지는 아주 무책임한 미혼모의 아들이었다. 할머니는 그 사람을 **걸레**라고 불렀다. 아들을 가졌을 때 미혼이었기에, 자기와는 전혀 다른 부류의 사람이라고 할머니는 선을 그었다. 더군다나 할머니 생각에 그 아들이라는 사람은 이른바 '복지 수혜자'였다. 성실하게 일해 돈을 버는 사람들이 수업료를 대신 내주는. 아버지의 어머니가 아기와 결혼에 대해, 우리 외할머니에 대해 어떻게 생각했는지는 알 길이 없다. 사실 그분을 만난 기억도 없다. 심지어 어머니 장례식에서도 보지 못했다. 할머니, 다시 말해 우리 외할머니는 돌아가실 때까지 그 일을 잊지 않을 것이다.

할머니가 전한 이야기로는 우리 부모님, 즉 리사와 대니얼은 어느 수요일 오후에 성 구세주 학교에서 할머니와 부제副祭를 증인으로 하여 조용히 식을 올렸다. 할머니는 대니얼을 받아들여, 딸과 사위에게 집에 있는 세 개의 침실 중 가운데 방을 내주면서 젊은 부부가 형편이 될 때 방세를 내게 하고, 친척들에게는 가능한 한 천천히 결혼 소식을 알렸다. 머리를 꼿꼿이 세우고. 당당하게.

5개월 뒤 내가 태어났다. 1년 반 뒤 케이시가 태어났다.

4년 뒤 어머니는 돌아가셨다.

내가 태어나고 어머니가 돌아가시기 전에 있었던, 차분히 앉아 떠올리면 아직도 기억나는 일들이 있다. 요즘은 그런 기억을 떠올리는 일이 점점 드물어진다. 가끔 순찰차에 앉아 있을 때, 어머니가 운전하던 차 뒷자리에 앉아 있던 게 생각난다. 그 시절에는 자동차 시트라는 게 없었다. 안전띠도 없었다. 앞좌석에서 어머니는 노래를 부르고 있었다.

이따금 냉장고 앞에 서면, 집에서나 직장에서나 냉장고 앞에 서면, 이런 기억이 떠오를 때가 있다. 젊은 어머니가 주방에서 냉장고에 아무것도 없다고 불평하던 장면. '허이구, 그래.' 할머니가 다른 방에서 말한다. '그럼 네가 좀 채워 넣지 그러냐.'

그리고 수영장. 누군가의 수영장이다. 수영장에 가다니 드문 일이었다. 극장 로비도 기억나는데, 어디인지는 잘 모르겠다. 지금은 센터시티에만 극장이 있다. 다른 곳은 문을 닫거나, 아니면 콘서트홀로 바뀌었다.

어머니의 젊음, 어머니의 아이 같은 모습, 맑고 매끈한 피부, 아이처럼 반짝이는 머리카락이 기억난다. 할머니가 어머니 곁에서는 부드러워지고, 그때만큼은 부산을 떨지 않고 차분했던 것도 기억난다. 할머니는 딸의 특이한 행동에 어쩔 수 없이 웃음을 터뜨렸고, 믿을 수 없다는 듯이 고개를 저었다. '너 정말 또라이야. 쟤도 또라이고. 또라이가 모인 집 같구나.' 할머니는 자랑스레 씩 웃으면서 내게 말했다. 그 시절 할머니는 재미있고 엉뚱한 딸이 귀여워서, 그 딸에게 그리고 우리 모두에게 닥칠 운명을 모르는 채 상냥하기만 했다.

여전히 떠올리기 어려운 기억은, 아직 어두운 내 방으로 찾아드는 것들이다. 토머스는 나를 보면 곧장 내 품으로 달려들고, 그렇게 그 애를 안고 살 냄새를 맡을 때면 어린 시절 침대 옆에 누워 있던 어머니가 떠오른다. 어머니의 얼굴, 젊은 얼굴. 어머니의 몸, 내가 읽을 줄 모르는 글자가 적힌 검은 티셔츠를 입은 몸. 날 끌어안은 어머니의 팔. 어머니의 감은 눈. 어머니의 벌어진 입, 초식동물의 입처럼 달콤한 냄새가 나던 입. 네 살이던 나는 어머니 뺨에 손을 댄다. 안녕. 어머니가 이렇게 말하고 내 뺨에 입을 대면 입술과 치아가 느껴진다. '내 아기.' 어머니가 세상에서 가장 많이 한 말이다. 아주 열심히 노력하면, 어머니가 행복에 겨운 고음으로 그렇게 나를 부르던 소리도 기억할 수 있다. 어머니는 때로는 놀라는 것 같았다. 리사 오브라이언에게 아기가 있다니.

기억할 수 없는 것은, 어머니의 중독에 관련된 것이다. 어쩌면 그 기억을 억누르고 있거나, 아니면 그것이 무엇인지 혹은 무슨 의미인지 몰라서 중독의 증상을 알아보지 못한 것인지도 모른다. 내가 가진 어머니의 기억은 모두 따뜻하고 애정 어린 것, 행복한 것이라서 나는 더욱 괴로웠다.

마찬가지로 어머니의 죽음도, 또 그것을 알게 된 과정도 기억나지 않는다. 그 여파만이 머릿속에 남아 있을 뿐이다. 할머니가 마치 사자처럼 머리털과 윗옷을 마구 쥐어뜯으며 서성이던 것. 할머니가 전화 통화를 하면서 손바닥으로 자기 머리를 때리고, 울음소리를 막으려고 손등을 물어뜯던 것. 사람들이 숙덕거리던 것. 사람들이 케이시와 내게 뻣뻣한 드레스를 입히고, 타이츠와 너무 작은 신발을 신기던 것. 작고 조용한 성당에 모두가 모인 것. 할머니가 신도석에 앉던 것. 할머니가 케이시의 팔을 꽉 잡아 조용히 시키던 것. 반대편에 있는 아버지가 아무것도 못 하던 것. 아무 말도. 우리 집에 사람들이 모인 것. 커다란 수치심. 어른들의 무릎과 허벅지, 구두와 정장 재킷. 옷감이 부스럭거리는 소리. 아이들이 없던 것. 사촌들도 없던 것. 사촌들을 만나지 못한 것. 긴 겨울. 부재. 부재. 사람들이 우리를 잊고, 우리에게 말을 거는 것을 잊던 것. 우리를 안아주는 것을 잊고. 씻기는 것도, 먹이는 것도 잊던 것. 그리고 음식을 찾아다니던 것. 스스로 먹던 것. 동생을 먹이던 것. 어머니가 남긴 물건(여전히 글자를 읽을 수 없던 검은 티셔츠, 부모님 방 침대 시트, 냉장고에 있던 반병 남은 음료수, 구두)을 찾아 냄새 맡던 것. 그러다 할머니가 하루 종일 어머니의 물건을 챙겨서 없애던 것. 서랍장 뒤에서 어머니의 헤어브러시를 찾아 냄새 맡던 것. 어머니 머리카락으로 피가 통하지 않을 때까지 손가락을 감던 것.

이 모든 기억이 흐릿해진다. 요즘은 아주 가끔 그 기억을 꺼내보고, 도로 넣어둔다. 사라지지 않도록. 보존할 수 있도록. 매년 기억은 더 가벼워지면서 희미해지고, 혀끝에 짧은 단맛을 남긴다. 그걸 잘 지킬 수 있다면, 언젠가 토머스에게 물려줄 수도 있을 것 같다.

어머니가 돌아가셨을 때, 케이시는 아직 아기였다. 두 살. 기저귀를 차고 있었는데, 자주 갈아주지 않았다. 정처 없이 집 안을 돌아다니고, 오르면 안 되는 계단을 오르고, 옷장이나 침대 밑에 오랫동안 숨어 있었다. 위험한 물건이 든 서랍을 열기도 했다. 케이시는 어른들과 같은 눈높이를 좋아해서, 그 애가 주방의 조리대나 욕실의 세면대에 올라가 있는 것을 종종 발견했다. 작은 아이가 꼼짝도 않고 혼자 있었다. 그 애는 '머핀'이라는 이름의 인형과 절대 씻지 않는 공갈 젖꼭지 두 개를 아무도 못 찾는 곳에 감춰두곤 했다. 그 두 개를 다 잃어버린 날, 그걸로 끝이었다. 할머니는 아무것도 새로 사주지 않았고, 케이시는 며칠 동안 울면서 손가락과 허공을 빨아댔다.

동생을 돌보기로 한 결정은, 내 의도는 아니었다. 어쩌면 달리 할 사람이 없다는 것을 알고 말없이 자원한 것 같기도 하다. 그 시절 케이시는 내 방에 둔 아기 침대에서 잤다. 하지만 곧 거기서 기어 나오는 법을 알게 됐고, 밤마다 침대를 탈출했다. 케이시는 나이답지 않은 능숙함으로 자기 보금자리에서 기어 나와 내 침대로 들어왔다. 기저귀를 갈아야 할 때가 되면 내가 주위 어른에게 알렸다. 결국 그 애의 기저귀 떼는 훈련도 내가 맡아 시키게 되었다. 나는 보호자 역할을 진지하게 여겼다. 자부심을 가지고 그 일을 감당했다.

그렇게 자라면서, 케이시는 어머니 이야기를 해달라고 나를 졸랐다. 밤마다 함께 자는 침대에서 나는 셰에라자드가 되어 기억나는 일들을 모두 이야기하고, 다른 것은 지어냈다. 엄마가 바닷가에 데려간 거 기억나? 이렇게 물으면 케이시는 열심히 고개를 끄덕였다. 엄마가 아이스크림 사준 거 기억나? 아침에 팬케이크 구워준 거는? 엄마가 자기 전에 책 읽어준 거 기억나? (우습지만, 이건 우리가 스스로 읽은 동화책 속에서 부모들이 자녀들에게 자주 해주는 일이었다.) 나는 그런 이야기를 전부 해줬다. 거짓말이었다. 그리고 케이시는 그 이야기를 들으면서, 햇볕 속 고양이처럼 살짝 눈을 감았다.

몹시 부끄러운 일이지만, 이런 식으로 가족 이야기를 전달하는 것은 내게 큰 권력을 안겨주었는데 그걸 단 한 번, 동생에게 무기처럼 쓴 적이 있었다. 지루한 하루, 긴 말다툼 끝에 이제는 기억도 나지 않는 무슨 일인가로 케이시가 나를 괴롭히고 있을 때였다. 결국 나는 화가 치밀어 후회할 짓을 해버렸다. 엄마는 나를 더 사랑한댔어. 케이시에게 그렇게 말해버렸던 것이다. 지금까지도, 내가 한 거짓말 중에서 그게 최악이었다. 곧바로 취소했지만 너무 늦었다. 케이시의 작은 얼굴이 빨개지더니 일그러졌다. 케이시가 입을 벌리기에 뭐라고 대꾸하려는 줄 알았다. 하지만 그 애는 울음소리를 내고 있었다. 순수한 슬픔의 소리. 훨씬 더 나이 든, 온갖 일을 다 겪은 사람의 울음소리였다. 지금도 그 소리가 귓가에 쟁쟁하다.

장례식 후 아버지가 우리를 데리고 집을 나간다는 이야기가 있었다. 하지만 아버지는 그럴 돈도 의지도 없는 듯했고, 결국 우리 셋은 할머니 집에 남았다.

그건 실수였다.

아버지와 할머니는 그 전에도 사이가 좋지 않았지만, 그때부터는 끊임없이 싸웠다. 아버지가 할머니 집에서 마약을 한다는 의혹 때문에 싸운 적도 있었다. 이 문제에 대해서는, 나는 할머니의 감이 옳았다고 생각한다. 하지만 그것보다 아버지가 방세를 늦게 내는 것 때문에 더 자주 싸웠다. 아직도 그때의 싸움이 기억난다. 케이시는 생각나지 않는다고 했다.

곧 두 사람 사이의 갈등이 너무 심해져서 아버지가 집을 나갔다. 우리는 갑자기 할머니가 책임져야 할 존재들이 되었다. 그리고 할머니는 그게 싫었다. '이런 건 다 끝난 줄 알았는데.' 할머니는 이런 말을 자주 했다. 특히 케이시가 말썽을 일으켰을 때 더. 케이시의 얼굴을 떠올리면, 그 애가 항상 다른 데를 보고 있었던 게 기억난다. 그 애는 우리를 똑바로 보지 않고, 위나 옆을 흘끔거렸다. 꼭 해를 볼 때처럼. 이제 어른이 되어 너그러운 마음이 들 때면, 몹시 사랑하던 딸을 잃는 바람에 할머니가 우리에게 거리를 두게 된 것은 아닐까 하는 생각도 든다. 할머니에게 우리는, 자기 딸 리사와 그녀의 죽음을 계속 상기시키는 존재였을 것이다. 우릴 볼 때마다 계속해서 고통스럽고, 계속해서 누군가를 잃게 되리라는 사실이 떠올랐을 것이다.

할머니가 우리에게 짜증을 자주 내긴 했지만, 사실 진짜 감정은 아버지를 향해 있었다. 할머니는 아버지에게 엄청난 분노를 품었고, 아버지가 가장으로서의 의무를 방기한 것을 용납하지 못했다. 처음 볼 때부터 이럴 줄 알았지. 할머니는 매달 들어와야 할 양육비가 오지 않으면 이렇게 중얼거렸다. 평생 저렇게 어두운 놈은 처음 봤다고 리사한테 말했어.

우리가 아버지에 대해 아는 다른 사실도 할머니가 들려준 것이다. **그놈이** 그 애를 중독자로 만들었어. 할머니는 우리에게 직접 이야기하지는 않았지만 전화 통화를 하면서 자주, 우리가 들을 수 있을 정도로 크게 말했다. **그놈이 그 앨 망쳤어.**

어머니가 돌아가신 뒤, '대니얼 피츠패트릭이라는 놈'은 '그놈'이 됐다. 남자 친척 몇 명과 하느님을 빼면, 우리 삶 속에 있는 유일한 남자였다. 만나면 '아빠'라고 불렀지만, 지금은 상상하기도 어렵다. 다른 사람이 하는 말 같다. 당시에도 아버지와 오랜만에 만나면 그 단어가 그렇게 생소할 수가 없었다. 하지만 아버지도 자신을 그렇게 불렀다. '내가 쟤들 아빠라고요.' 아버지가 종종 할머니와 말다툼할 때 하는 말이었다. 그러면 할머니는 이렇게 말했다. '그럼 아빠답게 행동해.'

결국 아버지는 완전히 사라졌다. 10년 동안 보지 못했다. 그러다 내가 스무 살 때, 아버지의 옛 친구가 아무렇지도 않게, 그가 죽었다고 전해왔다. 필라델피아 북동부에서 모두가 그렇듯이. 처음 케이시를 발견했을 때 그 애가 죽은 줄 알았듯이. 두 번째도. 세 번째도.

아버지의 친구는 내 반응을 보더니, 아는 줄 알았다고 말했다.

그렇지 않았다.

어머니가 사망한 뒤로 할머니는 어머니 이야기를 잘 하지 않았다.

하지만 가끔씩, 누가 자기를 안 본다고 생각할 때 할머니는, 벌어진 잇새를 드러낸 채 웃고 있는 어머니의 학교 사진을 조금 더 오랫동안 들여다볼 때가 있었다. 집 안, 거실에 유일하게 남아 있던 어머니의 흔적이었다. 한밤중에 할머니가 우는 소리를 듣기도 했다. 공허하고 으스스하게 흐느끼는, 비탄 가득한 소리였다. 하지만 낮의 할머니에게서는 체념과 포기만이 느껴질 뿐이었다. 네 엄마는 잘못된 선택을 했다고, 할머니는 말했다. 너도 그런 허튼짓은 하지 마라.

+++

부모의 부재 속에서, 우리는 자랐다.

어머니가 돌아가셨을 당시, 할머니는 아직 마흔두 살밖에 안 됐을 때였지만 우리 눈에는 훨씬 더 나이 들어 보였다. 할머니는 식당, 상점, 청소 일 등 여러 가지 일을 계속했다. 겨울이면 할머니 집은 늘 추웠다. 배관이 얼지 않을 정도로만 난방을 했다. 우리는 실내에서도 외투를 입고 모자를 썼다. 우리가 불평하면 할머니는 물었다. '너희가 난방비 낼 거냐?' 할머니가 없으면 금방이라도 유령이 나올 것 같은 집이었다. 1923년에 할머니의 아일랜드인 할아버지가 그 집을 샀고, 할머니의 아버지 그리고 할머니가 물려받았다. 위층 복도에는 작은 침실 세 개가 나란히 있고, 아래층은 현관에서부터 뒷문까지 일직선으로 거실, 식탁, 주방 순으로 이어져 있었다. 그 사이에 문은 없었다. 각 공간을 구분 짓는 경계라고는 만들다 만 문지방뿐이었다.

보통 우리는 함께 집 여기저기를 오갔다. 케이시가 위층에 있으면 나도 거기에 있었다. 내가 아래층에 있으면 케이시도 함께였다. '맥케이시.' '맥미키.' 할머니는 우리를 그렇게 부르곤 했다. 그 시절 우리는 그림자처럼 딱 붙어 다녔다. 하나는 둘 중 키가 더 크고 몸이 마른 검은 머리, 다른 하나는 작고 통통한 금발. 우리는 쪽지 편지를 써서 서로의 배낭이나 주머니에 몰래 넣어두었다.

방 한쪽 구석의 카펫을 걷으면 헐거워진 마룻장이 있고, 그 아래 숨겨진 공간이 있었다. 우리는 거기에 비밀 편지와 물건, 그림을 숨겨두었다. 어른이 되어 그 집을 탈출하면 어떻게 살지, 정교한 계획을 세웠다. 나는 대학에 가서 좋은, 실용적인 직업을 구하고 싶었다. 그런 다음 결혼하고, 아이를 낳고, 세상 구경을 할 만큼 한 뒤에 따뜻한 곳에서 은퇴할 거라고. 케이시의 꿈은 그보다 활동적이었다. 그 애는 악기를 연주하지 못했지만, 어쨌든 밴드에 들어갈 거라고 했다. 배우가 될 거라고. 요리사가. 모델이. 가끔은 자기도 대학에 갈 거라고 했다. 어느 대학에 가고 싶으냐고 물으면 그 애는 텔레비전에 나오는, 들어갈 가능성이 없는 학교의 이름을 댔다. 부자들이 다니는 대학교. 나는 그 애의 꿈을 깨지 않았다. 지금 와서 생각하니, 그때 현실을 알려줬어야 했나 싶다.

그 시절 나는 부모처럼 케이시를 돌보며 그 애를 위험으로부터 보호했다. 반면에 케이시는 나를 친구처럼 지키고, 다른 아이들과 어울리도록 이끌었다.

밤이면 우리는 침대에서 머리를 맞대고 손을 잡은 채 'A'자 모양으로 누워서, 그날 학교에서 겪었던 억울한 일들을 털어놓고 좋아하게 된 남자 아이들 이름을 말했다.

10대까지 방을 함께 썼다. 집에 침실이 세 개였으니 언제든 자기 방을 가질 수 있었는데도. 하지만 가운데 방—어머니가 돌아가신 후에도 '엄마 방'이라고 불렀다—은 어머니의 흔적이 남아 있는 것 같아서 비워뒀다. 게다가 그 방은, 지낼 곳이 필요하고 월세도 얼마 정도 치를 수 있는 친척들이 종종 사용했다. 한번은 할머니 방 창문에서 에어컨을 떼어내다가 창유리가 깨지는 바람에 할머니가 그 방을 쓰기도 했다. 할머니는 자기 방 유리창을 돈 들여 고치는 대신, 구멍에 플라스틱을 덧대붙이고 방문을 닫은 다음 문틈에 테이프를 붙였다. 하지만 12월이 되

어서는 그 방에서 들이치는 외풍 때문에 우리는 담요를 토가⁵처럼 걸
치고 다녀야 했다.

+++

보육 문제는 할머니에게 늘 부담이었다. 하노버 초등학교에는 '방과후 수업' 같은 게 없어서 할머니를 힘들게 했다.

결국 할머니는 근처의, 경찰이 공익 목적으로 운영하는 체육관의 무료 교육 프로그램에 우리를 등록시켰다. 메아리가 울리는 큰 강당 두 곳과 운동장에서 우리는 축구와 배구 그리고 야구를 했으며, 어린 시절 뛰어난 운동선수였던 장신의 로즈 잴레키 경관에게 지도를 받았다. 그는 학교를 그만두지 말고, 바르게 생활하고, 마약과 술을 멀리 하라고 내내 훈계했다. (전과자들이 꽤 자주 들러 슬라이드를 보여주며 우리에게 같은 내용을 주입시키고 쿠키와 레모네이드를 내주기도 했다.)

그 시설의 경찰관들은 모두 권위 있으면서도 재미있고 상냥했다. 우리에게 조용히 하라는 말만 하는 주위 어른들과는 달랐다. 아이들마다 좋아하는 경관, 즉 '멘토'가 있었고 그들을 아기 오리처럼 졸졸 따라다녔다. 케이시는 터무니없는 유머 감각으로 주위 사람들을 깔깔 웃게 만드는, 자그마한 키의 여자 경관 앨무드를 가장 좋아했다. 그녀는 늘 자기 주위의 바보들과 세상의 바보스러움, 그곳에 모인 아이들의 바보스러움에 관한 우스갯소리를 했다. 케이시는 그녀의 행동거지와 말투, 큰 웃음소리를 배워 할머니가 조용히 하라고 나무랄 때까지 따라 했다.

내가 좋아한 경찰관은 조용한 사람이었다.

클리어 경관은 당시 스물일곱 살에 불과했지만 내게는 아주 든든한 어른으로, 책임감 있는 나이의 사람으로 느껴졌다. 그에게는 어린 아들이 있었는데 손에 결혼반지를 끼고 있지는 않았고, 아내나 여자 친구 이야기를 한 적도 없었다. 우리가 카페테리아 같은 곳에 모여 숙제를 하고 있을 때면 클리어 경관은 다리를 죽 뻗고 책을 읽다가 아이들이 딴짓을 하지 않는지 확인한 뒤 다시 책으로 돌아가곤 했다. 그러다가 일어나 우리 주위를 한 바퀴 돌면서 허리를 숙여 무슨 숙제를 하는지 살피고 실수가 있으면 고쳐주었다. 그는 다른 경찰관들보다 엄했다. 재미도 없었다. 사색적이었다. 이런 이유에서 케이시는 그를 싫어했다.

하지만 나는 그에게 강하게 끌렸다. 우선 클리어 경관은 누가 말하면 경청했고, 눈을 마주치면서 이해한다는 뜻으로 고개를 살짝 끄덕였다. 또, 잘생겼다. 검은 머리를 뒤로 빗어 넘긴 그는 다른 남자 경관들보다 구레나룻이 조금 더 길었는데, 1997년에는 그게 유행이었다. 그리고 책을 읽다가 재미있는 것을 발견하면 검은 눈썹을 미간으로 살짝 모으는 버릇이 있었다. 키가 크고 체격도 좋은 그에게는 옛날 영화에서 뚝 떨어진 것 같은 구식 느낌이 있었다. 그는 매우 정중했다. '근면'이나 '초월' 같은 어휘를 썼고, 내게 문을 열어주며 '먼저 들어가세요'라고 말하면서 손을 내밀고 고개를 살짝 숙이기도 했다. 당시 나는 그런 행동이 너무나 신사답다고 느꼈다. 매일 탁자에 자리를 잡을 때 나는 그와 더 가까운 자리로 조금씩 옮겨 갔고, 마침내 그의 맞은편에 앉게 되었다. 내가 먼저 말을 걸지는 않았다. 그저 평소보다 더 조용하고 진지하게 숙제를 하면서 언젠가 그가 내 노력을 알아보고 말을 걸어주기를 바랐다.

결국 그렇게 됐다.

그가 체스를 가르쳐주던 날이었다. 그때 나는 열네 살이었고, 내 인생에서 가장 어색한 시기를 맞고 있었다. 여드름과 싸우고, 자주 씻지 못하고, 늘 두 사이즈가 크거나 작은 데다 낡기까지 한 옷을 입은 채로 말없이 지내던 시절.

하지만 내가 내 외모에 대해 볼품없다는 자의식을 갖고 있었다면, 반대로 내 지적 능력에 관해서는 어느 정도 자부심을 갖고 있었다. 내심 나는 스스로의 지력에 대해, 내 속에 숨겨진 보물을 할머니에게조차도 빼앗기지 않도록 지키는 잠든 용 같은 것으로 여겼다. 언젠가 나 자신과 동생을 지키는 데 쓸 무기라고 말이다.

그날 나는 집중해서 체스 시합에 임했고, 오후가 지난 뒤에는 클리어 경관이 즉석에서 짠 토너먼트의 4강에 들어가게 되었다. 곧 모두가 모여서 내 시합을 지켜봤고, 그도 그 자리에 있었다. 그가 내 등 뒤에 서 있어서 볼 수는 없었지만, 나는 그를 의식했다. 그의 체격과 신장이 느껴졌다. 그의 숨소리가 느껴졌다. 나는 그 경기에서 이겼다.

— 잘했어. 그가 말했다. 나는 기뻐서 어깨를 올렸다가 다시 내리고 아무 말도 하지 않았다.

그리고 나이 많은 남자아이와 결승전을 치렀다.

그 애는 잘했다. 몇 년째 체스를 두던 아이였다. 나를 쉽게 이겼다.

모두가 밖으로 나간 뒤에도 클리어 경관은 그곳에 남아 허리에 손을 얹은 채 나를 살폈다. 그의 시선을 받고 나는 얼굴을 붉혔다. 고개를 들지 못했다.

그는 천천히 내 쓰러진 킹을 세우더니, 내가 앉아 있던 카페테리아 탁자 옆에 무릎을 굽히고 앉았다.

— 전에도 해본 적 있니, 미케일라? 그가 조용히 물었다. 그는 늘 나를 그렇게 불렀다. 그것도 내가 높이 평가한 부분이었다. 할머니가 붙여준 애칭인 미키에 대해 나는 늘 품위가 없다고 생각했지만 어쨌든 그것이 내 이름으로 굳어버렸다. 내 기억으로는 어머니도 늘 나를 본명으

로 불렀다.

나는 고개를 저었다. 아뇨. 목소리가 나오지 않았다.

그는 고개를 한 번 끄덕였다. 대단하구나.

그는 내게 체스를 가르치기 시작했다. 매일 오후 그는 시작 수와 전략을 각각 20분씩 가르쳤다.

— 넌 굉장히 똑똑해. 그가 평가를 내리듯 말했다. 학교에선 어떠니?

나는 어깨를 으쓱였다. 또 얼굴이 붉어졌다. 클리어 곁에선 늘 얼굴이 빨개졌고, 내가 살아 있다는 사실을 새삼 기억할 정도로 심장이 두근거렸다.

— 그럭저럭요.

— 그럼 더 잘해야지.

그는 역시 경찰관이었던 자기 아버지에게서 체스를 배웠다고 했다. 하지만 그의 아버지도 일찍 돌아가셨다고 했다.

— 내가 여덟 살 때. 그는 폰을 움직이며 말했다.

그 말에 재빨리 그를 올려다봤다가 다시 체스 판으로 시선을 떨구었다. 그럼 그도 알고 있는 거구나, 하고 생각했다.

그가 책을 가져다주었다. 먼저 골라준 것은 범죄 논픽션과 추리소설이었다. 자기 아버지도 좋아하던 책들이라고 했다. 《인 콜드 블러드》. 그리고 레이먼드 챈들러와 애거서 크리스티, 대실 해밋의 소설들. 영화이야기도 해줬다. 〈형사 서피코〉를 가장 좋아하지만, '대부' 3부작(모두가 2편이 최고라고 말하지만 진짜 최고는 1편이라고, 그가 알려주었다)과 〈좋은 친구들〉도 좋아하고 그보다 더 오래된 영화들도 좋아한다고 했다. 〈말타의 매〉(책보다 더 좋다고 했다)와 〈카사블랑카〉, 그리고 히치콕의 모든 스릴러 영화도.

나는 그가 추천한 책과 영화를 모두 봤다. 브로드스트리트에 있는 타워레코드까지 가서, 베이비시터로 힘들게 번 돈을 그가 좋아하는 밴드인 플로깅몰리와 드롭킥머피스의 앨범을 사는 데 썼다. 그는 그들을 아일랜드 밴드라고 설명했기 때문에 바이올린과 북 소리로 가득한 노래를 상상했지만, 공격적인 기타 소리와 고함치는 남자의 목소리를 듣고 놀랐다. 그래도 밤늦도록 자지 않고 시디플레이어로 그 노래들을 듣거나, 그가 빌려준 책을 손전등으로 비추며 읽거나, 아니면 거실 소파에 앉아 텔레비전으로 고전 영화를 보았다.

—어땠니? 클리어는 자기가 추천한 작품에 대해 묻곤 했다. 그러면 나는 늘 마음에 든다고 대답했다. 그렇지 않았을 때도.

그는 형사가 되고 싶다고 말했다. 언젠가는 그렇게 될 테지만, 아직은 아들이 어린 까닭에 규칙적인 출퇴근 시간을 갖느라 이곳 근무를 자원했다고 했다. 몇 번인가 아들을 데리고 온 적도 있었다. 이름은 개브리엘. 검은 머리칼에 팔다리가 길어서 껑충한 바지 아래로 발목이 보이는, 아버지를 꼭 닮은 네댓 살쯤 돼 보이는 아이였다. 그는 자기 아이를 안고 다니며 사람들에게 자랑스레 소개했다. 그러고 싶지 않았지만, 나는 그 부자를 보며 질투심을 느꼈다. 내가 무엇을 원하는지 알 수 없었지만, 그 둘과 연결되고 싶었다.

클리어는 자기 아들을 내 옆에 앉혔다.

—내 친구 미케일라란다. 그가 아들에게 말했다. 나는 놀라서 천천히, 아이의 아버지를 올려다봤고 그 후로 며칠 동안 그 말이 머릿속에 울려 퍼졌다. 내 친구. 내 친구. 내 친구.

불행히도 그 무렵에 케이시가 심각한 문제를 일으키기 시작했다. 돌이켜보면, 당시 내가 딴 데 신경을 쓴 것과 직간접적으로 관련이 있을지도 모른다는 생각이 들어 몹시 심란해진다. 클리어가 나타나기 전에는 나는 동생에게 전적으로 헌신했다. 숙제하는 걸 도와주고, 적어도 내가 아는 그 애의 문제가 될 만한 행동에 대해 조언을 해주고, 할머니와 어떻게 의사소통을 해야 하는지도 알려주었다. 아침이면 머리를 빗어주고, 밤마다 도시락을 쌌다. 그리고 케이시는, 다른 사람들에게는 보이지 않는 부분을 내게만은 드러냈다. 매일 학교에서 겪는 억울한 일들이나 가끔씩 덮쳐오는 깊은 슬픔 같은 것을. 하지만 내가 클리어와 가까워지면서, 그리고 동경심에 사로잡혀 멍해지면서, 내 생각과 시선은 그 애로부터 멀어졌던 것 같다.

나와 반대로 케이시의 활동은 줄어들었다. 열세 살이 되면서 그 애는 방과 후 프로그램을 자꾸 빼먹기 시작했다. 그때마다 할머니는 경찰 체육관에서 걸려온 전화를 받았고, 한동안 케이시에게 벌을 주려 했지만 얼마 안 가 외출 금지 벌칙이 너무 많이 쌓이면서 끝내 포기하고 말았다. 제 앞가림을 할 나이가 됐다고, 할머니는 확신 없이 말했다. 그때 나는 벌써 열다섯 살이었고, 몇 년 전부터 할머니는 방과 후 시간을 나스스로 알아서 보내게끔 했다. 그래서 나는 청소년을 대상으로 하는 방과 후 프로그램에 들어가 어린 학생들의 멘토 역할을 하고 있었다.

누구에게도 이것을 인정하려 들지 않겠지만, 클리어와 가까이 있고 싶어서 내린 결정이었다.

9학년이 된 케이시는 폴라 멀로니 무리와 어울려 오후 시간을 보내곤 했다.

이미 그 애들은 케이시의 학교 공부를 방해하고 있었다. 주로 검정색 옷을 입고, 담배를 피우고, 머리를 염색하고, 그린데이나 섬씽코퍼레이트 같은 밴드의 음악을 들었다. 내게 있어서는 견디기 힘든 데다 공부를 방해하는 것들이었지만, 할머니가 없을 때 케이시는 항상 그 음악들을 크게 틀어놓았다. 케이시는 담배와 마리화나도 피우기 시작했고 우리 방 마룻장 아래 그것들을 조금씩 감춰놓았다. 이전에는 순수한 목적으로 사용하던 그곳에.

나는 모욕감을 느꼈다.

그곳에서 알약을 처음 발견했을 때가 또렷이 기억난다. 파란 알약 여섯 개가 작은 지퍼 백에 담겨 있었다. 도저히 그 상황을 믿을 수 없었던 나는 그걸 들여다보다가, 약의 양쪽에 적힌 글자와 숫자 그리고 형태에서 나타나는 정상적인 제조 과정의 증거를 보고 마음을 놓았다. 케이시의 답변이 나를 더욱 안심시켰다. 강한 타이레놀 같은 거라는 말. 아주 안전하다면서. 앨비라는 남자애 아버지가 처방받아서 준 거라면서. 많은 아버지들이 그렇게 한다고. 그들은 건설 노동자나 전직 부두 노동자 등, 평생 몸을 써온 탓에 뼈마디와 근육이 쑤시는 통증에 시달리는 사람들이었다. 2000년이었다. 당시 옥시콘틴은 나온 지 4년째 된 약물로, 의사들은 마음껏 처방하고 환자들은 그 처방을 감사히 받고 있었다. 이전에 쓰이던 아편계 진통제보다 중독성이 약한 것으로 알려져 있었다. 그러니, 그때까지는 아무도 염려하지 않았다. 그게 왜 필요하니? 케이시에게 물었더니 그 애는 모르겠다고 했다. 그냥 재미로 하는 거라고.

그 애가 내게 말하지 않은 건, 그걸 코로 흡입한다는 거였다.

케이시가 그 시절에 또 시작한 것은 섹스였다. 잔인하기 짝이 없는 10학년 남자아이가 친구들에게 떠들어대는 것을 듣고, 나는 간접적으로나마 그 사실을 알게 되었다. 내가 따져 묻자, 케이시는 사실이라고 천연덕스럽게 말했다.

그때 나는 키스도 해본 적이 없었다.

우리 사이는 점점 더 멀어졌다. 케이시가 없으니, 외로움은 내게서 떨어지지 않는 새로운 수족이 된 것 같았다. 가는 곳마다 내게 줄로 묶여 따라다니는 깡통 같았다. 케이시가, 그 애의 존재가 그리웠다. 케이시가 나를 사람들 사이로 끌어내주던 것도 그리웠다. 파티에 데려가주고, 친구 집에도 초대해주던 것. '미키가 한 말인데.' 우리가 어릴 적에 케이시는 이렇게 말하면서, 자기가 생각해낸 재미있는 이야기를 마치 내가 한 말인 양 떠들고 다니곤 했다. 이제 학교에서 나를 보면 케이시는 고개만 까닥일 뿐이었다. 그나마 학교에 없는 날이 더 많았다.

몇 차례인가 우리의 비밀 장소에 케이시에게 쓴 쪽지 편지를 놔두었다. 그때도 유치하다고 생각했지만, 그래도 했다. 그날 하루 있었던 일, 할머니에 관한 것, 재미있거나 짜증스러운 다른 가족 이야기 따위를 적었다. 케이시가 그걸 보고 돌아와주기를, 그 애가 방향을 바꿔 우리가 함께하던 어린 시절의 놀이로 제발 돌아오기를 기다렸다.

하지만 답장은 없었다.

그 시절 케이시가 나를 진심으로 신경 쓸 때는, 내가 클리어 이야기를 할 때뿐이었다.

케이시는 그를 싫어했다.

'자기가 제일 잘난 줄 알지.' 케이시는 그렇게 말했고, 그가 거만하다고 했다. 하지만 그때도 케이시는 그 안의 어두운 부분을 느끼고 있었다. 정확히 이름 붙일 수 없는 무언가를 감지했던 것이다.

'으웩.' 내가 그나 그가 좋아하는 것을 자주 이야기할 때면 케이시는 치를 떨었다. 사실 내가 하는 말마다 '클리어 경관이 그랬는데'라고 시작하는 바람에 할머니와 케이시가 그걸 놀리고 흉내 내면서부터, 나는 그에 관해 이야기하는 걸 그만두게 되었다. 그 사람을 향한 나의 관심으로 인해, 동생과 나의 관계가 잠시 뒤바뀌기도 했다. 평생 처음으로, 내가 케이시를 걱정하는 것이 아니라 케이시가 나를 걱정한다는 느낌을 받았다.

+++

열여섯 살 케이시가 켄징턴의 낯선 집에서 처음 약물 과용 상태로 발견됐을 때, 나는 클리어에게 도움과 조언을 구했다.

고등학교 2학년에서 3학년으로 넘어가는 사이에 맞은 여름이었다. 그때 나는 열일곱 살이었고, 그와 나는 매우 가까운 사이가 되어 있었다. 우리 대화의 폭도 넓어졌다. 내게 여러 가지를 추천하고 가르치는 데 더해, 그는 자신이 어린 시절에 경험했던 문제나 경찰서에서 겪는 어려움, 자기를 힘들게 하는 동료들, 그리고 가족과의 문제 등을 털어놓았다. 그의 어머니는 남편이 세상을 떠난 뒤 음주 문제를 겪는 것 같았고, 얼마 전에는 넘어져서 골반을 다쳤다. 누나는 그의 인생에 늘 이래라저래라 했다. 나는 그의 이야기를 집중해 듣고 고개를 끄덕이면서도 입은 다물고 있었다. 그때까지 나는 가족에 대해 별로 이야기하지 않았다. 말하기보다는 듣기를 더 좋아했다. 할머니와 달리 그는 내 진지하고 사려 깊은 면을 좋아하는 것 같았다. 그는 내 지성과 관찰력, 예민함을 자주 칭찬했다.

나는 청소년 프로그램을 졸업한 뒤, 지역사회 아이들을 위한 여름 프로그램 카운슬러로 급료를 받고 일하게 됐다. 그러니 나도 그곳의 경찰관들과 어떤 점에서는 동등해졌다고 생각했다. 나는 다른 십수 명의 직원들과 함께 아이들을 여기저기 데리고 다니면서 활동을 벌이고, 나도 잘 모르는 운동을 아이들에게 데면데면 가르쳤다. 사실 그 시간의 대부분은 클리어와 이야기를 나누는 데 썼다.

문제의 사건이 있은 다음 날, 나는 제정신이 아니었다. 창백한 얼굴로 체육관 건물을 멍하니 돌아다니며 과연 내가 그곳에 있어도 되는 것일까 고민했다. 할머니와 불화를 겪으며 금단증세에 시달릴 케이시 곁에 있어주어야 하는 게 아닌가 싶었다.

건물 내 가장 큰 강당에서 팔짱을 끼고 생각에 잠겨 있을 때, 클리어가 카페테리아 탁자 너머로 나를 보고 있었다. 그날따라 말썽을 부리는 아이들이 너무 많아서, 아이들에게 '침묵의 시간'을 보내게 하고 조용히 책을 읽거나 그림을 그리게 했다.

그는 천천히 내게 다가오며, 고개를 드는 아이들에게 하던 걸 계속하라고 지시했다.

내게 다가오더니 그는 질문하듯 고개를 갸웃했다. 잘생긴 얼굴로 나를 보고 있었다.

— 왜 그러니, 미케일라? 목소리가 너무 다정해서 놀랐다.

불현듯, 금세 눈물이 차올랐다. 누가 그렇게 물어봐준 것은 몇 년 만에 처음이었다. 마음속에 그리움이라는 이름의 균열이 생겼다. 얼굴을 쓰다듬던 어머니의 매끄러운 손이 떠올랐다.

— 이봐. 그가 말했다.

나는 바닥만 내려다봤다. 두 뺨에 뜨거운 눈물이 흘러서, 손으로 마구 닦았다. 나는 잘 울지 않았고 특히 어른 옆에서는 울지 않았다. 우리가 어릴 때 할머니는, 울면 진짜 울 이유를 만들어주겠다고 으르곤 했다. 우리 덩치가 더 커지기 전에는 그 협박을 실제 행동에 옮기기도 했다.

— 뒤로 나가. 클리어가 다른 사람들은 듣지 못하게 내게 속삭였다. 거기서 기다려.

그날 기온은 32도였다. 건물 뒤 야외 활동 구역은 허술한 관람석이 딸린 농구장, 그리고 축구나 미식축구 경기를 할 수 있는 들판이었다. 주위 거리도 조용했다. 행인이나 구경꾼도 없었는데, 사실 건물 안이 들여다보이는 창문도 없었다. 머리 위로 파리가 윙윙거려서 걸어가며 손으로 쫓아야 했다.

그늘을 찾아 벽돌 건물에 기대섰다. 심장이 두근거렸다. 이유는 알 수 없었다.

케이시를 생각했다. 그 애가 실려가 누워 있는 성공회 병원 병실 침대를. 우리 사이에 놓여 있던 침묵을. '이해가 안 돼.' 내가 말하자 케이시가 말했다. '알아.' 그게 전부였다. 케이시는 아파 보였다. 눈을 감고 있었다. 피부가 굉장히 창백했다. 문이 열리더니 할머니가 굳은 얼굴로 주먹을 쥐고서 들어왔다. 할머니는 늘 마른 몸에 불안한 에너지가 가득한, 한시도 가만있지 못하는 사람이었다. 그날 할머니는 꼼짝 않고서 이를 악문 채로 케이시에게 이렇게 속삭였다.

— 눈 떠라. 할머니가 말했다. 날 봐. 빌어먹을 눈 뜨라고.

잠시 후 케이시는 형광등으로부터 고개를 돌리고 눈을 가늘게 떴다.

할머니는 케이시가 자신에게 집중할 때까지 기다렸다.

그리고 말했다. 내 말 들어. 난 네 엄마 때 이 일을 겪었다. 다시는 안 겪을 거다.

할머니는 케이시에게 손을 내밀었다. 팔꿈치를 잡더니 팔에 연결된 링거가 빠져도 아랑곳하지 않고 침대에서 그 애를 일으켜 세웠다. 나도 그들 뒤를 따라갔다. 간호사가 케이시는 아직 퇴원할 수 없다고 소리쳐도 우린 계속 걸었다.

집에 오자 할머니는 케이시의 따귀를 세게 한 번 때렸고, 케이시는 우리가 함께 쓰는 방으로 들어가 쾅 소리가 나게 문을 닫고는 아예 잠가버렸다.

　잠시 뒤 내가 따라 올라가 문을 조용히 두드리며 동생 이름을 불렀다. 하지만 대답은 없었다.

　건물 벽돌이 너무 뜨거워서 등을 떼고 몸을 세웠다. 내가 나온 문을 등진 채로 서 있었다. 그 문이 조용히 열렸다 닫히는 소리를 듣고도 나는 돌아서지 않았다. 습도가 높아 숨이 막혔다. 상의 아래 옆구리로 땀이 흘렀다. 클리어 경관이 다가왔을 때, 나는 앞만 보고 있었다. 그가 내 뒤에 멈춰 서는 게 느껴졌다. 그의 숨소리가 들렸다. 그때 그가 내 몸에 팔을 둘렀다. 나는 몇 년 전에 키가 다 자란 상태였고 학교에서 나보다 큰 남학생은 몇 명 없었다. 하지만 그가 나를 감싸 안았을 때, 내 정수리 위로 올라가 있는 턱을 느낄 만큼 우리는 키 차이가 났다.

　나는 눈을 감았다. 등에 닿은 그의 심장이 뛰는 게 느껴졌다. 어머니가 돌아가신 뒤, 나는 같은 꿈을 반복해서 꿨다. 그 꿈속에서 얼굴 없는 존재가 나를 품에 안았다. 한 팔은 등 뒤에, 다른 팔은 다리 아래, 그렇게 양손을 맞잡고 있어서 나는 작은 상자 안에 꽉 들어찬 기분이었다. 그리고 그 존재는 나를 품에 안고 앞뒤로 흔들었다. 그 꿈을 꾼 지는 오래됐지만 아직도 그 느낌만은 기억할 수 있었다. 나는 편안했다. 마음이 가라앉았다. 졸음이 왔다.

　이런 식으로 사이먼 클리어에게 안겨서, 나는 눈을 떴다. 그가 왔다. 그렇게 생각했다.

　— 왜 그러니. 사이먼이 다시 말했다.

　나는 대답했다.

NOW

지금

+++

알론조와 이야기를 나눈 뒤로 평정심을 되찾기까지 꽤 시간이 걸린다. 나는 차에 10분 정도 앉아 있다가, 멍하니 지정 구역을 순찰하기 시작한다. 보도의 사람들이 흐릿하다. 이따금 동생을 본 것 같기도 하지만, 다시 보면 아니다. 아니, 닮지도 않았다. 굉장히 추운 날씨인데도 창문을 내리고 차가운 바람을 맞아 얼굴을 식힌다.

무전이 서너 차례 오지만 제때 받지 못한다.

그만해. 마침내 이렇게 생각하고 다시 차를 세운다. 급정거로. 뒤에서 오던 차가 끼익하고 선다. 경찰이라면 실종 신고에 어떻게 접근할까 자문해본다.

나는 머뭇거리며 순찰차의 센터 콘솔과 연결된 'MDT'를 터치한다. 노트북과 비슷한 경찰용 단말기다. 나는 컴퓨터를 꽤 잘 다루는 편이지만, 이 기계는 굉장히 까다롭고 고장도 잦다. 오늘 내 순찰차의 기기는 작동은 하지만 속도가 느리다.

필라델피아 경찰 데이터베이스에서 케이시의 이름을 찾아볼 생각이다.

그래선 안 된다. 개인의 인적 사항을 찾아보려면 이유가 있어야 하고, 내 접속 기록은 내가 무엇을 했는지 남길 것이다. 이런 식으로 절차를 어기는 것은 좋지 않다. 하지만 오늘은, 실은 아무도 신경 쓰지 않을 것이다. 우리 구역에서는 남의 일에 신경 쓸 겨를 같은 건 없을 터다.

그래도 이름을 입력하는 동안 가슴이 좀 두근거린다.

피츠패트릭, 케이시 마리. 생년월일: 3/16/1986.

체포 기록이 길게 이어진다. 최초는—그 전 기록은 미성년자일 때의 것이라 삭제된 모양이다—13년 전, 케이시가 열여덟 살일 때였다. 공공장소에서의 음주. 지금 보니 사소하고 우습다. 저 수많은 기록이 겨우 저런 내용들로나 채워져 있다니.

하지만 케이시가 일으키는 문제들은 그 뒤로 빠르게 심각성을 띠어 간다. 불법 약물 소지, 폭행(케이시를 때리다가 케이시가 반격하니 곧바로 경찰에 신고했던 그 남자 친구 건일 것이다). 성매매 시도, 성매매 시도, 성매매 시도. 가장 최근의 기록은 1년 반 전의 것이다. 절도였다. 케이시는 유죄판결을 받았다. 징역 1개월. 세 번째 받는 실형이었다.

보이지 않는 것—내가 보기를 바란 것—은 케이시가 그 후에 검거된 적이 있는지 여부다. 아직 살아 있다는 표식.

그다음 단계는 이것이다. 실종 사건을 맡은 형사라면, 당연히 실종자의 가족과 면담을 할 것이다.

하지만 나는 전화기만 만지작거리다가, 오브라이언 일가와 연락을 취할 생각을 할 때마다 드는 불편한 느낌에 그만 포기한다.

가장 단순한 이유는 이렇다. 그들은 날 좋아하지 않고 나도 그들을 별로 좋아하지 않는다는 것. 나는 평생 동안 내 가족 가운데서 외톨이였다. 생산적인 일로써 사회에 참여하고자 하는 징후를 드러내는 사람이라면 누구나 거기서는 외톨이다. 오브라이언 가족은 좋은 성적이나 독서 습관, 경찰이 되겠다는 결심을 미심쩍게 바라본다. 나는 토머스가 가족 속에서 아웃사이더가 되는 외로움을 겪거나, 또는 오브라이언 가족에게 어떤 면에서든 영향을 받는 걸 원치 않는다. 그들은 사소한 범죄를 저지를 뿐만 아니라, 인종차별과 그 밖의 온갖 편견 성향을 가지고 있다. 그래서 오브라이언 집안과 그들의 기이한 윤리 의식을 아이가 접하지 못하게 하는 것이다. 내가 세운 규칙은 이랬다. 할머니 집에 1년에 한두 번 찾아가서 그들을 만나거나, 혹은 거리나 가게에서 그들과 마주칠 때 늘 상냥하게 대하는 것. 하지만 원칙적으로는 그들을 피한다.

토머스는 아직 그 이유를 이해하지 못한다. 그 나이에는 결코 이해할 수 없을 정보를 주어 아이가 겁먹게 하거나 당황하게 만들고 싶지 않다. 그 대신 나는 아들에게, 가족과 자주 만나지 않는 것은 그저 근무 스케줄 때문이라고 말했다. 그런 까닭에 아이는 종종 그들의 안부를 묻고, 아는 사람들을 만나게 해달라고 하고, 다른 이들도 보고 싶다고 말한다. 한번은, 아이가 예전 유아원에 다닐 때 가계도를 그리는 과제를 받아 온 적이 있었다. 토머스가 우리 가족의 이런저런 사람들 사진이 필요하다고 말했을 때, 나는 아무것도 없다고 대답할 수밖에 없었다. 그래서 토머스는 모두의 생김새를 상상해서 그렸다. 울적한 미소를 지은 얼굴과 다양한 색으로 그린 곱슬머리 따위를. 아이는 그 그림을 자기 방 벽에 붙여뒀다.

순찰차에서 나는 자존심을 치워둘 각오를 한다. 내 방계 가족에게 손을 내밀기로 말이다.

우선 연락할 사람들의 목록을 만든다. 이번에는 공책을 꺼내 비어 있는 맨 뒷장을 찢어낸다. 여기에 다음 이름들을 적는다.

할머니(다시)

애슐리(어렸을 때 아주 가까웠던 또래 사촌)

보비(다른 사촌, 애슐리보다도 호감이 가지 않음, 마약 사업에 얽혀 케이시와 거래를 한 적이 있음, 그걸 알게 된 날 그런 짓을 또 하면 체포하겠다고 협박함)

그다음으로 넘어간다.

마사 루이스(예전에 케이시를 담당했던 보호관찰관, 지금은 다른 사람을 맡고 있을 것임)

그리고 지인 몇 명. 그리고 이웃 친구들. 그리고 초등학교 친구들. 그리고 고등학교 친구들. 그리고 현재 친구들. 내가 알기로는 지금쯤 적이 됐을지도 모른다. 알 수 없는 일이다.

주차된 2885번 순찰차에 앉아서 모두에게 연락을 취한다.

할머니에게 전화를 건다. 받지 않는다. 메시지 녹음도 안 된다. 어릴 때는 빚쟁이들을 피하기 위해서 일부러 그렇게 했다. 지금은 습관적으로 그러는 것일 테다. 어쩌면 인간 혐오도 약간 작용한 것인지 모르고. 사람들이 자꾸 날 휘어잡으려 한단다. 할머니가 말한다. 자꾸만 그래.

애슐리에게 전화한다. 메시지를 남긴다.

보비에게 전화한다. 메시지를 남긴다.

마사 루이스에게 전화한다. 메시지를 남긴다.

그러다 문득 요즘에는 음성메시지를 아무도 확인하지 않는다는 생각이 들어서, 문자메시지를 보내기 시작한다.

요즘 케이시 소식 들은 적 있어요? 한동안 보이지가 않네요. 아는 게 있으면 연락주세요.

전화기를 본다. 기다린다.

마사 루이스가 가장 먼저 답신한다. **안녕하세요, 믹. 큰일이네. 걱정이군요. 좀 알아볼게요.**

사촌 애슐리에게서 답장이 온다. **아니. 유감이야.**

케이시의 예전 친구 몇이, 최근에는 보지 못했다고 답신한다. 그들이 행운을 빌어준다. 위로의 말을 보내온다.

답신이 아예 없는 사람은 사촌 보비뿐이다. 한 번 더 메시지를 보낸 뒤 애슐리에게 내가 아는 그의 번호가 맞는지 확인한다.

그거 맞아. 애슐리가 답신한다.

그런데 문득, 한 가지 생각이 떠오른다. 오늘은 11월 20일 월요일이다. 즉, 목요일이 추수감사절이다.

우리가 어릴 때 할머니 쪽 친척, 오브라이언 가족은 해마다 추수감사절이면 모였다. 할머니의 여동생인 린 할머니 집에서. 요즘은 린 할머니의 딸 애슐리가 그 일을 맡아 하고 있지만 나는 오랫동안 가족 행사에 참석하지 않았다. 토머스가 태어나기 전부터도.

오브라이언 가족의 추수감사절 모임에 빠지기 위해 늘 같은 변명을 내놓았다. 근무해야 한다고. 아무에게도 말하지 않는 것은, 근무가 없을 때도 추가 수당을 받으려고 자원해 일했다는 것이다.

올 추수감사절에는 드물게도 근무가 없다. 토머스와 단둘이 보낼 계획이었다. 고구마 통조림, 인스턴트 매시트포테이토, 로티세리 치킨을 사려고 했다. 식탁 한가운데 촛불을 켜고 아들에게 미국의 첫 추수감사절 이야기를 들려주려고 했다. 고등학교 때 좋아했던 역사 교사인 파월 선생님이 처음 가르쳐준 것인데, 보통 학교에서 가르치는 것과는 많이 달랐다.

하지만 오브라이언 가족의 추수감사절 모임에 가면 케이시에 대해서, 특히 케이시와 아직 내 메시지에 답이 없는 사촌 보비에 대해서 물어볼 수 있을 것이다.

할머니에게 한 번 더 전화를 건다. 이번에는 받는다.

— 할머니. 미키예요. 추수감사절에 애슐리 집에 가실 거예요?

— 아니. 할머니가 대답한다. 일할 거다.

— 그래도 모임은 하죠?

— 린 말로는 그렇다던데. 왜 그러냐?

— 궁금해서요.

— 가겠다는 건 아니지.

— 어쩌면요. 아직은 잘 모르겠어요.

할머니는 말을 멈춘다.

— 음, 설마 그럴 리가. 할머니가 말한다.

— 올해는 그날 근무가 없어서요. 그뿐이에요.

— 애슐리에겐 아직 말씀하지 마세요. 내가 말한다. 혹시 못 갈 수도 있으니까요.

전화를 끊기 전에, 한 번 더 묻는다.

— 케이시한테선 소식 없죠?

— 젠장, 미키. 할머니가 말한다. 개랑 말 안 하는 거 알잖니. 왜 그러는데?

— 아무것도 아니에요.

그날 내내, 말을 걸어볼 사람을 찾아 보도를 훑어보지만 아무런 소득이 없다. 강박적으로 전화기를 확인한다. 무전은 몇 건만, 처리하기 쉬운 일에만 겨우 응답한다.

그날 밤 귀가하자, 토머스가 내 걱정을 하는 듯한 모양새다. 아이가 무슨 일이라도 있느냐고 묻는다.

너 말곤 모든 게 잘못됐다고 말하고 싶다. 요즘 내 삶에서 오직 너만이 내 즐거움이라고. 너라는 작은 존재, 차분히 관찰하는 네 작은 얼굴, 네 안에서 엄청나게 자라는 지성, 네 말 속 단어 하나하나와 표현 하나하나, 내가 네 미래를 위해 황금처럼 쌓아두는 것들. 적어도 내게는 네가 있다고, 말하고 싶다.

물론 그런 말은 하지 않는다. 아무 일도 없어. 왜 그러니?

하지만 아이는 믿지 않는 표정이다.

— 토머스. 추수감사절에 애슐리네 집에 가면 어떨까?

토머스는 벌떡 일어나더니 가슴 위에 손을 모은다. 남자아이다운, 거칠고 강하면서 흙냄새를 풍기는 손이다.

— 애슐리 아주머니 보고 싶어요.

나는 어쩔 수 없이 웃는다. 애슐리를 마지막으로 본 건 2년 전, 크리스마스에 할머니 맥을 찾았을 때였던 것 같다. 토머스는 벽에 붙인 가계도 덕분에 그녀를 알고 있다. 가끔은 그걸 손가락으로 훑으며 한 명씩 이름을 부르기도 한다. 애슐리는 론과 결혼했고, 제러미와 첼시, 패트릭과 도미닉의 어머니다. 애슐리의 어머니는 린 할머니다.

토머스는 신이 나서 양팔을 들고 내게 며칠 남았는지 묻는다.

아이를 재운다. 토머스를 재우고 집에 있는 동안은 항상 일과가 같다. 목욕, 책 읽기, 잠자기. 우리는 동네 도서관에 자주 간다. 처음에는 포트리치먼드로 갔고, 지금은 벤세일럼의 도서관에 간다. 그곳 사서들 모두 토머스의 이름을 안다. 매주 우리는 책을 골라 함께 읽는데, 매일 밤 토머스에게 어느 정도 읽고 싶은지 분량을 정하라고 한다. 그런 다음 우리는 함께 글을 읽고, 읽은 장면을 그림으로 묘사하고, 뒤이어질 내용을 직접 써보며 다음에 일어날 일을 추측한다.

B조가 되어 베서니에게 토머스를 맡길 때는, 베서니는 아이를 재우면서 책을 별로 읽어주지 않는 것 같다.

아이를 재우고 난 뒤, 나는 어둑하고 아늑한 방에 머물며 아이 옆에 누워 잠시라도 잠에 빠지면 얼마나 좋을까 생각한다.

하지만 할 일이 있으니 일어나 아들 이마에 키스하고 조용히 문을 닫는다.

거실에서 노트북을 켠다. 오래전 사이먼이 새 노트북을 사면서 내게 준 것이다. 인터넷 브라우저를 연다.

나는 늘 '소셜 미디어'에 저항감을 느꼈다. 모르는 사람들이나 연락할 이유가 없는 과거 사람들은 고사하고, 그 누구와도 연결되고 싶지 않다. 하지만 케이시는 그걸 자주 한다. 아니, 예전에는 그랬다. 나는 검색창에 '페이스북'을 입력하고 링크 버튼을 클릭한 후 그 애를 찾는다.

그러자 나온다. 케이시 마리. 동생이 꽃을 들고 웃는 사진이 보인다. 머리 모양이 최근 거리에서 봤을 때와 같은 걸로 보아 적어도 근래의 모습이다.

그 아래는 별 내용이 없다. 케이시가 자기 상태를 업데이트하는 걸 중요한 일과로 여길 리 없다. 하지만 여러 가지 게시물이 있는 건 놀랍다. 고양이와 강아지 사진이 많다. 아기 사진도 많다. 남의 아기인 것 같다. 성실성이나 사기 또는 배신에 관한 내용 등, 다른 사람들이 마케팅

용으로 쓴 것 같은 글도 있다. (그걸 읽고 있으니, 동생에 대해서 얼마나 모르고 있었는지 거듭 깨닫게 된다.)

중요한 건 케이시가 직접 쓴 글이다. 이런 것에서 실마리를 찾아야 한다.

처음에 성공하지 못하면…… 지난여름에 쓴 글이다.

누구 나한테 일자리 줄 거 있어?

수어사이드 스쿼드 보고 싶어!

리타 꺼!!! (케이시가 얼음물이 든 컵을 들고 웃는 사진이 있다.)

사랑해. 사랑해. 8월에 쓴 글이다. 케이시와 마른 몸에 짧은 머리를 한 백인 남자가 찍힌 사진이 있다. 남자와 케이시가 거울을 보고 있다. 그가 문신한 팔을 케이시의 몸에 두르고 있다.

사진에 그의 계정이 '태그'되어 있다.

코너 닥 퍼미솔.

그 아래 누가 이렇게 적었다. **잘생긴 의사.**

나는 그를 노려본다. 그의 이름을 클릭한다. 케이시와 달리, 그의 '타임라인'은 비공개다. 친구 요청을 할까 하다가 그만둔다.

구글에 '코너 퍼미솔'을 검색하지만, 결과는 '0'이다. 내일 경찰 데이터베이스에서 그의 이름을 검색해볼 생각이다.

결국 다시 케이시의 타임라인으로 돌아온다.

맨 위의 10월 28일 게시물은 실라 맥과이어라는 사람이 쓴 글이다.

케이시, 연락해.

그 아래 달린 댓글은 없다. 아마도 케이시가 게시물을 마지막으로 올린 날은 10월 2일인 듯싶다.

무서운 일을 하고 있어.

나는 메시지 버튼을 클릭한다. 그리고 5년 만에 처음으로 동생에게 연락한다.

케이시, 걱정돼서 연락해. 어디 있니?

+++

다음 날 아침, 어쩐 일인지 베서니가 일찍 왔다. 얼마 전부터 토머스와 아침에 쉽게 헤어지기 위해, 엄마를 일찍 놔주는 대신 그 보상으로 스티커를 주고 있다. 열 개를 모으면 원하는 색칠 공부 책을 사주기로 했다. 그 덕분에 오늘은 일찍 출근해 탈의실로 향한다. 구두를 화장지로 닦는데, 구석에 걸린 텔레비전으로 시선이 간다.

— 켄징턴에서 강력 범죄가 연이어 발생하고 있습니다. 앵커가 엄숙하게 말하고, 나는 허리를 편다.

미디어가 결국 사건을 알아차린 모양이다. 만약 이 살인 사건이 센터시티에서 일어났다면 최소 한 달 전에는 알아차렸을 것이다.

실내에는 얼마 전 들어온 신입 여자 경관 한 명뿐이다. 오늘 그녀는 C조다. 이름은 기억나지 않는다.

— 최근 네 명의 여성 시신이 발견됐는데요, 처음에는 사인이 약물 과용으로 알려졌었죠. 그런데 경찰이 새로운 첩보를 입수하고 이 사건에 범죄가 개입되었는지 여부를 다시 조사 중이라고 합니다.

네 명.

나는 셋만 알고 있다. 선로에서 발견한 신원 미상의 시신. 17세의 케이티 콘웨이. 18세의 방문 간호보조원, 애너벨 카스티요.

로커 사이에 놓인 벤치에 앉는다. 눈을 감고, 삶이 이 순간 전후로 갈라지는 장면을 상상하며 기다린다. 나쁜 소식을 들을 때마다 이런다. 누군가 할 말이 있어, 라고 말한 뒤에는 항상 시간의 흐름이 느려진다.

그들은 케이티 콘웨이의 이름부터 발표한다. 그녀의 어머니는 술에 취해 엉망이 된 모습으로 인터뷰한다. 말이 너무 느리다. 착한 애였어요. 케이티의 어머니가 말한다. 늘 착한 애였어요.

나는 숨도 못 쉬고 기다린다. 케이시일 리 없다. 그럴 리 없다. 케이시라면 누군가 분명 내게 알려줬을 테니까. 직장에서 그 애 이야기를 꺼내지는 않았지만, 다른 건 몰라도 아버지에게 물려받은 성이 같으니까. 피츠패트릭. 전화기를 확인한다. 걸려온 전화는 없다.

앵커는 이어서 애너벨 카스티요로, 그리고 래퍼티와 내가 선로에서 발견한 신원 미상의 여성으로 넘어간다. 물론 그녀의 사진은 없다. 하지만 내 머릿속에 그 모습이 또렷이 떠오른다. 밤마다 잠들기 전, 그 모습이 보인다.

네 번째 희생자로 넘어갈 것이다. 천천히, 그리고 빠르게 시야가 흐려진다.

— 오늘 아침 켄징턴에서 네 번째로, 이 사건과 관련된 것으로 보이는 시신이 발견됐습니다. 경찰에서는 신원 확인을 이미 마쳤다고 밝혔는데요, 먼저 가족에게 연락을 취한 후에 신원을 발표할 예정이라고 합니다.

— 괜찮아요? 로커 룸에 있던 경찰관의 질문에 나는 고개를 끄덕인다. 거짓말이다.

어릴 때 나는 종종 발작을 일으키곤 했다. 의사는 '공황장애'라고 했지만, 나는 그 용어가 마음에 들지 않는다. 몇 분 혹은 몇 초 동안 내가 죽어간다고 생각하면서 심장박동 수를 센다. 그게 마지막이라고 확신하면서. 최근 몇 년 동안은, 그러니까 고등학교 이후로는 발작이 없었지만, 로커 룸에서 갑자기 그것이 다가오는 징후를 느낀다.

세상 가장자리가 어두워진다. 앞이 안 보이는 것처럼, 눈이 받아들이는 정보가 머리에까지 전달되지 않는 것처럼 느껴진다. 천천히 숨을 쉬어보려고 애쓴다.

에이헌 경사가 불쾌한 얼굴로 무덤덤하게 내 앞에 서 있다. 그 옆에 젊은 여자 경관이 있다. 금발에 날씬하다. 내 이마에 천천히 물을 뿌리고 있다.

— 이렇게 하라고 어머니가 알려주셨어요. 신참이 에이헌 경사에게 말한다.

— 어머니는 응급 구조사였어요. 그녀가 다시 강조한다.

깊은 수치심이 밀려든다. 비밀이 발각된 느낌이다. 이마에서 물을 닦는다. 재빨리 일어나 웃으며 아무렇지도 않은 척하려 든다. 하지만 거울에 언뜻 비친 내 얼굴은, 잿빛에 음울하고 무시무시하다. 다시 어지러워진다.

에이헌 경사는 내가 괜찮다는데도 병가를 내게 한다. 우리는 그의 사무실에 있다. 나는 그의 맞은편에 앉아서 기운을 차리려고 노력한다.

— 직장에서 기절하게 둘 순 없네. 그가 말한다. 집에 가서 쉬게.

기절. 부끄러운 단어다. 에이헌은 내게 그렇게 말하는 순간을 즐기고 있는 듯하다. 미소를 감추고 있나? 그가 브리핑 때 이 일을 이야기하는 장면을 상상하자 몸이 떨려온다.

그래서 몸을 일으켜 세운다. 그리고 밖으로 나오기 전, 정신을 차리고 용기를 내서 묻는다.

— 다른 시신이 발견됐다던데요.

에이헌이 나를 본다. 하나만? 그가 말한다. 그렇다면 행운이로군.

— 약물 과용 말고요. 여성이요. 또 교살된 사체라던데요.

그는 아무 말도 하지 않는다.

— 뉴스에 나왔어요.

그는 고개를 끄덕인다.

— 인상착의, 있습니까? 내가 묻는다.

그는 한숨을 쉰다. 왜, 미키.

— 아는 사람인지 궁금해서요. 제가 사건 처리를 한 적이 있는 사람인지.

에이헌은 전화기를 든다. 뭔가를 찾는다. 그리고 소리 내어 읽는다.

— 신분증에 따르면, 크리스티나 워커. 아프리카계 미국인. 20세. 162센티미터, 68킬로그램.

케이시가 아니다.

다른 누군가의 케이시겠지.

— 감사합니다.

그 방 창문 너머로, 나뭇잎이 거의 다 떨어진 참나무 서너 그루를 잠시 바라본다. 고등학교 때 들은 수업에서 펜실베이니아주 대부분이 애팔래치아 참나무로 덮여 있다고 배웠다. 당시에는 이상하게 생각했다. 애팔래치아산맥은 남쪽에 있고, 펜실베이니아주는 북쪽에 있는데.

— 미키. 에이헌이 말한다. 그제야 너무 오래 있었다는 걸 깨닫는다.

— 트루먼과 최근에 이야기한 적 없나? 그가 묻는다.

나는 당장 대답하지 않는다.

그러다 묻는다. 왜요?

그는 다시 웃는다. 상냥한 웃음이 아니다.

— 로커 룸에서 말이야. 그 친구 이름을 부르던데.

+++

트루먼 도스.

나는 밖으로 나와 그의 번호를 찾는다. 전화기를 한참 들여다보며 그 이름을 놓고 생각한다. 지난 10년 동안 그 이름을 몇 번이나 불렀는지.

트루먼 도스. 가장 중요한 나의 멘토. 몇 년 동안은 내 유일한 친구였던 이. 10년 가까이 함께 일한 트루먼. 경찰 일에 대해서 자기가 아는 모든 것을 내게 가르쳐주고, 지역사회를 존중하면 자신도 존중받게 된다는 사실을 가르쳐준 트루먼. 자기 구역을 모욕하거나 헐뜯는 사람에게는 늘 인상을 쓰던 트루먼. 필요할 때면 빠르게 위로하거나 농담을 건네던 트루먼. 심지어 체포 중에도. 날마다 그리운 트루먼. 이 순간, 그의 조언이 무엇보다 절실하다.

실은 그를 피해왔다.

어린 시절부터 내게는 나쁜 습관이 있었다. 인정할 수 없는 건 회피하고 부끄러운 일에서는 등을 돌리며, 맞서기보다는 달아난다. 그런 면에서 난 비겁하다.

고등학교 때 제일 좋아한 선생님은 역사 교사 파월 선생님이었다. 당시 내게는 그녀의 나이가 많게 느껴졌지만, 실은 그렇지 않았다. 다른 학생들에게 인기 있는 교사는 아니었다. 그녀는 다른 교사들처럼―고등학교 때 학생들과 함께 운동하고 농담도 하는 젊은 백인 교사들 말이다―쉽게, 값싸게 남의 존경을 얻어내지 않았다. 그렇다. 파월 선생님은 달랐다. 그녀는 서른다섯 살쯤 된 흑인이었고 두 아이의 어머니였다. 날마다 청바지 차림에 안경을 썼고, 재미있어 보이려고 노력하지 않았다. 그녀에게 끌리는 학생들은 당연히 진지한 성향을 가진 친구들이었다. 그녀는 이 학생들을 정말로 진중하게 대했으며, 그들—우리—에 관해 진정 큰 꿈을 품고 있었다. 파월 선생님이 자기 휴대전화 번호나 집 전화번호를 알려주면서 도움이 필요하면 언제든 전화하라고 했던 게 기억난다. 전화를 건 것은 단 한 번뿐이었지만, 학교 밖에서도 책임감 있는 성인 한 사람과 언제든 연락을 할 수 있다는 사실이 나는 무척 좋았다. 위로가 됐다.

파월 선생님은 펜실베이니아주의 역사를 중심으로 미국 역사를 2년 동안 가르쳤지만, 집중하는 학생에게는 그보다 훨씬 더 많은 걸 가르쳐주었다. 그 수업에서 나는 철학과 토론의 기초, 지질학과 수목학에 관한 흥미로운 정보를 얻었다. 참나무는 선생님이 특히 좋아하는 나무였고, 이제는 나도 토머스도 좋아한다. 또한, 파월 선생님이 권력의 불균형이 이 나라에 가져온 제도화된 편견에 관해 설명할 때도 나는 귀를 기울였다. 이 부분을 언급할 때, 선생님은 교실 뒤편에 앉은 폴란드와 아일랜드, 그리고 이탈리아계 학생들을 늘 의식하며 섬세하게 접근했다. 그들이 부모에게 불평하면 선생님의 삶과 일이 더 힘들어질 테니까.

나는 파월 선생님과 그녀의 가르침이 좋아서 고등학교 교사가 되고 싶어 한 적도 있었다. 오늘날까지도 그런 삶은 과연 어땠을까 궁금하다. 최근 토머스는 여러 가지 일이 일어나는 과정에 대해 묻기 시작했고, 그럴 때면 나는 파월 선생님이 그 시절에 가르쳐주었던 것을 찾아 기억을 더듬는다. 그럴 수 없을 때는 직접 조사해서, 파월 선생님처럼 토머스의 사고를 이끌어내는 대답을 해주려고 노력한다.

이 이야기의 핵심은, 파월 선생님과 그녀의 가르침이 너무 좋고 그녀를 너무나 존경한 나머지 몇 년 전 경찰복을 입은 채로 선생님과 마주쳤을 때 그만 얼어붙고 말았다는 점이다.

선생님을 매우 오랜만에 만났다. 마지막으로 연락한 건 대학에 지원하던 때였다.

선생님은 이미 가득 찬 쇼핑 카트에 시리얼을 담고 있었다. 머리가 희끗희끗했다.

선생님이 입을 열었다. 내 옷차림을 봤다. (그 순간, 선생님이 로스앤젤레스 흑인 폭동에 대해 강의하며 그 원인을 설명할 때 짓던 표정이 떠올랐다.) 선생님은 머뭇거렸다. 그러다 내 명찰에 적힌 'M. 피츠패트릭'을 보더니 확신을 얻은 표정이었다.

— 미케일라? 선생님이 조심스레 물었다. 너니?

시간의 흐름이 느려졌다.

잠시 기다렸다가 대답했다. 아뇨.

말한 대로, 난 비겁자다. 내 자신을 설명하고 내 결정을 뒷받침할 생각이 없었다. 그 전까지는 경찰관이 된 것이 부끄럽지 않았다. 그런데 그때는 뭐라 설명하기 어려운 이유로 부끄러웠다.

파월 선생님은 어떻게 해야 할지 잠시 망설이는 것 같았다. 그러더니 말했다. 착각했네요.

하지만 믿지 않는 음성이었다.

지금 주차장에서, 그 부끄러웠던 순간을 떠올리며, 내 작은 실패를 기억하며, 용기를 내 다시 한번 트루먼에게 전화를 건다.

신호음이 다섯 번 울린 뒤 그가 받는다.

— 도스입니다.

그제야 어떻게 말을 시작해야 할지 모른다는 걸 깨닫는다.

— 믹? 잠시 후 그가 묻는다.

— 네.

목이 멘다. 부끄럽다. 몇 년 동안 운 적이 없었다. 특히 트루먼 앞에서는. 입을 열었더니 끔찍한 '끼익' 소리가 난다. 목청을 가다듬는다. 감정이 지나간다.

— 무슨 일 있어? 트루먼이 묻는다.

— 바빠요?

— 아니. 그가 말한다.

— 만나도 돼요?

— 물론이지. 그가 말한다.

그는 새 주소를 알려준다.

나는 그에게로 간다.

+++

그 일은 이렇게 일어났다. 폭행이었다. 갑작스러운 일이었고, 동기도 없어 보였다. 우리 제복과 우리 일이 동기가 아니라면 말이다. 몇 초전, 트루먼과 나는 순찰차 앞 보도에서 마주 보고 서 있었다. 뒤쪽, 트루먼 뒤편에서 누군가가 다가오는 게 보였다. 젊은이였다. 얇은 재킷을 입고 얼굴이 반쯤 가려질 정도로 지퍼를 끝까지 채운 채 머리에는 모자를 푹 눌러쓰고 있었다. 4월의 쌀쌀한 날이라 옷차림은 이상할 게 없었다. 운동복 바지를 입고 야구 배트를 어깨에 걸치고 있었다. 연습을 마치고 집에 가는 사람처럼.

나는 그를 제대로 보지도 않았다. 트루먼이 한 말에 웃고 있었고, 트루먼도 웃고 있었다.

아무렇지도 않게, 아주 우아하게 그 남자는 트루먼 옆을 지나며 금속 배트를 휘둘러 그의 오른쪽 무릎을 내리쳤다. 트루먼은 땅에 쓰러졌다. 젊은이는 빠른 속도로 그의 무릎을 한 번 더 후려치더니 달아났다.

나는 내가 이렇게 외쳤다고 믿었다. '멈춰! 꼼짝 마!'

하지만 나는 그저 얼어붙어 있을 뿐이었다. 파트너가 쓰러져 고통에 몸부림치는데, 나는 신입 시절 이후 처음으로 아무 반응도 하지 못했다. 트루먼이 통제력을 잃고 괴로워하는 게 보기 싫었다. 그는 늘 모든 걸 통제해왔는데.

비틀거리며 한두 걸음, 가해자를 쫓아가다가 트루먼을 혼자 두기 싫어 되돌아갔다.

— 가, 미키. 트루먼이 이를 악문 채로 말했고, 나는 그제야 사라진

남자를 뒤쫓아 달려갔다.

그가 모퉁이를 돌았다. 나도 뒤따랐다.

그 순간, 권총의 총구와 마주쳤다. 손잡이에 나무를 덧댄 베레타였다. 그 너머로, 트루먼을 공격한 남자의 시선이 머물러 있었다. 얼굴은 파란 눈만 빼고 모두 가려져 있었다.

─씨발, 물러서. 남자가 나직이 말했다.

나는 망설임 없이 순응했다. 뒤로 몇 걸음 물러나 건물 모퉁이를 돈 다음 헐떡거렸다.

오른쪽을 보았다. 트루먼이 쓰러져 있었다.

건물을 돌아봤다. 가해자는 사라지고 없었다.

그를 체포하는 데 나는 아무런 역할도 하지 못했다. 고통스러웠던 한 달 동안 놈은 잡히지 않았다. 그동안 트루먼은 두 차례나 수술을 받았다. 결국 그가 잡힌 것은, 내 도움에 의해서가 아니라 몇 블록 떨어진 상점 앞에 설치돼 있던 감시 카메라의 영상 덕분이었다.

그가 거리에서 사라진 것이 기뻤다. 그것도 아주 오랫동안.

하지만 그가 체포되었다는 사실에서 나는 아무런 위안도 받지 못했다. 내 죄책감이나 수치심을 전혀 덜어주지 못했으니까. 나는 현장에서 빠르게 대처하지 못했고, 문제의 가해자가 시키는 대로 물러섬으로써 내 파트너를 배신했다.

딱 한 번, 트루먼을 병문안했다. 나는 내내 고개를 숙인 채였다. 위로의 말을 짧게 전했다.

그의 눈을 보지 못했다.

트루먼의 새집은 마운트에어리에 있다. 처음 가보는 곳이다. 가다가 몇 번이나 길을 잘못 드는 바람에 나는 한층 긴장해 있다.

그가 전에 살던 이스트폴스의 집에도 자주 가지 않았다. 몇 차례 예외가 있긴 했지만, 트루먼과는 직장에서만 만나는 사이였다. 하지만 적어도 그 집을 알기는 했다. 그곳에서 그를 차에 태우거나 내려줬고, 한두 번은 그의 가족 모임에도 참석했으니까. 딸들의 고등학교 졸업 파티나 아내의 생일 파티 때. 하지만 2년 전에 그는 짐짓 아무렇지도 않은 척하며, 20년 이상 함께 산 실라와 이혼하고 집을 나올 거라고 말했다. 이제는 딸들도 모두 대학에 보냈으니, 굳이 실라와 행복한 척 연기할 이유가 없다는 것이었다. 아마 그때 내가 더 몰아붙였다면, 그는 이혼이 자신이 아닌 실라의 생각임을 인정했을 것이다. 유난히 슬프고 무뚝뚝한 그의 표정에서 나는 그것을 확신했다. 더군다나 오랜 세월 동안, 그는 아내에 대해 이야기할 때면 언제나 얼굴을 환히 밝히곤 했으므로. 하지만 트루먼이 스스로 말하지 않는 사적인 문제를 나는 캐묻지 않았고, 그건 그 또한 마찬가지였다. (우리가 그토록 잘 지낼 수 있었던 주된 이유 중 하나일 것이다.)

마운트에어리는 내게는 낯선 지역이다. 어릴 때 내게 북서부란 '북동부와는 다른 주가 있는 곳'이나 마찬가지였다. 북서부에도 나름의 문제가 있고 범죄도 일어났지만, 그곳에는 긴 석벽과 드넓은 잔디밭이 딸린 거대한 석조 저택이 있다. 필라델피아라는 이름이 범죄 통계보다는 캐서린 헵번의 이름을 먼저 떠올리게 하는 시절에 지은 건물들이다. 내가 북서부 역사에 대해 아는 내용은 대부분 파월 선생님에게 배운 것들이다. 독일인 정착민 20가구로부터 시작해서 적절하게도, '저먼타운'으로 불리게 되었다는 것도.

트루먼의 집이 있는 거리를 겨우 찾는다. 거기로 접어든다.

밖에서 보니 예쁘장한 집이다. 이웃과 조금 떨어져 있고, 집 양편에 작은 잔디밭이 있다. 가로는 좁지만 세로로 긴 집 같고, 보도 쪽으로 경사가 가파른 짧은 잔디밭이 있으며, 그네가 딸린 전면 발코니와 진입로도 있다. 트루먼의 차가 거기 주차되어 있다. 내 차를 세울 공간도 충분하지만, 머뭇거리다가 거리에 차를 세운다.

앞쪽 계단을 오르는데 트루먼이 문을 연다. 그는 대학 시절에는 크로스컨트리를, 이후에는 마라톤을 했다. 그의 아버지는 미국으로 이민 오기 전에는 자메이카의 국제 대회 스타플레이어였으며, 미국에서 학위를 받고 공부하다 일찍 돌아가셨다고 했다. 하지만 돌아가시기 전에 아들에게 속도와 지구력에 대해 아는 것을 전부 전수했다. 트루먼에게선 여전히 운동선수의 모습이 보인다. 키가 크고 마르고 유연하다. 그는 금방이라도 앞으로 튀어 나갈 것처럼 늘 발끝으로 걸었다. 그가 범죄자를 따라 뛸 때면, 도망치는 사람이 불쌍하게 느껴질 정도였다. 그들은 다섯 걸음도 떼기 전에 트루먼에게 붙잡혔다. 오늘 그는 오른쪽 다리에, 청바지 위로 보조기를 차고 있다. 그가 다시 달릴 수 있을지 모르겠다.

그는 고개만 끄덕일 뿐 다른 인사는 없다.

고요한 실내, 흰색 벽. 이상한 느낌이 들 정도로 깔끔하다. 전에 살던 집도 깔끔했지만 그래도 그 집에는 가족이 사는 흔적이 있었다. 현관에는 운동용 정강이 보호대가 있고, 게시판에는 끼적인 쪽지가 끼워져 있었다. 그런데 여긴 흰색 페인트를 두껍게 칠한 낡은 라디에이터만 안쪽 벽 근처 공간을 차지하고 있을 뿐이다. 구석에 놓인 스탠드 하나만 켜져 있고, 다른 곳은 어둠침침하다. 볕이 들지 않는 집 정면으로 발코니의 천장이 보이는데, 양옆에 창문은 없다. 그 역시 문득 그걸 느꼈는지, 구석으로 가서 전등의 스위치를 올린다. 사방에 붙박이 책장이 있어서 트루먼과 분위기가 잘 어울린다. 우리 사이의 주된 화제는 언제나 책이었다. 나와 달리 트루먼은 제대로 된, 애정 가득한 가정에서 자랐다. 하지만 그는 내성적인 외아들이었고 어릴 적에는 말이 느려서 놀림을 받기 일쑤였다. 그렇기에 그에게는 책이 가장 좋은 친구였다. 지금도 거실 탁자에 책이 한 권 펼쳐져 있다.《손자병법》. 1년 전이었다면 그 책을 보고 그를 살짝 놀리며 누구와 싸울 생각이냐고 물었을 것이다. 지금은 어색한 침묵만 흐를 따름이다.

— 어떻게 지냈어요? 내가 묻는다.

— 잘 지냈지.

그는 앉으려고도, 내게 자리를 권하려고도 하지 않는다.

나는 로커 룸에서 갈아입은 경찰복 차림 그대로다. 차에 벨트를 두고 온 것이 후회된다. 그게 없으니 손을 어디에 둬야 할지 모르겠다. 이마를 긁는다.

— 무릎은 어때요.

— 괜찮아. 그는 무릎을 내려다본다. 그리고 그걸 편다.

나는 힘없이 주위를, 집을 향해 손짓한다.

— 좋네요.

— 고마워.

— 요즘 뭐 하고 지내세요? 내가 묻는다.

— 이런저런 거. 뒷마당을 정돈하고 있어. 책도 읽고. '코업'도 하지. 그게 뭔지 모르겠다. 묻지는 않는다.

— 협동 식료품점이야. 트루먼이 내 마음을 읽고 말한다. 예전에도 그는 그 점 때문에 나를 나무라곤 했다. 모르는 걸 인정하지 않는다고.

— 딸들은 잘 있어요? 딸들이 어릴 때 찍은 가족사진이 보인다.

사진에는 전처인 실라도 있다. 그걸 보니 당황스럽다. 점잖지 못한 느낌이다. 그는 외로운 모양이다. 부인을 그리워하면서. 그런 생각을 하고 싶지 않다.

— 잘 있지. 트루먼이 말한다. 그다음에는 무슨 말을 해야 할지 모르겠다.

— 차 마시겠어? 트루먼이 잠시 후 묻는다.

나는 트루먼을 따라 주방으로 간다. 주방은 새로 고쳐서 깨끗하다. 어쩌면 그가 직접 해낸 것일지도 모른다. 늘 솜씨가 좋은 사람이었다. 그는 계속해서 새로운 걸 독학한다. 다치기 직전에도 낡은 닉슨 카메라를 사서 손수 고쳤다.

나는 거기 서서, 작은 티백을 꺼내 그 안에 찻잎을 넣는 그의 뒷모습을 본다.

그가 나를 보지 않으니 생각하기가 쉽다.

목청을 가다듬는다.

— 무슨 일이야, 미키. 트루먼이 돌아보지 않고 묻는다.

— 사과드릴 게 있어서요. 내가 말한다. 조용한 실내에서는 너무 큰

목소리다. 그리고 너무 정중하다. 나는 이런 걸 적절하게 맞추지 못한다.

트루먼은 잠시 멈칫하더니 끓는 물을 찻주전자에 붓는다.

—뭘?

—그자를 놓쳤으니까요.

—빨리 움직이지 못했어요. 내가 말한다. 움츠러들었어요.

하지만 트루먼은 고개를 젓는다.

—아냐, 미키.

—네?

—그 사과가 아니지. 트루먼은 돌아서서 나를 바라본다. 나는 시선을 마주하지 못한다.

기다린다.

—놈은 달아났어. 트루먼이 말한다. 그럴 수도 있지. 셀 수 없이 많이 겪은 일이야.

그는 나를 보더니 티백을 찻잔에 담근다.

—더 빨리 왔어야지. 트루먼이 말한다. 그래, 그건 사과할 일이야.

—하지만 전 물러섰어요. 내가 말한다.

—그래서 다행인 거지. 트루먼이 말한다. 총에 맞아서 뭐 하게. 어쨌든 난 살았어.

나는 잠시 입을 다물고 있다.

—더 일찍 왔어야 하는데. 내가 말한다.

—죄송해요.

트루먼은 고개를 끄덕인다. 실내 분위기가 바뀐다. 트루먼이 차를 따른다.

—돌아올 거죠? 내가 묻는다.

질문에서 다급함이 느껴진다.

트루먼은 쉰두 살이다. 하지만 마흔 살 정도로 보인다. 침착하고 느긋한 행동거지가 젊음을 그대로 보존하고 있다. 나는 그의 나이를 겨우 2년 전에, 몇몇 경관들이 마련한 쉰 살 생일을 축하하는 자리에서 알게 되었다. 나이 때문에, 그는 은퇴하고 싶으면 할 수도 있다. 이제 연금을 받을 수 있으니까.

하지만 그는 어깨만 으쓱일 뿐이다.

— 글쎄, 그럴 수도 있지. 그가 말한다. 아닐 수도 있고. 생각할 문제가 있어. 세상이 이상해서.

그는 그제야 돌아서더니 나를 잠시 빤히 본다.

— 사과만 하러 온 게 아닐 텐데.

아니라고 하지 않는다. 시선을 내린다.

— 무슨 일로 온 거지? 그가 묻는다.

+++

이야기를 마치자 트루먼은 바깥으로 통하는 문을 향해 걸어간다. 잠들어 있는 겨울 정원을 내다본다.

— 누가, 소식을 들은 지는 얼마나 됐지? 그가 묻는다.

— 폴라 멜로니는 한 달째라고 해요. 폴라에게 시간 개념이 있을지 모르겠지만요.

— 그렇군. 트루먼의 표정은 전에도 본 것이다. 행동을 시작하기 전, 도망자를 덮치기 직전의 표정이다. 팽팽하게 긴장한.

— 다른 정보는?

— 10월 2일 페이스북에서 마지막으로 활동했어요. 그리고 닥이라는 사람과 사귈지도 몰라요. 'D-O-C-K'. 페이스북 타임라인에서 그 이름을 봤어요.

트루먼은 미심쩍은 표정이다. 닥이라. 그가 말한다

— 알아요. 내가 말한다. 켄징턴에 그런 별명을 가진 사람이 있나요?

트루먼은 생각해본다. 그리고 고개를 젓는다.

— 코너 퍼미솔은요? 내가 묻는다. 그게 본명 같아요.

— 철자가 뭐지. 트루먼이 묻는다. 음성에 이상한 게 섞여 있다. 미소가. 내키지 않지만 철자를 알려준다. 남의 농담을 이해하지 못하는 게 싫다. 어린 시절의 습관이다.

— 믹. 트루먼이 말한다. 페이스북에서 얻은 정본가?

나는 끄덕인다.

트루먼은 소리 내어 웃는다. '팸'이라, 미키. 그가 말한다. 팸.

그의 말투와 미소, 상냥한 눈빛에 답답하던 가슴이 풀어진다. 그곳을 꽉 죄던 나사를 푼 것처럼 그렇게. 그리고 나도 웃고 있다.

— 알았어요, 트루먼. 내가 말한다. 좋아요. 당신이 나보다 똑똑해요. 안다고요.

트루먼이 진지해진다.

— 실종 신고는 했나?

— 아뇨.

— 왜?

나는 머뭇거린다. 사실, 부끄러워서 그랬다. 모두가 내 개인사를 아는 것이 싫다.

— 그 애 기록을 다들 들춰보고 실종 사실을 입력하겠죠.

— 신고해, 믹. 그가 말한다. 마이크 디파올로에게 연락할까?

디파올로는 동부서에 근무하는 그의 형사 친구로, 그와는 유니아타에서 함께 자랐다. 나와 달리 트루먼은 서에 친구와 동지가 있다. 나를 여기저기 끌어넣고 원하는 것을 얻는 법을 알려준 사람은 늘 트루먼이었다.

하지만 나는 고개를 젓는다.

— 그럼 에이헌에게 알려.

나는 이마를 찡그린다. 에이헌 경사에게 사생활을 털어놓는다니, 생각만 해도 싫다. 특히 아침에 그런 일이 있은 뒤론. 내가 신경쇠약 같은 것에 걸렸다고 그가 생각하게 되는 것은 정말 싫다.

— 트루먼. 내가 말한다. 내가 못 찾는데 누가 찾겠어요?

사실이다. 일선 순찰경관이 눈이다. 형사나 경장, 경사, 경위가 아니라. 켄징턴 거리에서 실종 자녀를 찾아달라고 부모들이 부탁하는 상대는 순찰경관이다. 실종된 어머니를 찾아달라고 아이들이 부탁하는 대상도 우리다.

트루먼은 어깨를 으쓱인다. 잘 아네, 믹. 하지만 말해봐. 나쁠 거 없으니까.

— 알겠어요.

거짓말일지도 모른다. 모르겠다.

— 거짓말이지. 트루먼이 말한다.

나는 웃는다.

트루먼은 바닥을 내려다본다.

— 닥이라는 자에 대해 물어볼 사람이 있어. 그가 말한다.

— 누군데요?

— 신경 쓰지 마. 일단 확인해보고. 우리가 거기서부터 시작할 수도 있겠네.

— 우리가요?

— 요즘은 시간이 많으니까. 그가 다리에 찬 보조기를 보며 말한다.

하지만 다른 이유도 있다는 걸 나는 안다.

나처럼 트루먼도 수사하기를 좋아한다.

+++

트루먼의 조언을 따르려고 한다. 정말이다.

에이헌은 브리핑 전에 방해받는 걸 싫어하지만, 다음 날 아침 일찍 출근해 그의 문을 살짝 두드린다.

그는 처음에는 짜증을 내며 고개를 든다. 나를 보더니 표정이 조금 풀어진다. 미소를 짓는다.

— 피츠패트릭, 기분은 어떤가?

— 좋습니다. 훨씬 나아졌어요. 어젠 무슨 일이었는지 모르겠어요. 탈수증상이었던 것 같아요.

— 뭐, 전날 밤에 파티라도 했나?

— 비슷해요. '저랑 네 살짜리 아들이랑 둘이서.' 이렇게 덧붙이고 싶지만, 에이헌 경사가 내게 아들이 있다는 사실을 잊었다 해도 놀랍지 않다.

— 깜짝 놀랐네. 전에도 그런 적이 있었나?

— 아뇨. 거짓은 조금만 보탠다.

— 알겠네. 그가 서류를 내려다본다. 그러다 다시 고개를 든다. 다른 용건이 있나?

— 잠깐 말씀드릴 게 있습니다.

— 그럼 빨리 말하게. 5분 뒤 브리핑이야. 발등에 떨어진 불이 최소 열두 건이야.

— 알겠습니다, 그게.

갑자기 말문이 막힌다. 케이시 이야기를 어떻게 꺼내야 할지 모르겠다. 게다가 빨리 해야 하기까지 하니.

— 저기, 이메일로 보내겠습니다. 내가 말한다.

에이헌은 멍하니 날 본다. 좋을 대로 하게. 안도한 표정이다.

그의 사무실에서 걸어 나오며, 나는 그럴 일은 없을 거라고 생각한다.

오전 내내 초조하다. 뇌에서 계속 몸으로 신호를 보내온다. 뭔가 잘못됐어. 뭔가 잘못됐어. 뭔가 잘못됐어. 잠재의식 속에서 나는 또 한 구의 시신이 발견됐다는 무전이 오기를 기다리고 있다. 그리고 어째서인지 그 시신이 케이시일 거라고 예상한다. 사실, 케이시가 죽지 않았다고 상상하기 어렵다. 다 죽어가는 모습을 너무나 많이 봐왔으니까.

그래서 무전기가 지글지글 끓는 소리를 낼 때마다 화들짝 놀란다. 소리를 조금 낮춘다.

좋은 소식은, 밖이 매섭게 추운 탓에 사람들의 활동이 적다는 것이다. 차를 세우고 알론조의 가게에서 커피를 산다. 잡지 판매대에서 〈인콰이어러〉를 훑어보며 미적거리지만, 케이시나 폴라는 보이지 않는다.

어쩐 일인지 알론조는 음악을 꺼두었고, 나는 잠시 조용한 실내에서 마음을 가라앉힌다. 형광등과 냉장고 소리, 고양이 로메로가 야옹거리는 소리.

너무 조용해서, 전화기가 울리자 나는 깜짝 놀란다.

받기 전에 발신자를 확인한다. 트루먼이다.

— 근무 중인가? 그가 묻는다.

— 네.

— 지금 K와 A 교차로에 있는데. 닥을 안다는 사람과 함께 있어.

나는 10분 안에 가겠다고 말하고, 상황실에서 아무런 연락도 오지 않기를 기도한다.

켄징턴과 앨러게니 교차로에 도착해 보니, 트루먼은 아무렇지도 않은 표정으로 커피를 들고 보도에 서 있다. 아주 잠시 동안 나는 그를 지켜본다. 지나가던 여자들이 걸음을 멈추고 그에게 말을 건다. 분명 거래를 제안하는 거다. 트루먼은 잘생겼고, 여자들에게 인기가 많다고 놀림받곤 한다는 걸 나도 알고 있다. 그는 그 문제에 대해 언급하기를 피한다. 하지만 나는 그의 외모에는 관심이 없다. 늘 그를 존경스러운 스승으로만 보았다. 그리고 트루먼과 내가 혹시라도 순찰 파트너 이상의 사이로 보일까 싶어 주의했다. 그럼에도 남녀 경관이 파트너가 되면 한두 가지 소문이 퍼지기 마련이고 그건 우리 둘도 마찬가지였다. 트루먼이 유부남이었음에도 불구하고 말이다. 실은 우리를 두고 농담하는 소리를 들은 적도 여러 차례다. 하지만 정작 우리는 투철한 프로 정신에 입각해 소위 '업무 외 활동'은 생각도 하지 않고 지냈다고 자부한다.

나는 차에서 내려 그에게 다가간다. 그는 손을 들어 인사한다. 그리고 말없이 한 건물의 입구를 향해 고갯짓을 한다. 나는 뒤따라간다.

입구에 간판은 없다. 잡동사니를 파는 가게다. 주방 도구에서부터 인형, 그리고 벽지까지 그야말로 온갖 것이 진열되어 있다. 그 물건들 앞에, 먼지 쌓인 작은 표지가 삐뚜름히 놓여 있다. '가정용품.' 그거면 다 설명된다는 듯이. 그 앞을 수천 번은 지났을 텐데, 한 번도 눈여겨본 적 없는 가게다.

가게 안은 따뜻하다. 낡은 매트에 발을 눌러 구두에 묻은 물기를 닦는다. 가게 선반에 물건이 너무 많아 통로가 잘 보이지 않는다. 가게 앞쪽, 카운터 뒤에서 겨울 모자를 쓴 노인이 책을 읽고 있다. 고개를 들지 않는다.

— 여기 왔습니다. 트루먼이 말한다.

노인은 천천히 책을 내려놓는다. 물기 많은, 늙은 눈이다. 손이 살짝 떨린다. 그는 아무 말도 하지 않는다.

— 케이시의 언니입니다. 트루먼이 말한다. 미키라고 합니다.

노인은 잠시 나를 본다. 그가 보는 것이 내 제복임을 깨닫는다.

— 경찰과는 말 안 해. 노인이 말한다. 아흔 살 정도 됐을지도 모른다. 음성에 아주 살짝 외국 억양이 섞여 있다. 자메이카인일지도 모른다. 트루먼의 아버지는 자메이카인이었다. 나는 트루먼을 본다.

— 에이, 라이트 어르신. 트루먼이 조른다. 저도 경찰관인 거 알잖습니까.

라이트가 트루먼을 바라본다. 하지만 자넨 다르지. 그가 한참 만에 트루먼에게 말한다.

— 라이트 어르신이 닥이라는 자를 안다는군. 트루먼이 내게 말한다. 이곳 사람은 다 아시거든.

— 그렇죠, 라이트 어르신? 트루먼이 더 크게 말한다. 노인은 꿈쩍도 않는다.

내가 다가가자 노인이 방어적으로 허리를 세워 앉는다. 이런 게 정말 싫다. 내가 다가가는 사람의 얼굴에 떠오르는 불편한 표정.

— 라이트 어르신. 오기 전에 옷을 갈아입지 못해 죄송해요. 개인적인 일로 도움을 청하러 왔어요. 제 일과는 상관없는 문제예요. 그 사람, 닥을 어디서 찾을 수 있는지 아세요?

라이트는 잠시 생각한다.

— 부탁드립니다. 어떤 정보라도 도움이 될 거예요.

— 그자 찾지 마시오. 라이트가 말한다. 좋은 사람은 아니니까.

몸이 후들후들 떨린다. 반가운 말은 아니지만, 놀랍지도 않다. 케이시가 성가대 청년과 사귄 적은 없으니까.

무전기가 갑자기 잡음을 쏟자 라이트가 긴장한다. 나는 긴급 무전이 오지 않기를 바라며 그걸 꺼버린다.

— 라이트 어르신, 제 동생을 찾고 있어요. 제가 갖고 있는 가장 최신 정보는 그 애가 이 사람과 만난다는 거예요. 그러니 저는 그 사람을 꼭 찾아야 해요.

— 좋소. 그가 말한다. 알겠소. 그는 아무도 엿듣는 사람이 없는지 확인하듯 양옆을 돌아보더니 말한다. 보통은 뒤에 있소. 몸을 녹이러.

— 뒤에요? 내가 말한다. 트루먼이 고맙다고 인사하고 나를 끌고 나온다.

— 그리고 제복 입지 마시오. 라이트가 말한다.

+++

트루먼이 나를 순찰차에 태운다.

— 대체, 하고 내가 말을 꺼내지만 트루먼은 차에 탈 때까지 조용히 하게 시킨다.

— 운전해. 그가 말한다.

— 아버지의 친척이야. 트루먼이 잠시 후 말한다.

나는 회의적인 표정으로 그를 본다.

— 정말요?

— 응.

— 아버지의 친척, 선량한 라이트 어르신?

트루먼이 웃는다. 먼 친척이야.

— 켄징턴애비뉴에서 가게를 하는 친척이 있는지는 몰랐네요.

트루먼은 어깨를 으쓱인다. 그게 무슨 의미인지는 분명하다. '나에 대해 자네가 모르는 게 많아.'

조금 더 운전한다. 눈이 내리기 시작해서 와이퍼를 켠다.

— 그 가게 뒤에 뭐가 있어요? 결국 내가 묻자, 그는 한숨을 쉰다.

— 비밀 지킬 거지?

— 네.

— 거기서 사람들이 마약을 해.

나는 고개를 끄덕인다. 켄징턴에는 그런 곳이 있다. 나도 그런 곳이라면 거의 다 알고 있다. 내가 그 가게를 모르는 건, 트루먼이 그곳을 보호했기 때문일 것이다.

— 좋은 사람이야. 트루먼이 말한다. 정말로. 아들 둘을 마약으로 잃었어. 지금은 카운터 뒤에 나캔이랑 깨끗한 바늘을 두고 있지. 안에서 무슨 일이 일어나는지 감시 카메라를 달아서 보고 있어. 매번 거기 들어가서 불쌍한 얼간이를 구해줘. 공짜로. 돈도 안 내는데 말이야.

안전한 마약 투약 공간이다. 필라델피아에서 마약은 아직 합법이 아니지만, 곧 그렇게 될 거라고 한다. 케이시도 라이트의 가게에 온 적이 있는지 궁금하다.

무전이 요란하게 들어온다. 단순 가정 폭력 사건에 경관 두 사람이 필요하다.

내가 받는다.

— 같이 갈래요? 내가 묻지만 트루먼은 고개를 젓는다.

— 나는 장애인이야, 기억해? 공식적으로 쉬는 중이라고. 여기서 아무도 나를 봐선 안 돼.

— 이제 뭐 할 거예요?

트루먼은 우리 앞의 건물을 가리킨다. 저기 도서관 옆에 내릴게. 내 차가 근처에 있어. 전화해, 응? 어떻게 되는지 알려줘.

나는 멈칫한다.

— 저랑 같이 안 가요? 라이트 어르신 가게에?

그가 같이 가줄 거라 생각하고 그에게 의지하고 있었다.

트루먼은 고개를 젓는다. 안 가는 게 나아.

내가 실망한 걸 표정에서 읽었는지 그가 미키, 하고 말을 건다. 도중에 내가 다른 일을 도와야 할 수도 있어. 그때 그자가 날 알아보지 못해야 할 수도 있잖아.

좋은 지적이다. 나는 고개를 끄덕이고 그를 도서관 앞에 내려준다.

나는 그가 걸어가는 모습을 본다. 그리고 그가 없는 동안 그리웠던 것들을 떠올려본다. 호탕한 웃음, '스' 소리를 내며 끝나는 그 낮은 음의 전염력 강한 웃음소리. 내가 무전을 받을 때 침착한 존재감으로 옆에서 나를 진정시켜주던 것. 딸들을 향한 애정과 자부심. 내 양육 문제에 대한 조언. 토머스에게 관심을 가지고 이따금 사려 깊은 선물을 준 것. 그의 프라이버시와 신중함, 그리고 내 프라이버시를 존중해주던 것. 음식과 술에 대한 고급스러운—그는 속물적이라고 했지만—취향. 건강식품 전문점에서 사들이던 콤부차, 케피르, 대황, 고지베리 등 터무니없는 것들. 나의 나쁜 식습관과 고집을 부드럽게 지적하면서, 내게 **까다롭고 이상**하다고 말하던 것. 다른 사람이 나를 그런 식으로 이야기했다면 가만있지 않았을 것이다. 하지만 트루먼은 나의 그런 점을 높이 평가한다는 느낌이 들었다. 솔직히, 어렸을 때의 케이시 이후로 나를 그렇게 이해해준 사람은 없었다.

아직도 제복을 입지 않은 트루먼의 모습이 낯설다. 그가 머뭇거리며 걷다가 켄징턴애비뷰를 양옆으로 살피는 모습에, 어릴 적에는 내성적인 아이였다는 말이 떠오른다. 스무 살쯤 될 때까지 말을 하지 않았어, 라고 그는 말했다.

그래서 나는 말했다. 저도요.

+++

가정 폭력 신고가 들어온 집에 도착하니, 글로리아 피터스 경관이 벌써 도착해 있다. 그 순간은 조용하다. 집 밖에서 신고인의 사정 청취를 하는 것은 글로리아에게 맡기고, 나는 안으로 들어가 주방에서 가해자와 만난다. 30대 백인 남성, 취한 것 같다. 그가 날 노려본다.

— 무슨 일인지 말씀해주시겠습니까? 내가 묻는다.

나는 가해자에게도 늘 정중하다. 아무리 나쁜 인간이라고 해도 말이다. 트루먼이 이렇게 행동해야 한다는 걸 내게 알려줬고, 나도 이 방법이 잘 통한다는 걸 알게 되었다.

하지만 이기죽거리는 그의 표정을 보니 만만치 않을 것 같다는 예감이 든다.

— 아니. 그가 말한다.

상의를 벗고 있다. 팔짱을 끼고. 약에 취한 상태인 것 같지만, 술도 잔뜩 마신 채라 뭘 섞어서 했는지 알아내기 어렵다.

— 진술을 거부하는 겁니까? 내가 이렇게 묻지만 그는 낮은 소리로 웃기만 한다. 아는 것이다. 진술하면 안 된다는 걸.

앞서 있었던 일로 물에 젖은 조리대에 손을 얹다 미끄러진 그가 균형을 잃는다. 잠시 비틀거리다가 제대로 선다.

아이들이 있나? 귀를 기울인다. 위층에서 살짝 기척이 느껴진다.

— 아이들이 있나요? 하지만 그는 아무 말도 하지 않는다.

이 일을 오랫동안 하다 보니, 웬만해서는 긴장하지 않는다. 하지만 이 사람에겐 무언가 마음에 들지 않는 점이 있다. 나는 그의 시선을 피한다. 마치 사나운 개를 대하듯이. 그가 궁지에 몰린 느낌을 갖지 않도록 한다. 주방 서랍을 바라보며, 어디에 무기로 쓸 만한 칼이 들어 있을까 생각해본다. 술에 많이 취한 상태라, 내게 덤벼든다 해도 피하거나 쓰러뜨릴 수 있을 것 같다.

불현듯 낯익다는 생각이 든다. 나는 눈을 가늘게 뜨고 기억을 더듬는다.

— 제가 아는 분인가요? 내가 묻는다.

— 글쎄올시다. 그런가?

이상한 대답이다.

거리에서 본 사람일 수도 있다. 그런 일은 자주 있다. 사실 순찰 중에 보는 사람 대부분이 눈에 익어 있다.

글로리아 피터스가 한참 뒤에 들어오더니 고개를 살짝 젓는다. 그녀는 신고자가 마음을 바꿔 남편의 체포를 원하지 않는다고 말한다.

— 여기 계세요. 내가 그에게 말한다.

집 안은 이미 살펴봤다. 뒷문이 없으니 그가 달아나려면 우리를 지나가야 한다. 우리는 작은 거실로 들어가 조용히 말한다.

— 얼굴엔 뭐 없어요? 내가 물으니 글로리아가 그런 것 같아요, 라고 말한다. 붉기는 한데 아직 일러서 알 수 없죠. 내일이면 멍이 심하게 들 거예요.

— 어쨌든 저 사람을 데려갈 순 있어요. 내가 말한다.

하지만 증거와 피해자 진술이 없으면 우리가 할 수 있는 일은 별로 없다.

아이가 계단으로 살그머니 내려오다가 우리를 보더니 다시 후다닥 올라간다. 토머스와 비슷한 나이다. 우리로서는 이 정도가 한계다. 그의 이름을 기록은 해놓을 터다. 내가 하겠다고 나선다. 피터스 경관은 거기 남아, 사회복지사를 불러 아이를 돌보게 할 것이다.

남편은 내 순찰차에 타는 동안 시선을 한 번도 다른 곳으로 돌리지 않는다. 나만 똑바로 바라본다. 사람을 오싹하게 만드는 멍한 눈.

서까지 가는 내내 그는 조용하다. 이런 건 익숙하다. 말을 하고, 떠들고, 울고, 부당하다고 푸념하는 건 초짜들이나 하는 짓이다. 사법 체계에 익숙한 이들은 입을 다무는 법이다. 다만 이자가 다른 이들과 다른 점은, 내내 내 뒤통수를 빤히 보고 있는 느낌이 든다는 거다.

그러고 싶지 않지만, 백미러로 그를 본다. 어떻게 아는 사람인지 기억을 더듬어보며. 그는 나를 향해 미소 짓고 있다. 팔과 목덜미에 소름이 돋는다.

수속이 끝날 때까지 그와 함께 유치장에서 기다려야 한다. 나는 전화기만 들여다보면서 그에게 말을 걸지 않는다. 그는 내게서 시선을 돌리지 않는다.

유치장에서 옮겨질 때, 그가 입을 연다.

— 있잖아, 당신을 아는 것 같아.

— 그런가요. 내가 말한다.

— 응, 그런 것 같아.

그를 데리고 나가던 경관이, 이 얼간이를 내게서 힘으로 떼어내야 하는지 묻는 것처럼 의아한 표정으로 나를 본다.

— 힌트를 줘봐요. 내가 말한다. 비꼬는 것처럼 말하려고 했지만, 실제로 나온 목소리는 의도와 다른 것 같다.

남자가 다시 웃는다. 그의 이름은 로버트 멀비 주니어다. 그는 내게 신분증을 제시하지 않았다. 피터스 경관이 그의 아내에게서 알아 온 이름이다.

그는 한참 동안 아무 말도 하지 않는다.

그러더니 말한다. 그러고 싶지 않은데.

그가 말을 끝내기도 전에, 경관이 거칠게 끌고 나간다.

+++

좋은 경찰관은 감정에 지배당해서는 안 된다. 판사처럼 공정하게, 사제처럼 절제하며 행동해야 한다. 그래서 로버트 멀비 주니어와 조우한 뒤 들러붙는 불편함을 떨칠 수 없는 내 자신이 실망스럽다. 그의 얼굴, 아주 밝은 눈, 그리고 미소가 그날 내내 떠오른다. 아침에 예상했던 것보다 훨씬 바쁜 하루였음에도.

보통은 날씨가 추우면 사람들은 밖에 나오지 않는다.

멀비를 서로 연행한 후 스프링가든에서 뺑소니 신고가 들어왔다. 그곳에 도착해 보니, 자전거를 타다가 다친 사람이 쓰러져 있고 주위로 사람들이 모여 있었다.

이런 식으로 하루가 지나간다. 라이트의 가게에 가기로 한 시각까지 한 시간 남았을 때, 일부러 느리게 무전을 받는다.

2시 15분에 알론조 가게 근처에, 라이트 가게에서 몇 블록 떨어진 곳에 차를 세운다.

경찰복을 입지 말라는 것이 라이트 노인이 내건 유일한 조건이었다. 하지만 그건 말처럼 쉽지 않다. 근무 중에 서로 달려가서 평상복으로 갈아입을 수는 없으니까.

그러는 대신 근처 달러 숍[6]에 들러 옷을 사 입기로 한다.

차에서 내리기 전, 무전기와 총을 어떻게 할까 궁리한다. 그것들을 챙겨 간다면 민간인처럼 입는 게 무슨 의미가 있을까? 하지만 차에 무

---

6 염가 생활용품 판매점.

전기를 두고 가면 중요한 긴급 신고를 놓칠 수도 있다. 그러면 큰일이다. 경찰이 된 후로 근무 중에 무전기를 두고 다닌 적은 한 번도 없었다.

결국, 두고 가기로 한다. 특별히 논리적인 이유가 있는 건 아니지만 무전기를 트렁크에 넣어둔다. 안 보이는 게 더 안전하게 느껴지니까.

뭐라도 살 만한 게 있는지 진열대를 살핀다. 한쪽에, 남성용 운동복 바지 옆에 커다란 검정색 티셔츠가 걸려 있다. 너무 크겠지만 어쨌든 그걸 산 다음 알론조의 가게로 가 화장실을 사용해도 되는지 묻는다.

— 써요. 그가 언제나처럼 말한다. 가게에서 산 옷을 입고 그 옷을 담아 온 봉투에 제복을 넣어서 나오니 알론조가 나를 다시 한번 본다.

— 알론조, 성가시게 해서 죄송하지만 부탁 한 가지만 들어줄래요. 이 봉투 잠깐만 여기 둬도 될까요?

— 그래요. 그가 다시 말한다.

나는 망설이다가 카운터에 10달러짜리 지폐를 놔둔다.

그가 다시 내게 밀어 주지만 나는 받지 않는다.

— 팁이에요.

밖은 영하 7도다. 만약 다른 지역에서 이런 날씨에 티셔츠만 입고 몇 블록이나 떨어진 라이트의 가게까지 달려간다면 무척 우스꽝스러워 보일 것이다. 하지만 여기서는 아무도 신경 쓰지 않는다.

라이트 가게에 2시 40분에 도착해 문을 연다. 실내의 온기에 고마움을 느낀다. 벨 소리가 작게 울린다. 아무도 없는 것 같다.

잠시 말없이 서 있으니 가게 뒤쪽에서 조용히 문을 닫는 소리가 들린다.

라이트 노인이 훌라후프 더미를 돌아서 통로로 나온다.

그는 나를 보더니 아무 말도 하지 않는다. 나는 잠시 그가 나를 알아보는지, 오늘 아침에 본 나를 기억하기는 하는지 궁금해한다.

그는 천천히 계산대 뒤로 돌아가 높은 스툴에 힘겹게 올라앉는다.

그제야 입을 연다. 아직 안 왔소. 그렇게 말한다.

— 닥이요?

그가 말한다. 그럼 누구 얘기겠소.

— 알겠어요. 나는 이제 어떻게 해야 할지 모르겠다.

시계를 본다. 2시 50분이다. 여기서 이렇게 제복도 안 입고 무전기를 차에 두고 있다가는 경찰직을 잃을 수도 있다. 혹시라도 그렇게 되면 무전기 오작동 탓으로 돌릴 수 있을까 생각해본다.

— 뭐 좀 여쭤봐도 될까요? 라이트에게 묻는다.

— 뭐든 물어보시오. 대답은 못 할지도 모르지만.

하지만 그는 처음으로 눈을 반짝인다.

— 이 사람, 매일 오나요? 어떻게 아시…….

그때 문이 열린다. 라이트가 눈썹을 치켜세우면서 턱을 아주 조금, 들어오는 사람 쪽으로 기울인다.

나는 돌아선다.

남자는 키가 나와 비슷하고, 말랐다. 페이스북에서 본 사진 속 그 사람이다. 밝은 주황색 재킷의 지퍼를 끝까지 올리고, 청바지를 입고 있다. 머리는 턱까지 오게 길렀는데 너무 더러워서 원래 색을 알아보기 어렵다. 아마 밝은 갈색일 것이다. 아주 잘생겼다. 헤로인은 신체에 여러 가지 변화를 가져오는데, 그중 하나가 체중을 감소시켜 몸의 골격이 잘 드러나도록 만드는 것이다. 그리고 밝고 젖은 눈. 얼굴로 혈액이 몰려서 안색도 변한다.

남자는 아무 말도 하지 않지만, 카운터로 가며 나를 곁눈질한다.

그러다 돌아선다.

— 기다리는 건가요. 그는 나를 모른다. 자기 일을 보기 전에 내가 가게에서 나가기를 바라는 것 같다.

— 아뇨. 기다리는 거 아니에요. 나는 이렇게 말한다. 혹시 닥인가요?

— 아뇨.

— 아니에요? 내가 다시 묻는다.

보통은 이렇게 서툴지 않다.

— 아뇨.

남자는 나를 노려본다. 팔짱을 낀다. 발끝으로 바닥을 툭툭 치며 자기가 차례를 기다리고 있음을 분명히 한다.

— 그래요. 전에 사진에서 본 사람과 닮아서요.

닥이 몸을 움직인다. 무슨 사진이요?

그는 자주 라이트 쪽을 본다. 나는 그와 약을 줄 사람 사이를 가로막은 방해물이다. 그는 약이 간절하다. 가만히 서 있지 못한다.

다른 전술을 시도한다. 저기요, 케이시 피츠패트릭을 찾고 있어요.

닥은 그제야 멈칫하더니 손으로 카운터를 짚는다.

— 오오오오. 그가 나직이 말한다. 언니예요?

케이시를 가면 안 되는 집에서 데리고 나오던 때가 별안간 떠오른다. 같은 질문을 하면서 나를 쳐다보던 남자들. 그리고 나는 그 짓을 또다시 하기로 한 이 결정이 옳은 건지, 자문해본다.

— 네.

감출 방법이 없다. 분명 우리 둘의 외모에는 차이점이 있음에도 불구하고, 케이시와 나는 거의 똑같이 생겼다. 어릴 때 사람들은 자주 그 이야기를 했다.

— 미키? 닥이 묻는다.

— 네.

라이트는 고개를 숙이고 있다.

— 케이시가 항상 당신 얘길 했었죠. 순간, 몸이 싸늘하게 식는다. **했었죠.** 죽은 사람 얘기 같다.

— 그 애, 어디 있는지 아세요? 내가 불쑥 묻는다.

그는 고개를 젓는다. 아뇨. 두어 달쯤 전에 헤어졌어요. 그 후로 소식 못 들었어요.

— 그럼 당신은……. 내가 말한다.

그는 멍청이 보듯이 나를 본다.

— 함께였어요?

— 네, 여기서 볼 일이 좀 있어서요. 케이시 소식 들으면 알려줘요.

— 전화번호 알려줄래요? 내가 묻는다.

— 물론이죠. 그가 번호를 준다.

번호가 맞는지, 나는 곧바로 걸어본다. 그의 주머니에서 소리가 난다. 어릴 때 유행하던, 어렴풋이 기억나는 노래다. 그때도 지금도 제목은 모른다.

— 좋아요. 내가 말한다. 고마워요.

문으로 향하는데, 닥이 말한다. 이봐요.

— 당신 경찰이죠?

나는 머뭇거린다. 네.

그는 아무 말도 하지 않는다. 라이트도 마찬가지다.

—다른 건요?

—아니에요. 닥이 말한다.

내가 가게에서 나올 때까지, 그는 내게서 시선을 떼지 않는다.

그렇군. 트루먼이 전화로 말한다.

— 그래요. 내가 말한다.

나는 알론조의 가게 쪽으로 반쯤은 걷고 반쯤은 달리듯이 걸음을 옮기는 중이다. 숨이 찬다. 추위 때문에 몸이 덜덜 떨린다. 왼팔을 배에 꼭 붙이고 있다. 어서 무전기와 총을 되찾고 싶다. 꼭 집에 두고 온 아이처럼 느껴진다. 처음 복직했을 때 토머스를 향해 느꼈던 것과 같은 감정이다. 나는 마구 질주하고 싶다.

— 어떻게 됐어? 트루먼이 묻는다.

다시 말한다.

— 어떤 것 같아?

— 잠시 생각한 뒤, 말한다. 거짓말하는 것 같아요. 믿을 수 없고.

트루먼은 아무 말도 하지 않는다.

— 어떤 것 같아요?

— 그런 것 같군. 트루먼은 머뭇거린다. 그가 그러는 이유를 안다. 내 말에 너무 강하게 동의하면, 결국 케이시가 잘못됐다는 뜻이 돼버리니까. 뭐, 누가 알겠어. 그가 덧붙인다.

— 도와준 거 다시 한번 고마워요.

— 그 소리 좀 그만해.

알론조의 가게로 돌아온 나는 봉투를 받아 들고 화장실로 가 최대한 빠르게 갈아입는다. 강박적으로 전화기를 확인한다. 다른 경관들에게서 메시지가 올 것만 같아서. '대체 어디 있는 거야? 에이헌이 찾고 있어.' 하지만 아무것도 오지 않는다. 알론조에게 다시 고맙다고 인사하고 문으로 향하다가, 생각을 바꾼다. 평상복이 든 봉투의 무게를 가늠해본다.

— 알론조, 당분간 이걸 여기 둬도 될까요? 어디 보관할 만한 곳이 있을까요?

차로 달려가면서도, 차를 주차한 곳으로 모퉁이를 돌아가면 눈앞에 에이헌 경사가 버티고 서 있을 것 같은 느낌을 떨칠 수 없다. 시계를 확인한다.

하지만 거기엔 아무도 없다. 한숨을 쉰다. 트렁크를 열고 무전기와 총을 꺼낸다. 그때 무전이 들어온다. 자동차 절도. 긴급 사항은 아니다.

나는 감사한 마음으로 응답한다.

+++

귀갓길에, 내가 저지른 일이 얼마나 심각한지 실감하고 어깨가 무거워진다. 불쑥 분노가 치민다. 예전에는 자주 느꼈던 분노. 케이시와 연락을 끊은 것도 그 때문이었다. 그 애와 연락을 끊고 나니 곧바로 삶이 나아졌다. 그렇다. 나는 화를 잘 낸다. 사이먼은 자신이 아는 사람들 중에서 내가 가장 침착하다고 했었다. 그러다 내 본모습을 알게 됐지만.

지금 나를 가장 화나게 하는 건, 내가 좋아하는 것은 물론이고 내 삶 그 자체이면서 급료와 혜택까지 얻게 해주는 직장을 오늘 있었던 일 때문에 잃을 수도 있었다는 사실이다. 오늘의 행동이 적발되어 해고당했다고 생각해보자. 토머스를 위해 오늘날까지 쌓아온 모든 것, 우리 둘을 위해 이룬 소박하지만 점잖은 삶이 그 행동 하나로 인해 위험해졌다고 생각해보자. 대체 무얼 위해서 그랬을까? 남들에게 발견되기를 원치 않는 사람, 어쩌면 일부러 사라졌을지도 모르는 사람, 자기가 하는 모든 결정은 오로지 자신만을 위한 것인 사람, 더 나은 길을 열어주기 위해 타인이 권하는 모든 것은 줄곧 거부해온 사람을 위해서?

그만하자. 나는 맹세한다. 그만. 이제 됐다. 케이시의 삶은 자기가 지켜야 한다. 내가 아니라.

그러자 곧바로 선로에서 발견된 여성의 모습이 떠오른다. 파란 입술. 머리에 들러붙은 머리카락. 투명한 옷가지. 비를 그대로 맞으면서도 뜨고 있던, 순수한 눈.

벤세일럼에서 차를 세운다. 집을 돌아서 문으로 향하다가 고개를 든다. 토머스가 방 창문에 붙어 서서 내가 오는지 지키고 있다. 그렇다. 두 손을 유리창에 대고, 얼굴도 꼭 붙여서 일그러뜨린 채다. 아이가 씩 웃더니 문을 향해 달려 나온다.

나는 지루한 표정의 베서니에게 수고비를 주며 오늘 토머스는 어땠는지 묻는다.

— 잘 있었어요. 그게 전부다.

오늘 아침에 출근하면서, 베서니에게 아이를 서점에 데려가 책을 사주라고 돈을 줬었다. 어린이용 자동차 시트도 사주며 차에서 쓰게 시켰지만 설치한 것을 한 번도 보지 못했다.

— 뭐 했어요?

— 음, 책 읽었어요.

— 서점은 어땠니? 토머스에게 묻는다.

— 안 갔어. 토머스가 어두운 표정으로 말한다.

나는 베서니를 돌아본다.

— 밖이 추워서요. 여기서 책 읽었어요.

— 한 권. 토머스가 말한다. 한 권 읽었어.

아이의 음성에 짜증이 묻어나 있다.

— 토머스. 내가 경고하듯 말한다. 확신이 있어서가 아니라, 의무적으로.

하지만 마음이 무겁다.

베서니가 돌아간 뒤, 토머스는 눈을 동그랗게 뜨고 작은 손을 허리에 댄 채 나를 본다. '나한테 무슨 짓을 했는지 좀 봐!' 이렇게 말하는 것 같다.

토머스는 아주 똑똑하다. 자기 아이에게 그런 말을 하는 건 옳지 않지만, 증거가 있다. 토머스는 아주 어려서부터 말을 하기 시작했고, 18개월 때 이미 퍼즐을 맞추었으며, 두 살이 되기 전에 글자와 숫자를 읽을 수 있었다. 다만 가끔 완벽주의 성향을 보일 때가 있어서, 그것이 강박이나 더 나아가 중독으로 빠지지 않도록 항시 주의하고 있다. (우리 가족을 생각하면, 아이의 유전자 어딘가에 중독 성향이 잠재되어 있을 거라는 생각이 들어 자주 두려워진다.) 하지만 나는 아이에게 **재능이 있다고** 생각한다. 재능. 과거에 내게 그것이 있다는 말을 듣고는 할머니가 그토록 경멸해 마지않았던 그 단어.

토머스가 두 살 때, 나이에 비해 지능 발달이 우수하다는 주위의 평가를 객관적으로 확인하기 위해 아이에게 몇 가지 테스트를 받게 했다. 그것이 사실임을 확인한 뒤 사이먼에게 스프링가든 유아원에 입원시키는 걸 도와달라고 했다. 살던 곳에서 가깝고 평판이 좋으며 원비가 비싼 곳이었다. 스프링가든 유아원은 재개발된 피시타운과 노선리버티스에 사는 아이들이 주로 다니는 곳인데, 사이먼의 월급이 통째로 원비로 들어갔다. 하지만 나는 감당할 수 있다고 믿었다. 토머스는 그곳에서 곧바로 친구들을 사귀었고—지금도 그 아이들을 그리워한다—나는 아이가 대학원을 마치고 학위를 받고 나서야 끝날 그 길고 성공적인 교육 과정에 충분히 대비할 수 있을 거라고 생각하며 안위했다. 의학이라든가 법학 따위를 전공한 아이의 모습을 떠올리면서 말이다. 나는 아이의 이름을, 펜실베이니아주 최초의 측량 감독관으로서 아름답고도 이성적인 도시 필라델피아를 설계한 토머스 홈의 이름을 따서 지었다. 그래서 가끔은 아이가 도시 설계자나 건축가가 될지도 모른다는 꿈을 꾸곤 한다. 홈은 파월 선생님이 특히 좋아한 사람이기도 했다.

1년 전 사이먼의 수표가 알 수 없는 이유로 갑자기 끊겼다. 나는 토머스의 원비를 대고, B조 근무일 때 아이를 봐주던 베이비시터에게 돈을 주고, 포트리치먼드의 집세를 내고, 그리고 식비를 대느라 쩔쩔맸다. 한동안은 어떻게든 버텼다. 참치 통조림과 인스턴트 스파게티를 먹고, 옷은 사지 않으면서. 그러다가 12월, 지하실의 하수관 누수로 무려 1만 달러를 쓰면서 순식간에 균형이 흐트러지더니 그대로 모든 것이 무너졌다.

그날 나는 남부서로 가서 사이먼에게 따졌다. 그는 보육비를 끊었을 뿐만 아니라, 토머스를 하원시키는 일도 두 번이나 하지 않았고, 전화번호를 바꾸는가 하면, 이사까지 한 듯싶었다. 그가 유아원으로 아이를 데리러 가지 않은 날, 나는 사우스필라델피아에 있는 그의 집으로 가서 초인종을 누르고 나서야 그 사실을 알게 되었다. 아버지를 사랑하는 토머스는 몹시 상심했다. 모든 것이 엉망이었던 하수관 누수 날, 나는 사이먼의 근무지로 찾아가는 수밖에 없다고 판단했다. 그래서 토머스를 베이비시터에게 맡기고 남부서로 갔다. 나로서는 쉽지 않은 일이었다. 사이먼도 나도 사람들 입에 오르내리길 원치 않았다. 우리는 직장에서 단 한 번도 우리 사이를 말한 적이 없었다. 아마 시작이 남다르기 때문이었을 것이다. 24지구대 동료들은 내게 아들이 있는 걸 알지만, 아버지가 누군지는 모른다. 언제가 내가 그런 질문에 달갑지 않은 내색이라도 했는지, 아무도 묻지 않았다.

그러므로 사이먼을 찾아가던 날, 나는 내 모습을 감추고자 했다. 선글라스를 쓰고, 티셔츠에 달린 후드를 머리에 뒤집어썼다.

그가 중고로 사서 개조한 검정색 캐딜락 세단이 거리에 서 있는 걸 보고 나도 근처에 차를 세웠다. 그리고 그가 퇴근하기를 기다렸다.

그가 밖에 나와 나를 보자마자 다시 서 안으로 들어가려 했던 그날의 추한 이야기를 모두 적지는 않겠다. 요약하자면 그때 나는 몹시 화가 나서 아마도 고함을 쳤을 것이고, 사이먼은 방어적으로 손을 흔들었으며, 내가 일주일 내로 돈을 보내지 않으면 소송하겠다고 하자 그는 내가 감히 그러지 못할 거라고, 법조계에 자기 친구가 얼마나 많은지 아느냐고 하더니 소송을 걸어 토머스를 이렇게—그는 두 손가락을 팅겨 소리를 냈다—빼앗아버릴 거라고 말했다. 토머스를 그렇게 비싼 유아원에 보내는 것도 터무니없는 짓이라고 했다. 내가 뭐라고? 우리가 뭐라고?

그때 나는 마음속으로 모종의 결정을 내렸다. 어쩌면 입을 다물고 웃었을지도 모르겠다. 더 이상 아무 말 않고 돌아왔다. 차에 타서 백미러 한번 보지 않고 집으로 와, 부동산에 전화해서 집을 내놓았다. 그리고 스프링가든 유아원에 전화를 걸어, 슬프지만 토머스가 유아원을 그만두게 됐다고 알렸다. 토머스와 나 모두에게 마음 아픈 일이었다.

이튿날 나는 한 동료가 자기 동생이 머혼 부인의 집에 살다가 나왔다고 이야기하는 걸 듣고—동생이 이삿짐 옮기는 걸 도와달라고 했다고 불평하는 소리를 들었다—그 집을 소개해달라고 부탁한 뒤, 벤세일럼 근처에서 탄력적으로 일할 수 있는 베이비시터를 찾는다는 구인 광고를 냈다.

사이먼에게는 이사한다고 알리지 않았다.

그가 내게 할 말이 있다면 서로 찾아오면 된다고 생각했다. 그리고 토머스를 보고 싶으면 양육비를 다시 보내면 되고.

이런 식으로 나는 새 삶을 시작했다.

그때부터 나는 독립해 토머스를 지키기 위해 큰 희생을 치렀다. 대체로 내 결정이 옳았다고 여긴다.

하지만 매일 퇴근해 아이의 눈을 들여다보면서, 베서니가 끊임없이 전화기를 만지작거리는 동안 아이가 하루를 또다시 지루하고 외롭게 보냈다고 생각하면 그런 확신도 흔들리게 된다.

내가 저녁 준비를 시작하자 아이는 복도로 사라진다.

식사 시간이 되었을 때, 아이는 작년에 유아원에서 가져온 판지 뒷면에 무언가를 크게, 밝은색으로 칠하고 있다.

잠시 말없이 아이가 하는 걸 본다.

— 뭐 만드니? 이렇게 묻자, 아이는 자기 작품을 본다.

— 애슐리 줄 그림이야.

— 애슐리?

— 우리 친척 애슐리. 내일.

나는 하얗게 질린다.

내일이 추수감사절이다. 그제야 깨닫는다.

토머스는 내가 머뭇거리는 걸 느꼈는지 걱정스러운 표정으로 나를 올려다본다.

— 가는 거지. 질문이 아니라 확인이다.

토머스가 그린 건 칠면조와 통조림이다. 콩이나 옥수수 통조림일 거다. 부끄럽지만, 요즘 먹는 채소는 전부 통조림뿐이다.

— 물론이지. 내가 말한다.

목소리가 떨려서, 토머스가 내 불편한 마음을 알아차리는 건 아닌지 염려스럽다.

하지만 아들은 만족스럽게 고개를 끄덕인다.

— 좋아. 아이가 말한다. 기분이 좋아진 모습이다. 기다릴 게 생겨서 편안해진 얼굴로 다시 그림을 그린다.

그러다 고개를 든다. 아이가 말하기도 전에 무얼 알고 싶은 건지 알 수 있다.

— 아빠도 와?

분위기가 급격히 바뀐다. 아니라고 대답하는 게 올해만 1,000번은 되는 것 같다.

이튿날, 오전 내내 매우 초조하다. 오브라이언 가족 모임에 참석하는 것은 엄청난 양의 감정적 에너지를 소모한다. 그런데 심지어 초대도 받지 않고서 가야 한다니. 어젯밤 애슐리에게 전화해 토머스와 함께 간다고 알릴까도 싶었지만, 놀라게 두는 편이 차라리 도움이 될 것 같다. 특히, 다섯 번이나 메시지를 보내도 답이 없는 보비가 나를 피하고 있다는 건 확실하니까. 내 목표는 재빨리 케이시에 관해 모두에게 묻고, 무사히 돌아오는 것이다.

— 왜 그래, 엄마. 내가 주방을 뒤지고 있으니 토머스가 묻는다.

— 거품기가 없어.

최근에는 토머스의 아동기가 너무 빠르게 지나간다는 느낌이 든다. 내 아들의 어린 시절이 최소한 나 때보다는 즐거워야 할 텐데. '과자 굽기.' 나는 정신없이 이렇게 생각한다. '토머스는 아무것도 구워본 적이 없어.' 이제 나는 가게로 달려갈 것이다.

오늘은 브라우니를 만들 텐데, 문제는 내가 브라우니를 만들어본 적이 없다는 거다. 이미 첫 번째 반죽은 너무 타서 망쳤다. (의무적으로, 충성스럽게, 토머스는 하나를 깨물어 먹더니 맛있다고 말한다.)

두 번째 반죽은 그래도 괜찮다.

브라우니 소동으로 모임에 늦은 우리는 서둘러 차에 올라, 올니까지 지나치게 빠른 속도로 달린다.

자라면서 케이시와 나는 애슐리와 아주 가까웠다. 애슐리의 어머니인 린 할머니는 우리 할머니의 막냇동생인데, 할머니보다 20년 늦게 태어난 까닭에 우리에게는 할머니라기보다는 어머니에 가까운 나이다. 린과 애슐리는 우리와 가까이 살았고, 케이시가 쫓겨나기 전까지 우리는 함께 성 구세주 학교에 다녔다. 애슐리는 열아홉 살에 일찍감치 엄마가 됐다. 자기 딸이 무슨 짓을 하고 다니는지 몰랐던 그 애 어머니만 빼고 아무도 놀라지 않았다. 하지만 나는 애슐리를 인정한다. 그 뒤로는 제대로 살았으니까. 그 애는 어머니에게 아이를 맡기고 야간학교에 다니며 간호사 자격증을 땄다. 20대 중반에, 애슐리는 건설 일을 하는 론이라는 남자와 만나 결혼했다. 그리고 3년 동안 아이를 셋이나 더 낳은 뒤 올니에 있는, 아주 작은 뒷마당이 딸린 큰 집으로 이사했다.

애슐리가 싫지는 않다. 애슐리를 보면 케이시의 삶도 저렇게 될 수 있었을 거라는 생각이 든다. 둘은 동갑이고, 음악과 패션 취향이 같은 데다, 괴상한 유머 감각까지 공유한다. 둘은 자랄 때까지만 해도 비슷한 부류였다. 오브라이언 집안 사람들 중에서 애슐리가 내게는 가장 그리운 존재고, 그래서 이따금 연락도 한다. 하지만 나처럼 애슐리도 아이들을 키우면서 일하느라 굉장히 바쁘다. 전화를 걸어도 받지 못하는 경우가 많다.

차를 댈 자리를 찾기가 어렵다. 드디어 집에 도착하니 요란한 목소리가 들린다. 현관문 안쪽에 있을, 몇 년 동안 만나지 못했던 사람들로 가득할 거실의 모습이 그려진다.

오브라이언 집안 사람들이 싫어하는 사람을 가리킬 때 쓰는 모욕적인 표현이 있다. '쟨 우리보다 잘났다고 생각하지.' 그동안 내게도 그 말을 쓰지 않았을까 싶다.

애슐리 집 문턱에 서 있으니 어린 시절의 수줍음이 되살아난다. 토머스도 같은 걸 느끼는지 내 다리를 꽉 붙든다. 애슐리에게 줄 그림을 돌돌 말아 등 뒤로 들고 있다. 내가 든 브라우니 쟁반이 흔들린다.

문을 연다.

안에서는 친척들이 말하고, 고함치고, 붉은색 플라스틱 접시에 담긴 음식을 먹고 있다. 술을 마시는 사람들은 손에 맥주를 들고 있다. 나머지 사람들은 콜라와 스프라이트 캔을 들고 있다. 집 안에서 계피와 칠면조 냄새가 풍긴다.

모두 움직임을 멈추고 우리를 본다. 몇 명은 형식적으로 고개를 끄덕인다. 나이 많고 용감한 두 사람이 먼저 다가와 우리와 포옹한다. 사람들 중에는 할머니의 남동생인 리치 할아버지도 있다. 나를 보더니 손을 흔든다. 처음 보는 아내, 혹은 여자 친구와 함께다. 레니와, 나보다 열 살쯤 어린 그의 딸도 보인다. 이름이 기억나지 않는다. 아이들이 문 앞을 달려 지나가고 토머스는 그들을 부러운 듯 보면서도 내 옆에 꼭 붙어 있다.

애슐리는 지하실에서 올라오다가 나를 보고는 멈춰 선다.

— 미키? 양손에 맥주를 들고 내 이름을 부른다.

— 안녕. 우리가 와도 괜찮겠지? 어제서야 오늘 근무 안 해도 되는 걸 알게 됐어.

나는 브라우니를 내민다. 선물.

애슐리는 예의를 차린다.

— 물론이지. 어서 와.

손을 쓸 수가 없어서 무릎으로 토머스를 살짝 밀어 안으로 들여보낸다. 아이가 문턱을 넘고 나도 뒤따른다.

애슐리가 다가와 우리 앞에 우뚝 선다. 토머스를 내려다본다. 많이 컸구나. 그녀가 말한다.

토머스는 조용하다. 아이가 들고 있던 그림을 내밀다가, 마음을 바꾸고 그냥 들고 있다.

— 뭘 도와줄까? 내가 묻는 동시에 애슐리가 말한다. 할머니도 오셔?

— 안 오실걸.

애슐리는 주방 쪽으로 고개를 까딱인다. 괜찮아. 뭐 좀 먹어. 잠깐만.

대여섯 살쯤 된 남자아이가 토머스에게 다가오더니 군인을 좋아하는지 묻는다. 토머스는 그렇다고 하지만 그게 뭔지나 아는지 모르겠다.

그러더니 둘은 지하실로 내려간다. 소리를 들어보니 전쟁놀이를 하는 모양이다.

다른 사람들은 모두 대화로 돌아갔다.

언제나 그렇듯이, 오브라이언 가족 모임에서 나는 외톨이다.

+++

한동안 애슐리의 집을 돌아다니며 아무렇지 않은 척한다. 올니로 이사 온 이유를 알 것 같다. 오래됐지만 넓은 집이다. 내가 어릴 때 살았던 집의 두 배는 된다. 멋진 곳도 아니고 주변 환경이 아름답지도 않지만, 6인 가구가 이런 집을 원하는 이유는 알 수 있다. 가구는 낡았고, 가톨릭 초등학교처럼 방마다 십자가를 걸어놓은 걸 빼면 놀랍게도 벽에는 아무것도 없다. 애슐리가 최근 종교에 귀의한 모양이다.

나는 몇몇 사람에게 고개를 끄덕이고 인사도 건넨다. 포옹을 해오는 이들을 어색하게 끌어안는다. 나는 포옹하는 걸 별로 좋아하지 않는다. 어렸을 때 이런 행사에서 나를 구제한 건 케이시였다. 케이시가 요령 있게 사람들 사이를 돌아다니면서 놀림이나 모욕을 막아주거나 혹은 매끄럽게 웃으며 그것들을 되갚아주는 동안, 나는 그저 그 애 옆에 꼭 붙어 있기만 했다. 어릴 때 우리는 구석에 함께 앉아 음식을 먹으면서 가족 중 누가 터무니없는 말이나 행동을 할 때마다 서로 눈을 맞추며 몰래 웃음을 터뜨리곤 했다. 나중에 나눌 이야깃거리를 모았고, 10대 아이들 특유의 잔인함과 창의력을 발휘해 만든 기준에 따라 친척들을 분류했다.

삶의 모퉁이를 돌 때마다, 한 가지 상상을 떨칠 수 없다. 동생의 인생이 달라졌다면 과연 어떤 모습일까, 하는 것. 그 애가 성인이 되어 아직 건강하던 때를 떠올린다. 함께 소다수를 마시고, 누군가의 아이를 안아주고, 어린 친척 옆에 앉아 있던 때를. 개를 쓰다듬어주고, 아이와 놀아주던 때를.

뒷문을 통해 쌀쌀한 잔디밭으로 나간다. 공터와의 사이를 나무 울타리가 가르고 있다.

그리고 그가 거기 있다. 보비가 담배를 피우며 자기 형과 또 다른 친척 사이에 서 있다.

그는 날 보더니 눈을 껌뻑인다.

— 어이, 왔네. 내가 다가가자 보비가 말한다.

마지막으로 봤을 때보다 덩치가 더 커져 있다. 키만 해도 190센티미터는 된다. 나보다 네 살 많은 그는 늘 나를 위협했다. 우리가 어릴 때 그는 온갖 무기 같은 물건은 죄다 들고 오브라이언 집 지하실에서 나와 케이시를 쫓아다녔다. 케이시는 즐거워했고, 나는 두려워했다.

오늘 그는 턱수염을 기르고 필리스[7] 모자를 삐딱하게 쓰고 있다. 그의 오른쪽에는 형인 존이, 왼쪽에는 사촌 루이가 서서 무덤덤하게 나를 보고 있다. 그가 나를 알아보는지도 의문이다.

오늘 아침에 나는 무엇을 입을까 고심했다. 가족 모임이니 만큼 그래도 조금은 차려입는 게 나을지, 혹시 그랬다가 오브라이언 사람들에게 내가 속물이거나 이상하다는 확신만 더 심어주게 되는 것은 아닌지 무척 고민했다. 결국, 근무가 아닐 때 항상 입는 옷으로 골랐다. 꼭 맞는 회색 바지와 흰색 셔츠, 그리고 걷기 편한 플랫 슈즈로. 머리를 하나로 모아 묶고 초승달 모양의 귀걸이를 했다. 스물한 살 생일 때 사이먼이 선물한 것이었다. 그런 이유로 여러 번 내다버리고 싶었지만 너무 예뻐서 차마 그러지 못했다. 장신구를 별로 갖고 있지 않은 나로서는 아름다운 물건을 그저 앙심으로 내버리기란 쉬운 일이 아니다.

---

7 필라델피아를 연고지로 하는 메이저리그 야구팀.

— 어떻게 지내냐. 내가 잔디밭을 가로질러 가니 보비가 말한다. 들척지근한 목소리다.

— 괜찮아. 넌?

— 아주 잘 지내지. 보비가 대답하고 다른 둘도 비슷한 소리를 중얼거린다.

모두 담배를 빤다.

— 하나 줄래? 내가 말한다. 담배를 안 피운 지 오래다. 사교적인 이유로 담배를 피우던 사이먼과 헤어진 뒤로는 끊었다. 그때는 이따금 그와 맞담배를 피우곤 했다.

보비가 담뱃갑을 뒤진다. 나는 그의 행동을 주시한다. 평상시보다 숨을 빠르게 쉬는지도. 그렇다 해도 그저 감기일 뿐일지도 모르지만. 내가 보낸 메시지를 보비가 무시하는 이유는 알 수 없지만, 오늘 그의 행동거지에는 어쩐지 불안해하는 것처럼 보이는 미심쩍은 점들이 있다.

잠시 따로 이야기할 수 있겠느냐고 물을까도 싶지만, 그러면 방어적으로 굴 것 같다. 그래서 그러는 대신, 나는 가볍게 말한다. 있잖아, 메시지 보냈는데.

— 알아. 보비가 말한다. 담배 한 개비가 비죽 튀어나온 담뱃갑을 그가 내민다. 나는 그걸 받는다.

— 알아. 보비가 다시 말한다. 연락 못 해서 미안해. 여기저기 알아봤어.

나는 그가 내민 라이터로 담배에 불을 붙인다.

— 고마워. 내가 말한다. 얘기 뭐 들은 거 있어?

보비는 고개를 젓는다. 아니. 존과 루이가 그를 본다.

— 동생이 없어졌어. 보비가 내 쪽으로 고갯짓을 한다. 케이시.

— 젠장. 존이 말한다. 존은 보비보다 형이지만 덩치는 작다. 그와는

잘 모르는 사이다. 우리가 어릴 때 그는 벌써 어른 같았다. 존도 보비처럼 안 좋은 일을 한다고 들었다.

—거 안됐네. 존이 말한다. 나는 그의 태도를 살핀다.

—고마워. 마지막으로 만난 게 언제였어? 다시 보비에게 묻는다.

보비는 하늘을 올려다보며 생각하는 척한다. 아마……. 그가 말한다. 글쎄, 미키. 모르겠어. 여기저기 지나다가 봤을지도 모르지. 어쩌면 지난달에도. 하지만 제대로 얘길 해본 지는 1년도 넘었어.

—알았어.

우리 모두 담배를 피운다. 밖이 춥다. 다들 코가 빨갛다.

오브라이언 가족 모임에서 '중독'을 주제로 대화하는 건 암묵적으로 금지되어 있다. 우리 일가에는 약물중독자가 많다. 케이시는 극단적인 예지만, 다른 가족도 정도만 다르지 약물을 한다. 이야기를 하기는 해도—재키가 좀 나아졌다던데, 정말이야—구체적인 어휘를 쓴다거나, 관련 문제나 일화를 구체적으로 언급하는 것은 무례로 간주된다. 오늘 나는 이 규칙을 무시한다.

—요즘 그 애랑 누가 거래했어? 내가 보비에게 묻는다.

보비는 인상을 쓴다. 잠시 동안 정말로 상처받은 표정을 짓는다.

—아우, 야. 믹. 그가 말한다.

—뭐. 내가 말한다.

—나 이제 그런 거 안 하는 거 알잖아.

—그런가? 내가 묻는다.

존과 루이가 몸을 꿈지럭거린다.

—어떻게 알아?

—날 믿어야지.

나는 담배 연기를 입에 머금는다. 그럴 수도 있지. 아니면 체포 기록을 믿든가. 여기서 전화기로 검색해볼 수도 있어.

내 자신이 놀랍다. 이쪽저쪽으로 선을 넘고 있다. 무모하게 굴면서. 보비의 얼굴이 어두워진다. 휴대전화로 그의 체포 기록 같은 걸 확인할 수는 없다. 하지만 그는 그 사실을 모른다.

— 이봐. 보비가 이렇게 말하는 순간, 듣자마자 누구의 것인지 알 수 있는 목소리가 들려온다. 할머니는 그걸 무적[8] 같은 소리라고 했다.

— 미키냐? 린 할머니가 묻는다. 애슐리의 엄마, 린. 미키 맞아?

그리고 한순간 대화가 딴 데로 샌다. 나는 돌아서서, 린이 그동안 어딜 갔었느냐고 묻고 세상이 미쳤다고 하고 내가 일하면서 별 탈 없기를 바란다고 하는 소리를 듣는 척한다.

— 네 할머니는 어떠냐? 린이 묻는다.

내가 대답도 하기 전에 린이 다시 말한다. 2주 전에 봤다. 애슐리가 열어준 생일 파티에 왔었지. 좋았다. 내가 쉰다섯이라니, 믿어지니?

나는 린이 애슐리 이야기를 할 때, 애슐리가 그날 당근 케이크를 만들었으며 크림치즈 장식 대신 바닐라를 올렸다고 할 때 건성으로 고개를 끄덕인다. 하지만 내 모든 감각은, 친척 셋이 몸을 꼼지락거리면서 내가 이해할 수 없는 눈짓을 서로 교환하고 있는 왼쪽에 집중된다. 루이가 뭐라고 속삭이자 보비는 아주 조금 고개를 끄덕인다.

사이먼은 나를 비웃곤 했다. 내가 근처 누군가의 대화에 정신이 팔려 그의 말을 듣지 않을 때 그는 항상 그걸 알아차렸다. 남의 일에 참관심도 많지. 그는 이렇게 말했고, 나는 굳이 부인하지 않았다. 곁눈질

---

8 항해 중인 배에 안개를 조심하라는 의미로 다른 배나 등대에서 부는 고동.

을 잘하고 남의 말을 잘 엿듣는 내 능력은 거리에서 일하는 데 도움이 됐다.

누군가 큰 접시를 들고 지나가자 린이 인사도 없이 휙 자리를 뜬다.

—내가 들어줄게. 린은 듣기 거슬리는 목소리로 말하고 사라진다.

나는 천천히, 이미 다른 화제로 넘어간 친척들에게로 돌아간다. 그들의 새로운 화제는 필라델피아에 사는 사람이라면 누구나 좋아하는 것이다. 뜻밖으로 승승장구하고 있는 이글스의 슈퍼볼 진출 가능성. 내가 쳐다보자, 그들은 다시 조용해진다.

—한 가지만 더 물어볼게. 케이시가 사라지기 전에 코너라는 남자를 만났어. 성은 몰라. 닥인 것 같아.

모두의 표정이 바뀌는 게 분명히 보인다.

—그럴 리가. 루이가 숨죽여 말한다.

—아는 사람이야? 질문은 무의미하다. 그들이 아는 사람이라는 게 너무나 분명하니까.

보비는 나를 아주 진지한 표정으로 보고 있다.

—언제 사귄 거야? 그가 묻는다. 얼마나?

—나도 잘 모르겠어. 얼마나 깊은 사이였는지도 모르겠고. 하여간 8월엔 함께였어.

보비는 고개를 젓는다.

—그 자식은 좋지 않아. 골칫거리야.

다른 친척들도 맞장구를 친다. 나는 멈칫한다.

—어떻게?

보비는 어깨를 으쓱인다. 어떨 것 같아? 그가 말한다.

그러더니 이렇게 말한다. 그럼 내가 좀 알아볼게. 내가 그거 끊긴 했지만, 아는 사람은 있으니까.

나는 고개를 끄덕인다. 그의 표정을 통해 그가 이 일을 진지하게 받아들이고 있다는 것을 알 수 있다. 케이시를 가족으로 여기고 있고, 그 애를 지키는 걸 새로운 목표로 삼았다는 것을.

— 고마워. 내가 말한다.

— 됐어.

보비는 나를 빤히 본다. 그리고 돌아선다.

집 안으로 들어가서 토머스를 한참 찾는다. 너무 오래 보이지 않아 걱정되기 시작한다. 애슐리가 지나가기에 어깨를 살짝 건드리니 급하게 빙글 돌다가 와인을 흘린다.

— 미안해. 내가 말한다. 그런데 토머스가 안 보여. 토머스 봤어?

— 위층에 있어.

얇은 카펫이 깔린 계단을 올라 잠시 복도에 서 있는다. 문을 하나씩 연다. 욕실, 옷 방, 애슐리의 두 아들이 함께 쓰는 방. 자주색으로 꾸미고 벽에 'C'자가 적혀 있는 방은 애슐리의 외동딸 첼시가 쓰는 곳이다. 세 번째 방은 장남의 방인 듯하다.

마지막으로 들어간 방은 애슐리와 론의 침실이다. 구석에서 라디에이터가 소리를 내며 불쾌하지 않은 온기를 뿜어내고 있다. 방 한가운데 덮지붕 침대가 있고, 그 옆 벽면에는 그림이 걸려 있다. 예수가 두 어린 아이의 손을 잡고 있는 그림이다. 그들은 빛나는 강물로 연결되는 길에 서 있다.

'나와 함께 가자.' 예수의 발치에 적혀 있다.

이 그림을 보고 있는데, 오른쪽 옷장 안에서 작게 부스럭거리는 소리가 난다.

그쪽으로 가서 문을 연다. 아들이 다른 두 아이와 함께 숨바꼭질을 하는 모양이다.

— **쉬이이이잇**. 아이들이 동시에 말한다.

알았어. 나는 입 모양으로만 이렇게 말하고 문을 닫은 뒤 조용히 후퇴한다.

다시 아래층으로 내려와, 뷔페식으로 차려놓은 음식을 접시에 잔뜩 담는다. 그리고 혼자 거실에 궁상맞은 모습으로 서서, 이따금 구석의 텔레비전을 흘깃거리며 음식을 먹는다. 메이시 백화점의 추수감사절 퍼레이드가 화면에 나오고 있다. 주위에서는 어릴 적 이후로 처음 듣는 목소리들이 오르내리고 있다. 요즘에는 시들어버리는 중인 '가족 나무'의 가지로 얼기설기 연결된 사람들이다. 근처에서, 나보다 나이 많은 셰인이 어젯밤 슈거하우스 카지노에서 돈을 딴 이야기를 하고 있다. 기침을 심하게 해댄다. 종종 어깨 너머로 손을 넘겨 등을 긁는다.

애슐리가 론과 함께 거실로 들어온다. 아이 넷이 그녀의 명령에 따라 뒤따라 들어온다.

애슐리가 말한다. 저기, 여러분! 저기요!

아무도 입을 다물지 않자 론이 손가락 두 개를 입에 대고 휘파람을 분다.

나는 포크를 입에 넣으려던 참이다. 쑥스러워서 그냥 내려놓는다.

— 아이고, 또 시작이네. 셰인이 말한다. 기도 시간.

애슐리가 그를 노려본다. 자, 여기 보세요. 금방이면 돼요. 여러분을 사랑한다는 말을 하고 싶어요. 오늘 우리 모두 여기 모일 수 있게 된 걸 감사하고 싶어요.

론이 애슐리와 손을 잡자, 뒤에서 아이들도 손을 잡는다.

— 괜찮다면, 식사 기도를 하려고요. 론이 말한다.

주위를 둘러본다. 모두가 시큰둥한 표정이다. 오브라이언 가족의 종교는 가톨릭이다. 신앙심의 정도가 다양하다. 일주일에 여러 번 미사를 보러 가는 아주머니들도 있다. 성당에 전혀 나가지 않는 어린 친척도 있다. 나는 보통 크리스마스와 부활절, 그리고 우울할 때 토머스를 성당에 데려간다. 그런데 내 기억으로는, 어린 시절 추수감사절 가족 모임에서 식사 기도를 한 적은 없었다.

론이 대머리를 숙이고 기도를 하자 실내가 조용해진다. 그의 팔뚝 근육이 팽팽하다. 그는 우리가 먹을 음식에 대한 감사의, 또 오늘 함께하는 가족과 돌아가신 가족을 위한 기도를 드린다. 집과 일자리와 아이들을 주신 것에 감사드린다. 이 나라에 지도자들을 주신 것에도 감사드리고 그들이 최선을 다하기를 기도한다. 나는 론을 잘 모른다. 그와는 애슐리의 결혼 이후로, 결혼식을 포함해 네 번쯤 만났을 것이다. 하지만 그는 꿋꿋하고 열심히 일하는, 진지한 사람 같다. 여지를 주면 자신이 가진 의견에 대해 아주 확고해지는 사람이다. 그는 필라델피아 남서부 경계 바로 너머에 있는 델라웨어카운티 출신이지만, 오브라이언 가족에게는 외부인으로 간주되어 그를 존중하면서도 약간은 신뢰하지 않는 분위기다.

론이 기도를 마치자 모두가 **아멘**, 하고 중얼거린다. 친척 하나가 좋은 음식, 좋은 고기, 좋은 하느님, 이제 먹자, 라고 말한다.

할머니의 동생인 리치 할아버지가 맥주를 들고 내 곁으로 다가온다. 어디서 나타났는지 모르겠다.

— 네가 오다니. 리치가 말한다. 청바지와 이글스 유니폼을 입고 있다. 할머니와 닮았지만 덩치가 더 크다. 나이 많은 남자 친척들이 다 그렇듯이 그는 말이 많고 농담을 좋아하는데, 자기 농담에 웃지 않으면 옆구리를 쿡쿡 찌르는 버릇이 있다.

나는 고개를 끄덕인다. 이번엔 왔어요.

— 배가 고픈 모양이구나. 그가 내 접시를 보고 말한다. 나는 뱃살 좀 빼려고. 그가 윙크한다.

나는 힘없이 웃는다.

— 새집은 어떠니? 리치가 말한다. 네 할머니가 그러던데. 이사했다고. 벤세일럼이랬지?

나는 고개를 끄덕인다.

— 미지의 남자랑, 웅? 리치가 말한다. 애인이랑 같이 사는 거지? 가족끼린 다 알지.

나를 놀리는 거다. 알고 있다. 아무 말도 하지 않는다.

— 언제 한번 데리고 오렴. 리치가 말한다.

— 만나는 사람 없어요.

— 농담이야, 얘야. 좋은 사람 만나겠지.

— 좋은 사람 만나고 싶지 않아요. 내가 말한다.

나는 식사로 돌아간다. 한입에 먹을 수 있을 만큼 작은 조각을 세심하게 고른다. 그러느라 시간이 꽤 걸린다. 접시에 집중하기가 어렵다.

어쩐 일인지, 리치 할아버지가 입을 다물어버린 까닭에.

THEN

그때

동생이 겪고 있는 문제를 사이먼 클리어에게 털어놓은 뒤, 우리는 경찰 체육관 밖에서도 만나기 시작했다.

그해 여름 나는 일을 마치고 나면 도서관이나 공원, 식당 등 사이먼이 남의 눈을 피할 수 있다고 생각되는 곳으로 갔고, 그러면 그가 거기로 왔다. 그때 나는 열일곱 살이었다. ('사람들이 오해하면 안 되니까.' 그는 이렇게 말했고 당시 나는 그 말에 약간의 스릴을 느꼈다.) 가끔 센터시티의 작은 극장에 영화를 보러 가기도 했는데, 그럴 때면 그는 나를 엘 정류장까지 걸어서 바래다주며 방금 본 영화의 시나리오와 배우들에 관한 예술적 장단점을 이야기하곤 했다. 델라웨어강 위로 튀어나와 있는 잔교에 가기도 했다. 수십 년이나 사용하지 않아 낡고 위험한 곳이었지만, 버려진 곳이라는 이유로 우리는 그곳을 찾아 가장자리에 나란히 앉아서 캠던⁹ 쪽을 바라보곤 했다. 이 모든 곳에 내가 먼저 도착했다. 사이먼은 나중에 왔다. 그는 케이시에 대해 모든 걸 알았고, 새로 생긴 일을 하나하나 귀담아들었다.

첫 약물 과용 사건이 있은 지 일주일도 되지 않아, 케이시는 또다시 밖으로 나다니기 시작했다. 그때까지도 한 침대를 썼기 때문에 나는 그 애가 몰래 집을 빠져나가는 걸 매번 알아챘다. 늘 그러지 말라고 말렸다. 할머니에게 이른다고도 을렀다. 사실 당시의 나는 케이시가 잘못되는 것보다 할머니를 더 두려워했다. 할머니가 케이시를 쫓아내는 게 가

---

9 뉴저지주의 공업 도시로, 필라델피아의 위성도시이기도 하다.

장 두려웠다. 그런 일이 일어난다면, 우리 둘 다 어떻게 될지 알 수 없었으니까.

— **여기 있어.** 나는 이렇게 속삭이곤 했다.

— **담배가 필요해.** 그러면 케이시는 이렇게 말했다. 그리고 몇 시간 동안 돌아오지 않았다.

그런 일이 반복됐다. 케이시의 상태는 빠르게 악화됐다. 눈빛이 항상 흐리고, 뺨이 붉고, 말이 느리고, 혀가 꼬이고, 아름다운 웃음도 사라졌다. 그런 모습을 보면, 나는 그 애 눈앞에서 손뼉을 딱 치고 싶었다. 동생을 꽉 껴안아, 그 애의 삶을 그렇게 멍하게 만드는 어둠 속에서 꺼내 오고 싶었다. 명석하고 재치 있는 동생 케이시가 그리웠다. 언제나 에너지로 가득 차 여기저기 뛰어다니던 그 애가. 열혈 10대 소녀였던 아이는 이제는 끝없이 어둠만이 펼쳐진 세상에서 사는 듯했다.

케이시의 행동을 할머니에게 감추려고 애썼지만, 할머니는 예리했다. 알고 있었다. 할머니는 케이시의 물건을 계속 뒤졌고, 케이시의 긴장이 느슨해진 어느 날 마침내 100달러짜리 지폐 뭉치를 발견했다. 케이시는 프랜 멀로니, 폴라 멀로니 남매와 함께 '거래'를 시작한 것이었다. 할머니에게 증거는 그것으로 충분했다. 내 염려대로, 할머니는 케이시를 쫓아냈다.

— 어디로 가라고요? 내가 물었다.

— 내가 신경이나 쓸 것 같니? 할머니는 눈을 번득이며 말했다. 그게 내가 상관할 일이야?

— 케이시는 열여섯 살이에요.

— 그렇지. 그만하면 철이 들어야지.

물론, 일주일 뒤 케이시는 돌아왔다. 하지만 이후로도 같은 과정이 반복됐고, 케이시는 나아지는 대신 점점 더 나빠졌다.

이 모든 일을, 사이먼을 볼 때마다 이야기했다. 그러면 어느 정도는 위안이 됐다. 세상에 나 이외의 누군가가 케이시가 중독에 빠진 과정을 듣고 그 애의 사정을 안다는 것이, 그 이야기를 기꺼이 경청하고 어른스러우면서 적절한 조언을 해주는 사람이 있다는 사실이 매우 다행스럽게 느껴졌다.

— 널 시험하는 거야. 사이먼이 자신 있게 말했다. 아직 어려서 그래. 크면 나아질 거야.

그러더니 그는 고개를 살짝 기울이며 털어놨다. 나도 그런 때가 있었어.

이제는 치료가 되었다고 했다. 그는 바짓단을 걷어 올리고 튼튼한 오른쪽 종아리 뒤쪽에 새긴, 다시는 중독되지 않겠다는 결심을 의미하는 'X' 문신을 내게 보여주었다. 당시 그는 중독자 모임에 나가는 건 그만둔 상태였지만, 언제든 다시 중독될 수 있음을 인지하고 주의하는 중이었다.

— 절대 방심하면 안 돼. 그가 말했다. 그게 바로 지옥이지. 항상 걱정하는 거.

솔직히 말하면, 이런 이야기가 큰 위로가 됐다. 사이먼처럼 똑똑하고 강직하며 세상 경험이 많은 사람이, 그렇게 좋은 아버지가, 케이시와 같은 상태에 놓여 있었다니. 그런데도 그걸 이겨냈다니.

그때는 아무도, 케이시조차도 내가 사이먼 클리어와 그런 식으로 만난다는 사실을 몰랐다. 케이시가 집에 있는 밤이면 우리는 한 침대에 누워서, 저마다의 비밀을 간직한 채 둘 사이의 한가운데 선을 긋고 있었다. 그 선이 만든 균열은 매주 넓어졌다.

케이시는 학교를 그만뒀다. 할머니에게는 말하지 않았다. 재정이 부실하고 학생들도 사정이 좋지 않은 아이들이 대부분이었던 우리 학교는 그 사실을 군이 집에 통지하지 않았다.

나 역시 아무 말도 하지 않았다. 언제나 그랬듯이 내게 가장 중요한 건 케이시를 할머니 집에서 살게 하는 것이었기에, 나는 알면서도 숨겼다. 오늘날까지도 이 결정이 옳았는지 잘 모르겠다.

하지만 나는 그 애를 사랑했다. 그때까지도 우리 사이에는 정말로 다정한 순간들이 있었다. 케이시는 우울하거나 술에 취했을 때면 집으로 들어오며 내게 포옹하자고 했다. 집으로 돌아와서 내 옆에 앉아, 내게 몸을 기대고 내 어깨에 머리를 묻은 채 나와 함께 텔레비전을 봤다. 머리를 두 갈래로 땋아달라고도 했다. 내가 머리를 땋는 동안, 그 애는 바닥에 앉아 텔레비전 화면을 들여다보면서 우스운 논평을 느릿느릿 내놓기도 했다. 그때까지도 케이시는 나를 웃게 했다. 천천히 숨을 쉬며, 머리를 내 손에 기대면서. 그럴 때면 그 아이에게 모성애 같은 것을 느꼈다. 토머스를 키우는 지금에서야 나는 그 감정이 무엇이었는지 알게 되었다.

그럴 때마다 케이시에게 다시 건강해지라고 애원했다. 울었다. 그럴게, 약속해, 건강해질게. 케이시는 그렇게 말했다. 하지만 대답할 때 나를 보지 않았다. 늘 다른 곳을, 바닥이나 창밖을 보고 있었다.

고등학교 3학년 때, 나는 지원할 대학의 목록을 좁혔다. 어느 학교로 갈까 생각하다 보면 늘 나를 따라다니던 걱정으로부터 벗어날 수 있었다. 마침내, 드디어, 달아날 때가 왔다. 그리고 일단 달아나 잘살게 되면 그때는 동생을 구할 수 있을 것이다. 오랫동안, 성 구세주 학교의 앤절라 콕스 수녀가 내 머리라면 원하는 것은 무엇이든 할 수 있을 거라고 말해준 이후로, 늘 그것을 꿈꿨다.

할머니에게 도움을 구할 수 없다는 건 알고 있었다. 누군가 나를 향해 똑똑하다거나 좋은 학생이라고 칭찬할 때마다 할머니는 회의적인 반응을 보였다. '널 속이는 거다.' 할머니는 인상을 쓰며 그렇게 말하기도 했다. 할머니와 오브라이언 일가는 오로지 실용적인 일을 하는 것에만 자부심을 가졌다. 지적인 삶—교사 같은 직업마저도—은 그들에게는 교만으로 비쳤다. 일이란 반드시 몸으로, 손을 써서 해야 하는 것이었다. 대학이란 몽상가나 속물의 전유물이었다.

그래도, 내가 사랑한 역사 교사 파월 선생님의 도움과 고등학교의 조금은 무능한(혹은, 좀 더 친절하게 말하면 '인력이 부족한') 진학 지원처에서 추천을 받아, 나는 근처 대학교 두 곳에 입학 원서를 써냈다. 하나는 템플에, 하나는 세인트조에. 한 곳은 공립대학이었고, 다른 한 곳은 사립대학이었다.

둘 다 합격했다.

진학 담당 교사 힐 선생님에게 합격증을 가지고 갔다. 그걸 본 그가 나와 하이파이브를 했다. 그러더니 내게 장학금 신청서와 대학생 재정 지원 신청서를 내줬다.

—이게 뭐예요? 내가 물었다.

—등록금을 지원받을 수 있는 서류야. 부모님께 써달라고 하렴.

—부모님이 없어요. 이렇게 용감하게 말하면, 내가 직접 하면 된다

고 그가 말해주기를 바랐다.

그는 놀란 표정으로 나를 올려다봤다. 그럼 네 보호자한테 부탁드려야지. 보호자가 누구니?

— 할머니요.

— 할머니가 쓰시면 돼.

숨이 막혀오기 시작했다.

— 다른 방법은 없을까요.

하지만 내 목소리가 너무 작았거나, 아니면 힐 선생님이 너무 바빴던 것 같다. 그는 책상에서 고개를 들지 않았다.

어떻게 될지 알고 있었다. 그래도 나는 서류를 전부 안아 들고 할머니에게 갔다.

할머니는 소파에 앉아 저녁으로 시리얼을 먹으면서 지역 방송 뉴스를 보고 있었다. **훌리건과 깡패들의 미치광이 짓**에 고개를 저으면서. 미치광이 짓 운운하는 건 아마 그 시간대에 할머니가 가장 많이 입에 담는 말일 것이다.

— 이게 다 뭐냐? 내가 서류 더미를 내밀자 할머니가 말했다. 할머니는 쨍그랑 소리가 나도록 그릇에 숟가락을 놓더니 그걸 탁자 위에 올려놓았다. 할머니는 발목이 무릎 높이까지 올라오도록 한쪽 다리를 올렸다. 아무 말도 하지 않았다. 서류를 살피는 동안 입속에 든 시리얼을 씹었다. 그리고 조용히 웃기 시작했다.

— 왜요. 내가 말했다.

그때는 내 몸이 너무 어색하게 느껴졌다. 너무 불편했다. 팔짱을 꼈다 풀었다 했던 기억이 난다. 나는 허리에 손을 얹었다.

— 미안하구나. 할머니는 더 크게 웃었다. 그냥 말이다. 할머니는 손으로 입을 막았다. 상상이 되니? 너 같은 애가 세인트조에? 넌 말도 잘 안 하잖니, 미키. 거기 사람들이 네 돈만 빼앗아 가고 넌 내다 버릴 거야. 네 돈을 비웃고는 옆으로 치워버릴 거라고. 그 사람들은 다 그래. 이런 투자에서 무슨 수익이라도 볼 거라고 생각한다면 그야말로 터무니없는 생각이지.

할머니는 서류를 탁자에 도로 내려놓았다. 서류에 우유가 묻었다. 할머니는 시리얼 그릇을 다시 들었다.

— 안 쓴다. 할머니는 재정 지원 신청서를 향해 말했다. 쓸모도 없는 종이 쪼가리나 받으려고 빚더미에 파묻히게 하진 않을 거야.

학년 초에, 파월 선생님은 집 전화번호를 주면서 할 이야기가 있으면 전화하라고 했다. 그 '생명선'을 써야 할 때가 있다면 바로 지금이라는 생각이 들었다. 처음 전화를 거는 거라 굉장히 긴장됐다.

선생님이 전화를 받기까지 꽤 오래 걸렸다. 수화기 너머 멀리서 아이 우는 소리가 들렸다. 오후 5시 30분이나 6시였을 것이다. 저녁 식사 시간임을 뒤늦게 깨달았다. 파월 선생님은 애정 어린 목소리로 아들과 딸이 있다고 이야기했었다. 둘 다 아주 어렸다.

— 여보세요? 선생님이 다급하게 말했다.

아이가 엉엉 울고 있었다. **엄마, 엄마.**

— 여보세요? 선생님이 다시 말했다. 냄비 부딪는 소리가 났다.

— 누군지 모르겠지만 지금 좀 바빠서요. 전화를 받을 수가 없네요. 결국 선생님이 말했다.

그렇게 엄격한 목소리는 처음이었다. 나는 천천히 전화를 끊었다.

내게 파월 선생님 같은 가족이 있었다면 인생이 어땠을까 상상했다.

사이먼을 호출했다. 주방 전화기 옆에서, 벽에 머리를 기대고 서서 기다렸다. 15분 뒤 전화벨이 울렸다. 최대한 빠르게 수화기를 들었다.

— 누구냐? 할머니가 묻기에 판매원이라고 외쳤다.

사이먼이 낮은 소리로 말했다.

— 무슨 일이야? 1분밖에 시간 못 내.

그를 만난 후 처음으로 듣는, 짜증이 묻어 있는 목소리였다. 그는 거의 화를 내고 있었다. 나는 울기 시작했다. 파월 선생님에게 건 전화를 그렇게 끊고 난 뒤라, 더 감당하기가 어려웠다. 자상함이 필요했다.

— 미안해요. 내가 속삭였다. 할머니가 서류를 안 써줘요.

— 무슨 서류? 누가? 사이먼이 말했다.

— 대학 서류요. 할머니가 써주지 않는대요. 재정 지원 없이는 대학에 못 가요.

사이먼은 오랫동안 아무 말도 하지 않았다.

— 잔교에서 봐. 한참 만에 그가 말했다. 한 시간 뒤에 갈게.

이전에 마지막으로 그곳에 갔을 때는 가을이었고, 서머타임을 시작하기 전이었다. 그날은 바깥 날씨가 매섭게 춥던 2월의 어느 날이었다. 잔교로 출발했을 때는 밖이 이미 어두워져 있었다. 할머니에게는 친구와 만나 공부하기로 했다고 둘러댔다. 집을 나서는데, 케이시가 눈썹을 치켜세웠다.

집으로부터, 할머니의 어두운 분위기와 케이시가 언젠가는 돌아오지 않을지도 모른다는 끊임없는 걱정으로부터 벗어나 밖에 나오니 기분이 좋았다.

하지만 사이먼과 만나던 다른 때와는 달리, 불안했다. 그해 여름과 가을, 우리는 기회가 있을 때마다 만났다. 플라토닉러브에 가까운 만남이었지만 말이다. 겨울이 되고 학기가 시작하자 그와 만나는 일이 드물어졌다. 그때 열여덟 살이던 나는 나이에 비해 어렸다. 순진하기는 했지만, 적어도 내 순진함을 자각하고는 있었던 것 같다. 내 또래의 다른 사람들—동생을 포함해서—은 섹스를, 그것도 몇 년째 하고 있다는 것도 알았다. 내 연애는 상상에, 텔레비전에 나오는 청년들에 관한 망상에, 부끄럽게도 고등학교에서 인기 많던 남자애들이나 다양한 연예인들과 관련된 몽상에, 그리고 내가 가장 집착하는 사이먼과의 만남을 적은 일기장 내용에 국한되어 있었다. 사이먼과 그의 의도에 대해 나는 두 가지 모순되는 믿음을 갖고 있었다. 하나는, 나에 대한 그의 관심이 순전히 지적인 멘토로서의 관심만은 아닐 거라는 것이었다. 그는 내가 하는 말에 종종 웃었다. 웃기려고 한 말이 아닐 때도 가끔은 진심으로, 가끔은 놀리듯이 웃었다. 그리고 그는 내 얼굴이 붉어지는 것을 보면 씩 웃었는데, 나는 그것이 연애하는 사람들의 반응이라고 여겼다. 그리고 내가 말할 때면 그는 나를 빤히, 집중해서 보면서 내 얼굴 구석구석을 훑어보고 엷은 미소를 지었다. 가끔은 그의 시선이 아래로, 내 손과 목덜미로, 가슴으로 내려온다는 것도 알았다. 내가 예쁜지 어떤지는 그때나 지금이나 알 수 없다. 나는 키가 크고 한결같이 말랐으며, 메이크업을 하지 않는다. 옷도 아주 평범하게 입는다. 장신구는 거의 하지 않고 머리는 하나로 모아 묶는다. 그때는 머리칼이 한 올이라도 흐트러지지 않게끔 물을 묻히기도 했다. 설사 내 얼굴에 보기 좋은 구석이 있다 해도, 그것을 알아보는 사람은 몇 되지 않았다. 하지만 당시 나는 종종,

사이먼이 그중 하나가 아닐까 하고 생각했다. 그가 내게 팔을 두르던 순간을 떠올리면 배 속이 조금 메슥거리고, 온몸에 짜릿한 기운이 퍼졌다. 그러면 늘 마음속에서 또 다른 목소리가, 모든 게 나 스스로 지어낸 것에 불과하다고 속삭였다. 사이먼은 나를 그저 아이로, 재능 있는 사람으로, 직업적 또는 이타적 관심의 대상으로 보는 것일 뿐이라고. 딴 생각을 품다니 미친 것 아니냐고.

나무들이 델라웨어애비뉴와 강 위로 뻗어 있는 잔교 사이를 가르고 있었다. 땅에는 잡초와 쓰레기가 널려 있었다. 너무 어두워서 손을 내밀어 더듬거리며 걸어야 할 정도였다. 불현듯 위험하다는 생각이 들었다. 전에 그곳에서 사이먼과 만났을 때, 주위에 다른 사람이 있었던 적도 몇 번인가 있었다. 대개 개를 데리고 산책을 나온 사람들이었다. 한 번은 내가 먼저 도착해서 보니 노숙자가 있었다. 그는 나를 뚫어져라 보면서 씩 웃었다. 그리고 외설적인 손짓을 했다. 그때 나는 델라웨어애비뉴로 돌아가 그곳에서 사이먼을 기다렸었다.

너무 어둡고 추워서 사람이 아무도 없을 것 같았다. 나무들을 벗어나고 나니, 그 생각이 옳았음을 알 수 있었다. 하지만 혼자인 것이, 잔교가 조용한 것이 내게 위로가 되는지 아닌지 알 수 없었다.

잔교 끝까지 걸어가서 바닥에 앉았다. 재킷으로 몸을 더 단단히 감쌌다. 벤프랭클린 다리에는 불이 켜져 있었다. 붉은색과 흰색의 구슬을 뗀 목걸이 같은 빛이 수면에 비쳤다.

10분쯤 지나자 발자국 소리가 들렸다. 돌아보니, 사이먼이 주머니에 손을 꽂은 채 내게로 걸어오고 있었다. 그는 경찰복이 아닌 평상복 차림이었다. 밑단을 접어 올린 청바지, 검은색 부츠, 털모자 그리고 양털

칼라가 달린 가죽 재킷. 근무 중이 아닐 때 늘 입는 옷이었다. 바닥에 앉아서 보니 그는 평소보다 더 크고 강해 보였다.

그도 바닥에 앉았다. 우리는 잔교 아래로 다리를 늘어뜨렸다.

그가 내게 팔을 두르고 입을 열었다.

— 어때? 사이먼이 내 쪽으로 고개를 돌리고 물었다. 그의 숨결과 따뜻한 입술이 내 관자놀이에 느껴졌다. 몸이 떨렸다.

— 좋지 않아요.

— 무슨 일인지 말해봐. 그의 말에 나는 언제나 그랬듯이 전부 털어놓았다.

그날 밤 사이먼은 내게 경찰에 들어오는 걸 진지하게 생각해보라고 말했다. 현재는 경찰에 지원할 수 있는 최소 연령이 스물두 살이다. 그때는 열아홉 살이었다.

— 잘 들어봐. 사이먼이 말했다. 할머니랑 싸울 수도 있어. 물론 독립해서 네가 직접 서류를 작성하는 방법도 있고. 그런데 그러려면 시간이 걸릴 거야.

— 그때까진 어떻게 하고요? 내가 물었다.

— 잘 모르겠네. 일을 계속해. 전문대에 가. 어쨌든 학점은 필요하니까.

— 그런데 내 생각엔, 하고 그가 계속 말했다. 네가 이 일을 잘할 것 같아. 어쩌면 형사가 될 수 있을지도 모르지. 늘 네가 경찰 일에 잘 맞을 거라고 말했잖아. 거짓말 아니야.

— 그런 것 같아요. 내가 말했다.

나는 확신이 없었다. 범죄소설을 좋아하기는 했다. 사이먼이 추천한 경찰 관련 영화들도 좋아했다. 무엇보다, 나는 경찰관인 사이먼이 좋았다. 하지만 나는 학교 성적이 아주 좋았고, 독서도 좋아했다. 그리고 파월 선생님과 선생님이 들려준 옛이야기들 덕분에―그것들이 내게서 외로움을 덜어주었다―나도 선생님처럼 역사 교사가 되기로 결심했었다.

나는 머뭇거렸다.

― 네 마음에 달렸어. 사이먼이 결국 선언했다. 그는 몸을 조금 움직였지만, 팔은 여전히 내게 두른 채였다. 따뜻하게 해주려는 듯이 내 팔을 쓱쓱 문질렀다.

― 하지만 내가 해줄 수 있는 말은, 괜찮을 거라는 거야. 넌 무슨 일을 해도 잘할 거야.

나는 어깨를 으쓱였다. 우리 앞, 양쪽 도시의 불빛에 환하게 밝혀진 강을 내다봤다. 그때 나는 파월 선생님의 수업 내용을 떠올리고 있었다. 이 강물은 수원지가 웨스트브랜치강이며, 델라웨어만에서 바다로 흘러 나간다는 것을. 1776년 오늘처럼 추운 겨울밤에, 여기서 북쪽으로 56킬로미터 떨어진 곳에서 조지 워싱턴과 그의 군대가 이 강을 건넜다는 것을. 그때도 어두웠을 거라면서. 도시도 없고, 길잡이가 되어줄 불빛도 없었을 거라면서.

― 날 봐. 사이먼이 말했다.

그를 향해 고개를 돌렸다.

― 몇 살이지?

― 열여덟. 내가 말했다. 10월에 생일이었다. 그해는 케이시마저도 그날을 잊고 지나갔다.

― 열여덟. 사이먼이 말했다. 너한텐 창창한 앞날이 있어.

그리고 그는 고개를 숙여 내게 키스했다. 무슨 일이 일어난 건지 깨닫는 데 시간이 조금 걸렸다. 그러자 머릿속에 떠오르는 건 이 생각뿐이었다. '내 첫 키스. 내 첫 키스. 내 첫 키스.' 첫 키스는 별로라고 들었다. 침 범벅이 됐다거나, 경험 없는 10대 남자애의 난폭한 혀를 받아내야 했다거나, 남의 입에 거의 삼켜졌다는 경험담과 함께. 하지만 사이먼의 키스는 굉장히 점잖았다. 입술이 살며시 닿았다가 물러나면서 내 아랫입술에 그의 치아가 살짝 닿았다. 나는 흥분했다. 키스할 때 치아가 닿는다고는 생각도 못 했다.

— 날 믿니. 사이먼이 조용히 물었다. 나를 빤히 보면서. 얼굴이 너무 가까이 붙어 있어서 내 목이 이상한 각도로 구부러졌다.

— 네.

— 넌 아름다워. 그거 믿니?

— 네.

내 평생 처음으로 그런 말을 믿었다.

그날 밤 늦게, 나는 동생 옆에 누워서 다 털어놓고 싶은 충동을 느꼈다. 몇 년 전, 케이시가 내게 첫 키스 경험담을 들려주었다. 그때 그 애는 열두 살이었고 우리는 아직 가장 친한 친구였다. 밖에서 놀다 들어온 케이시가 신이 나서 내 이름을 외치며 방으로 들어오더니 침대에 누웠다.

— 숀 조지건이 나한테 키스했어. 케이시가 눈을 반짝이며 말하고는 베개로 자기 입을 막았다. 그리고 거기에 대고 소리를 질렀다. 그 애가 키스했어. 우리 키스했다고.

그때 나는 열네 살이었다. 나는 아무 말도 하지 않았다.

케이시가 베개를 내리더니 나를 봤다. 그리고 염려스러운 얼굴로 일어나 앉아 한 손을 내밀었다.

　　─ 이런, 믹. 케이시가 말했다. 하게 될 거야. 걱정 마. 언니도 하게 될 테니까.

　　─ 못 할지도 모르지. 내가 말했다. 억지로 웃었지만 슬픈 소리가 났다.

　　─ 분명히 할 거야. 그러면 나한테 얘기해준다고 약속해.

　　사이먼이 내게 키스한 날 밤, 나는 어디서부터 이야기를 시작해야 할지 알 수 없었다. 내가 미처 말을 꺼내기 전에 잠든 케이시의 부드러운 숨소리가 들려왔다.

나는 사이먼이 시키는 대로 했다. 고등학교를 졸업하고 할머니의 집에서 계속 살았다. 그즈음 중간 방으로 방을 옮겼는데, 그때까지도 어머니의 흔적을 그곳에서 느낄 수 있었다. 동네 약국에서 아르바이트를 시작했고, 할머니에게 월세로 매달 200달러를 냈다. 필라델피아 전문대에서 60학점을 받았다. 그리고 경찰 임용 시험에 응시했다. 나는 스무 살에 경찰관이 됐다. 내 임용식에는 아무도 오지 않았다.

한편 케이시의 상태는 계속 나빠졌다. 그 무렵 그 애는 제멋대로 날뛰고 있었다. 10대 후반과 20대 초반에 케이시는 돈을 벌기 위해 바텐더로 가끔 일했고, 프랭크포드에서 리치 할아버지가 운영하는 자동차 대리점에서도 일했으며, 이따금 그 애를 고용할 정도로 무책임한 부모가 있을 때면 아이를 봐주는 일도 했다. 폴라의 오빠 프랜 멀로니 밑에서 마약상 일도 계속했을 것이다. 케이시는 할머니 집과 거리 친구들의 집을 전전하며 지냈다. 그 시절에 케이시는 켄징턴보다는 피시타운에서 더 많은 시간을 보냈다. 다시 말해, 나는 근무할 때는 그 애를 보지 못했다. 밤에 퇴근하고 나면 케이시가 어디에 있을지 전혀 알 수 없었고, 영영 안 돌아오는 날이 언젠가는 올 거라고 생각하며 살았다. 대화는 거의 하지 않았다.

그래도 나와 사이먼 사이를 아는 사람은 케이시뿐이었다. 그 애는 내 물건들 속에서 사이먼의 쪽지를 발견했고—돈을 훔치려고 뒤지다가 찾은 거라는 생각은 나중에야 들었다—그 후 나를 보고는 그걸로 내 가슴을 마구 찔러댔다.

— 대체 무슨 생각이야? 케이시가 말했다.

나는 부끄러웠다. 그 쪽지에는 호텔에서 함께 지낸 밤 이야기가 적혀 있었다. 그때 내게 사이먼과 함께하는 시간은 위안이자 탈출구였고, 처음 느끼는 진정한 행복이었다. 그걸 비밀로 해야 한다면, 그래도 좋았다. 어쨌든 내 것이었으니까.

나는 그 쪽지를 손으로 가렸다. 아무 말도 하지 않았다.

그다음 케이시는 **그 자식 씨발 소름 끼쳐**, 라고 말한 것 같다. 혹은 **그 자식은 언니가 열네 살 때부터 바지에 손을 넣으려고 했다고**, 라거나. 지금 생각하니 몸이 떨린다. 나는 어릴 때부터 항상 모든 상황에서 점잖게 행동하려고 애썼다. 지금도 직장에서 경관으로서 체면을 지키려고 노력한다. 집에서 토머스와 함께 있을 때는 부모로서 체면을 지키려고 하며, 아이가 속상해할 만한 내용이나 좋지 않은 이야기는 되도록 듣지 못하게 한다. 다른 사람이 나를 염려한다거나 또는 내 안위를 걱정한다는 느낌을 받는 게 싫다. 나는 늘 잘 지내고 있으며 모든 것을 알아서 처리한다는 인상을 주고 싶다. 그것이 체면을 지키는 일이니까. 나는 그런 사람이다.

— 그렇지 않아. 내가 말했다.

케이시가 웃었다. 상냥한 웃음이 아니었다.

— 마음대로 생각해.

— 그렇지 않다니까.

— 이런, 믹. 케이시가 말했다. 그러더니 고개를 저었다. 그 표정에서 동정심 같은 것이 보였다.

스무 살의 나는 케이시의 말이 공정하지도, 정확하지도 않다고 여겼다. 사이먼을 따라다닌 건 나였다. 나는 낭만적인 사람은 아니지만, 그를 보자마자 첫눈에 반했다고 생각했다. 반면 사이먼은 나를 몇 년 동안 그저 아이로만 봤다고 말했었다. 그러나 사이먼도 나도, 사이먼이 나를 가르치던 시절을 아는 사람이 우리 사이를 어떻게 볼지 의식했다. 그래서 우리는 늘 그 사실을 함구하려고 애썼다. 더구나 사이먼은 얼마 전 승진 시험을 통과해 남부서에서 일을 시작한 참이라, 앞길에 방해가 될 만한 일은 원치 않았다. 우리는 호텔에서 만났다. 그는 당시 열한 살이던 아들 개브리엘에게 우리 사이를 알리고 싶지 않다고 말했다. 개브리엘의 엄마가 가끔 아이를 데리고 예고 없이 찾아오는 탓에, 모든 게 굉장히 **복잡하다고** 했다.

— 언젠가 네가 집을 장만하면, 거기서 같이 지낼 수 있을 거야. 때때로 사이먼은 이렇게 말했다.

주로 이런 이유에서 나는 필라델피아 경찰 근무 첫 2년 동안 번 돈을 거의 전부 예금했고, 그 돈을 포트리치먼드의 집 계약금으로 썼다. 서류에 서명했을 때 나는 불과 스물두 살이었다. 나는 집값의 40퍼센트를 지불했다. 사실 적은 액수였다. 그래도 그 후로 그만 한 액수를 내 계좌에서 본 적이 없다. 부동산 중개인은 놀라서, 그런 돈을 친구들과 즐기는 데 쓰지 않고 저축하는 스물두 살 청년은 많지 않다고 말했다. 나는 보통의 스물두 살 친구들과 같지 않다고 말하고 싶었지만, 그러지 않았다.

할머니의 집에서 나오는 것은, 가끔은 몸싸움을 동반하기도 하는 할머니와 케이시의 끔찍한 싸움터에서 떠나는 것은, 흡사 전쟁터에서 탈출하는 느낌이었다.

케이시에게도 할머니에게도 집을 나간다고 미리 말하지 않았다. 여기에는 두 가지 이유가 있었다. 우선, 누구에게도 내 재정 상태를 알리고 싶지 않았다. 이미 받고 있던 월세보다 더 많은 돈을 할머니가 내놓으라고 할까 봐. 케이시가 돈을 달라고 더 졸라댈까 봐. (내 뜻을 일찌감치 확실하게 밝혀두었지만, 그럼에도 그 애는 이따금 돈을 달라고 애원하곤 했다.) 두 번째 이유는, 할머니도 케이시도 별로 신경 쓰지 않을 거라고 예상했기 때문이다.

그래서 케이시가 내 말에 슬퍼하는 걸 보고 놀랐다.

내가 이사하던 날, 집에 온 케이시가 짐을 아래층으로 옮기던 나를 발견했다.

—뭐 해. 케이시가 말했다. 팔짱을 끼고. 인상을 쓴 채.

나는 숨을 몰아쉬며 잠시 기다렸다. 짐은 옷과 책뿐이었지만, 책이 너무 많았다. 문고판 책을 가득 담은 상자가 얼마나 무거운지 그제야 깨닫는 중이었다.

—이사.

그 말에 케이시가 어깨만 한 번 으쓱일 줄 알았다. 그런데 그 애는 고개를 젓기 시작했다. 안 돼, 믹. 나만 두고 가지 마.

나는 들고 있던 상자를 계단에 내려놓았다. 그때 벌써 허리가 아파왔다. 회복하는 데 며칠이나 걸렸다.

—네가 좋아할 줄 알았는데.

케이시는 정말로 당황한 표정이었다. 왜 그렇게 생각해?

'날 좋아하지도 않잖아.' 그렇게 말하고 싶었다. 하지만 너무 감상적이고 자기 연민에 빠져 내뱉은 우울한 소리처럼 들릴 것 같아서 그만 가야 한다고, 밤에 돌아와 할머니에게 말할 계획이라고만 말했다. 케이시는 조금은 형식적으로 느껴지는 동작으로, 내가 나갈 수 있게 문을 열어주었다. 그때 나는 딱 한 번 그 애를 돌아봤다. 예전의 케이시, 내게 전적으로 의지하던 아이가 남아 있는지 보려고. 하지만 그 아이의 흔적은 보이지 않았다.

+++

내가 산 집은 못나고 오래됐지만, 그래도 내 소유였다. 가장 중요한 건, 그곳에는 고함을 치거나 싸우는 사람이 없다는 사실이었다. 매일 퇴근 후 귀가하면, 현관문에 잠시 기대서서 가슴에 손을 얹고 집의 평화를 느꼈다. 여기선 혼자야, 라고 말하면서.

빈집에는 따뜻하고 기분 좋은 메아리가 있었다. 물건을 세심하게 고르고 싶어서 집 안을 꾸미는 건 천천히 하기로 했다. 처음 몇 달 동안은 매트리스 하나와 거리에서 주운 싸구려 의자 몇 개만 두고 지냈다. 가구를 사기 시작했을 때는 공들여서 골랐다. 아름다운 물건을 싸게 파는 앤티크 숍과 중고 가게에 갔다. 점점 내 집의 매력이 드러나기 시작했다. 현관문 오른쪽에는 붉은색과 초록색 꽃의 윤곽선이 그려진 묘한 스테인드글라스 패널이 있었는데, 누군가가 이 집을 나처럼 소중히 여겨 그렇게 작고 아름다운 장식을 넣었다고 생각하니 만족스러웠다. 냉장고는 건강한 음식들로만 채웠다. 평화롭게 음악을 들었다. 진짜 침대를 살 때는 돈을 많이 썼다. 내 자신에게 허락한 유일한 사치였다. 최대한 편안하게 지내려고 메이시 백화점에서 퀸 사이즈 매트리스를 샀다. 같은 매장에서 점원이 최고라고 장담한 침구도 구입했다.

사이먼과 나는 이제 둘만의 장소를 갖게 되었다. 드디어 그와 밤새껏 시간을 보낼 수 있었다. 그럴 때면 나는 마음이 차분해지면서 기분이 좋았다. 케이시와 내가 어렸을 때부터 나는 잠을 잘 이루지 못했다. 어머니가 돌아가신 이후로.

집을 나온 뒤 몇 년 동안 할머니나 케이시와는 용건이 있을 때만 만났다. 그때마다 케이시의 상태는 나빠져 있었고, 할머니는 늙어 있었다. 케이시에게 뭘 하고 사는지 묻지는 않았지만, 그 애가 먼저 내놓는 말들은 거의 거짓이라고 여겼다. 학교로 돌아갈 거라고, 그 애는 몇 번이나 말했다. 고졸 검정고시를 칠 거야. (내가 알기로는 그 애는 수업을 한 번도 듣지 않았다.) 그리고 이런 말들. 내일 면접이 있어. 일자리를 구했어. (그렇지 않았다.)

그 시절 케이시가 실제로 뭘 했는지는 알기 어렵다. 성매매를 하지는 않았을 것이다. 어쨌든 근무 중에 케이시를 보지는 못했다. 한번은, 케이시가 정신이 맑은 상태였을 때, 중독의 시간이 계속 반복되는 것 같다고 내게 말한 적이 있었다. 매일 아침이면 바뀔 수 있다는 희망을 가졌다가, 매일 밤이면 실패해서 자괴감에 빠진다고. 할 일은 오로지 약을 찾는 것뿐이라고. 약을 할 때마다 기분이 좋아졌다가 다시 저조해진다고. 매일이 이런 흐름이라고. 그러다 보면 하루하루가, 마약을 하고 편안하게 보낸 시간과 괴로워하며 보낸 나머지 시간으로 나뉜다고. 하지만 반대로 제정신이 드는 기간이 찾아오기도 하는데, 이따금 그런 시기가 오면 케이시는 자발적으로 약을 끊기도 했다. 이를테면 재활 성공률이 의심스러운 커크브라이드나 고든지어, 페어마운트 등의 값싼 시설에 자발적으로 들어갈 때, 혹은 말썽을 일으켜 교도소에 수감될 때 말이다. 이 과정 역시 반복된다. 제정신이다가, 다시 약을 복용하고, 더 활발하게 복용하는 시기가 반복된다. 거리에서, 그 거리가 제공하는 가족 같은 느낌에서, 그리고 그 일과에서 벗어나지 못한다.

케이시의 잘못된 판단이 그것을 방해하지만 않았다면, 그와 같은 상황은 끝없이 계속됐을지도 모른다. 2011년, 케이시는 남자 친구에게 설득돼 그 애 부모의 집에서 텔레비전을 훔치는 걸 도왔다. 아들을 교도소에 보내기 싫었던 부모는 모든 잘못을 케이시에게 뒤집어씌웠다. 그대로 케이시는 추락했다. 그때 케이시에게는 긴 전과 기록이 있었고, 판사는 엄중한 판결을 내렸다.

리버사이드 교도소에서 1년 형.

누군가는 안타깝게 여겼을 것이다. 나는 그렇지 않았다. 사실, 나는 아주 오랜만에 케이시에게 희망을 가졌다.

NOW

지금

+++

추수감사절 후 월요일, 브리핑 시간에 데이비스 응우옌이 지친 얼굴로 휴게실에 들어온다. 그는 나이 든 형사들이 입는 것과는 다른, 비싸 보이는 정장을 입고 있다. 몸에 꼭 맞는 정장을 길이도 조금 짧게 재단해서 깡총한 바짓단 아래로 양말이 살짝 드러난다. 머리는 노선리버티스와 피시타운의 아이들처럼 양옆을 바짝 깎고 윗머리는 정수리에서 옆으로 빗어 넘겼다. 몇 살일까? 20대 후반? 내 또래일지도 모르지만 어쩐지 그는 다른 세대 사람 같다. 아마 대학에서 형사행정학을 전공했을 것이다. 손에는 보머커피를 들고 있다.

— 뉴스가 좀 있습니다. 응우옌이 말한다. 켄징턴 살인 사건의 실마리가 될지도 모릅니다.

작게 웅성거리는 소리.

그는 컴퓨터로 허리를 숙인다. 벽에 화면을 띄우고 영상을 재생한다.

케이티 콘웨이의 시신이 발견된 공터에서 멀지 않은, 한 가정집에 설치된 사설 경비 카메라 영상이다.

화질이 좋지 않은 흑백 영상 속에서 젊은 여자가 걸어간다. 5초 뒤, 티셔츠의 후드를 뒤집어쓰고 주머니에 손을 넣은 남자가 같은 방향으로 걸어간다.

— 저 사람이 케이티 콘웨이입니다. 응우옌이 여자를 다시 보여주며 말한다.

— 저 사람이 요주의 인물입니다.

그는 화면을 정지시키고 확대한다. 남자의 얼굴은 잘 보이지 않는다. 내 눈으로는 인종을 특정할 수 없다. 덩치가 커 보이지만, 여자가 작아서 그런 것일 수도 있다.

남자가 입은, 후드 달린 티셔츠에 그나마 정보가 가장 많이 담겨 있다. 앞쪽에 '와일드우드'라고 적혀 있다. 가운데 지퍼를 기준으로 한쪽에 '와일드', 다른 쪽에 '우드'라고.

뉴저지주 남부의 연안 소도시인 와일드우드는 사람들이 많이 찾는 곳이라 저 문구만으로는 큰 도움이 되지 않는다. 나도 사이먼과 함께, 그와 함께한 몇 안 되는 여행 중 하나로 그곳에 간 적이 있었다. 필라델피아 사람들 거의 전부가 그곳에 가봤을 것이다. 그럼에도 남자의 옷에서 약간의 희망이 느껴진다.

— 주위에서 이자를 보신 분 있습니까? 응우옌이 묻는다. 하지만 그의 음성은 낙관적이지 않다. 모두가 고개를 젓는다.

— 와일드우드 경찰에 이 영상을 보냈습니다. 그쪽에서도 알아보는 중입니다. 그동안 전화기를 확인해주세요. 오늘 이 영상을 보내드리겠습니다. 잘 살펴보시고, 기회가 될 때마다 주변에 알아보시기 바랍니다.

에이헌이 고맙다고 인사하자, 응우옌이 나가려고 돌아선다.

그가 나가기 전에 조 코월치크가 말한다. 질문 있습니다.

응우옌이 다시 돌아선다.

— 짐작한다면요? 코월치크가 묻는다. 인종이나 연령 말입니다.

응우옌이 멈칫한다. 말하기가 쉽지 않군요. 여러분이 모두를 잘 살피시기 바랍니다. 저 영상은 화질이 좋지 않으니까요.

그는 천장을 바라본다. 하지만 굳이 해야 한다면, 백인, 40대로 봅니다. 프로파일링 결과와도 일치합니다. 이런 범죄를 저지르는 건 주로 40대 백인이니까요.

+++

오늘, 켄징턴 거리는 평소보다 조용하다. 강추위가 물러가지 않았다. 매서운 추위에 하늘은 새하얗고, 얼굴 높이로 무시무시한 바람이 불어 차에서 내릴 때마다 숨이 턱턱 막힌다.

오늘은 아주 튼튼하거나, 또는 필사적인 사람들만 밖에 나와 있다.

순찰차를 곁길로 돌려, 문을 판자로 막은 주택 여섯 채를 지나간다. '어밴도'. 여기선 그렇게 부른다. 망각된, 저주받은 집. 가련한 사람들이 은신처로 삼은 곳도 있을 것이다. 이런 집들의 외풍이 들이치는 실내와 버려진 가구, 벽에 붙은 그림 따위를 떠올려본다. 새 거주자들이 그런 물건들, 몇십 년 전 그곳에 살던 가족들이 남겨놓은 흔적들을 보면 얼마나 외로울까. 그 집에 살던 이들. 섬유 공장에서 일하던 사람들. 철강업 종사자들. 더 오래된 집이라면, 어부들.

두 해 전 겨울, 근처의 버려진 공장에서 큰불이 났다. 두 사람이 너무나 추운 나머지 공장 한가운데서 양철 쓰레기통에 불을 피웠던 것이다. 화재를 진압하는 과정에서 소방관 한 명이 목숨을 잃었다. 순찰하며 살펴야 하는 것들 중에는 이런 것도 포함된다. 알 수 없는 곳에서 나무 연기 냄새가 나는 경우 같은.

한 시간째 아무 무전도 없다. 10시에 알론조 가게 근처에 차를 세우고 커피를 사러 들어간다.

커피를 들고 나오는데, 언젠가 주위에서 본 적 있는 열여섯이나 열일곱 살쯤 된 여자애 둘이 껌을 씹으며 천천히 다가온다. 둘 다 맨발에 캔버스 운동화를 신고 있어서 보기만 해도 몸이 으스스 떨린다. 일하는 중인지는 알 수 없다.

그들이 나를 향해 다가오다니 놀랍다. 보통 이런 데서 일하는 여자들은 제복 입은 경찰관을 무시하거나 말없이 노려보기만 할 뿐이다.

그런데 그중 하나가 말을 건다.

— 살인 사건에 대해 아는 거 있어요? 여자가 내게 묻는다.

그런 질문을 받은 건 처음이다. 소문이 퍼지는 모양이다.

— 수사 중이에요. 진전이 있고요.

누구든 수사 중인 사건에 대해 질문하면 내가 내놓는 대답이다. 아는 게 별로 없어도 이렇게 말해야 할 것 같다. 토머스에게 아버지에 대해 이야기할 때와 비슷한 느낌이다. 거짓말하는 것에 약간의 가책을 느끼면서도, 한편으론 아이의 감정을 보호하기 위해 체면을 지킨다는 것에 스스로 약간은 고상해진 듯한 느낌이 들 때와 같은. 아들을 위해, 이 여자들을 위해 거짓말을 하는 것에 대한 부담은 내가 질 것이다.

그때, 영상이 기억난다.

— 이것 좀 봐줄래요?

나는 휴대전화로 그걸 보여준다. 오늘 아침 브리핑 후에 강력계에서 보내준 짧은 영상이다. 나는 요주의 인물이 나오는 부분에서 화면을 정지시킨다.

— 혹시, 본 적 있어요? 내가 묻는다.

두 여자 모두 열심히 본다. 둘 다 고개를 젓는다. 아뇨.

나는 하루 종일 이 영상을 서너 차례 더, 사람들에게 보여준다. 하지만 아무도 화면 속 인물들을 알아보지 못한다. 케이티 콘웨이가 지나가는 장면에서 여자 두어 명이 작게 중얼거리기는 했다. 콘웨이를 알아보았거나, 혹은 자신들의 취약성을 깨달은 것이다. 그녀와 같은 입장이 되기란 얼마나 쉬운지.

4시가 되기 전, 내 근무가 끝나갈 즈음에 폴라 멀로니가 오랜만에 눈에 띈다. 드디어 목발을 쓰지 않게 된 듯싶다. 알론조 가게 앞 벽에 기대선 채 한 손에 담배를 들고 있다.

차를 세우고 내린다. 케이시가 실종된 이후로 폴라를 보는 건 처음이다. 이야기를 하고 싶었다.

폴라는 내가 케이시와 멀어진 후에도 늘 내게 친절했다. '그건 두 사람 사이의 일이지.' 폴라는 내게만 그렇게 말했다. 평소에 그 애는 나를 보면 미소 지으면서 기분 좋은 인사를 건넨다. 또 시작이네. 종종 그렇게 말하기도 한다. 큰일 났어.

오늘은 표정에 변화가 없다.

— 안녕, 폴라.

아무 말도 없다.

— 만나서 반갑다. 내가 말한다. 케이시가 안 보인다던데. 어디 있는지 혹시 아는가 싶어서.

폴라는 고개를 젓는다. 담배를 뺀다.

— 몰라. 폴라가 대답한다.

— 마지막으로 본 게 언제야?

폴라는 콧소리를 낸다. 아무 말도 하지 않는다.

갑자기 혼란스러워진다.

— 알론조한테 케이시가 보이지 않는다고 말한 게 사실이야? 왜냐면……

폴라가 말을 가로막는다. 저기, 나 경찰이랑은 말 안 해.

나는 깜짝 놀란다. 폴라가 이러는 건 처음이다.

다른 전략을 쓴다.

—다리는 어때?

—끔찍해.

폴라는 다시 담배를 빤다. 나와 아주 가까이 서 있다.

—안됐네.

뭐라고 말해야 할지 모르겠다.

—병원에 데려다줄까? 이렇게 묻지만 폴라는 손사래를 친다. 고개를 젓는다.

—다른 걸 물어볼까 고민하던 중이야. 내가 말한다.

—뭔데. 하지만 폴라의 말투에는 성의가 없고, 그게 무슨 뜻인지는 명백하다. '뭐든지 물어봐. 대답은 안 할 거니까.'

나는 전화기를 꺼내 영상을 보여준다. 폴라도 어쩔 수 없나 보다. 궁금해한다. 고개를 숙이고 들여다본다.

화면 속에서 케이티 콘웨이가 지나가자, 폴라가 얼굴을 들어 나를 본다.

—응, 저건 케이티야. 아는 사이였어.

—그래?

폴라가 고개를 끄덕인다. 나를 다시 빤히 바라본다.

—타이오가 쪽에서 발견된 애 맞지? 아는 애야.

나는 폴라를 찬찬히 살핀다. 왜 그런 이야기를 하는지 알 수 없다.

—착한 애였는데. 아직 어린애였어. 착한 애. 그 애 엄마도 알아. 끔찍한 여자였지. 딸을 집에서 쫓아낸 적도 있어.

폴라는 아직도 나를 똑바로 쳐다보고 있다. 어쩐지 나를 비난하는 표정 같다. 담배가 그 애 입으로 들어간다. 폴라에게 말을 걸 때마다 고등학교 시절이 떠오른다. 머리를 꼿꼿이 들고, 인기 많은 여자아이들을 이끌고 복도를 걸어가며 누군가 던진 농담에 깔깔 웃던 모습이. 우리 삶이 달라진 지금까지도 나는 그 애 옆에 있으면 기가 죽는다.

― 어떻게 죽었는지 아니? 내가 묻자, 폴라는 나를 잠시 보더니 말한다.

― 그건 언니가 알려줘야 하는 거 아닌가?

이번에도 나는 할 말을 찾는다. 아무것도 떠오르지 않는다.

― 언니가 경찰이잖아?

― 수사 중이야.

― 그렇겠지. 폴라는 거리를 바라본다. 비정상적으로 빠른 동작을 보이는 것이나, 이를 딱딱 부딪는 걸 보면 금단현상을 겪는 중인 것 같다. 팔짱을 낀 채 허리를 조금 숙이고 있다. 속이 메스꺼워서 그러는 걸 테다.

― 그렇잖아, 미키 언니. 폴라가 말한다. 더 열심히 하라고.

나는 이제 폴라가 약을 찾아 나설 수 있게 자리를 비켜주어야 한다.

하지만 그 전에 이렇게 말한다. 한 번만 더 봐줄래? 중요한 건 뒤에 나와.

폴라는 짜증이 난 표정을 하고도 화면을 자세히 들여다본다. 남자가 지나가는 장면에서 갑자기 내 전화기를 붙잡는다. 눈을 휘둥그레 뜨고 고개를 쳐든다.

― 아는 사람이야? 내가 묻는다.

폴라의 손이 떨리는 게 보인다.

― 설마. 그 애가 말한다.

— 아는 사람이야?

폴라는 웃지만, 웃음에 분노가 묻어난다.

— 날 속이지 마. 폴라가 말한다. 내가 원하는 건 그것뿐이야. 헛소리에 속지 않는 거.

나는 고개를 젓는다. 무슨 말인지 알 수 없다고 말한다.

폴라는 잠시 눈을 감는다. 마지막으로 담배를 길게 빨더니 바닥에 버린다. 운동화 발끝으로 그걸 눌러 끈다.

그러고 나서 나를 본다.

— 그쪽 사람이야, 믹 언니. 폴라가 말한다. 경찰이라고.

THEN

그때

내가 바란 대로, 리버사이드 교도소에 수감돼 있던 1년 동안 케이시는 변했다.

교도소에서 마약을 끊어본 사람 아무에게나 그 당시 상황을 물어보고, 기억을 더듬는 표정을 살펴보라. 눈을 감고, 이맛살을 찡그리며, 입을 꾹 다문 채, 구역질 그리고 절망과 함께 이런 삶은 살 가치가 없다고 느끼던 그 순간을 떠올리는 표정을 보라. 금단증상이 최고조에 이르렀을 때 케이시는 확신했다고 말했다. 자살해야 한다고. 케이시는 이로 침대 시트를 길게 찢었다. 그리고 꼬았다. 그 올가미를 천장의 전등에 걸고 개수대 위로 올라간 다음 뛰어내릴 생각이었다. 하지만 무언가가, 어떤 힘이 그 애를 말렸다. 살아남기만 하면 좋은 일이 기다리고 있다면서.

케이시는 떨면서 개수대에서 내려와, 내게 편지를 쓰기로 했다.

편지에서 케이시는 내게 처음으로 사과했다. 약속을 자꾸 어기고, 거짓말을 하고, 우리 모두를 실망시키고, 스스로를 배신한 것에. 내가 보고 싶다고 했다. 자기가 신경 쓰는 사람은 세상에 오로지 나뿐이라고 했다. 그리고 나를 그렇게 실망시킨 것을 스스로 견딜 수가 없다고도 했다.

나는 답장을 썼다. 한 달 동안 우리는 편지를 주고받았다. 서로에게 쪽지를 써서 마룻장 밑에 넣어두던 어린 시절이 떠올랐다.

곧, 나는 면회를 가기로 했다. 케이시를 알아보기 힘들었다. 그때 그 애는 맑은 눈과 정신을 가지고 있었다. 몇 년 만에 처음으로 얼굴도 창백해져 있었다. 어린이들이 읽는 책에서는 건강하다는 뜻으로 쓰일 테지만 내게는 다만 중독을 의미할 뿐인 붉은 뺨이 케이시의 얼굴에서 사라졌다. 나는 그 애를 정기적으로 만나러 갔다. 동생을 보러 갈 때마다 그 애는 새로운 모습으로 나를 맞이했다. 1년이라는 시간은 신체가 적응하고, 망가진 뇌가 서서히 작동을 재개하고, 그 안의 생산 라인이 다시 삐걱거리며 돌아가기 시작해 오랜 세월 인공적으로 혈관에 주입해온 물질을 조금씩 스스로 만들어낼 수 있게 되는 기간이다.

나는 케이시의 상태가 낙심에서 우울로, 피로에서 분노로, 그러다 마지막 면회 때는 아주 조금 낙관적으로 변해가는 모습을 지켜봤다. 그 애의 결심은 확고해 보였다. 케이시는 자신에게 할 일이 있고, 그 일을 하고 싶다고 말했다.

포트리치먼드의 집에서 나는 계획을 짰다. 선택지를 모두 세심하게 비교했다. 돌아온 케이시가 살 곳을 내 집에 마련해주었을 경우의 장단점을. 이때 나는 크게 흔들렸다. 그 애를 찾아갈 때마다 주로 미신에 기대어 시답잖은 변덕을 부렸다. 케이시가 후견인을 구하면, 지낼 곳을 내주자고 생각했다. 그리고 내가 묻지도 않았는데 갑자기 중독자 재활 모임에 참석하겠다고 말하면, 살 곳을 내주지 않겠다고 작정했다.

혹시 모르니 그 애가 와서 살 수 있도록 준비하자고 다짐했다. 그러다가 다시 두고 보자고 생각했다.

집 뒤쪽으로, 아무것도 없고 벽에는 금이 가 있는 작은 콘크리트 테라스가 있었다. 케이시가 교도소에 있는 동안 나는 그곳을 멋지게 고쳤다. 나무로 화단을 만들고 허브와 토마토, 피망을 키웠다. 중고로 야외용 식탁을 사서 가져다 놓은 뒤 그 위에다 전등을 걸었고, 담쟁이덩굴도 심어서 뒷마당 울타리를 타고 오르도록 했다.

그해, 케이시의 마음에 들도록 방을 꾸몄다. 벽은 케이시가 좋아하는 차분한 파란색으로 칠하고 침대에는 진청색 침구를 깔았다. 중고 가게에서 예쁜 화장대를 사다 놓고, 전부터 케이시가 관심을 보였던 타로와 관련된 그림으로 벽면을 장식했다. 10대 초, 케이시는 타로 카드를 구해 그걸 읽는 법을 배웠다. 그 방에 건 그림에는 여사제—그 인물의 친절하면서도 확고한 눈빛을 보고 케이시가 자신의 존엄성과 지혜 그리고 가치를 기억하길 바랐다—와 세계, 태양, 달이 있었다. 내 방을 꾸미기 위해서였다면 그런 그림을 사지는 않았을 것이다. 나는 타로나 점성술 같은 것은 믿지 않는다. 하지만 케이시가 그 방에서 지낼 거라고 상상하면서, 그 모든 것을 그 애에게 보여주는 순간을 내심 고대했다.

리버사이드 교도소에 마지막 면회를 갔을 때, 케이시는 평화로워 보였고 명랑했다. 석방 시기가 다가와서 그 애는 기뻐했지만, 동시에 바깥세상에서 만나게 될 시험을 경계하며 주의하는 눈치였다. 케이시는 스스로 약을 끊고, 매일 재활 모임에 참석하고, 후견인을 찾기로 맹세했다. 당분간은, 여전히 약을 하는 친구들과 만나지 않기로 했다.

나는 그날, 석방 후 나와 함께 살자고 그 애에게 말했고 케이시는 그 제안에 기쁘게 응했다.

케이시는 어땠을지 모르겠지만, 내게는 그 애가 석방된 후 몇 달 동안이 인생 최고의 기간이었다.

우리 둘은 마침내 할머니의 감시로부터 벗어나 어른이 됐다. 그러므로 우리가 원하는 대로 할 수 있었다. 그때 나는 스물여섯 살, 케이시는 스물다섯 살이었다. 내 기억 속 이 시기는 계속 봄날이었다. 날씨는 따뜻하고 습했으며, 우리는 외투를 입지 않고 밖에 나갔다. 케이시와 나는 뒤쪽 테라스에서 수없는 밤을 보내며 어린 시절을 낱낱이 추억하고 앞으로의 계획을 세웠다. 케이시는 잘 지냈다. 맨정신으로. 술도 마시지 않았다. 체중이 늘었다. 머리를 길렀고, 얼굴의 오래된 수두 자국이 없어졌다. 피부가 매끈해졌다. 팔과 목의 흉터도 옅어지다가 사라졌다. 근처 작은 극장에서 일하면서, 같은 극장에서 검표원으로 근무하는 남자와 데이트도 시작했다. 티머시 케리라는 이름의, 약간 수줍어하고 어색해하는 청년이었다. 그는 케이시의 과거를 전혀 몰랐다. (알고 싶으면 물어보면 되지, 라고 케이시는 말했다.) 극장 일은 우리 모두에게 잘 맞았다. 나는 근무를 마치면 극장에서 케이시와 만나 상영 중인 영화를 봤다.

가끔은 사이먼과도 함께 만났다.

이 무렵 사이먼과 케이시는 불편한 휴전 상태였다.

그럴 수밖에 없었다. 거긴 내 집이었고, 생활비를 내는 건 나였으며, 둘은 손님에 불과했으니까.

그에 대해 케이시와 나는 두어 차례 마음을 터놓고 이야기했다.

— 그 작자, 나는 안 믿어. 케이시는 그렇게 말했다. 그리고 좋아하지 않을 거야. 하지만 같이 지낼 순 있어.

또 한번은, 이렇게 말했다. 언니는 내가 아는 사람 중에 최고야. 언니가 상처받는 걸 보고 싶지 않아.

그리고 세 번째. 언니가 어른인 건 알아. 하지만 조심해.

케이시는 종종 왜 사이먼의 집으로는 가지 않는지 내게 물었다.

— 그 사람 아들이 가끔 연락 없이 찾아와서 그래. 내가 말했다. 우리가 약혼하기 전까지는 내가 아들과 만나는 걸 사이먼이 원치 않아.

케이시는 날 흘겨봤다.

— 정말일까?

하지만 케이시는 그 이상 말하지 않았다. 나도 대답하지 않았다.

물론, 그때쯤에는 나도 사이먼의 행동이 이상하다고 느끼고는 있었다. 하지만 당시에는 마냥 너무 기뻤고, 너무 행복했고, 너무 평온했다. 일주일에 서너 번, 사이먼은—보통은 연락 없이—찾아왔고, 집에 들어오자마자 손으로 내 얼굴을 감싸 쥐고 키스했다. 그러고 나서 가끔은 저녁을 먹었고, 또 가끔은 곧바로 방으로 향했다. 그는 내가 입고 있던 옷을 벗겼다. 처음에 나는 노출을 굉장히 의식했다. 그러나 이내 내 몸을 보는 시선에, 내 눈을 보는 사이먼의 눈에 흥분했고, 그가 보는 내 모습을 상상했다. 누군가에게 사랑받기를 꿈꾸던 어린 소녀를 떠올리면서, 나는 그 애를 찾아가서 이렇게 말해주고 싶었다. 얘야, 모든 게 다잘될 거야.

종일 낮은 소리로 뎅뎅거리며 주의하라고 알리는 종소리를 무시하려고 나는 무진 애를 썼다. 듣지 않으려 했다. 모든 것이 그대로 유지되기를 바랐다. 거짓말보다 진실이 더 두려웠다. 진실은 내 삶의 모든 조건들을 바꿔버릴 테니까. 거짓말은 변함이 없었다. 거짓말은 평화로웠다. 나는 거짓말과 함께 행복했다.

이런 식으로 6개월이 흘렀다. 그리고 어느 가을날, 나는 추가 근무를 하기로 했다. 특별 행사에서 군중을 통제하는 일이었다. 하지만 막상 서에 도착하자, 당시 상관이던 레이놀즈 경사가 내게 근무하지 않아도 된다고 말했다. 지원자가 너무 많다고. 당시 나는 아직 하급 순찰경관이었다.

서를 나오면서도 서운해하지는 않았다. 시원하고 상쾌한 날이어서, 서에서 포트리치먼드까지 버스를 타는 대신 걸어가기로 했다. 기분이 좋았다. 도중에 꽃을 좀 샀는데, 내게는 몹시 어울리지 않는 행동이었다. 그 전까지는 꽃을 사본 적이 없었다. 그걸 들고 있으니 어쩐지 바보 같았다. 제복 입은 경찰관과 예쁘장한 꽃다발은 어울리지 않았다. 그래서 결국, 마치 걷는 동안 꽃을 말리려는 것처럼 그걸 옆구리에 끼고 걸었다.

집에 도착하니 현관문이 열려 있었다. 집주인의 부주의로 일어나는 강도 사건을 너무 많이 목격한지라, 나는 어디 살든지 문단속을 꼼꼼히 했다. 나와 함께 산 뒤로 문 잠그는 걸 두어 번 잊어버린 케이시에게 잔소리를 하기도 했다.

한숨을 쉬며 안으로 들어가 문을 잠그고 동생에게 주의를 줘야겠다고 생각하는데, 위층에서 무슨 소리가 들렸다. 케이시는 일하고 있을 시간이었다.

나는 아직 총을 소지한 채였고, 계단을 오르면서 한 손을 그것에 갖다 댔다. 다른 손은 아직도 바보 같은 꽃다발을 들고 있었다.

조용히 하려고 했지만, 낡은 집이라서 걸을 때마다 마룻바닥이 삐걱거렸다. 계단으로 다가갈수록 2층에서 들려오는 소리가 더 커졌다. 서랍이 여닫히는 소리와 낮게 중얼거리는 소리가 났다.

나는 재빨리 내가 취할 행동을 결정했다. 꽃을 내려놨다. 권총집에서 총을 꺼냈다.

계단을 오른 뒤, 방문을 발로 차 열고는 누군지 확인도 하기 전에 소리쳤다. 꼼짝 마. 손 들어.

—뭐야. 내가 모르는 남자가 말했다.

그 옆에 케이시가 있었다.

둘은 방 한가운데 나란히 서 있었다. 서 있기에는 이상한 곳이었지만, 구겨진 침대 시트를 보자 직전까지 무슨 일이 있었는지 짐작할 수 있었다.

둘 다 옷을 입고 있었다. '친밀한 사이'에 이루어지는 행위가 있었던 것 같지는 않았다. 사실, 남자는 동성애자처럼 보였다. 하지만 케이시의 표정을 보니 무언가 잘못을 저지른 건 분명했다.

—믹. 케이시가 말했다. 왜 출근 안 했어?

나는 천천히 총을 내렸다.

—나도 같은 걸 묻고 싶네.

—스케줄을 착각했어. 여긴 내 친구 루야. 케이시 옆에 서 있던 남자가 힘없이 손을 들었다.

그걸 보고도 마음이 누그러지지 않았다.

그 순간, 깨달았기 때문이다. 케이시의 낮은 목소리와 달아오른 뺨을 보고. 그 애가 약을 했다는 걸.

아무 말도 하지 않았다. 그러는 대신, 서랍장으로 가서 서랍을 열기 시작했다. 맨 아래 서랍에서 주사기와 고무줄, 라이터를 발견했다. 도장이 찍혀 있는 작은 비닐봉지도. 나는 천천히 서랍을 닫았다.

돌아서보니, 친구는 사라지고 케이시와 나만 남았다.

NOW

지금

+++

폴라는 아직도 웃고 있다. 믿을 수 없다는 듯이, 불쾌하다는 듯이 고개를 젓는다.

— 누군지 알려줘. 내가 말한다.

— 그 경찰이 여기 와서 여자들한테, 신고하면 가둬버릴 거라고 말하는걸. 폴라가 말한다.

그리고 이렇게 덧붙인다. 그놈이 용의자라고 말해. 망할 용의자라고 말하라고. 세상에, 경찰이 경찰을 찾는다고 해봐. 그럼 멋지겠다. 완벽하겠어.

나는 정신없이, 빠르게 말한다. 깊고 불편한 혼란을 느낀다.

— 아니, 만나보기만 할 거야.

폴라의 표정이 바뀐다.

— 내가 바보인 줄 알아? 폴라가 나직이 말한다. 내가 그렇게 멍청한 줄 아냐고.

폴라는 돌아서더니 절뚝이며 걸어간다.

— 이 남자, 어떻게 생겼어? 내가 묻는다.

폴라는 내게 등을 돌린 채지만, 뭐라고 하는지는 들린다.

— 날 끌어들이지 마. 폴라가 획 돌아본다. 잠시 나를 위험한 눈길로 바라본다.

그러고는 몸을 돌려 계속 걸어간다.

— 폴라. 내가 부른다. 폴라, 신고해줄래?

폴라는 웃는다. 말도 안 되는 소리. 걸어가는 폴라의 모습이 점점 작아진다. 그래, 픽도 좋겠다. 신고를 하라니. 그래서 이놈의 도시 경찰 전부와 원수지간이 되라고?

폴라는 모퉁이를 돌아 사라진다. 그리고 나는 경찰관이—늘 자랑스러운 직업이었다—된 이래 처음으로 좋지 않은 느낌에 휩싸인다. 중대한 지점에서 잘못된 편에 선 느낌이다.

서로 돌아오다가 트루먼에게 전화를 건다. 그의 조언이 필요하다. 그가 폴라가 한 이야기에 관해 뭐라도 아는지 알고 싶다.

— 괜찮나? 트루먼이 가장 먼저 한 말이다.

— 바빠요?

— 아니. 괜찮아. 무슨 일이지?

— 와일드우드라고 적힌 후드 티셔츠 입은 경찰관 이야기, 들은 적 있어요?

트루먼이 잠시 뒤에 말한다. 못 들은 것 같은데. 기억나는 게 없어. 왜?

배경에서 말소리가 들린다. 여자다. **트루먼?** 여자가 말한다. **트루먼? 누구야?**

— 바쁘시면……. 내가 다시 말한다.

— 괜찮아.

— 그럼 이건 어때요. 내가 묻는다. 혹시—잠시 머뭇거리며 말을 고른다—우리 구역에서 여자들에게 **잠자리**를 요구하는 경찰 애긴 들어봤어요? 풀어주는 대가로?

트루먼은 한참 동안 말이 없다.

— 음, 응. 그가 말한다. 그런 애긴 다들 들어봤을걸.

나는 처음이다. 오늘 처음 듣는다. 그렇게 말하지는 않는다.

또다시 여자 음성이 들려온다. 이번엔 심각한 목소리다. **트루먼.** 트루먼에게 연인이 있나?

— 잠깐만. 트루먼이 전화기를 손으로 막고 뭐라 말하더니, 다시 내게 이렇게 말한다. 다시 전화할게, 응?

— 네. 내가 대답하지만, 그는 이미 전화를 끊은 뒤다.

+++

서로 복귀하니, 에이헌 경사가 자리에 없다.

경사가 한 명도 보이지 않는다. 하지만 나는 이 정보를 최대한 빨리 전달해야 한다.

잠시 상황실 앞에 서 있는데, 샤 경장이 나를 본다.

— 에이헌 경사님 보셨어요? 내가 묻는다.

— 현장에 나갔는데. 평소처럼 껌을 씹으며 샤 경장이 말한다. 열한 번째인가 시도하는 금연이라 일주일째 신경이 곤두서 있다. 찾는다고 전해주면 되나?

— 아뇨, 제가 전화할게요. 내가 말한다. 이거 받아주시겠어요? 나는 근무 일지를 건넨다.

평상복으로 갈아입고 주차장의 내 차에 앉아 있다. 에이헌 경사의 전화번호를 찾는다. 전화를 거니 음성 사서함으로 연결된다.

— 에이헌 경사님. 내가 말한다. 미케일라 피츠패트릭입니다. 오늘 근무 중에 있었던 일로 드릴 말씀이 있습니다. 급합니다.

그도 알고 있는 내 전화번호를 굳이 남긴다.

주차장을 벗어나 집으로 향한다.

+++

집 앞에 도착하자, 주인아주머니가 허리에 손을 짚고 하늘을 올려다보고 있다. 차에 쓰레기와 잡동사니가 많다. 머혼 부인에게 재빨리 손을 흔들고 뒷문을 열어 쓰레기를 주우려고 허리를 숙인다. 머혼 부인이 안으로 들어가면 좋겠다. 또 우스꽝스러운 '계절맞이' 스웨트셔츠를 입고 있다. 이번에는 3차원으로 장식한 화환이 그려진 것이다. 옷의 그림을 구실로 어떻게든 대화를 시작해보려는 의도 같다.

차 바닥에서 빈 봉지와 포장지, 신발을 한 아름 안아 든다. 그리고 일어나 뒷마당 쪽으로 걸어간다.

그때 머혼 부인이 부른다.

— 눈 얘기 들었어요? 부인이 묻는다.

나는 돌아선다.

— 무슨 눈이요?

— 밤새 30센티미터는 온다는데. 봄보제네시스[10]가 온대.

마치 쓰나미가 우리 쪽으로 밀려오고 있기라도 한 듯이, 부인은 안경 너머로 나직하지만 다급하게 말한다. 아마 내가 그게 뭔지 모르는 줄 아나 보다. 나도 안다.

— 뉴스를 봐야겠네요. 최대한 진지한 표정으로 말한다.

부인의 기분을 맞춰준다. 이 집 3층으로 이사 온 이후 머혼 부인은 최소 열두 번쯤 악천후를 예고했다. 골프공 크기의 우박이 내릴 것이니

---

10 북극기류와 습한 공기가 만나 형성되는 저기압성 폭풍.

창문에 테이프를 붙여두라고 한 적도 있었다. (물론 그런 일은 일어나지 않았다.) 경험상 머혼 부인 같은 사람들이 태풍 오기 전날 밤에 슈퍼마켓으로 몰려가 먹지도 않을 우유와 빵을 잔뜩 사고, 48시간 뒤에 결국 빼버릴 물을 욕조 가득 받아놓는다.

—좋은 밤 보내세요, 머혼 부인. 내가 말한다.

문을 여니 집이 빈 것 같다. 거실이 어둡고, 텔레비전도 꺼져 있다.

—안녕? 내가 부른다. 아무도 대답하지 않는다.

재빨리 집 뒤쪽으로 가본다. 욕실에서 갑자기 아들이 튀어나온다. 아이는 1년 전 제 아버지가 사준 필리스 모자를 쓰고 있다. 아이가 입술 앞에 손가락을 가져다 댄다.

—쉬이이잇. 아이가 말한다.

—왜? 내가 묻는다.

—베서니가 낮잠을 자.

토머스는 자기 방문을 가리킨다. 정말로 베서니가 아이 침대에 토머스의 자동차 그림 이불을 깔고 누워서, 곱게 한 손을 벤 자세로 잠들어 있다. 완벽한 머리와 메이크업을 하고서.

나는 문을 쾅 닫는다. 다시 연다. 베서니는 전혀 서두르는 기색 없이, 예쁘장한 모습으로 기지개를 켜며 일어난다. 붉은 줄이 오른쪽 뺨을 가르고 있다. 베개가 남긴 자국이다.

—안녕하세요. 베서니가 태연히 말한다. 그러고는 전화기를 들여다본다.

—죄송해요. 이 상황을 도저히 믿을 수 없다. 베서니가 드디어 내 표정을 읽어내고 말한다. 어젯밤에 늦게 잤거든요. 그러더니 이렇게 덧붙

인다. 기운 좀 차리려고요.

베서니에게, 토머스가 다 큰 것처럼 보이겠지만 아직 네 살밖에 안 됐고 절대 혼자 둬선 안 된다고 짧게 이야기한다. 베서니는 침묵과 심술궂은 표정으로 제 상한 감정을 전달한 뒤 돌아간다. 나는 저녁을 식탁에 차리고 나서야 뉴스를 보지 않았다는 사실을 깨닫는다.

텔레비전을 켠 나는 머혼 부인의 말을 과소평가했음을 알게 된다. 부인 말이 옳았다. 세실리 타이넌[11]이 밤새 15~30센티미터의 눈이 올 거라고 예보 중이다. 도시 북부와 서부에서는 더 많이 내릴 것이다.

— 이런. 내가 나직이 말한다. 경찰관에게 폭설로 인한 휴일 따위는 없다. 그리고—베서니 덕분에—더 이상 월차나 연차도 낼 수 없다.

— 엄마. 토머스가 부르자 나는 그 애의 심문을 기다린다. 토머스는 굉장히 예민한 아이라, 무언가 잘못되었다는 걸 감지한 게 틀림없다.

하지만 아이는 아무 말도 안 하고 소파의 내 옆자리에 앉을 뿐이다. 그러더니 고개를 숙인다.

— 왜 그래? 내가 묻는다. 속상한 일 있어, 토머스?

나는 아이에게 팔을 두른다. 몸이 따뜻하다. 머리칼이 꼭 옥수수수염 같다. 아이가 내 옆구리에 몸을 기댄다. 나는 토머스가 아기였던 때처럼 뺨을 아이 목덜미에 대고 같이 눕고 싶다. 가슴에 느껴지는 아기의 무게보다 더 기분 좋은 느낌이란 게 있을까? 하지만 요즘 토머스는 자기가 다 컸다고, 다 큰 아이라고 주장한다. 내가 뺨을 문대려고 하면 금방 몸을 빼서 달아날 것이다.

---

11 미국의 유명 앵커이자 기상 캐스터.

— 네가 있어서 다행이야. 내가 나직이 말한다. 그거 아니?

그런 말을 하는 것—토머스가 있어서 고맙다는 생각을 너무 자주 하는 것조차—이 어떤 징크스가 되어, 밤중에 괴물을 불러들여 아이를 빼앗기는 것은 아닐까 두렵다.

— 토머스? 내가 다시 부르자, 아이가 나를 본다.

— 내 생일 언제야?

— 너도 알잖니. 네 생일 언제지?

— 12월 3일. 지금부터 며칠 남았어?

나는 눈을 깜빡인다. 이제 일주일 남았네. 왜 그러니?

토머스는 다시 고개를 숙인다. 베서니가 오늘 생일 얘기를 하면서 내 생일이 언제냐고 물었어. 그래서 말했어. 그랬더니 파티도 할 거냐고 물었어.

전에는 매년, 생일 무렵에 사이먼이 아이를 데려가서 둘이 특별한 시간을 보냈다. 네 번째 생일 때는 극장에 갔다. 세 번째 생일 때는 프랭클린 과학박물관에 데려갔다. 아이가 기억하지 못하는 두 번째 생일 때는 필라델피아 어린이 박물관에 데려갔다. 올해는 내가 맡을 생각이었다. 우리 둘이서 그와 비슷한 무언가를 하려고 했다. 하지만 토머스는 기대에 찬 표정으로 나를 올려다본다. 그리고 나는 아이 친구들과 작은 파티를 하는 것도 괜찮을 거라고 생각한다.

— 있잖아, 내가 잠시 뒤에 말한다. 하고 싶으면 해도 돼. 생일 파티 말이야. 예전 유아원 친구들도 초대할 수 있어.

토머스가 씩 웃는다.

— 약속은 못 해. 누가 올 수 있는지 알아봐야 하니까.

토머스는 고개를 끄덕인다.

— 칼로타랑 라일라. 토머스는 주저 없이 이렇게 말하더니 소파에 앉아서 몸을 흔든다.

— 좋아. 걔들 엄마한테 전화할게. 알았지? 걔들이랑 뭐 하고 싶니?

— 맥도날드 가고 싶어. 토머스가 곧바로 대답한다. 놀이터 있는 곳.

나는 아주 잠시 멈칫한다. 그리고 말한다. 좋아.

사우스필라델피아의 맥도널드, 사이먼이 토머스를 데리고 가던 곳. 토머스가 1년 넘게 가지 못한 곳. 거길 아직도 기억하다니, 놀랍다.

토머스는 흥분을 참지 못할 때면 언제나 그렇듯이 두 손을 꼭 잡고 턱 아래 붙인다.

— 맥도날드. 뭐든 먹어도 되는 거지, 응?

— 적당한 선에서. 내가 말한다.

토머스가 이내 소파에서 잠이 든다. 나는 아이를 안아 올려 침대에 눕힌다.

아이가 자는 곳을 늘 엄하게 지킨다. 토머스가 갓난아기일 적에는 배앓이가 심해서 종종 울어대곤 했는데, 그때마다 나는 가슴이 찢어지는 것 같았다. 내 마음속에는 항상 짐승처럼, 고양잇과 동물처럼, 내 배 속을 발톱으로 가르고 나오려는 어떤 힘이 있었다. 토머스를 원하고, 온몸으로 갈구하는 힘이. 그것은 아이가 밤에 잠에서 깰 때마다 내 안에서, 토머스의 유아기 내내 지켜온 규칙을 허사로 만들고자 욕망하는 힘이었다. 하지만 내가 읽은 아이 잠자기 훈련 매뉴얼은 분명하게 가르치고 있었다. '아이와 한 침대에서 자지 말라.' 그것은 아이의 생명을 위험하게 할뿐만 아니라, 아이가 고칠 수 없는 습관을 들이고, 결국 아이의 자신감과 독립성을 부족하게 만들 것이다. 스스로를 달랠 수 없으며 세상에서 제 기능을 할 수 없는 아이로 만들고 말 것이다.

그러므로 토머스는 3, 4개월 무렵부터 자기 방에서 혼자 잤고, 나는 내 방에서 잤다. 포트리치먼드에서 살던 때는 괜찮았다. 내 예상대로 배앓이는 나아졌고 곧 아이는 푹 잘 자게 되었다. 우리는 매일 아침 상쾌하게 일어났다.

하지만 이 집으로 이사 온 뒤로는 상황이 조금 달라졌다. 토머스는 요즘 점점 더 자주, 내 침대에서 자게 해달라고 조른다. 심지어 내가 자는 사이 살그머니 침대로 기어 들어와 내 발치에 웅크린 채 자기도 한다. 토머스가 이러는 걸 볼 때면 나는 단호한 태도로 아이를 다시 침대로 데려가 괜찮을 거라고 설득하고, 편안하게 잘 수 있도록 종야등을 켜준다.

이것이 옳다고 믿는다. 확신이 흔들린 건 최근 한 번뿐이다. 몇 주 전의 일이었다. 아침 일찍, 처음 듣는 낑낑거리는 소리에 잠에서 깼다. 침대 발치에서, 아이 소리가 아니라 강아지가 내는 것 같은 소리가 났다. 그 작은 소리는 똑같은 말을 계속해서 반복했다. '아빠, 아빠, 아빠.'

나는 조용히 일어나 그쪽으로 다가갔다. 거기에 담요를 몸에 돌돌 만 아들이 있었다. 아이는 잠꼬대를 하고 있었다. 깨워야 하나 싶어 잠시 지켜봤다. 토머스는 꿈에서 토끼를 쫓는 강아지처럼 팔다리를 버둥거렸다. 어둠침침한 방에서 빠른 속도로 계속 바뀌는 아이의 표정이 겨우 보였다. 아이는 웃다가, 얼굴을 찡그리더니, 눈썹을 찌푸리고 턱에 힘을 줬다. 가까이 다가가서 보았다. 아이는 자면서 울고 있었다. 베개가 젖어 있었다. 나는 아이의 이마와 어깨에 손을 댔다. 토머스. 토머스. 괜찮아.

하지만 토머스는 깨어나지 않았다. 그날 밤은 내 침대에 눕히고, 어머니가 내게 해주었던 것처럼 이마에 손을 얹은 채 아이가 진정할 때까지 눈썹을 부드럽게 문질러주었다.

토머스가 마침내 편안한 표정을 짓자, 나는 아이를 침대로 돌려보냈다. 그리고 아침에, 아이가 밤에 날 봤다고 얘기했을 때는 꿈을 꾼 거라고 말해주었다.

+++

밤에 눈을 뜬 나는, 우리가 폭 파묻혀 있는 것을 본다.

내 방 창밖, 머혼 부인의 집 앞 가로등이 비추는 불빛 속에서 눈이 펑펑 내리고 있다.

나는 알람 소리를 듣고 깨어나, 침대 옆 탁자에서 전화기를 들어 알람을 끈다. 전화기 화면에 베서니가 아침 6시에 보낸 문자메시지가 뜬다. 놀랍지도 않다.

길이 엉망이에요! 못 가겠네요ㅠㅠ

— 안 돼. 소리 내서 말한다. 일어나서 창가로 간다. 모든 것이 흰 눈에 파묻혀 있다. 안 돼. 다시 말한다.

토머스가 내 방으로 걸어오는 소리가 들린다. 문을 두드리더니, 연다.

— 왜? 토머스가 묻는다.

— 베서니가 오늘 못 온대. 눈 때문에.

혹은, 어제 나눈 대화 때문에 삐쳤을 가능성도 있다.

— 신난다! 토머스가 말한다. 내가 출근을 하지 않을 거라는 뜻으로 여긴 것이다.

— 아니. 미안, 토머스. 이제 더는 못 쉬어. 엄마는 출근해야 해.

나는 아이의 찡그린 얼굴을 두 손으로 감싼다.

— 미안해. 다시 말한다. 나중에 보상해줄게. 약속해.

나는 다시 침대에 앉아 생각한다.

토머스가 제 작은 얼굴을 내 어깨에 올린다. 새처럼 가볍다.

—난 어디 가?

—아직 잘 모르겠네.

—엄마 따라갈 수 있어. 뒷자리에 앉아 있으면 돼.

나는 미소 짓는다. 그럴 순 없어. 내가 말한다.

나는 토머스를 무릎에 앉힌다. 우리는 함께 궁리한다.

내키지 않지만, 우선 할머니에게 연락해본다. 예전에 몇 번, 정말로 다급할 때 할머니가 토머스를 봐준 적이 있었다. 하지만 기대는 하지 않는다. 아니나 다를까 할머니는 전화를 받지 않는다.

토머스의 예전 베이비시터인 칼라에게 연락해본다.

하지만 칼라는 센터시티에 있는 보험회사에서 근무하는 중이라 출근해야 한다고 말한다.

애슐리. 최후의 방편이다. 애슐리에게 전화를 건다. 받지 않는다. 메시지를 보낸다.

애슐리의 답장을 기다리는 동안, 토머스에게 아침을 먹이고 밖을 내다본다. 아직도 눈이 오고 있다. 우선 집 앞에 쌓인 눈을 치워야 한다.

—부츠 신어. 아들에게 말한다.

밖에 나가 눈을 치우니 기분이 나아진다. 포트리치먼드에 살 때는 규칙적으로 운동을 했다. 크로스핏을 아주 잠깐 했다. 여자 축구팀에도 들어갔다. 일주일에 서너 번 땀 흘리며 운동하면 마음이 진정됐다. 하지만 최근에는 그럴 시간이 없었다.

토머스에게 삽을 주고 도와달라고 한다. 아이는 한자리에 20분 동안 머무르더니, 기어이 눈으로 성을 쌓기로 한다.

치울 곳이 1.5미터쯤 남았을 때, 머혼 부인이 문 앞에 나타난다.

— 그럴 필요 없어요. 부인이 내게 말한다. 그러지 않아도 되는데.

— 괜찮아요.

— 척에게 돈을 주고 시키면 돼요. 머혼 부인이 말한다. 보통 그렇게 해요.

척은 옆집의 10대 아들이다. 그 애가 낙엽도 치우고 청소도 하고 눈도 치우면서 용돈을 버는 모양이다.

나는 눈 치우기를 계속한다.

— 음. 머혼 부인이 말한다. 고마워요.

— 괜찮아요. 그러다 한 가지 생각이 떠오른다. 전화기를 확인한다. 애슐리에게서는 아직도 답이 없다.

— 머혼 부인. 내가 묻는다. 오늘 혹시 계획이 있으신가요?

머혼 부인이 이마를 찡그린다.

— 계획 같은 건 없어요, 미키.

머혼 부인이 사는 아랫집에 들어와본 건 처음이다. 계약도 위층의, 지금 우리가 사는 곳에서 했다. 머혼 부인이 자기 집 현관문을 열어줬을 때, 놀랐다. 할머니 집처럼 잡동사니가 가득하고 낡은 카펫이 깔려 있을 거라고 상상했었다. 하지만 그곳에는 가구도 몇 개 없을뿐더러, 먼지 하나 없이 깔끔하다. 바닥은 작은 러그를 깐 곳 말고는 전부 마루로 돼 있다. 가구는 대체로 고급이다. 커다란 추상화 등 현대 미술 작품이 벽에 잔뜩 걸려 있다. 나쁘지 않다. 머혼 부인이 직접 그린 걸까? 그렇게 물어볼 엄두는 나지 않지만, 어쨌든 궁금하다.

— 그림이 멋지네요. 이렇게 말한다.

— 고마워요. 머혼 부인은 이렇게만 대답하고 더 이상 설명하지 않는다.

— 정말 죄송해요.

토머스는 가만히 서 있다. 흥미가 생기기도 하고 한편으로는 두렵기도 한 것 같다. 아이는 오른쪽으로 살짝 몸을 숙여 계단을 올려다본다. 머혼 부인의 방은 위층에 있을 것이다.

나는 주머니에서 지갑을 꺼낸다. 그걸 열면서 안에 현금이 있기를 기도하지만, 들어 있는 건 20달러뿐이다.

— 여기요. 나는 그걸 부인에게 내민다. 이거 일단 받아주세요. 돌아올 때 더 찾아올게요.

머혼 부인이 손사래를 치며 무뚝뚝하게 말한다. 그런 소리 말아요.

— 받아주세요. 부탁이에요. 안 그러시면 제가 너무 죄송할 거예요.

— 괜찮아요. 머혼 부인이 허리를 꼿꼿이 편다. 설득당하지 않을 기세다.

나는 우리 집에서 가져온 가방을 내민다. 여분의 옷이랑 책, 장난감이 있어요. 점심도 쌌어요. 내가 말한다.

물론 말하지 않은 것도 있다. 토머스는 겨우 네 살이에요. 아직 가끔 실수로 바지에 오줌을 싸요. 티브이 뉴스 같은 데서 무서운 게 나오면 겁을 내요. 내가 부인에게 이런 말을 하면 토머스가 좋아하지 않을 것이다.

— 그럴 필요 없는데. 부인이 말한다. 점심은 내가 만들어 먹일 수 있어요. 이 '청년'이 땅콩버터 샌드위치를 싫어하지 않는다면 말이죠. 부인이 토머스에게 묻는다. 땅콩버터 샌드위치 좋아하니?

아이가 고개를 끄덕인다.

— 그럼 잘됐네. 잘 지낼 수 있을 것 같네요.

나는 토머스 옆에 무릎을 꿇는다. 뺨에 키스한다. 아주머니 말씀 잘 들어야 해. 무슨 얘긴지 알지?

토머스는 다시 고개를 끄덕인다. 듣는 거. 자기 한쪽 귀를 가리키며 그렇게 말한다.

토머스는 이제 용감해지려고 노력한다. 여기서 하루 종일 뭘 할까?

나는 머혼 부인의 전화기 옆에 놓인 메모장에 내 휴대전화 번호를 적어둔다.

— 아무 때나 전화하세요. 무슨 일이든지요.

그리고 현관문으로 걸어 나간다. 내가 키스할 때 턱을 아주 살짝 떨던 토머스를 돌아보지 않으려고 애쓰면서. 오늘 근무하는 내내 그 표정이 떠오를 것이다.

+++

출근하는 동안 계속 걱정이 된다. 무슨 짓을 한 거지? 토머스를 누구에게 맡긴 거지? 사실 머혼 부인에 대해 잘 알지도 못한다. 부인에게 여동생이 있다는 말은 들었지만, 가족 이름은 하나도 모른다. 머혼 부인의 건강 상태도 모른다. 쓰러지면 어쩌지? 걱정이 된다. 토머스에게 친절하지 않으면 어쩌지?

그러다가 언제나 그렇듯이, 토머스를 과잉보호하지 말자고 생각한다. 걔는 이제 다섯 살이 다 됐어, 미케일라. 할 수 있는 게 날마다 늘고 있다고.

밖은 어제보다 따뜻하고, 눈도 그쳤다. 눈은 이미 녹기 시작해 갈색의 웅덩이를 만드는 중이다. 베서니에게 그럴 마음만 있었다면, 그 애는 분명 집에 올 수 있었다.

에이헌 경사가 오늘 브리핑 진행을 맡았고, 브리핑이 끝나자 나는 그에게로 가 내 메시지를 받았는지 묻는다.

— 메시지?

— 어젯밤에 음성메시지를 남겼는데요.

— 아, 그거. 받았네. 뭔데? 할 얘기가 있다고?

나는 휴게실을 둘러본다. 최소 세 명의 경관이 근처에 있다.

— 좀 민감한 사안이라서. 내가 조용히 말한다.

에이헌 경사가 한숨을 쉰다. 음, 내 방에선 지금 방탄조끼 사용법을 시연 중이라. 그러니 화장실에서 말할 게 아니라면 여기서 말하게.

나는 다시 다른 경관들을 본다. 그중 둘이 응우옌의 예측에 부합하는 조건을 갖고 있다. '40대 백인 남성'.

— 오늘 점심때 20분만 시간 내주실 수 있습니까?

— 좋네. 스카티스에서 볼까?

경찰관들이 자주 찾는 식당이다. 그러므로 되도록 그곳은 피하고 싶지만, 어차피 어딜 가든 동료들과 마주치게 될 게 뻔하다.

— 프런트스트리트에 있는 보머커피에서 만나죠. 내가 말한다.

+++

오전이 느리게 흘러간다. 하지만 10시쯤, 뭔가가 내 눈길을 잡아끈다. 켄징턴과 앨러게니 교차로의 엘 정류장에 팔짱을 끼고 서 있는, 주황색 외투를 걸친 채 경계하는 눈빛을 한 남자다. 그는 옆구리에 비닐봉지를 끼고 있다.

닥.

조금 떨어진 곳에 차를 세우고 그를 지켜본다.

그가 순찰차를 봤는지 모르겠지만, 아무런 반응도 없다. 어쨌든 너무 멀어서 나를 보지 못한다. 선바이저를 내리고 다시 보니, 누군가 지나갈 때마다 그의 입술이 살짝 움직이는 게 보인다. 그는 **부품 있어요, 부품 있어요, 부품 있어요,** 라고 반복해서 말하는 것 같다. 적은 돈으로 살 수 있는 깨끗한 주사기를 이야기하는 거다. 이곳에서는 많은 사람들이 이런 식으로, 간신히 생활비를 번다. 그보다 더 많은 서비스를 제공하는 사람들도 있다. 다른 혈관들에 주사를 못 놓게 되었을 때 목에다 주사하도록 도와주는 서비스 같은. 혹은 무료 진료소가 문을 닫았거나 너무 먼 곳에 있을 때는 감염증을 치료하고 종기를 짜주기도 한다. 그러다가 재앙을 불러오는 경우도 많지만.

나는 전화기를 꺼내 트루먼의 번호를 찾는다. 잠시 머뭇거리지만 끝내 호기심을 이기지는 못한다.

바빠요? 메시지를 보낸다. 전화했을 때 들리던 여자 음성이 떠오른다. 그를 곤란하게 만들고 싶지 않다.

아주 빠르게 답장이 온다. **무슨 일이야?**

잠복근무 안 할래요? 내가 묻는다.

트루먼이 도착하기까지 30분이 걸린다. 그동안 나는 긴장한 상태로 가만히 앉아 닥이 그곳을 떠나지 않기를, 닥에게 접근해 그를 데려가는 사람이 없기를 기도한다. 다행히—그리고 그로서는 괴롭게도—아무도 오지 않는다.

드디어 전화기가 울린다. 트루먼이다.

— 오른쪽을 봐.

나는 살짝 고개를 돌린다. 길 건너에 있는 그를 찾는 데 시간이 조금 걸린다. 트루먼은 지난주와는 상당히 다른 복장으로 서 있다. 오늘은 배낭을 메고, 헐렁한 운동복 바지와 두툼한 재킷 차림에, 머리에는 겨울 모자를 쓰고, 목도리를 입과 코 전체에 두른 채다. 선글라스도 썼다. 육상선수 같은 체격만이, 그가 트루먼이라는 것을 드러낸다.

— 어때? 트루먼이 묻는다. 그의 시선은 내 순찰차를 피해 앞으로 향해 있다.

— 그 복장은 어디서 났어요?

— 풍기단속반에서.

트루먼은 20대 시절, 그러니까 나와 일하기 전에, 10년 정도 잠복근무를 했다. 주로 마약 관련이었다.

— 주황색 재킷 입은 남자 보여요?

트루먼이 고개를 끄덕인다.

— 저자예요.

트루먼이 그를 잠시 본다. 거참, 마약 안 하는 작자가 없구먼. 트루먼이 말한다.

여자 둘이 지나가며 트루먼을 훑어본다.

— 좋아. 트루먼이 말한다. 하겠어. 나중에 전화할게.

그가 타깃 쪽으로 걸어간다. 그의 걸음걸이에서 낯익은 단호함이 느껴진다. 우리가 함께 일할 때 그는 늘 그런 태도를 취했다.

+++

한 시간이 지났는데도 트루먼에게서 소식이 없다. 에이헌 경사와 만나기로 한 시간이 다 됐다.

메시지를 보내 그가 약속을 잊지 않도록 확인시켜준다. 그리고 현재 위치에서 무전을 보낸 뒤—보머커피 옆의 어떤 가게 이름으로 얼버무린다—커피숍 안으로 들어간다.

에이헌 경사가 나보다 빨랐다. 그는 탁자에 앉으며 심드렁한 표정으로 주위를 둘러본다. 가게 안의 어떤 사람보다도 체격이 좋다.

그가 고른 자리는 화장실 옆, 다른 자리와 떨어진 곳이다.

그는 나를 보고 고개를 들지만 일어나지는 않는다. 나는 그의 맞은편에 앉는다.

— 이런 데 다니나? 그가 묻는다.

— 아뇨, 딱 한 번 와봤어요. 아무도 안 올 것 같아서 고른 거예요.

— 그렇군. 에이헌은 눈을 둥그렇게 뜨고 말한다. 근사한 곳이군.

비꼬는 소리다. 그는 앉은 채로 몸을 비튼다. 앞에 커피가 놓여 있다. 내게는 커피를 권하지 않는다.

— 그래서, 무슨 일인가.

나는 잠시 주위를 둘러본다. 근처에 아무도 없다.

전화기를 꺼내 강력계에서 보내온 영상을 찾는다. 몸을 앞으로 숙이고 화면의 재생 버튼을 누른 뒤 에이헌에게 보여준다.

영상이 재생되는 동안, 나는 속삭이듯 말한다.

— 어제 이걸 여기저기 보여줬는데요.

— 왜? 에이헌이 내 말을 자르고 묻는다.

나는 멈칫한다.

— 왜라뇨?

— 그래, 에이헌이 말한다. 왜 그랬나?

— 응우옌 형사가 그러라고 했으니까요.

에이헌이 고개를 젓는다.

— 누구한테 지시를 받는 건가? 응우옌 형사는 아니지. 에이헌이 말한다. 이자를 찾는 건 그 사람 일이야. 자네 일이 아니고.

나는 입을 열었다가 닫는다. 다른 이야기로 새지 않으려고.

— 네. 내가 말한다. 그건 기억할게요. 문제는…….

— 매일 신경 쓸 일이 차고 넘치네.

언제쯤 내 말을 끝까지 들어줄 셈일까?

나는 잠시 기다린다. 에이헌도 잠시 기다린다.

— 알겠습니다. 문제는, 어제 누가 요주의 인물을 알아봤다는 겁니다. 켄징턴애비뉴에서 자주 보는 사람인데, 제가 잘 아는 여성이에요. 그 사람이 그러는데—여기서 나는 어깨 너머를 한 번 돌아보고는 몸을 숙인다—이 사람이 경찰관이랍니다.

에이헌은 커피를 마신다.

나는 대답을 기다리며 의자에 등을 기댄다. 하지만 에이헌은 아무렇지도 않은 표정이다.

— 그랬겠지. 에이헌이 입을 연다. 이름을 말하던가?

— 아뇨.

혼란스럽다.

— 아마 모를 겁니다. 이 지역 여자들이 아는 남자라고 했어요.

나는 에이헌만 들을 수 있게 목소리를 낮춘다.

— 이 사람이,

이번에도 어떻게 말해야 할지 망설여진다. 전문용어를 쓰면 너무 차갑게 들린다.

— 이 사람이 성관계를 요구한다고 했어요. 거절하면 체포하겠다고 협박했답니다.

에이헌은 침착하게 고개를 끄덕인다.

— 저, 내가 말한다. 이 정보를 응우옌 형사에게 바로 전달하고 싶지 않았어요. 민감한 문제 같아서요. 제 상관에게 먼저 보고드리고 싶었어요.

에이헌이 웃고 있나?

그가 어떤 반응을 보일지, 여러 가지 상상을 해봤다. 이런 반응은 예상하지 못했다. 그는 일회용 컵의 뚜껑을 벗기더니 탁자 위에 조심스레 놓는다. 커피가 식도록. 커피에서 김이 피어오른다.

— 이걸, 내가 묻는다. 알고 계셨어요?

에이헌이 커피를 입으로 가져가 불어 식힌 뒤, 한 모금 마신다. 음. 그가 생각에 잠겨 말한다. 전부 다 말할 순 없어. 하지만 그런 이야기가 돈다는 건 알고 있네.

— 어떤 의미로 아신다는 거죠?

에이헌이 나를 노려본다.

— 우리가 안다는 의미에서지. 그럼 뭐겠어?

— 그런데 어떻게 처리하고 계시죠? 느껴진다. 피가 얼굴로 치솟아 속마음을 드러낸다. 배 속에서 보일러가 돌아간다.

— 미키. 그가 관자놀이에 손을 대고 문지른다. 말을 계속할지 그만

둘지 고민하는 것 같다. 그러다가 말한다. 생각해보게, 미키. 자네가 돈 없는 밑바닥 인생이라고 생각해봐. 켄징턴애비뉴에 나가서 일거리를 찾는다고 상상해보라고. 공으로 돈을 버는 일이 뭘까?

나는 아주 잠시 동안 망설인다.

에이헌이 고개를 끄덕인다.

— 알겠나? 자네가 경찰이라고 생각해보게.

나는 아무 말도 하지 않는다. 시선을 다른 곳으로 돌릴 뿐이다. 이런 일이 이따금 벌어질 수 있다고 인정한다. 하지만 폴라는 똑똑하다. 폴라가 그런 식으로 속는다는 건 상상할 수 없다.

— 어쨌든, 에이헌이 말한다. 잘 듣게. 이걸로 자네 기분이 좋아진다면, 이 이야기를 응우옌과 감사관실에 전하도록 하지. 누가 얘기해준 건가?

— 기록에 남는 말은 안 할 거예요.

— 그럼, 우리 둘 사이의 일이로군. 익명의 신고를 들고 감사관실에 가지는 않겠네. 비웃음거리가 되고 싶진 않으니까.

나는 다시 망설인다.

— 아니면 아무 말도 할 필요가 없겠지. 자네가 정하게.

— 오프더레코드로요?

— 오프더레코드로.

— 폴라 멀로니예요.

파월 선생님이 알려준 공리주의 윤리학의 정의는 최대 다수를 위한 최대 행복이다. 폴라의 이름을 내주며 나는 그걸 떠올린다.

에이헌이 고개를 끄덕인다. 아는 이름이군. 한두 번 체포하지 않았 었나?

— 세 번 아니면 네 번이요.

에이헌은 커피를 든 채로 일어난다. 컵에 뚜껑을 다시 덮는다. 그는 기지개를 켜는 것으로 할 이야기가 끝났음을 알린다.

— 내용은 전달하겠네.

— 감사합니다.

— 그리고 미키, 그가 내 눈을 보며 말한다. 자네 일에 집중하게. 알겠지? 자넨 24지구대 소속이야. 다른 일에 신경 쓸 시간이 없어.

+++

차로 돌아온 나는 점심 식사가 끝났다고 상황실에 알린다. 그리고 차에 앉아 씨근거린다.

전에는 에이헌을 싫어했다면, 이제는 증오한다. 그런 식으로 말하다니. 잘난 체하며 다 안다는 식으로 고개를 끄덕이는 꼴이라니. 그때 뭐라고 받아쳤으면 적절했을지 생각해본다. 그러다 무의미한 짓이라는 걸 깨닫고는 전화기를 확인한다.

트루먼 도스가 보낸 음성메시지 한 통.

들어본다.

—믹, 최대한 빨리 전화해.

손이 떨리기 시작한다. 그에게 전화한다. 그가 어서 받기를 기다리며 켄징턴애비뉴로 향한다.

—받아요. 내가 속삭인다. 받아요. 받아.

그가 받지 않는다. 다시 전화한다.

마지막 신호음이 갈 때, 마침내 전화를 받는다.

—미키, 지금 어디야?

—프런트스트리트와 코럴스트리트 사이요. 북쪽으로 가고 있어요.

—에메랄드스트리트와 컴벌랜드스트리트 교차로에서 만나.

에메랄드스트리트 방향으로 가는 길을 이미 지나쳐버려서, 나는 위험천만하게 차를 돌린다. 사이렌을 켜자 근처의 차 두 대가 끼익하고 급제동을 한다.

요즘 내가 왜 이러는지 모르겠다.

— 걘 무사해요? 내가 묻는다.

— 모르겠어. 트루먼이 말한다.

+++

그는 옷을 갈아입은 상태다. 알아볼 수 있는 건 손에 든 배낭뿐이다. 아마 잠복근무 복장이 그 배낭에 들어 있는 듯하다. 청바지를 입고 있어서 무릎에 찬 보행 보조기가 눈에 띈다. 목도리와 선글라스와 재킷도 보이지 않는다.

그가 조수석에 힘겹게 올라탄다. 문을 닫으며 주위를 둘러본다.

— 여기서 벗어나는 게 좋겠군.

그게 좋을 것 같다. 나는 다시 피시타운를 향해 남동쪽으로 차를 몬다.

— 어떻게 됐어요?

— 그자한테서 주사기를 샀어. 트루먼이 말한다. 벅스에서 왔다고 하고. 어디서 약을 하는지 물었지.

나는 고개를 끄덕인다. 익숙한 이야기의 시작이다. 이 구역의 마약 과용 사건 중 절반은 이런 식으로 일어난다. 사람들이 시외로부터 마약을 찾아 흘러들어 와서는 자기 몸이 감당할 수 있는 이상으로 약물을 투약한다. 이곳에서 판매되는 헤로인에는 보다 강력하고 치명적인 펜타닐이 들어 있다. 아주 경험 많은 사용자들도 죽게 할 수 있는.

— **따라 와요.** 그렇게 말하더군. 그는 켄징턴애비뉴를 따라 북쪽으로 걷기 시작한다.

— 말을 했어요? 자기 이야기를 하던가요?

— **경찰은 아니죠**, 라고 했어. **빌어먹을 경찰이라면 치가 떨려**, 라고도 했지. 다른 말은 안 했어.

트루먼은 목청을 가다듬더니 나를 본다. 그리고 말한다.

— 매디슨스트리트라는 작은 길로 나를 데려갔어. 거기서 어떤 빈집 뒷문으로 갔지. 인적이 없는 곳에 이르니까 닥이 무슨 물건이 있는지 알려주더니, 순도 높은 물건이라고 자랑하더군. 얼마나 원하는지, 얼마나 필요한지도 물었고. 자기가 의사라고, 돈만 내면 직접 놔준다고도 했어. **그건 괜찮습니다.** 내가 말했지.

닥이 나를 빤히 보더군. 그리고 말했어. **확실해요? 원하면 이 안에서 할 수 있어요.**

나는 초조해져서 거기서 어떻게 빠져나올지 궁리하기 시작했어. 내가 경찰인 걸 그자가 아는 것 같다는 생각도 들었고. 전에 잠복근무를 할 때는 지원 팀이 있었고 무전도 할 수 있었던 데다 퇴로도 있었으니까.

괜찮아요. 내가 대답했지.

돈을 주니까 받더군. 나한테 거기서 기다리라고 그자가 말했어. 그래서 내가 물었지. **그걸 가지고 달아날 생각은 아니겠지?**

그러자 그자가 **아뇨,** 라고 하더라고. **그랬다간 바로 이 일 그만둬야 해요,** 라면서. 그러고는 문을 덮은 합판을 밀고 안으로 들어가더니, 그대로 사라졌어.

내가 트루먼의 말을 자르고 묻는다.

— 번지는 확인했어요?

— 확인하려고 했는데, 못 했어. 벽은 흰색으로 칠했고 뒤쪽 창문을 덮은 널빤지에 'BBB'라는 낙서가 있는 집이야. 세 글자로.

어쨌든, 그자가 사라지자마자 창문으로 안을 들여다보려고 했어. 트루먼이 말한다. 널빤지 틈새로 들여다봤지. 안이 어두워서 잘 보이지 않았어. 최소 네 명, 그 이상이 보이더군. 다들 졸고 있었어. 한 명은 죽은 것 같았고. 어쩌면 죽었을지도 모르지.

그런 집은 수없이 봤다. 내 눈에는 지옥도 같다.

— 나는 무슨 소리가 들리는지 집중하고 있었어. 트루먼이 말한다. 안에서 누가 계단을 쿵쾅거리며 오르는 것 같은 소리가 들리더라고. 그리고 닥이 나오더니 나를 향해서, 집 뒤쪽으로 오는 게 보였어. 나는 놀라 홱 돌아서서 다른 데 신경 쓰는 척했지.

자요. 남자가 말했어. **정말 주사 놔줄 필요 없어요? 5달러예요.**

아뇨. 내가 말했어. **됐어요.**

닥과 눈이 마주쳤어. 그가 말하더군. **내 집 근처에선 하지 마요. 그리고 먼저 시험해보고.**

나는 고맙다고 하고 돌아섰어. 한 번 더 집 안을 들여다볼 수 있으면 좋겠는데, 하고 생각했지. 닥이 내가 머뭇거리는 걸 알아차렸는지 묻더라고. **찾는 거 있어요?**

뭐요, 하고 내가 되물었어.

그러자 그자식이 이렇게 말하더군. **여자 말예요.**

온몸이 싸늘해진다. 트루먼이 나를 잠시 보다가 계속한다.

— **글쎄요,** 라고 했지.

그자가 말했어. **사진 볼래요? 사진 있는데.**

그러겠다고 했어. 그자가 전화기를 꺼내더니 여자들 사진을 보여줬어. 그리고, 믹. 거기에 케이시가 있었어.

나는 고개를 끄덕인다. 그럴 줄 알았다.

— **맘에 드는 거 있어요?** 그놈이 말했어. 있다고 했지. 하지만 먼저 약을 하고 싶다고, 다음에 오겠다고 했어. 놈이 전화번호를 줬어. **뭐 필요하면 전화하슈. 내가 도와줄 테니까. 알겠어요? 내가 의사라니깐.**

나는 조용히 앞을 내다본다.
— 괜찮아? 트루먼이 묻는다.
고개를 끄덕인다. 마음속 깊은 곳에서 혐오감이 차오른다.
— 걔, 어땠어요. 트루먼에게 묻는다. 그러나 너무 작은 소리라 들리지 않는다는 걸 뒤늦게 깨닫는다.
다시 묻는다.
— 무슨 말이야? 트루먼이 묻는다.
— 사진에서요. 어때 보였어요?
트루먼은 입을 꾹 다문다. 별로. 옷을 별로 안 입고 있었어. 말랐어. 머리를 빨갛게 염색했고. 다친 것 같았어. 눈 한쪽이 부어 있더군. 자세히 살펴볼 수가 없었어.
하지만 살아 있는 거죠. 나는 생각한다. 그래도 살아 있는 거죠.
— 한 가지 더 있어. 트루먼이 말한다. 거기서 나오는데, 누가 모퉁이를 돌아왔어. 거칠게 생기고, 온몸에 문신이 있는 남자. 닥의 친구 같았어. 그자가 닥을 가리키면서 반갑게 말하더라고. **매클래치, 잘 지냈나?**
— 매클래치. 내가 말한다.

— 응.

— 코너 매클래치. 나는 페이스북 사진 아래 적혀 있던 '코너 닥 퍼미솔'을 떠올린다.

트루먼이 고개를 끄덕인다. 그러더니 센터 콘솔의 단말기 쪽으로 고갯짓을 한다.

— 써도 될까? 그가 말한다.

— 네. 꼭 예전 같다. 내가 운전하는 동안, 파트너인 그가 서류 작업을 하던 그 시절.

트루먼은 병가 중이라 네트워크에 접속할 수 없으므로 내 로그인 계정을 알려준다. 그는 그걸로 경찰 데이터베이스를 검색한다.

나는 운전하면서 슬쩍 내용을 들여다보려다가 하마터면 반대편 차선으로 들어갈 뻔한다.

— 세상에, 믹. 트루먼이 말한다. 차 세워.

하지만 그러고 싶지 않다. 트루먼을 알아보는 사람이 없는 곳까지, 멀리 벗어나고 싶다. 나는 계속해서 길을 살피고 백미러를 보면서 혹시라도 동료가 있는지 확인한다. 혹은 에이헌 경사가 있는지.

— 소리 내서 읽어줘요.

트루먼은 잠시 속으로만 읽는 것 같다. 그러다가 이렇게 말한다. 좋아, 여기 있네. 매클래치, 코너. 생년월일 1991년 3월 3일. 필라델피아. 남성. 그는 그렇게 말하고 나를 본다.

— 또 뭔데요.

그가 작게 휘파람을 분다.

— 뭔데요? 얘기해줘요.

— 좋아. 무장 강도부터 폭행, 불법 화기 소지까지 다 있어. 이자는

세 번, 아니 네 번, 아니 다섯 번 징역형을 받았어.

그는 또 말이 없다.

— 그리고요?

— 성매매 알선으로 기소된 적도 있는 것 같군.

성매매 알선이라니. 특이하다. 켄징턴 여자들은 대부분 혼자 일한다. 하지만 늘 예외는 있는 법이니까.

트루먼이 다시 말한다. 체포 영장도 있어. 그건 도움이 될 것 같네.

— 그럴 수도 있겠네요.

나는 차 안의 시계를 본다. 근무시간이 끝나간다. 토머스를 머혼 부인으로부터, 머혼 부인을 토머스로부터 구하러 갈 시간이다. 무전도 너무 오랫동안 받지 않았다.

— 차는 어디에 있어요? 트루먼에게 묻자 그가 차 댄 곳을 알려준다.

잠시 나는 아무 말도 하지 않는다.

그러다가 묻는다. 케이시가 그 집에 있었을까요?

트루먼은 한참 생각한다.

— 모르겠군. 그럴 수도 있지. 아래서는 안 보였어. 하지만 그 집엔 2층이 있고, 거기서 뭔가 벌어지고 있어.

나는 고개를 끄덕인다.

— 미키, 트루먼이 말한다. 어리석은 짓 하지 마.

— 네, 안 해요.

+++

전화벨이 울리자 트루먼이 휴대전화 화면을 들여다보더니 차를 세우라고 한다. 거기서 내리겠다며.

— 차 있는 데까지 태워다드릴 수 있어요.

— 괜찮아. 멀지 않아.

그는 어서 내리고 싶어 하는 눈치다. 벨 소리가 계속 울린다.

그는 내리면서, 순찰차 지붕을 한 번 두드린다.

나는 그제야, 에이헌과 만난 이야기를 꺼내지 못했다는 사실을 깨닫는다. 이 일에 대해 조언해줄 수 있는 사람이 있다면 트루먼뿐일 텐데. 하지만 트루먼은 벌써 통화를 시작했다.

나는 걸어가는 그의 뒷모습을 잠시 지켜본다.

누구와 통화하는지, 다시 궁금해진다.

+++

드디어 하루 업무가 끝난다. 귀가하는 내내, 토머스가 어떻게 지냈을지 걱정이 된다. 헤어진 다음에는 아이와 다시 연결되기를 갈망한다. 도파민 분비로 어깨의 긴장이 풀리고 호흡이 늦어질 그 순간이 기다려진다.

집에 도착하니, 아직 5시도 되지 않은 시간인데 날이 벌써 캄캄하다. 겨울의 가장 어두운 어둠이 계속되는 이런 날이 싫다. 햇볕은 마치, 모든 것을 삼켜버린 길고 추운 밤을 기어코 견뎌내는 달콤한 과자 같다.

도착하자마자 가장 먼저 보이는 건 머혼 부인 집의 꺼진 불이다. 속이 조금 메스꺼워진다. 차에서 내려 눈을 헤치며 현관문으로 간다. 초인종을 누른다. 대답을 기다리지 않고 문을 두드린다.

문 옆 유리창에 얼굴을 대고 안을 들여다본다. 어디 있지? 문을 발로 차서 부술까 생각한다. 그러다 벨트의 권총에 한 손을 올리고, 근무 중 취하는 경계 태세로 들어간다.

다시 문을 두드리려는데, 갑자기 활짝 열린다. 머혼 부인이 어두운 방을 등지고 서 있다. 토머스는 없다. 부인은 커다란 안경 뒤에서 눈을 깜빡인다.

— 토머스 있어요?

— 물론이죠. 괜찮아요? 문을 그렇게 두드리다니, 세상에. 심장이 멎는 줄 알았네요.

— 죄송해요. 토머스는요?

그때 토머스가 입술에 붉은 무언가를 묻힌 채 머혼 부인 옆에 나타난다. 단 음료를 마시던 중이었나 보다. 아이가 씩 웃는다.

— 에이드를 줬는데 괜찮겠죠. 머혼 부인이 말한다. 조카 손자들이 놀러 오면 주려고 만들어둔 게 있어서.

여기 사는 내내 부인의 조카 손자는 본 적이 없다. 그럼요, 괜찮죠. 내가 말한다. 특별 간식이니까.

— 극장에서처럼 영화를 보고 있었어. 토머스가 흥분해서 큰 소리로 떠든다.

— 팝콘을 만들고 불을 껐다는 뜻이에요. 머혼 부인이 말한다. 추우니까 들어와요.

안에서 토머스가 신발을 신고 외투를 입는 동안, 입구 벽에 걸린 사진이 눈에 띈다. 낡고 흐릿한, 학교 사진 같다. 유치원생부터 10대 초반까지, 아이들이 줄지어 서 있다. 뒤의 두 줄은 카디건과 스커트, 간단한 머리 가리개를 쓴 수녀들이다. 케이시와 내가 다니던 교구 학교와 비슷한 분위기다. 흑백 사진은 언제 찍은 건지 알기 어렵다. 머혼 부인에게 아이가 있었다고는 상상하기 어렵지만, 이 사진을 보니 내 생각이 틀렸나 보다. 부인과 닮은 아이가 있는지 재빨리 훑어보는데, 부인이 내 팔꿈치를 잡는다.

— 할 말이 있어요. 그 남자가 또 찾아왔어요.

심장이 툭 떨어진다.

— 토머스가 그 사람을 봤나요?

— 아뇨, 창밖에 그 사람이 보이기에 토머스에게 잠깐 위층에 올라가 있으라고 했어요. 그리고 그 사람한테는 당신이 더 이상 여기에 살지 않는다고 말했어요. 부탁한 대로요.

마음이 놓인다.

─ 뭐라고 하던가요?

─ 실망한 표정이었어요.

─ 다행이네요. 실컷 실망해도 돼요. 그 말을 믿는 것 같던가요?

─ 그런 것 같았어요. 아주 예의 바르던데.

─ 마음만 먹으면 그래 보이는 사람이에요.

머혼 부인은 입을 꾹 다물고 고개를 끄덕인다.

─ 어쨌든, 잘했어요. 부인이 말한다. 남자들이란 거의가 쓸모가 없으니.

부인은 잠시 생각하더니 덧붙인다. 한두 명은 참아줄 수 있지만요.

+++

토머스는 우리가 사는 층으로 올라가면서 할 이야기가 아주 많다.

— 머혼 부인이 '이피'를 보여줬어.

— 이피? 그게 뭐야?

— 영화. 어떤 남자가 어린이 자전거에 타는 거야.

— 남자?

— 괴물.

— 이티.

— 그리고 남자가 이피 집에 전화하라고 말해. 머혼 부인이 손가락으로 하는 법 알려줬어. 이렇게.

토머스가 내게 검지를 내밀자 나도 검지를 내밀어 손가락을 맞댄다.

— 이렇게. 토머스가 다시 말한다.

— 재밌었니?

— 응. 무서운 영화지만 보여주셨어. 토머스가 말한다. 영화, 그리고 아마도 당분 때문에 흥분 상태다.

— 무서웠니?

— 아니. 무서웠지만 안 무서웠어.

— 잘됐네. 다행이다.

하지만 밤에, 토머스를 제 방에 재운 뒤에, 발소리가 나서 깨어보니 아이가 오늘 본 영화의 주인공처럼 담요를 몸에 돌돌 감고 서 있다.

— 무서워. 토머스가 엄숙히 선언한다.

— 괜찮아.

— 무서웠는데 거짓말했어.

— 괜찮아.

토머스는 입술을 잘근거리며 바닥을 내려다보고 있다. 무슨 말을 하려는지 알 수 있다.

— 토머스. 내가 경고하듯이 말한다.

— 엄마 침대에서 자도 돼? 하지만 이미 체념한 목소리다. 아이는 답을 알고 있다.

나는 일어나서 토머스에게 다가간다. 손을 잡고 아이를 방으로 데려간다.

— 이제 다섯 살이 다 됐잖아. 다 컸는데. 엄마를 위해 용감해질 수 있지?

어두운 복도에서 아이가 고개를 끄덕인다.

아이를 방으로 데려가 종야등을 켜준다. 토머스는 침대에 눕고, 나도 담요를 덮고 누워 아이 머리를 쓰다듬어준다.

— 있잖아, 칼로타와 라일라 엄마한테 네 생일 파티에 초대하겠다고 했어.

토머스는 아무 말도 하지 않는다.

— 토머스?

토머스는 나를 보지 않는다. 한순간, 망설여진다. 그러다 이내, 아이에게 힘과 충족감을 불어넣어주고 어릴 때부터 자신감과 독립심 기르는 법을 가쳐야 함을 다시 한번 상기한다. 그것이 장차 자녀를 사회에 잘 적응하는 시민과 어른으로 만드는 길이라고, 육아책은 적고 있었다.

— 온다고 했어. 내가 말한다.

그리고 토머스의 이마에 키스하고 조용히 방을 나온다.

+++

이튿날 아침, 증언하러 법정에 출두해야 한다. 재판은 지난주에 있었던 가정 폭력 건이다. 로버트 멀비 주니어가 기소됐다. 그의 아내는 처음에는 주저했지만 결국 그를 기소하기로 결심한 모양이다. 글로리아 피터스와 나 둘 다 증인석에 앉게 될 것이다.

늘 일어나는 사건이고 늘 겪는 하루인데, 멀비를 볼 때마다 굉장히 불편해진다. 그는 나를 계속 뚫어져라 보는데, 내 의지와 다르게 그와 눈이 마주칠 때마다 어디선가 그를 본 것 같은 느낌이 든다. 어디서 봤는지 기억을 더듬어보지만, 알 수 없다.

판결을 보지 않고 돌아온다.

차에 탄 뒤, 대시보드의 시계를 강박적으로 확인한다.

코너 매클래치에 대해 아는 건 별로 없지만, 그나마 아는 것들 중 하나는 그가 매일 오후 2시 30분쯤 라이트의 가게에서 마약을 하고 몸을 녹인다는 것이다. 다시 말해, 그 시각에는 집을 비운다는 뜻이다.

'어리석은 짓 하지 마.' 트루먼은 어제 그렇게 말했다. 하지만 실마리를 풀어나가는 건 어리석은 짓이 아니다. 당연한 행동이다.

지금은 오전 11시이므로 내가 그곳을 직접, 안전하게 조사할 때까지는 아직 몇 시간이나 남아 있다. 시계에 집착하지 않으려고 애쓴다. 하지만 매디슨스트리트라는 이 작은 거리를 두 번—사람들이 주목하거나 경계할 만큼 많은 횟수는 아니다—지나면서, 트루먼이 말한 골목을 목을 길게 빼고 보지 않을 방도가 없다.

모두 직각과 대칭으로 이루어진 센터시티의 배치 구조가 필라델피아를 설계한 사람들의 고루하고 이성적인 정신세계를 증명한다면, 켄징턴은 의도가 필요에 의해 왜곡될 때 어떤 일이 일어나는지를 보여준다. 여기저기, 이상하게 생긴 작은 공원들이 있다. 프런트스트리트의 쭉 뻗은 선과 켄징턴애비뉴의 사선을 제외하면, 켄징턴의 나머지 거리들은 죄다 막연하게 비뚜름하다. 바인스트리트, 마켓스트리트, 사우스스트리트 등이 모두 센터시티의 곧은 거리로부터 아주 조금씩 비뚤어진 채 갈라져 나와 있다. 켄징턴의 거리들은 갑자기 시작해서 갑자기 끝난다. 길에서 불쑥 튀어나와 느닷없이 다른 길들과 연결되곤 한다. 매디슨스트리트는 이스트매디슨스트리트와는 다른 곳이다. 웨스트서스퀘해나애비뉴는 이스트컴벌랜드스트리트 아래를 횡단한다. 켄징턴의 작은 거리는 대부분 주거지역이다. 그 거리에는 벽돌집이나 회벽 집이 무너져서 이 빠진 것처럼 보이는 공터만 남았거나, 아니면 그런 집들이 다닥다닥 어깨를 맞대고 서 있다. 몇몇 구역은 비교적 보존이 잘돼 있어서, 버려진 채 입구를 막아놓은 집이 한두 채뿐인 곳도 있다. 불운한 주민들로 인해 엉망이 된 구역도 있다. 이런 곳의 집들은 거의 모두가 빈집 같다.

켄징턴의 곁길은 더 작은 골목길들이 가로지르고 있고, 그 길들은 지나가는 행인에게 화가 나서 등을 돌린 것처럼 보이는 주택들 뒤편으로 줄지어 놓여 있다. 보통 이런 골목은 차를 타고 지나가는 게 불가능하다.

지금 내가 들여다보는, 트루먼이 말한 'B'가 세 개 적힌 집을 찾는 중인 골목길이 바로 그런 곳이다.

하지만 실제로 그런 집이 있는지 어떤지는 몰라도, 지금 내 위치에서는 보이지 않는다.

조사를 개시할 시각이 다 되자, 순찰차를 세우고 알론조의 가게에 들어간다. 그는 고개를 들더니 내가 커피를 사러 온 게 아니라는 걸 정확히 알아채고는 내 옷을 보관해둔 수납장을 말없이 가리킨다.

— 고마워요, 알론조. 나는 이렇게 말하고 화장실로 가서 최대한 점잖게, 내 몸에는 너무 큰 검정색 바지와 티셔츠로 갈아입는다.

나는 아무 말도 하지 않는다. 그저 고개를 끄덕이고 경찰복을 넣은 가방을 다시 수납장 선반에 올려둔 뒤 문을 나선다. 이번에는 무전기와 총도 그곳에 두고 나온다. 민간인 복장 속에 총을 숨겨 찰 방법이 없다.

매디슨스트리트로 달려간다. 내달리는 게 체온 유지에 도움이 된다. 시계를 확인한다. 정확히 2시 30분이다.

속도를 줄이고 걸어서 그 거리로 접어든 뒤, 다시 그곳과 수직으로 만나는 골목으로 향한다. 아무렇지 않은 듯 보이려고 하지만 실패한 것 같다.

골목 끝에 그곳이 있다. 문제의 집 뒤편. 하얗게 칠한 벽. 뒤쪽 창문 중 하나를 막은 널빤지에 'B'가 세 개 적혀 있다. 뒷문이 있던 자리에 썩은 판자 하나가 늘어져 있다. 옆으로 밀어젖힐 수 있을 것 같다. '임시 거주자들'은 아마 그런 식으로 집에 드나드는 듯하다.

창문을 덮은 널빤지 옆에 얼굴을 대고 틈새로 안을 들여다보지만, 소용없다. 안이 너무 어둡다. 잠시 머뭇거리다가 뒷문을 덮은 판자를 빠르게 두드린다. 닥이 나오면 어떻게 할지 알 수 없다.

잠시 기다린다. 그리고 더 기다린다. 다시 두드린다. 아무도 나오지 않는다.

결국 나는 합판을 옆으로 치우고 조심스레 안으로 들어선다.

들어가자마자, 그런 집에서 나는 익숙한 냄새 그리고 겨울 그늘진 곳에서 느껴지는 깊은 냉기와 마주친다. 실내에 감도는 냉기는 바깥의 추위보다도 훨씬 더 혹독하다. 이렇게 버려진 집은 굳이 합판 따위로 막지 않아도 햇볕이 들지 않는다. 냉장고 안에 들어와 있는 것처럼 공기가 답답하고 싸늘하다.

두 발자국 걸어 들어가다가, 눈이 적응할 때까지 기다린다. 바닥이 위험하게 삐걱거린다. 혹여나 마룻바닥이 부서지거나 없는 곳을 밟아 지하로 떨어질까 봐 두렵다.

경찰복 벨트를 차고 있었다면 거기서 회중전등을 꺼내 켤 텐데. 그 대신 휴대전화의 플래시 앱을 켠다.

손에 든 전화기를 한 바퀴 돌려 사방을 비춘다. 그러면서, 내가 거기에 사람의 몸뚱이가 있으리라고 내심 예상하고 있었음을 깨닫는다. 산 사람이든, 죽은 사람이든. 하지만 아무것도 없다. 바닥에 놓여 있는 것은 매트리스 몇 개와 하드보드, 쓰레기봉투, 담요, 옷가지 그리고 그 밖의 알 수 없는 물건들뿐이다. 이 어밴도는, 적어도 지금은 정말로 빈집 같다.

트루먼이 닥과 만나던 때의 이야기를 떠올리며, 그가 위층으로 사라진 것 같다고 한 트루먼의 말을 기억한다. 하지만 계단이 보이지 않는다. 어쨌든 당장은 그렇다.

앞으로 살그머니 움직이며 집 앞쪽으로 불빛을 비춘다. 현관문과 벽이 보인다. 계단은 저 벽 반대편에 있을 것이다.

드디어 자신 있게 걸음을 내딛을 수 있을 만큼 어둠에 눈이 익자, 나는 갑자기 마음이 급해져서 앞으로 달려 나간다. 어서 확인하고 나가자.

거친 감촉의 난간을 잡고 계단을 한꺼번에 몇 단씩 오른다.

다 오르자, 누군가가 눈을 동그랗게 뜨고 나를 본다.

나는 전화기를 툭 떨어뜨리는 동시에, 그 얼굴이 벽에 걸린 거울 속 내 얼굴이라는 걸 알아차린다.

나는 떨면서 전화기를 집어 든다. 동생을 찾아 방마다 들여다보는 익숙한 과정을 시작한다.

나도 모르게, 시체 썩는 냄새가 나는지 확인하려고 코를 킁킁대고 있다. 쉽게 잊을 수 없는 그 냄새를 맡으려고. 안 좋은 냄새가 나기는 하지만 다행히 시신에서 풍기는 특유의 구역질 나는 악취는 아니다.

욕실에는 변기도, 욕조도 없다. 그것들이 있던 자리 바닥에 구멍만 덩그러니 나 있을 뿐이다.

침실에는 낡은 소파, 잡지들, 그리고 쓰고 버린 콘돔이 있다.

다른 방에는 바닥에 매트리스가 놓여 있고, 벽에 걸린 칠판에는 아이가 그린 것 같은 그림이 있다. 위층 방 창문은 막혀 있지 않아서, 그곳으로 들어오는 햇빛의 도움을 받아 무슨 그림인지 알아볼 수 있다. 고층 건물로 가득한 도시의 스카이라인이다. 숱한 창문은 작은 점으로 찍어놓았다. 전에 살던 사람이 집을 비우기 전에 그린 것인지, 아니면 최근에 어떤 아이가 그린 것인지 모르겠다. 칠판 밑에 분필 도막 세 개가 놓여 있다. 나는 참지 못하고 하나를 집어 칠판 오른쪽 구석에 작고 눈에 잘 띄지 않는 표시를 한다. 칠판에 그림을 그려본 지 참 오래됐다.

분필을 내려놓는데, 누가 들어오는 소리가 아래층에서 들려온다.

나는 흠칫한다. 분필이 바닥으로 천천히 굴러떨어지며 달그락 소리를 또렷이 낸다.

+++

거기 누구야? 그 사람이 말한다. 남자다.

나는 허둥지둥 가장 가까운 창문을 돌아본다. 그걸 열고 여기, 2층에서 뛰어내리면 얼마나 심하게 다칠까?

판단이 서기도 전에, 위층으로 쿵쾅쿵쾅 올라오는 소리가 들린다. 나는 얼어붙는다.

총이 있었으면 좋겠다.

손이 보이도록 한다. 목청을 가다듬고 말할 준비를 한다.

그는 계단을 다 오른 후에 멈춘다. 나는 이 방에 들어온 뒤 문을 닫았지만 잠그지는 않았다. 심장이 너무 세게 뛰어서 입밖으로 튀어나올 것 같다. 비정상적인 흥분 상태다.

문이 쾅 열린다. 누군가가 발로 걷어찬 것이다.

나는 그를 알아보지 못한다.

그는 심하게 맞은 상태다. 눈이 부어서 감겨 있다. 검정과 녹색으로 멍이 들어 있다. 코도 비뚤어진 것 같다. 귀와 윗입술도 부어 있다.

하지만 머리 모양과 주황색 재킷이 낯익다.

—닥? 내가 묻는다.

나는 덜덜 떨고 있다. 무릎에 힘이 빠진다. 이상하게도, 부끄럽다. 여기가 참 춥네요. 이렇게 말하고 싶다. 추워서 몸이 떨려요.

—여기서 대체 뭐 하는 거예요. 그가 말한다.

—당신을 찾고 있었어요.

즉석에서 지어낸 답이다.

닥은 천천히 한 걸음 다가온다.

— 날 어떻게 찾았지.

— 여기저기 물어봤어요. 여길 아는 사람들이 있으니까요.

닥은 웃음 비슷한 소리를 내지만, 아파하는 것 같다. 옆구리에 손을 댄다. 갈비뼈가 부러진 게 아닌가 싶다.

— 뭘 들고 있어요? 그가 묻는다.

나는 잠시 망설인다. 총을 가졌다고 믿게 할 가능성이 아주 조금은 있다. 달아날 수 있을지도 모른다. 하지만 그에게 총이 있을지도 모르므로 허세를 부리는 건 어리석은 짓일지도 모른다.

— 아무것도 아니에요.

— 손 들어요. 그가 말한다.

내가 그렇게 하자, 그가 다가와 내 티셔츠를 걷어 올린다. 그러더니 바지 허리춤을 본다. 내 온몸을 더듬는다. 나는 어쩔 수 없이 그냥 서 있는다.

— 난 당신을 죽여야 해. 그가 작게 말한다.

— 네?

— 당신을 죽여야 한다고. 당신 가족이 나한테 한 짓을 생각하면.

나는 꼼짝도 하지 못한다.

— 무슨 말인지……. 내가 말한다.

— **무슨 말인지**. 닥이 조롱하듯 내 흉내를 낸다.

— 케이시가 늘 하던 소리론, 당신이 그렇게 똑똑하다던데. 케이시가 당신한테 단단히 화가 나 있었을지는 몰라도, 하여간 걔는 당신이 무슨 앨프리드 아인슈타인이라도 되는 것처럼 말하더라고.

나는 바닥을 내려다본다. 아무 말도 하지 않는다. 하지만 '앨버트'라고 고쳐주지 않으려고 온 신경을 집중하고 있는 중이다.

— 그런데 무슨 말인지 모르겠다니, 믿을 수가 있어야지. 닥이 말한다.

나는 바닥에 시선을 꽂고 있다. 가능한 한 도발하지 않으려고 한다. 경찰학교에서 배운 것들 가운데 실제로 유용한 것 하나는, 말만으로는 온전히 전달할 수 없는 의사를 신체를 통해 알리는 방법이다.

닥이 자기 얼굴을 가리킨다. 고개 들어. 날 봐. 공평한 싸움이 아니었어. 그가 말한다. 이게 공평한 싸움 같아? 보비 오브라이언을 보면 앞으로 밤길 조심하라고 전해.

보비.

나는 눈을 감는다. 추수감사절 때 닥의 이름을 듣고 그의 얼굴에 스치던 이상한 표정이 떠오른다.

— 내 친척이 그랬다면 진심으로 죄송해요. 내가 말한다. 그 사람과는 말도 거의 하지 않아요. 가까운 사이가 아니에요.

닥은 콧방귀를 뀐다. 그러시겠지.

— 가깝지 않아요. 내가 말한다. 그 사람이 그랬다면, 혼자서 판단한 거예요. 저랑은 상관없어요.

닥이 나를 훑어본다. 그리고 몸을 조금 움직인다. 머리를 긁적인다.

— 내가 왜 그 말을 믿는 걸까? 그가 한참 만에 입을 연다. 이상하지만, 당신 말이 믿어지는군.

— 다행이네요. 나는 고개를 살짝 들고 말한다. 들었던 시선을 다시 내린다.

— 허, 그것 참. 그가 놀란 듯 말한다.

— 그래도 그 자식을 만나면 그렇게 말해. 이 근처에 얼씬도 하지 말라고 하고. 여긴 내 쪽 사람들이 많으니까.

— 메시지 전할게요. 내가 말한다.

닥은 다시 웃는다. 그러다 찡그린다. 손 내려. 팔 아프겠다.

— 여기서 뭘 하는 거야? 그가 묻는다.

— 케이시를 찾아요.

거짓말을 할 이유가 없다.

닥이 고개를 끄덕인다. 그 앨 사랑하나?

그 말에 몸이 굳는다.

— 동생이니까요. 나는 조심스럽게 말한다. 그리고 내 담당 구역에 사는 사람이기도 하고.

닥이 다시 조금 웃는다. 이상한 사람이군. 그렇게 말한다.

그리고 이렇게 덧붙인다. 잘 들어. 여기서 나가. 케이시가 어디에 있는지는 나도 몰라. 사실대로 말하는 거야.

— 알겠어요. 고마워요.

그가 정말로 사실대로 말하는지는 알 수 없다. 하지만 여기서 다치지 않고 나가고 싶다. 내 몸을 더듬는 손길이 아직도 느껴진다. 오싹하다. 샤워를 하고 싶다.

그가 마음을 바꾸기 전에 나는 문을 지나 복도로 나선다. 그리고 계단을 내려가는데, 그가 다시 외친다.

— 미키!

나는 천천히 돌아선다. 닥이 햇빛을 등지고 서 있다. 표정이 보이지 않는다.

— 좀 조심하라고. 그가 말한다. 당신한테는 아들도 있잖아.

싸울 태세를 갖추는 것처럼 온몸의 근육이 긴장한다.

— 뭐라고 했어요? 내가 천천히 말한다.

—아들이 있지 않느냐고. 토머스, 맞지?

그러고 나서 그는 구석의 매트리스에 앉아 아픈 몸을 간신히 눕힌다.

—그 말 하려고. 그가 말한다.

그는 눈을 감는다.

나는 밖으로 나간다.

딕이 '토머스'라고 말하는 소리가 귓가에 울린다. 협박이라면 효과가 있는 셈이다.

나는 차에 앉아 어떻게 할지 생각한다. 보비가 딕을 폭행했다면, 그건 그가 이 일에 관해 내게 추수감사절에 내비친 것보다 더 많이 알고 있다는 뜻이다. 그리고 그걸 내게 말해줄 생각은 없다는 뜻이기도 하다.

내게 주어진 기회가 있다면, 어떻게든 그를 기습하거나 또는 그에게서 간접적으로 정보를 얻어내는 방법뿐일 테다.

나는 큰 기대 없이 애슐리에게 메시지를 보낸다.

보비 어디 사는지 알아?

애슐리의 답신을 기다리는 동안 트루먼에게 전화를 건다. 그가 곧바로 받는다.

— 미키. 내 이야기를 들은 트루먼이 말한다. 못 믿겠는걸. 대체 무슨 생각이야?

나는 고집을 부린다.

— 트루먼, 증거를 추적해 내린 결론이에요. 그 사람이 2시 30분에 집을 비우리라는 걸 알고 있었어요. 케이시의 행방을 찾기 위해선 그 집을 수색해야 한다는 사실도 알았죠. 그렇게 내린 결정이에요.

전화기 너머에서 트루먼이 고개를 젓는 소리가 들리는 것만 같다. 관자놀이를 문지르는 소리도.

— 아니, 믹. 트루먼이 말한다. 그런 식으로 하는 게 아니야. 자넨 죽

을 수도 있었어, 알아?

트루먼이 이렇게 직접적으로 말하는 걸 들으니 마음이 흔들린다.

— 잘 들어. 자넨 지금 제정신이 아니야. 우리 둘 다 마찬가지야. 케이시 실종 신고는 했나?

나는 망설인다. 하려고 했어요. 에이헌한테요. 그런데 에이헌이 바빠서요.

— 그럼 형사한테 신고해. 트루먼이 말한다. 진짜 형사한테 말이야. 우리 말고. 디파올로한테 말해.

트루먼이 그렇게 말할수록 반감이 생긴다. 이유는 정확히 알 수 없지만, 머릿속 어딘가에서 작은 종소리가 울리는 것 같다. 트루먼이 말을 멈추면 그 종소리가 들릴 것이다.

— 미키, 정신 똑바로 차려야 해. 이자는 토머스를 알고 있어. 그걸 이용했고. 이제 섣부른 행동은 금지야.

왜 반감이 생기는지 드디어 깨닫는다. 폴라 멀로니가 내게 잊을 수 없는 말을 건네며 짓던, 믿을 수 없다는 표정이 떠오른다. '그쪽 사람이야.' 폴라가 말했다. **그쪽 사람.** 그리고 에이헌이 이 정보를 대하던 태도가 떠오른다. 그가 얼마나 빨리 그것을 무시했는지가.

그거다. 동생 실종에 대해 동료들에게 말하지 않은 이유. 그들을 믿을 수 있을지, 이제는 확실하지 않다.

트루먼이 조용해진다. 나도 조용히 있는다. 이제 우리 사이에 들리는 건 숨소리밖에 없다.

— 저기, 트루먼이 입을 연다. 자네 목숨은 신경 쓰지 않을 수도 있겠지. 하지만 토머스는 아니잖아. 그리고 나도.

그 말에 반사적으로 얼굴이 붉어진다. 트루먼이 이렇게 표현하는 것이 익숙하지 않다.

— 내 말 듣고 있나? 트루먼이 말한다.

나는 고개를 끄덕인다. 그러고는 전화통화 중이라는 걸 기억하고 목청을 가다듬은 다음 대답한다. 네.

전화를 끊자 '띵' 하는 소리가 난다.

애슐리의 메시지다.

아니.

오늘 밤은 소파에서 토머스에게 책을 30분 더 읽어준다. 아이가 오늘 겪은 사소한 일들을 들어준다. 생일 파티까지 며칠 남았는지 함께 세어본다. 아이가 기대할 것이 생겨서 기쁘다.

맥도날드 매장에서 아이들을 보자마자, 토머스가 **칼로타 라일라**, 라고 외친다. 칼로타 라일라. 칼로타 라일라.

우리는 서둘러 왔다. 토머스의 생일인데 정작 우리가 15분이나 늦었다. 사우스필라델피아는 벤세일럼에서 30분밖에 걸리지 않는 거리지만, 어쩌다 보니 늦게 출발했다.

아이들이 토머스에게로 달려온다.

— 안녕하세요. 나는 엄마들에게 인사하고, 그들도 내게 인사한다. 라일라 엄마의 포옹을 뻣뻣하게 받는다. 두 사람과는 토머스가 스프링가든 유아원에 다닐 때 안면이 있기는 했다. 이름은 찾아봐야겠지만.

두 사람은 서로 다른 타입이다. 칼로타 엄마는 40대 중반 정도로 나보다 나이가 많은데, 곱슬머리에 실용적인 파카를 입고 손에는 손뜨개 장갑을 끼고 있다.

라일라 엄마는 나와 비슷한 30대 초반이다. 앞머리를 짧게 자른 긴 곱슬머리에, 파란색 코트를 입고 허리에는 벨트를 찼다. 코트와 벨트 모두 아름다워서 만져보고 싶다. 굽이 두꺼운 부츠를 신었고, 칼라까지 닿는 섬세한 모양의 금귀걸이를 했다. 패션업계에서 일하는 사람 같다. 몸에서 나는 향기도 좋다. 어쩐지 블로그도 할 것 같다.

나는 바지에 흰색 셔츠 차림이라 웨이트리스처럼 보이지 않을까 싶다.

두 엄마 모두 좋은 집안 출신에 좋은 대학에 다녔을 것 같다.

뒤늦게 든 생각은, 둘 다 맥도날드에 난생 처음 와본 것일지도 모르겠다는 것이다.

— 정말 **멋지네요.** 라일라의 엄마인 로렌이 말한다. 애들이 꼭 천국에 와 있는 것처럼 행복해하는데요.

하지만 칼로타의 엄마 조지아는 조금 걱정스러운 표정이다. 혹시라도 위험한 것이 있지는 않은지, 놀이터를 살핀다.

— 실내 놀이터가 있는지 몰랐네요. 조지아가 말한다.

— 그렇군요. 그래서 인기가 좋아요. 시내에 이런 곳은 여기뿐인데, 토머스가 좋아하거든요. 여기까지 오시게 해서 죄송해요.

— 괜찮아요. 로렌이 말한다. 힘들지 않았어요. 콜럼버스 대로를 따라 내려오면 되니까요. 그리고 주차장도 있고요. 고급스럽네요.

— 괜찮네요. 조지아도 한 박자 늦게 동의한다.

우리는 잠시 동안 말없이 서서, 아이들이 노는 걸 지켜본다. 라일라와 토머스는 작은 놀이 집 안으로 이어지는 사다리를 오르고, 칼로타는 볼 풀에서 팔다리를 휘저으며 헤엄치고 있다. 칼로타 엄마의 표정을 보니, 청소를 얼마나 자주 하는지 궁금해하는 것 같다.

— 일은 좀 어떤가요? 로렌이 묻는다. 유치원에서 내 일 이야기를 한 적은 없지만 두 사람 모두, 내가 가끔 옷 갈아입을 시간이 없을 때 경찰복을 입은 채로 아이를 데리러 온 것을 보곤 했다.

— 좋아요. 내가 말한다. 바쁘고.

나는 머뭇거린다. 직업이 뭔지 묻고 싶지만, 일을 하지 않을지도 모른다는 생각이 든다. 아이들을 더 잘 키우기 위해 돈을 들여가며 유아원에 보내는 것이지, 생계 때문에 어쩔 수없이 보내는 건 아닐 것 같다.

이 질문을 어떻게 해야 할지 궁리 중인데, 조지아가 묻는다. 켄징턴 살인 사건은 어떻게 돼가고 있나요?

— 아. 나는 놀라서 말한다. 음, 단서가 될 만한 게 있어요. 그런데 확

실하지 않네요.

— 전부 연관된 사건인가요? 조지아가 묻는다.

— 그런 것 같아요.

— 어서 해결되면 좋겠어요. 조지아가 말한다. 그런 사건이 아이들 유아원과 너무 가까운 곳에서 일어나고 있어요.

나는 멈칫한다.

— 음, 범행 대상이 유아는 아닌 것 같은데요.

두 사람 모두 나를 쳐다본다.

— 그러니까, 맞아요. 저도 걱정돼요. 범인을 거의 다 잡은 것 같아요. 염려 마세요.

가짜 위로를 더 방출한다. 침묵이 더 이어진다. 나는 팔짱을 끼고 체중을 양다리에 번갈아가며 싣는다.

— 모두 괜찮았으면 좋겠네요. 조지아가 시계를 보며 말한다.

— 모두요? 무슨 소린가 싶어 내가 묻는다.

— 다들 여기가 괜찮다고 생각하면 좋겠다는 뜻이었어요. 처음엔 좀 놀랐거든요.

— 아. 문득 깨닫고 내가 말한다. 이게 다예요.

— 일부러 작은 규모로만 운영하는 거죠. 로렌이 말한다. 똑똑한 여자다.

— 이게 전부라고요? 조지아가 손으로 원을 그리며 말한다.

토머스가 무얼 주문할지 정하고 이쪽으로 다가온다. 밀크셰이크와 치킨 너깃, 햄버거, 감자튀김, 그리고 또 밀크셰이크. 라일라와 칼로타도 주문할 것을 마음에 정한 채로 서 있다. 분명 함께 의논했을 것이다.

하지만 조지아는 무릎을 꿇고 딸의 어깨에 손을 얹는다. 칼로타, 우리 얘기했잖니. 점심을 싸 왔잖아?

칼로타가 눈을 동그랗게 뜬다. 그리고 이런 부당함을 믿을 수 없다는 듯이 머리를 앞뒤로 흔들어댄다.

— 싫어. 나는 햄버더 먹을 거야. 햄버더랑 감자.

조지아가 우리를 재빨리 올려다본다. 그러고는 우는 딸을 3미터쯤 떨어진 곳으로 데려간 뒤 다시 무릎을 굽히고 앉아 낮은 소리로 다급하게 뭐라 말한다.

나는 돌아서서 모른 척, 신경 쓰지 않는 척한다. 하지만 조지아가 칼로타에게 무슨 말을 하는지는 충분히 상상할 수 있다. 이런 음식은 먹는 거 아니야. 건강에 좋지 않고 영양가도 없는 이런 걸 네게 먹일 수는 없어.

조지아는 아마 큰 규모의 파티를 예상했던 모양이다. 도중에 슬쩍 빠져나가 건강에 좋고 영양이 있는 점심을 아이에게 먹일 수 있을 거라고 생각한 듯싶다.

— 칼로타 왜 저래? 토머스가 묻는다. 내가 대답한다. 글쎄. 시간을 좀 주자.

조지아는 울부짖는 칼로타의 팔을 잡고 매장 밖으로 나간다. 우리를 돌아보며 손가락 하나를 뻣뻣하게 든다. '1분만요.'

— 칼로타가 돌아올까? 토머스가 양손으로 내 팔을 붙잡고 확신 없는 표정으로 매달려 있다.

— 그렇겠지. 내가 말한다. 하지만 그들을 여기 초대한 게 실수였음을 차츰 깨닫는다.

결국 손뼉을 치며 분위기를 바꾸는 건 로렌이다.

— 여러분은 어떤지 모르겠지만, 난 빅맥이 먹고 싶네요.

나는 로렌을 본다.

— 빅맥을 정말 좋아하거든요. 남들에겐 비밀이지만요. 로렌의 진지한 말에 나는 '고마워요, 고마워요'라고 말하고 싶다.

— 나도 빅맥 좋아해요. 남들한텐 비밀이지만요.

주문을 마치고, 우리 넷—로렌, 라일라, 토머스 그리고 나—은 6인용 탁자를 찾아 앉은 뒤 함께 음식을 먹는다. 조지아와 칼로타가 돌아온다. 그녀는 우리 몰래 자기 딸을 실내 놀이터에 밀어 넣고 식사가 끝날 때까지 혼자 놀게 한다.

로렌이 나와 마주 앉아 있다. 처음에는 무슨 말을 꺼내야 할지 알 수 없다. 나는 대화를 이어가는 데 능숙하지 않다. 로렌처럼, 나나 내 가족 같은 부류의 사람에 대해서는 전혀 모를 것 같은 이들을 상대로는 특히 그렇다. 로렌 같은 사람은 나나 내 가족 같은 사람들을 쓰레기로, 혹은 무섭거나 상대하기 귀찮고 부담스러운 존재로 여길 것 같다. 끝이 없는 온갖 문제를 가진 우리들을.

하지만 로렌은 콜라를 가볍게 들고 편한 자세로 앉아, 케첩을 흘린 딸을 놀리고 있다.

— 염병이 참 끝도 없죠? 로렌이 어이없다는 얼굴로 말한다. 욕설이 나올 줄은 몰랐다.

로렌에 대한 오해가 또 한 가지 있다. 로렌에게는 직업이 있다. 매일 일어나서 출근하는 곳이 있다는 뜻이다. 그녀는 필라델피아 라디오 방송국의 피디다. 신문방송학을 전공했다고 한다. 원래는 텔레비전 보도국으로 가려고 했다. (확실히 예쁜 사람이다.) 하지만 그러는 대신, 라디오 방송 프로그램을 만들게 되었다.

— 여기가 더 좋아요. 새벽에 일어나서 메이크업 안 해도 되니까.

15분 동안 우리는 상당히 편안하게 대화하고, 아이들은 칼로타의 엄마가 딸에게 먹일 수 없다고 판단해 그대로 남겨둔 음식을 기분 좋게 나눠 먹는다. 토머스는 기쁨과 흥분에 취해 환해진 얼굴로 빅맥, 감자튀김, 밀크셰이크를 바쁘게 먹고 있다. 자기가 얻은 것들을 세어본다. 행복한 생일을 보내고 있다.

잠시 후, 아들의 표정이 바뀌는 게 보인다.

— 토머스? 내가 부른다.

미처 말리기도 전에 토머스가 벌떡 일어나 계산대까지 달려간다.

나는 일어나서 돌아본다.

로렌이 묻는다. 토머스가 저 사람을 아나요?

너무 늦었다. 토머스가 문제의 남자에게 다가가 다리를 끌어안는다. 내게는 남자의 등만 보일 따름이다.

물론, 사이먼이다. 돌아보기도 전에 사이먼이라는 걸 알았다. 모든 문제에도 불구하고, 그의 행동 그리고 나와 내 아들에 대한 취급에도 불구하고, 한순간 그에게 마음이 끌린다. 토머스를 뒤따라 달려가 그의 모든 죄를 용서해주고 싶은, 유치한 충동에 사로잡힌다.

이런 충동과 싸우는데, 사이먼 옆에 있는 여자가 보인다. 검고 긴 생머리의 여자다. 몸집이 작다.

삽시에 감정이 분노로 돌변한다. 나는 실내에서 펼쳐지는 광경을 지켜본다. 사이먼이 돌아서서 토머스를 바라본다. 1년 동안 만나지 못한 자기 아들을 알아보지도 못해서, 너무 오랫동안 멍하니 보고만 있다. 그러더니 사이먼은 결국 무언가를 깨닫고, 토머스가 아닌 여자를 본다. 아들보다 여자의 감정을 더 신경 쓰는 것이다.

토머스는 키 크고 잘생긴 아버지를 향해 팔을 뻗고 있다. 토머스의 표정은 사이먼을 마지막으로 만났을 때와 같다. 찬양과 경배의, 그리고 자부심이 어린 표정. 토머스는 곧바로 로렌과 라일라를 돌아본다.

그 애 생각을 알 수 있다. 자랑하고 싶은 것이다. 친구들에게 아버지를
소개하고 싶은 것이다.

— 아빠. 토머스가 말한다. 아빠, 아빠.

아이는 아빠가 자기를 놀래주려고 찾아온 줄 안다.

토머스로서는 아빠가 자기를 알아보지 못한다거나, 큰 손을 뻗어 예
전처럼 자기를 안아주지 않으리라고는 상상도 할 수 없다.

나는 아이를 향해 걸어간다. 아이가 상황을 이해하기 전에 안아서
데려오고 싶다.

그러는 사이 토머스가 나를 보더니 기쁨이 가득한 얼굴로 말한다.
엄마, 아빠가 내 생일에 왔어!

사이먼 옆의 여자도 돌아본다.

여자 얼굴이 보인다. 너무 어려 보인다. 10대일 것 같다. 작고 예쁘장
한 얼굴의 피어싱 두 개가 그녀의 어린 나이를 더불어 드러낸다.

여자는 품에 8개월이나 9개월쯤 돼 보이는 아이를 안고 있다. 분홍
색 재킷을 입은 작은 여자아이다.

사이먼은 우리 셋을 미친 듯이 번갈아 본다. 토머스 그리고 나, 그리
고 자기 옆의 여자를.

토머스는 아빠에게 안기는 걸 포기한다. 손을 내린다. 얼굴이 구겨
진다. 아직도 이해하지 못한다.

— 아빠? 토머스가 마지막으로 한 번 더 불러본다.

— 아빠? 어린 여자가 사이먼을 빤히 보며 따라 말한다.

사이먼이 나를 본다. 미케일라. 그가 말한다. 여긴 내 아내 지닌이야.

순식간에, 지난 한 해가 설명된다.

+++

사이먼이 더 말하기 전에 지닌은 가버렸다. 아기도 데리고 갔다. 사이먼은 팔을 늘어뜨린 채 바닥을 내려다보며 잠시 서 있다. 토머스는 꼼짝 않고 그 옆에 서 있다.

기어이 사이먼은 출입구로 가더니, 검은 캐딜락이 지나치게 빠른 속도로 주차장에서 빠져나가는 걸 지켜본다.

그제야 토머스에게 가봐야 한다는 생각이 든다. 그러기에는 너무 커졌지만, 아이를 안아 든다. 토머스가 내 어깨에 머리를 기댄다.

그리고 어떻게 해야 할지 알 수 없다. 사이먼에게 소리를, 고함을 지르고, 토머스를 그렇게 무시한 데 대해 뺨을 한 대 갈기고 싶다. 토머스의 감정을 그렇게 다치게 한 데 대해. 그것도 하필이면 생일에.

하지만 그러면 그는 만족해할 것이다. 나는 토머스를 데리고 로렌과 라일라가 있는 곳으로 가서 로렌에게 말한다. 토머스를 잠깐만 봐줄래요?

— 물론이죠. 로렌이 말한다. 우리랑 있자, 토머스.

그리고 전화기로 다급하게 문자메시지를 입력하고 있는 사이먼에게 다가가 말없이 앞에 선다. 그가 고개를 든다. 전화기를 치운다.

— 저기……. 그가 입을 열지만 나는 고개를 젓는다.

— 아니, 아무 말도 듣고 싶지 않아.

사이먼이 한숨을 쉰다.

— 미케일라.

— 우리 곁에 오지 마. 그거면 돼. 찾아오지 않는 것 외엔 바라는 거

없으니까.

그는 영문을 모르겠다는 표정이다.

— 찾아온 건 너잖아.

— 뭐?

— 직장에서. 네가 **날** 찾아왔잖아. 생각 안 나?

나는 고개를 젓는다. 내 주소를 어떻게 알아냈는지 모르겠지만, 찾아오는 거 달갑지 않아.

그가 팔짱을 낀다.

— 믹, 난 네가 어디 사는지 몰라.

나는 몇 년 만에 처음으로 그의 말을 믿는다.

+++

사이먼이 떠난다. 그는 지난과 화해하고 새 삶에 집중할 것이다. 내 요청에 따라 그는 토머스에게 인사하지 않았고, 토머스는 흐느낀다. 그게 낫다. 깔끔한 이별. 반창고를 뗄 때는 단번에. 어차피 영영 헤어질 거라면.

파티는 끝났다.

— 죄송해요. 나는 로렌과 조지아에게 재빨리 말한다. 아이들에게 달러 숍에서 산 감사 선물을 건넨다.

그사이 무슨 일이 있었는지 모르는 조지아는 당황스러운 표정으로 나를 본다. 로렌은 동정하는 눈빛이다. 로렌이 조지아에게 설명해줄 것이다. 이야깃거리를 던져줄 것이다. 무슨 상황인지 명백하니까.

집에 오는 내내 토머스는 울어댄다.

— 정말 미안해. 내가 말한다. 미안하다, 토머스. 지금은 이해하기 어렵겠지만, 이러는 게 나아.

— 세상은 힘든 곳이거든. 잠시 후에 나는 이렇게 덧붙인다.

하지만 내 말이 아이를 위로하지는 못한다.

그보다 이런 의문 때문에 마음이 굉장히 불편해져서, 나는 아이를 제대로 위로할 수가 없다. 사이먼이 집에 찾아온 남자가 아니라면, 그건 누구였을까?

생각에 깊이 잠겨 있는데 갑자기 전화벨이 울린다. 차가 비틀거리고, 토머스가 놀란다.

전화를 받는다.

— 피츠패트릭 경관님이죠? 누군가가 말한다. 나이가 제법 있는 여성 같다.

— 네.

— 저는 필라델피아 경찰 감사관실의 데니즈 체임버스라고 합니다.

— 네.

— 에이헌 경사가 보낸 정보를 조사하고자 하는데요, 한번 뵀으면 합니다.

월요일로 정한다. 놀라기도 하고 안심도 된다. 에이헌이 뜻밖에도 제대로 처리한 모양이다.

집에 도착한 뒤, 토머스를 텔레비전 앞에 앉혀놓고 머혼 부인 집 현관으로 달려 내려간다. 문을 노크한다.

부인은 낮잠 자다 방금 일어난 사람처럼 눈을 깜빡인다.

— 머혼 부인, 궁금해서 그러는데요. 저희를 찾아온 사람이 어떻게 생겼는지 자세히 알려주시겠어요?

— 뭘 알려주면 될까요?

— 음, 나이? 인종? 키? 몸무게? 눈 색깔? 머리 색? 그 밖에 다른 특징이요.

머혼 부인은 안경을 고쳐 쓴다. 기억을 더듬는다.

— 어디 보자. 나이는 잘 모르겠어요. 옷은 젊게 입었는데, 얼굴은 나이 들어 보였어.

— 얼마나요?

— 내가 그걸 잘 못해서. 나이 짐작하는 거. 잘 모르겠네요. 30대? 40대? 키는 컸고. 잘생겼어요. 균형이 잘 잡힌 체격이었고.

— 인종은요?

— 백인이요.

— 수염은요?

— 특별히 기른 건 없었어요.

— 아, 머혼 부인이 다시 말했다. 문신 같은 게 있었어요. 귀 바로 아래, 목에 글자가 있었어. 너무 작아서 읽지는 못했어요.

— 옷은 뭘 입었어요?

— 후드 티셔츠를 입었어요. 지퍼 있는 거.

나는 흠칫한다. 하지만 그런 옷을 입는 사람은 세상에 넘쳐난다는 사실을 기억한다.

— 두 번 다요?

— 그런 것 같아요.

— 티셔츠에 뭐라고 적혀 있던가요?

— 기억이 안 나네. 머혼 부인이 말한다.

— 확실해요?

— 확실해요.

— 알겠습니다. 잠시 후 내가 말한다. 감사합니다. 혹시 다른 게 생각 나시면 알려주세요. 그리고 머혼 부인.

— 네?

— 그 사람이 다음에 찾아오면 메시지를 남기라고 전해주세요. 그리고 제게 곧바로 전화 주세요.

부인은 곰곰이 생각하며 나를 본다. 이런 부탁을 못마땅하게 여길까 봐 걱정된다. 부인은 '성가신 일'은 원치 않으니까. 그걸 내게 늘 강조해 온 사람인데.

하지만 부인은 이렇게 말한다. 그럴게요.

그리고 천천히 문을 닫는다.

+++

필라델피아 경찰 본부의 정식 명칭은 '라운드하우스'가 아니지만, 나는 그 이름밖에 알지 못한다.

당연히 건물은 둥그런 모양으로, 비가 오면 색이 짙어지는 황회색 콘크리트를 써서 브루탈리즘[12] 양식으로 지은 것이다. 본부 청사를 다른 곳으로 이전한다는 설이 있는데, 그래야 할 것 같다. 공간이 부족하니까. 이 건물은 낡고 삭막한 느낌이다. 하지만 라운드하우스가 더 이상 필라델피아 경찰 본부가 아닌 장면을 상상하기란 쉽지 않다. 지난주, 콘레일사와 시는 선로 주변 지역의 도로포장을 시작했다. 그러나 혼란이 자리 잡을 여지를 없앤다 해도, 주위는 여전히 엉망일 것이다.

안으로 들어가니, 로비에 아는 경관 두 명이 있다. 인사를 건넨다. 그들은 이상한 눈으로 나를 본다. '여긴 무슨 일이죠.' 아무도 만나지 않았으면 좋겠다. 감사관실에 찾아가면 늘 소문이 생겨나고, 가끔은 불신을 얻는다.

데니즈 체임버스는 잿빛 머리에 파란색 안경을 쓴, 상냥하고 통통한 50대 여성이다. 나를 사무실로 맞이하더니 책상 맞은편의 새것으로 보이는 의자에 앉으라고 한다.

— 춥죠? 체임버스는 창밖의 겨울 공기를 가리키며 묻는다. 3, 4층 높이다. 프랭클린스퀘어와 회전목마가 보인다.

---

12 거대한 콘크리트나 철제 블록 등의 재료를 가공하지 않은 채로 사용하는 등의 특징을 보이는, 1950~1960년대에 유행한 건축 양식.

— 그렇게 심하진 않네요. 내가 말한다. 추운 건 괜찮아요.

나는 기다리고, 체임버스는 컴퓨터 작업을 마무리한다. 그리고 나와 마주 본다.

— 여기 오라고 한 이유를 알아요? 체임버스는 바로 본론으로 들어간다. 그 질문에서, 내가 거리의 용의자들에게 하는 말투가 들린다. '내가 왜 불러 세웠는지 압니까? 왜 멈춰 세웠는지 압니까?'

처음으로 의심이 스치고 지나간다.

— 에이헌 경사가 정보를 드렸다고 말씀하셨는데요. 내가 말한다.

체임버스는 나를 빤히 본다. 내가 아는 내용을 그녀도 알고 있다. 그렇죠. 그녀가 천천히 말한다.

— 그가 뭐라고 했나요?

체임버스는 한숨을 쉬며 책상 위에서 주먹을 쥔다.

— 이런 말 하는 건 늘 어렵지만…… 당신을 감찰하는 중이에요.

미처 참기 전에 말이 튀어나간다. **저를요?** 나는 멍하니 내 가슴을 가리키며 묻는다. **제가** 감찰을 받는다고요?

체임버스가 고개를 끄덕인다. 트루먼이 내 편을 만들라고 말하던 게 퍼뜩 떠오른다. '정치 감각을 키우라고, 믹.'

— 무슨 일 때문이죠? 내가 묻는다.

체임버스는 손가락을 전부 펼치더니, 말하면서 하나씩 접는다.

— 지난주 화요일, 순찰차에 허가받지 않은 동승자가 있는 게 목격됐어요. 담당 구역 밖에서 목격되기도 했고요. 수요일과 목요일 근무 중에는 무전기를 소지하지 않은 채 제복도 착용하지 않은 모습이 목격됐더군요. 금요일엔 두 시간 동안 무전을 전혀 받지 않았고요. 전반적으로, 이번 가을에 생산성이 20퍼센트나 감소했어요. 이유 없이 경찰

데이터베이스에서 민간인 두 사람의 신원을 조회하기도 했죠. 마지막으로, 담당 구역 내 사업체 주인에게 뇌물을 준 것으로 알고 있어요.

나는 그녀를 본다.

— 누구요? 믿을 수 없어서 묻는다.

— 알론조 비야누에바. 그리고 근무시간에 허가되지 않은 활동을 위해서 그의 가게에 민간인 복장을 보관하고 있죠. 그리고 최소 한 번은, 경찰에서 지급한 총기를 거기에 방치했고요.

나는 아무 말도 하지 않는다.

체임버스가 한 말은 전부 사실이다. 하지만 나는 충격을 받았다. 누가 나를 감시했다니, 한편으로는 부끄럽다. 지난주의 기억을 더듬어 순찰차에 타고 있는 동안 내가 한 말과 행동을 돌이켜본다. 그들이 음성을 녹음했는지, 아니면 영상을 녹화했는지, 혹은 감사관실의 누군가가 근무 중에 내 뒤를 밟았는지 궁금하다. 어느 것도 가능하다.

— 무엇 때문에 이게 시작됐는지 여쭤봐도 될까요?

— 그건 말해줄 수 없어요.

하지만 나는 알고 있다.

의심의 여지 없이, 에이헌이다. 그는 나를 좋아한 적이 없었다. 트루먼이 쉬면서부터 내 순찰경관으로서의 생산성이 급격히 떨어진 건 사실이다. 이것만으로도 내부감사가 시작되거나 조사 요청이 있을 수 있다. 하지만 그 외에도, 그는 나를 없애버릴 방법을 오랫동안 찾고 있었을 것이다.

— 에이헌 경사가 다른 얘긴 안 하던가요? 내가 묻는다. 폴라 멀로니 얘긴 안 했어요? 폴라가 최소 한 명의 경관에 대해 고발한 건 말 안 하던가요?

체임버스는 머뭇거린다. 그 이야기도 하긴 했어요, 네.

불현듯 나는 깨닫는다. 에이헌이 우물에 독을 풀었다. 그는 내 이야기를 축소시켰다. 그는 체임버스에게, 내가 불평을 할 테지만 그 말을 믿어서는 안 된다고 단단히 일러두었을 것이다.

— 그럼 이제 어떻게 하실 건가요? 응우옌 형사에게 알렸나요? 내가 묻는다.

— 그랬어요. 그가 조사 중입니다.

— 저기요, 내가 좀 거칠게 말한다. 에이헌은 나를 좋아하지 않았어요. 그와 친하지 않아요. 하지만 난 솔직하게 말하는 거예요. 우리 경찰 내부에서 적어도 한 명이, 거절할 입장이 못 되는 여성들에게 권력을 이용해 성관계를 요구하고 있다는 고발이 들어왔어요.

잠시 실내가 조용해진다.

— 나는 용기를 내서 말한다. 그리고 그 사람이 희생자 한 사람의 뒤를 쫓는 모습이 감시 카메라에 찍혔고요.

체임버스의 눈빛이 잠시 흔들린다. 우리가 여성 경관이라는 사실이 아주 잠시 동안, 연기처럼 둘 사이에 떠오른다.

— 에이헌이 그것도 말하던가요? 내가 묻는다. 아니면 그것만 쏙 빼놓았나요?

하지만 데니즈 체임버스는 입을 다문다.

나는 서류를 들고 라운드하우스에서 나온다. 서류에는 수사 중 직무 정지 기간 동안의 내 권리와 책임이 줄줄이 적혀 있다.

그나마 눈 오는 날에 토머스를 누가 돌볼지는 걱정 안 해도 되겠다고 생각한다. 그나마 다행이라고.

로비에서 나는 바닥만 내려다본다.

지금 당장 이야기하고 싶은 상대는 트루먼뿐이다.

차에 탄 뒤 전화기를 꺼낸다. 그에게 전화하려는데, 문득 한 가지 생각이 떠오른다. 어쩌면 편집증인지도 모른다. 하지만 감사관실에서 나에 대해 그만큼 알고 있다면, 내 전화기나 개인 차량에 대한 도청 허가를 받아냈음은 당연한 일일 것이다. 천장의 실내등과 뒷좌석, 그리고 가운데 놓인 토머스의 유아용 시트를 확인한다. 그들이 어느 정도의 조치까지 취할 수 있는지는 모른다. 트루먼까지 얽히게 하고 싶지는 않다. 그는 이미 많은 일을 해줬으니까.

전화기를 옆으로 치우고 주차장을 빠져나와, 멍하니 마운트에어리로 향한다.

미리 전화를 하지 않고 트루먼 집 앞에 차를 대려니 마음이 불편하지만, 달리 어떻게 해야 할지 모르겠다. 그를 당황하게 만들지 않기만을 바랄 뿐이다. 그에게 전화했을 때 배경에서 들리던 여자 목소리가 자꾸 떠오른다. '누구야? 트루먼, 누구야?'

트루먼의 깔끔하고 반짝이는 닛산 센트라가 집 앞에 서 있다. 트루면의 개인 차량은 늘 흠 하나 없다. 안팎으로 음식물 찌꺼기는 물론 먼지 한 톨, 흙 알갱이 하나 없다. 내 차에는, 특히 토머스가 태어난 뒤로는 지저분한 것들이 늘 가득 차 있다. 아이 장난감과 과자 부스러기, 물병, 장바구니, 음식 포장지, 동전과 간식 등.

나는 그 거리에 다시 차를 대고 트루먼의 현관으로 걸어간다. 문을 두드리기 전에 잠시 머뭇거린다. 다시 한번 생각하자, 다시 한번.

손을 들고 그렇게 서 있는데, 현관문이 홱 열린다. 문지방 너머에 키가 150센티미터도 안 돼 보이는 작은 여자가 서 있다.

— 뭘 팔려고요? 여자가 말한다. 뭔지 몰라도, 안 사요.

— 아무것도 아니에요. 내가 놀라서 말한다. 죄송하지만, 트루먼 있나요?

여자는 눈썹을 치켜세우지만 움직이지도, 말을 하지도 않는다.

나는 어떻게 할까 고민한다. 앞에 선 여자는 예순 살에서 여든 살 사이다. 마치 '노인 히피' 같다. 머리에는 반다나를 두르고, '버지니아는 연인들의 주'라고 적힌 티셔츠를 입고 있다. 설마 트루먼의 어머니인가? 그에게 어머니가 있고, 아직 살아 계시며, 그가 어머니를 매우 사랑한다는 것은 알고 있다. 어머니가 한때 초등학교 교장이었다는 것도 알고 있다. 하지만 은퇴한 뒤로는 포코노스에서 산다고 들었다.

나는 집 안을 들여다보려고 하지만, 그 여자가 가리려는 듯 문을 살짝 닫는다.

나는 다시 말한다.

— 전 트루먼의 친구예요. 트루먼과 할 이야기가 있어서요.

— 트루먼. 여자는 기억을 더듬듯이 말한다. 트루먼이라.

그때 비로소, 트루먼이 허리에 수건을 두른 채 깡충거리며 나온다. 그는 이런 식으로 나온 것에 부끄러워한다. 퇴근 후에도, 경찰복 이외의 옷차림을 한 걸 본 기억이 거의 없다.

— 엄마, 트루먼이 말한다. 제 친구 미키예요.

여자는 수상하다는 듯 고개를 끄덕이며 우리를 갈마본다. 그래. 어머니가 말한다. 하지만 들어오라고 하지는 않는다.

— 잠깐만, 믹. 트루먼이 말하고 어머니를 살짝 뒤로 민다. 잠깐만. 그가 문을 닫는다. 그 순간, 그와 눈이 마주친다.

5분 뒤, 우리 셋은 거실에 어색하게 앉아 있다. 트루먼은 옷을 입고 의자에 등을 기댄 채 오른쪽 다리는 앞에 놓인 보조 의자에 얹고 있다. 다 같이 차를 마신다. 트루먼의 어머니는 손에 든 찻잔을 보고 있다.

— 마셔요, 엄마. 트루먼이 말한다. 이제 다 식었어요.

트루먼은 나를 본다. 엄마가 당분간 여기서 지내고 계셔. 그는 어머니가 듣고 있는지 확인하며 망설이다 말한다. 쓰러지셨거든.

— 그리고 자꾸 잊어버리시고. 재빨리, 그가 작게 덧붙인다.

— 나 여기 있다, 아들. 도스 부인이 고개를 번쩍 들며 말한다. 여기 너랑 함께 있어. 아무것도 잊어버리지 않아.

— 죄송해요, 엄마.

— 마당으로 나갈까? 트루먼이 내게 말한다.

나는 앞장서는 그의 넓은 등을 보며 뒤따른다. 그가 주택의 계단을 오르거나, 범죄 현장으로 진입하거나, 무전을 받으면서 앞장설 때, 이 위치에서 저 모습을 몇 번이나 봤을까? 나를 최악의 상황으로부터, 시신이나 끔찍한 부상을 가장 먼저 목격하는 것에서 보호해주었을 때. 우리가 함께한 시간 덕분에, 나는 그를 따르면서 기묘한 위안을 느낀다.

뒷마당은 굉장히 춥다. 겨울이라 갈색이 된 작은 덤불이 역시 갈색인 나무 울타리를 따라 서 있다. 말할 때마다 입김이 나온다.

— 어머니 때문에 미안해. 트루먼이 말한다. 어머니가……

그는 적당한 말을 찾느라 머뭇거린다. 나를 보호하시느라.

— 괜찮아요. 나는 조금 부럽다고 생각하며 말한다. 나도 그런 식으로 나를 보호해주는 사람이 있으면 좋겠다.

뒷마당에서 트루먼에게 데니즈 체임버스와 만난 일, 그리고 놀라운 결과를 전한다. 내가 말하는 동안 그는 따뜻하고 염려스러운 표정을 짓는다. 말이 점점 더 빠르게 튀어나온다.

— 설마. 정말이야?

— 정말이에요. 정직 처분이래요.

트루먼은 말을 멈춘다. 케이시에 관한 새로운 정보는?

— 없어요.

트루먼은 말을 할까 말까 갈등하는 것처럼 입술을 깨물며 숙고한다. 드디어 그가 입을 연다.

— 클리어는?

나는 그를 본다.

— **클리어라뇨?**

트루먼이 멀거니 나를 본다.

그러다 말한다. 믹, 알잖아.

그가 그렇게 말하자, 내 주위에 세워져 있던 아주 크고 단단한 허세의 벽이 삽시에 무너져 내리는 게 느껴진다. 오래전 내가 세운 그 방벽과 트루먼의 조심성 그리고 존중 덕분에, 그동안 직접적인 질문을 받지 않을 수 있었는데.

갑자기 목소리가 나오지 않는다.

나는 원래 울지 않는다, 거의. 사이먼 때문에 운 적도 없다. 물론 화는 났다. 냉장고를 주먹으로 친 적은 있다. 하늘에 대고 고함은 쳤다. 베개를 때렸다. 하지만 울지는 않았다.

지금은, 고개를 젓는다. 뜨거운 눈물이 뺨을 타고 내려와서, 손으로 그걸 벅벅 닦는다.

— 젠장. 내가 말한다.

트루먼 앞에서 욕을 할 줄이야.

— 이봐. 트루먼이 말한다. 퉁명스럽다. 어떻게 해야 할지 모르는 거다. 범인과 몸싸움을 하는 중이 아니면, 우리는 절대 서로의 몸에 손을 대지 않았다.

— 이봐. 트루먼이 다시 말하더니 한 손을 뻗어 내 어깨를 잡는다. 하지만 안으려고 하지는 않는다. 그것이 고맙다. 지금도 충분히 부끄러우니까.

— 괜찮아?

— 네. 목소리가 갈라진다.

— 사이먼에 대해선 어떻게 알았어요.

— 미안해, 믹. 공공연한 비밀인걸. 아는 사람이 많아. 이 바닥이 워낙 좁잖아.

— 네.

나는 진정하려고 애쓴다. 눈물이 얼 때까지 차가운 잿빛 하늘을 바라본다. 그리고 훌쩍이다가 장갑 낀 손으로 코를 닦는다.

— 제가 아주 어릴 때 시작된 일이에요. 나는 해명으로, 변명으로 말한다.

— 설마.

나는 그를 외면한다. 얼굴이 붉어진다. 그 오래된 끔찍한 이야기. 내 몰락.

— 이봐. 트루먼이 말한다. 이봐, 뭘 부끄러워 해? 그자식이 나쁜 놈이지. 자넨 어린애였어.

하지만 그의 말에 기분이 더 나빠진다. 나를 '희생자'로 생각하는 것은 어떤 의미로든 싫다. 사람들의 관심과 동정, 그로 인한 낮은 목소리가 싫다. 차라리 아무도, 어떤 식으로도 나에 대해 말하지 않는 편이 좋다. 그리고 필라델피아 경찰 동료들이 나와 사이먼 이야기를 하면서 즐겁게 서로의 옆구리를 쿡쿡 찌르고 커피를 들이키며 어이없다는 표정을 짓는다고 생각하면, 트루먼의 뒷마당 땅속으로 사라지고 싶다.

트루먼은 계속 나를 보면서 말을 고르고, 할 이야기의 무게를 가늠한다. 그가 허리에 손을 얹는다. 땅을 내려다본다.

— 그자에겐…… 그런 평판이 있어. 트루먼이 머뭇머뭇 말한다.

— 사이먼이요?

트루먼이 고개를 끄덕인다.

— 기분 상하게 하고 싶지 않지만 말이야. 자네만이 아니야. 그자가 타깃으로 삼았던 다른 아이들이 있다는 소문이 돌았어. 비슷한 방식인 것 같지만, 아무도 사실을 털어놓거나 정식으로 신고하지는 않은 것 같아. 정직 처분을 받았지만, 확실한 증거는 없었대.

나는 입을 연다. 망설인다. 그에게는 당신이 모르는 것들이 너무 많아요, 라고 말하고 싶다. 하지만 가만히 있는다. 모든 게 너무 부끄럽다. 내 아들의 아버지가.

우리는 마주 본다.

— 희생자들의 나이는? 트루먼이 말한다. 켄징턴에서.

— 첫 번째는 몰라요. 두 번째는 열일곱 살, 세 번째는 열여덟 살, 네 번째는 스무 살이었어요.

— 미키, 아직 그 영상 가지고 있어?

나는 고개를 끄덕인다. 그걸 보고 싶지 않다. 속이 거북하다.

트루먼이 말없이 손을 내민다. 나는 끝내 그걸 휴대전화 화면에 띄운다.

우리는 함께 영상을 본다. 전과 마찬가지로 화질이 좋지 않다. 얼굴을 확인할 수 없다. 하지만 키나 걸음걸이를 보면, 사이먼이 떠오른다.

— 어떤 것 같아요? 내 입으로 말하고 싶지 않아서 묻는다.

트루먼은 어깨를 으쓱인다. 가능성이 있어. 그자는 나보다 자네가 더 잘 알잖아. 나는 가깝게 지내지 않았어. 쓰레기 같은 놈이라.

— 기분 나쁘라고 한 말은 아니야. 트루먼이 나를 보며 말한다.

우리는 영상을 계속 반복해서 본다.

한참 뒤, 트루먼이 증거를 정리한다.

— 이봐, 좋은 소식이 있어. 그건 자네가 내일 쉰다는 거야. 나도 내일 일이 없고. 이 시점에서 우리가 가진 단서가 뭐지? 용의자는 누구고?

— 코너 매클래치요. 그리고 아마도 사이먼.

— 흩어져서 알아보자. 내가 매클래치를 맡을게. 자네가 그자를 만나는 건 반대야. 사이먼을 맡아.

사이먼이 내 차를 알고 있으니, 우리는 차를 바꿔 타기로 한다. 내 차를 마운트에어리에 둔 채 트루먼의 차를 타고 벤세일럼 집으로 돌아갈 것이다. 나는 차가 더러워서 미안하다고 말한다.

떠나기 전, 트루먼이 내 어깨에 한 번 더 손을 얹는다.

—동생을 찾을 거야. 꼭 찾을 거라고 믿어.

+++

직무 정지 첫날을 경찰 일을 하면서 보내자니 기분이 이상하다.

아침에 일어나 검은색 스웨터를 입고 아무 무늬 없는 야구 모자를 눌러쓴다. 토머스는 나를 보더니 수상쩍다는 표정을 짓는다.

— 그거 왜 입었어? 엄마 물건은 어디 있어?

— 무슨 물건?

— 가방이랑 벨트.

— 오늘 쉬는 날이야.

토머스에게 뭐라고 둘러대야 할지 확실히 정하지 못했다. 결정할 때까지 시간을 좀 벌어야 한다. 정직 기간이 얼마나 될지 몰라서 차마 휴가라고는 말할 수 없다.

— 베서니 안 온다! 토머스가 말한다.

— 베서니 와.

베서니가 평소처럼 15분 늦게 도착해 토머스를 맡은 뒤, 나는 사우스필라델피아로 향한다.

사이먼의 개인 차량에 자주 타던 때가 있었다. 사실, 지금도 그 차에 탄 내 모습이 떠오른다. 그의 차 안에선 가죽 냄새와 옅은 담배 내가 났다. 사이먼은 아주 가끔, 날씨가 좋아 창문을 내릴 수 있는 날에만 차 안에서 담배를 피웠다. 그는 차를 깨끗이 관리하고 주말에는 열심히 광택을 냈다. 애정을 담아 그 차를 '캐디'라고 불렀다. 그는 차를 좋아했다. 아버지가 생전에 차에 대해 가르쳐주셨다고 했다.

남부서 앞에 서 있는 그의 차를 보니, 내가 돌아보기를 원치 않는, 우리가 저 안에서 함께했던 일들이 떠오른다. 나는 재빨리 그 생각을 떨쳐버린다.

트루먼의 차를 멀지 않은 곳에 세운다. 선바이저를 양쪽 다 내린다. 정신을 차리고 있어야 할 것 같아 오디오 북을 가져왔다. 그걸 들으면서 건물 입구를 지켜볼 수 있다. 먹을 것과 물도 가져왔다. 화장실에 갈 수 없으니, 물은 아주 조금씩만 마실 것이다.

오전 내내 정문이 여닫히며 내가 알지 못하는 다양한 직원이 드나든다. 한두 번 사이먼이 보이는 것 같지만, 비슷하게 생긴 사람이다.

그러다가 11시에 그가 보인다. 그는 건물에서 나오더니, 왼쪽을 한번 보고 오른쪽에 주차된 자기 차로 향한다. 좋은 코트를 입고 있다. 회색 정장 바지와 반짝이는 검은 구두가 눈에 띈다. 머리는 뒤로 빗어 넘겼다. 형사가 된 뒤로는 늘 저 모습이다.

그를 주시한다. 그와 내가 있는 곳은 비교적 조용한 곳이라서, 사이먼이 떠난 뒤에야 나는 차에 시동을 건다.

그의 뒤를 따른다. 아마 요주의 인물이나 피해자, 혹은 증인 등 누군 가와 면담하러 남부 지서로 갈 거라고 나는 예상한다. 아니면 이른 점심을 먹거나. 그는 24번가를 따라 북쪽으로 향한다. 하지만 잭슨스트리트에서 유턴을 하더니, 남쪽으로 간다.

그가 패스융크로 우회전한다. 나는 그를 따라 고속도로로 접어든다.

아직 가는 도중이기는 하지만, 목적지를 알 것 같다. 예상대로 진행된다는 것이 놀랍다. 피할 수 없는 순간이 온다는 것이.

그는 '676이스트' 출구로 나가서 95번 도로의 앨러게니 방면 출구로 향한다.

이후로는, 나는 눈을 감고도 찾아갈 수 있다.

사람이 많은 걸 보고 지금이 월초임을 깨닫는다. 월급이 나왔다. 그래서 쇼핑객들로 거리가 북적이는 것이다. 오른쪽에, 젊은 여자가 가방을 바닥에 팽개친 채 주저앉아 울고 있다.

켄징턴애비뉴로부터 한 블록 떨어진 곳에서, 사이먼이 차를 갑자기 세운다. 나는 그에게 들키지 않기 위해 그냥 지나칠 수밖에 없다. 백미러를 보다가 오른편 작은 길에서 튀어나온 차와 부딪칠 뻔한다. 켄징턴으로 우회전한 다음 적당한 자리를 찾자마자 차를 세운다. 무료 급식소 앞이다. 서른에서 마흔 명쯤 되는 사람들이 줄을 서서 급식소가 문을 열기를 기다리고 있다. 나는 차에서 내린다. 그리고 사이먼이 이쪽으로 오는지, 건물 뒤쪽을 슬쩍 엿본다.

오지 않는다.

그의 캐딜락 안은 비어 있다. 즉, 그가 세 방향 중 어느 한 쪽으로 걸어서 갔다는 뜻이다.

나는 그의 차를 향해 달려간다.

사이먼은 이런 시간에 켄징턴에서 뭘 하는 걸까? 그의 관할은 사우스필라델피아다. 그가 맡는 사건은 다 그곳에서 일어나는 것들이다. 물론 수사를 위해 타 구역에서 잠복근무를 할 수는 있다. 가능성이 아주 적기는 하지만 말이다. 그렇지만 잠복근무를 할 생각이라면 분명 더 눈에 띄지 않는 옷을 입었을 것이다.

사이먼의 차에 이른 뒤 가장 가까운 골목을 확인하고, 반 블록 떨어진 또 다른 골목으로 다시 달려간다. 하지만 사이먼은 보이지 않는다. 계속 달려가며 마주치는 작은 골목 안에서 그의 회색 코트가 눈에 띄는지, 혹시 문이 열린 집이 있는지 확인한다. 그렇게 5분이 지나간다.

놓쳤다.

결국 클레멘타인이라는 이름의 골목에서 멈춘다. 켄징턴 치고는 관리가 제법 잘돼 있어서, 버려진 집이 두 채밖에 없다. 그 골목 한가운데서 손으로 허리를 짚은 채 헉헉거리며 망연자실한다. 트루먼이라면 놓치지 않았을 것이다. 범죄 수사 훈련을 오랜 기간 받은 그는 미행 기술이 뛰어나다.

고개를 들어 보니, 어쩐지 집이 낯익다.

여기서 전에 누구를 체포한 적이 있었나? 아니면 복지 관련 상태 점검 같은 걸 나온 적이 있었나?

그러다가 필라델피아의 이 구역에서 흔히 볼 수 있는, 현관문의 말과 마차 장식에 눈길이 간다. 말의 앞다리는 사라지고 없다. 그리고 불현듯이, 나는 열일곱 살로 돌아가 이 문 앞에서 폴라 멀로니를 기다리고 있다. 안으로 들어가 동생을 데리고 나오려고.

아주 잠시, 눈을 감고 그 순간으로 돌아간다. 케이시가 살아 있는지 알지 못하다가 살아 있다는 대답을 얻게 되는 그 순간으로. 그때는 아직 몰랐지만, 곧 동생을 찾아 집에 데려가게 되는 그 순간으로.

현관문이 열리는 소리에 눈을 뜬다.

한 여자가 나를 보고 있다. 그때 문을 열어줬던 여자인지는 기억나지 않는다. 내 기억에 그 여자는 검은 머리였고, 이 여자의 머리는 완전한 회색이다. 하지만 그로부터 10년이 훌쩍 지났다. 같은 사람일 수도 있다.

— 괜찮아요? 여자가 묻는다.

나는 고개를 끄덕인다.

— 뭐 필요해요?

돈을 낭비하고 싶지는 않다. 요즘은 여유가 없으니까. 하지만 그러지 않으면 여자가 의심할 것 같다. 내게 필요한 정보를 가지고 있을지도 모르는데.

이 사람이 아직 케이시를 알고 있을지도 모르는데.

그래서 필요하다고 하자, 여자가 금속 장식이 있는 문을 연다. 그리고 나는, 동생이 처음으로 죽을 고비를 넘겼던 그 집에 들어와 있다.

지난번에 여기 왔을 때는 가구가 거의 없었다. 시선을 돌리는 곳마다, 어두운 구석에 사람들이 있었다.

오늘 이 집은 따뜻하고 놀라울 정도로 잘 관리되어 있다. 파스타 요리 비슷한 냄새가 난다. 벽에는 그림이 걸려 있다. 예수, 예수, 마리아, 알아볼 수 없는 누군가의 서명이 있는 이글스 포스터. 바닥에는 깔끔한 러그가 깔려 있고, 싸구려처럼 보이지만 새 가구도 많다.

— 앉아요. 여자가 의자를 가리키며 말한다.

나는 잠시 갈피를 잡지 못한다. 뭘 주문할지는 이미 정해놓았다. 주머니 속 20달러로 퍼코셋[13]을 살 수 있는 만큼. 아마 세 알 정도일 것이다. 여자가 나를 초짜로 생각한다면 한 알이 전부일 테고. 여기서 나가면 그걸 하수구에 버릴 것이다. 나는 여자가 줄 수 있는 정보에 20달러를 쓸 생각이다.

주머니에 손을 넣고 있는 사이, 여자가 주방으로 사라졌다가 물이 든 컵을 들고 나타난다. 컵을 내게 건넨다.

— 이거 마셔요. 안색이 좋지 않네요.

나는 시키는 대로 한다. 그리고 기다린다. 뭔가 오해가 있는 것 같다.

— 내 얘긴 어디서 들었죠? 여자가 묻는다.

나는 멈칫한다. 친구한테요.

— 어느 친구?

---

13 마약성 진통제인 옥시코돈과 아세트아미노펜의 복합 제제.

나는 망설인다. 맷이요.

이 지역에서 흔한 이름을 내놓는다.

— 매티 비의 친구예요? 여자가 말한다. 나 매티 비 좋아하는데!

나는 고개를 끄덕인다.

— 그거 마셔요. 나는 고분고분 한 모금 마신다.

— 오늘은 안 취했어요? 여자가 묻는다.

— 네. 여기 들어온 이후 처음으로 한 정직한 말이다. 기분이 나빠진다.

그 말에 여자가 손을 내밀어 내 어깨를 두드린다. 잘했어요. 자랑스
럽군요.

— 감사합니다.

— 며칠 동안 안 했죠?

그제야 나는 여자 뒤에 걸려 있는 '12단계' 액자를 본다. 일부러 찾
는 사람에게만 보일 만큼 작은 액자다. 옆에 걸린 예수의 얼굴이 12단
계의 내용을 살피듯 그쪽 방향으로 살짝 기울어져 있다. 의도한 것인지
궁금하다.

나는 손으로 입을 가리고 헛기침을 한다. 음, 사흘이요.

여자는 진지한 표정으로 고개를 끄덕인다. 잘했어요. 그리고 나를
본다. 처음 끊는 거죠?

— 어떻게 아세요?

— 별로 피곤해 보이지 않네요. 오랫동안 한 사람은 더 피곤해 보이
거든요. 나처럼요. 여자는 그렇게 말하고 웃는다.

하지만 나는 피곤하다. 토머스가 태어난 이후로 계속 피곤하다. 벤
세일럼으로 이사한 이후로 모든 것이 감당이 되지 않는다. 케이시가 사
라진 뒤로는 녹초가 된 느낌이다. 하지만 그 여자의 말뜻은 안다. 여자

가 말하는 사람들을 나도 봤으니까. 10년, 20년…… 그 이상 약을 끊었다가 다시 하기를 반복하는 사람들. 그들은 약을 끊으면 오로지 누워서 자고 싶어 한다.

— 어쨌든, 여자가 말한다. 모임에는 나가요? 지낼 곳은 있고?

여자는 계단을 본다.

— 지금 여기서 여섯 명 정도 지내는데, 침대는 내줄 수 있어요. 어디 생각해봅시다. 잠깐만 기다려요.

여자는 계단 밑으로 걸어가 누군가를 부른다. 테디. 테드.

— 괜찮아요. 지낼 곳은 있어요. 내가 말한다.

여자는 고개를 젓는다. 아뇨, 여기서 받아줄 수 있어요.

한 남자가 위층에서 아래를 향해 외친다. 무슨 일이에요, 리타?

— 정말이에요. 내가 말한다. 지낼 곳은 있어요. 할머니 댁이요. 비어 있거든요.

리타가 의심스럽다는 표정으로 나를 본다.

그녀는 내게 시선을 고정한 채 위층을 향해 묻는다. 웨스트체스터에 언제 가죠?

— 음. 보이지 않는 테드가 말한다. 금요일?

리타가 내게 말한다. 알겠죠? 금요일에 여기 들어와도 좋아요. 소파에서 자도 된다면 목요일 밤도 괜찮고요.

내가 고개를 젓자, 리타가 말한다. 알아요, 알아. 지낼 곳 있다고. 그래도 기억해둬요. 순간 리타의 표정이 바뀐다. 비용은 필요 없어요. 그거 때문에 그래요? 아, 이건 내 자신을 위해서 하는 일이에요. 미리 베풀자, 그런 거죠. 부탁드리는 건 음식을 함께 나누는 거나, 화장지나 티슈 같은 그런 것뿐이에요. 그리고 약을 다시 하면 쫓아낼 거예요.

— 알겠어요. 내가 말한다.

이 여자를 속이는 것이 너무 미안하다.

리타가 나를 본다.

— 말투가 조금 특이하네요. 이곳 사람이에요?

나는 끄덕인다.

— 어디요?

— 피시타운이요.

— 아.

어떻게 하면 여기서 점잖게 나갈 수 있을까. 하지만 케이시에 대해 물어볼 기회가 없었다.

— 내 번호를 알려줄게요. 전화기 있어요?

나는 휴대전화를 꺼낸다. 리타가 전화번호를 알려주고, 나는 그걸 입력한다. 화면을 보는데, 트루먼에게서 메시지가 온다.

어디 있어?

켄징턴애비뉴 근처요. 내가 답신한다.

그리고 케이시의 사진을 꺼내 리타에게 보여준다.

— 그게 뭐죠?

— 이 근처 사람들한테 이 사람 봤는지 묻고 있어요. 제 동생인데, 요즘 보이지가 않아요.

— 어머나. 리타가 말한다. 안됐네요.

리타는 전화기를 건네받아 멀찍이 들고서 본다. 그러다 얼굴로 조금 가까이 가져간다. 이마를 찡그린다.

— 이 사람이 동생이라고요? 리타가 나를 올려다본다.

— 네, 아세요?

리타의 얼굴이 어두워진다. 뭔가를 계산하고, 깨닫고, 내가 모르는 것들을 연결시키고 있다.

— 내 집에서 당장 나가. 리타가 불쑥 말한다. 문을 가리킨다. 어서.

더 이상 설명은 없다. 현관 계단을 내려오는데, 등 뒤에서 문이 쾅 닫힌다. 나는 뒤돌아 문에 장식된 말과 마차를 한 번 보고는 빠른 속도로 걸어 트루먼의 차로 돌아간다.

입김이 보인다. 재킷 안에 턱을 묻는다. 눈물이 난다.

사이먼이 혹시 보이는지 확인한다.

없다.

트루먼이 다시 메시지를 보내온다.

켄징턴과 서머싯 교차로로 얼마나 빨리 올 수 있어?

2분이요.

잠시 후 또다시 메시지가 온다.

켄징턴과 리하이야.

트루먼이 이동 중이다. 멈추지 않고 계속. 뒤쫓는 사람을 놓치지 않으려고.

차를 타고 운전하는 것보다 걷는 편이 더 빠르다. 나는 트루먼보다 먼저 약속 장소에 다다라 모퉁이에서 기다린다. 따뜻한 걸 마시고 싶다. 추위가 온몸을 파고든다.

트루먼이 내 이름을 불러서 깜짝 놀란다.

— 가자. 그가 말한다. 이 근처에 차를 세웠어. 차에서 얘기하지.

나는 운전석에 앉아 트루먼에게 말하라고 한다.

그가 알게 된 사실이 궁금하기도 하고, 알고 싶지 않기도 하다. 그를 곁눈질로 본다. 음울한 표정이다. 내게 어떻게 말할지 고심하는 듯하다.

　— 트루먼, 그냥 말해요.

매디슨스트리트 쪽 집으로 갔어. 트루먼이 이야기를 시작한다. 'B'가 세 개 있는 집 말이야. 뒷문 판자를 두드렸지. 매클래치가 나왔어. 상태가 아주 안 좋아 보이더군. 고개를 끄덕거리더라고. 어쨌든 내게는 도움이 될 수도 있겠다고 생각했지. 경계하지 않을 테니까.

누구쇼? 그가 말했어.

여자 때문에 메시지 보냈었는데요.

그는 정말 심하게 취해 있었어. 고개를 제대로 들지도 못하더라고.

그래요. 그가 말했어.

나는 기다렸어. **그래서 어떻게 됐죠? 여자가 있어요?**

그가 말했어. **네, 들어와요.**

남자를 따라 안으로 들어갔지. 집 안에는 취한 사람들이 있었고, 그중 두엇은 약을 하고 있었어. 내게 말을 거는 사람은 없었어.

매클래치는 벽에 몸을 기대더니 그대로 잠들어버리더라고. 날은 춥고, 집에서는 악취가 나고, 이 남자는 내가 있다는 사실을 잊은 것 같았지. 그래서 말했어. **이봐요. 이봐.**

정신을 좀 차리는 것 같더군.

전화기 어디 있어요? 여자들 다시 보여줘요.

그자가 주머니에서 휴대전화를 꺼내 화면에 사진을 띄운 다음 내게 건넸어. 사진을 옆으로 넘기니까 지난번에 봤던 여자들 사진이 나오더군. 그런데 케이시는 없었어.

나는 그를 쳐다봤어. 그 순간, 케이시가 어디 있냐고 물어보면 그자가 알아차릴 거라는 생각이 들더라고. 나를 자네랑 연결시킬 거라고 말이야.

하지만 뭐, 그런다고 잃을 것도 없지 않나 싶더라고. 게다가 그자가 너무 취해 있어서 그런 판단 같은 건 내리지 못할 수도 있겠다 싶었지.

그래서 물었어. **빨간 머리는 어디 있지? 지난번엔 빨간 머리가 있었는데.**

그러자 매클래치가 아주 느릿느릿 말했어. **아, 코니?**

내가 말했지. **그 여자로 할래.**

코니는 우리랑 계약 끝났는데.

그리고 그자가 고개를 들어 날 보는데, 매가 뭔가를 노리는 듯한 표정이었어. 얼굴이 확 변했더라고. 나를 노려보더군. 아주 또렷한 눈으로.

반대편에 쓰러져 있던 남자 두 명이 자리에서 일어나 나를 빤히 보기 시작했어. 내가 말썽이라도 부린다는 듯이 말이야. 그러자 갑자기 분위기가 변했어.

왜. 매클래치가 말했어. **왜 그 여자를 원하지?**

글쎄올시다. 내가 말했어. **빨간 머리를 좋아하거든.**

나는 이미 뒷걸음치기 시작했어. 혹시라도 매클래치가 공격해올까 봐 계속 시선은 그자에게 두고 있었지.

그가 다가왔어. 정신을 차리고서. 경계하는 표정으로. **누가 보낸 거야?** 그가 말했어. **그 여자 언니? 경찰인가?**

그때 돌아서서 거기서 나왔어. 알고 보니 요즘 무릎이 많이 좋아졌더라고.

그자가 안에서 계속 외쳐댔지.

경찰이야? 경찰이냐고!

트루먼이 뺨을 긁적이며 나를 본다.

안 좋은 느낌이 든다. 차디찬 물이 모세혈관과 동맥 전체에 퍼지는 것 같다.

— 그게 무슨 뜻이죠? **계약이 끝났다**는 게.

우리 둘 다 답을 모른다.

+++

이번에는 내가 사이먼 이야기를 한다.

— 켄징턴으로 곧장 갔어요. 망설임 없이. 차에 타더니 곧바로 거기로 갔죠. 차에서 내린 뒤에 놓쳤어요.

— 설마. 트루먼이 말한다.

— 거기에 갈 일이 없는데. 사이먼 관할은 남부잖아요.

나는 별안간, 주차장에 차를 세운다. 우리 앞에 작고 허름한 가게가 있다. 중국집, 세탁소, 문 닫은 철물점, 던킨도너츠. 이 가게에서 나오는 사람들에게 모습을 보이기 싫어서 나는 선바이저를 내린다. 누군가 내 옆 차에 올라탄다. 나는 시선을 내리깔고 있다.

— 때가 된 것 같아. 트루먼이 말한다.

— 무슨 때요?

— 마이크 디파올로에게 알려야 해.

하지만 나는 벌써 고개를 젓고 있다. 안 돼요.

— 미키, 트루먼이 말한다. 좋은 사람이야. 어릴 때부터 아는 사이야.

— 어떻게 알아요?

트루먼이 나를 본다.

— 다른 방법이 있어?

— 우리끼리 하는 거죠.

— 그리고? 트루먼이 말한다. 범인이 누군지 알아냈다 쳐. 그다음엔? 죽일 거야? 혼자서? 그리고 종신형을 살고? 안 돼. 언젠가는 넘겨

야 해, 미키.

트루먼이 말끝을 흐린다.

— 정말로 그 사람을 믿는군요.

트루먼은 잠시 생각하다가 말한다. 경기에서 속이는 법이 없었거든.

— 네?

— 어릴 때 말이야. 그 친구는 한 번도 속임수를 쓴 적이 없어. 트루먼이 말한다. 그래서 믿어.

— 당신은요. 내가 묻는다. 이 일 하고 싶은 거, 확실해요? 경찰 일에 안 좋을 수도 있는데. 우리가 절차대로 움직인 게 아니니까요.

트루먼이 말한다. 미키, 나 안 돌아가.

그렇다. 내가 궁금했던 것.

— 왜요.

— 그러고 싶지 않아. 트루먼이 담담하게 말한다. 봐. 나는 사람들과 잘 어울려. 튀지 않는다고. 사람들은 날 좋아해. 그러면 너무 쉬워져. 시스템이 잘못됐다는 걸 잊기가 너무 쉬워진다고. 필라델피아뿐만이 아니야. 강력 범죄 얘기만도 아니고. 전체가 다 그래. 모든 시스템이 다. 너무 많은 권력이 잘못된 사람들한테 가 있어. 모든 게 엉망이야.

트루먼은 말을 멈춘다. 숨을 한 번 들이쉰다.

— 잠이 안 와. 트루먼이 말한다. 무슨 말인지 알아? 사람들이 죽어가. 여자들만이 아니야. 무고한 사람들이. 무해한 사람들이. 잠이 안 와.

트루먼이 처음으로 자신의 정치적 견해를 밝히는 셈이다.

나는 잠시 아무 말도 하지 않는다.

— 나는 당장 은퇴할 수도 있어. 연금도 받고 말이야. 다른 일을 할 수도 있고. 그러면 밤에 더 편한 마음으로 잠자리에 들겠지.

— 사람들이 죽어가. 그가 다시 말한다. 사방에서 사람들이 죽고 있다고.

— 이해해요.

나도 점점 더 동의하게 된다.

내 차를 타고 그의 차가 있는 곳으로 가는 동안, 트루먼이 마이크 디 파올로에게 전화한다.

— 물어볼 게 하나 있어. 트루먼이 말한다. 일하다가 할 얘기는 아닌 것 같은데. 오늘밤에 듀크스에서 만날 수 있을까?

듀크스는 유니아타에 있는 바로, 두 사람이 자란 곳 근처에 자리하고 있다. 트루먼이 좋아하는 바다. 그는 수십 년째 영업하는 그곳의 바텐더를 모두 알고 있다. 나는 트루먼의 생일날 딱 한 번, 다른 경관들과 함께 가봤다. 그때 말고는 가보지 않았다. 경찰관들이 즐겨 찾는 곳이 아니라서 일 이야기를 하기에 적당하다.

디파올로의 대답은 들리지 않지만, 그러자고 하는 것 같다.

—8시? 트루먼이 말한다. 좋아.

— 그때 올 수 있겠나? 트루먼이 묻자, 나는 해보겠다고 대답한다.

+++

다행히, 놀랍게도 베서니가 도와준다. 늦게까지 있을 수 있다고 한
다. 걱정 마세요.

듀크스는 조용하고, 사람도 없다. 목재 패널로 장식한 벽, 어두운 조
명, 뒤쪽의 당구대…… 필라델피아에서 실내 흡연이 가능한 드문 곳이
라서, 지금은 아무도 담배를 피우고 있지 않은데도 담배 내가 지독하다.

트루먼이 구석의 부스에 앉아 있다. 디파올로는 아직 도착하지 않았
다. 트루먼 앞에 코로나 맥주가 놓여 있다. 그가 마시는 유일한 술이다.
그가 가진 유일한, 저속한 취미다. 한 병을 거의 비운 상태다. 나는 더
마실 건지 묻는다.

— 그럼. 나는 두 병을 주문한다. 하나는 트루먼, 하나는 내 것이다.
나는 술을 마시지 않는다. 사이먼과 만나던 때는 종종 마셨다. 알코올
이 든 걸 마지막으로 마신 게 언제인지 기억도 나지 않는다. 아마 1년
전쯤일 것이다. 오늘 밤, 맥주 맛이 좋다.

디파올로가 들어온다. 나이는 트루먼과 같은 50대 초반이다. 하지만
트루먼이 자기 나이보다 열 살쯤 어려 보이는 반면, 디파올로는 몸도
걸음걸이도 무거워 보인다. 배가 나오고 지친 얼굴을 한 그는 늘 자상
하지만, 이따금 한 번씩 제멋대로 행동할 때가 있다. 여기서 열렸던 트
루먼의 생일 파티에서 디파올로는 술에 취해, 주크박스로 본조비의 〈리
빙온어프레이어〉를 틀더니 모두가 따라 부르게 했다. 나는 그가 좋다.

— 그게 간절했던 모양이군. 디파올로는 내게 인사도 없이 코로나를
가리키며 말한다.

— 네, 드실래요?

— 무슨 말씀을. 그가 말한다. 여기가 해변도 아니고. '제임슨온더록 스'로 줘요. 그가 바텐더에게 말한다. 숙녀분한테는 코로나 한 병 더 주 고. 어떻게 지냈나, 피트.

우리 셋은 자리를 잡는다. 트루먼과 내가 부스 한쪽에, 디파올로는 맞은편에 앉는다. 트루먼은 디파올로에게 격식을 갖춰 고맙다고 인사 하고, 디파올로는 씩 웃는다.

— 재밌을 것 같아서. 둘이 무슨 말썽에 휘말린 거지?

트루먼은 나를 보고, 나는 디파올로를 잠시 본다. 계속 본다. 그의 얼 굴에서 미소가 가신다.

— 왜?

— 사이먼 클리어, 아세요?

디파올로는 내 얼굴을 보다가 술을 내려다보더니 잔을 들어 한 모금 마신다. 인상은 쓰지 않는다.

— 알지, 응.

— 얼마나 잘 아세요?

디파올로는 어깨를 으쓱인다. 조금. 전체 회의 때 보기도 하고. 그런 데 그 친구 남부서에 있잖아. 그러니 매일 보는 건 아니고.

나는 말을 고른다. 침착해야 한다고 생각한다.

— 그 사람이 근무 중에 켄징턴에 갈 일이 있을까요? 혹시 아시는지 해서.

디파올로는 나를 빤히 본다.

— 왜?

나는 의자에 등을 기댄다. 오늘 거기서 봤거든요. 대낮에.

디파올로는 한숨을 쉰다. 트루먼과 눈을 마주치려고 하지만, 트루먼이 눈길을 주지 않는다. 디파올로가 다시 나를 본다.

— 이게 무슨, 디파올로는 손으로 허공에 원을 그린다. 사랑싸움 같은 거라면 난 끼고 싶지 않은데.

나는 멈칫한다.

— 무슨 말씀이세요.

— 그게, 디파올로가 말한다. 나서고 싶진 않지만 말이야. 자네와 사이면 클리어 사이는 다들 알아. 그러니까 난 끼고 싶지 않다고.

그가 얼버무린다. 한숨을 쉰다.

— 켄징턴에 왜 갔는지는 몰라. 디파올로가 말한다. 하지만 이유가 있겠지?

나는 흥분이 가라앉기를 기다려 대답한다.

— 저랑 상관없는 일이에요. 켄징턴 사건 수사에 도움이 될 만한 정보를 드리려는 거예요. 다른 사람은 아무도 듣지 않으니까.

— 그건 또 무슨 말이지. 디파올로가 말한다.

— 이 건에 대해 얼마나 아시는지 모르겠네요. 내가 말한다. 맥주를 쭉 들이켜고 이야기를 꺼낸다.

폴라 멀로니에 대해서, 폴라의 고발에 대해서 이야기한다. 폴라가 정식으로 신고하거나 고발하지 않으려 한다고 이야기한다. 그리고 케이시에 대해서도, 그 애가 현재 실종된 상태라고 이야기한다. 내 몸이 떨리는 게 느껴진다. 이따금 디파올로의 표정을 확인하지만 읽기 어렵다.

— 에이헌 경사한테 이 이야기를 했어요. 서로 곧장 가서 그에게 이야기했죠. 그가 알아야 할 정보라고 생각했고, 정식 절차를 밟고 싶었

어요. 에이헌은 자기도 이미 알고 있는 내용이라면서, 담당자에게 전하겠다고 했고요.

나는 말을 멈춘다.

— 하지만 그렇게 했는지 모르겠어요. 그리고 며칠 뒤에 감사관실에서 만나자는 연락이 왔어요. 만나러 갔더니, 제가 감찰을 받는 중이라고 하더라고요. 그러고는 정직 처분을 내렸어요.

처음으로 소리 내어 말하다 보니, 이 모든 상황의 부당함이 갑자기 실감이 난다.

디파올로는 여전히 멍한 표정이다. 그가 얼마나 알고 있었는지 모르겠다. 그는 능력 있는 수사관이다.

— 알겠어. 한참 뒤에 그가 말한다.

나는 기다린다.

— 제 말은, 이 여자들을 죽이는 살인마가 경찰관일 수도 있다는 거예요. 사이먼도 경찰관이고요. 그리고 방금 그가, 자기가 늘 싫어한다고 말하던 그 지역에 있는 걸 봤어요.

디파올로는 기다린다. 그에게는 엄청난 정보다. 나는 알 수 있다.

— 다른 건?

— 그 사람은 어린 여자들을 좋아해요. 내가 말한다. 그리고 비윤리적이고요. 여자관계에 있어서요.

디파올로의 표정에는 변화가 없다.

문득, 이 모든 게 얼마나 정신 나간 소리처럼 들릴지 깨닫는다. 이런 사실을 늘어놓는 것은 내게 도움이 되지 않는다. 나는 바깥세상으로 전혀 전달되지 않을 예감이나 추측, 육감에 따라 움직이고 있다. 그걸 입으로 소리 내어 말해보니, 확신이 더 강해진다.

나는 탁자를 내려다보지만, 디파올로가 트루먼을 바라보는 것이 시야 가장자리에 걸린다. 그의 생각을 가늠하는 것일 테다. 디파올로는 목청을 가다듬는다. 이 상황이 그에게 어떻게 보일지 알 것 같다. 나는 불명확한 이유로 직무 정지 처분을 당한 채, 과거에 만났던 연인에 대해 별 증거도 없이 심각한 고발을 하고 있다. 디파올로는 내가 미쳤다고 생각할 것이다. 미친 전 여자 친구라고.

— 전 미친 게 아니에요. 소용없다는 걸 알지만 말한다. 나는 트루먼을 본다. 제가 미치지 않았다고 말해주세요.

순간, 내가 술에 취했음을 깨닫는다. 두 번째 병을 거의 비우기 직전이다.

— 아무도 그렇게 말하지 않아, 믹. 트루먼이 말한다. 그는 나를 보며 아주 살짝 고개를 젓는다. '그만해.'

디파올로가 탁자 위에 손을 얹는다.

— 이봐, 미키. 이해는 하겠어. 하지만 지난 일은 잊어야지, 응?

나는 의지와 달리 예의 없는 소리를 낸다. **허**.

디파올로가 나를 빤히 본다.

— 지금 자네 아주 곤란한 상황이야.

— 어떤 의미에서요? 내가 묻는다.

— 내가 말할 수 있는 사안이 아니야. 그냥 내 말 믿어.

디파올로가 일어난다. 돌아가려는 것이다.

— 언론에 알리겠어요. 내가 말한다. 지역 라디오 방송국에 기자 친구가 있어요. 켄징턴 경찰 비리에 관심이 많아요.

로렌 스프라이트를 떠올린다. 내가 자기 친구라고 말하는 걸 듣고 로렌이 지을 표정을 상상해본다. 아마 날 비웃을 것이다.

디파올로는 무표정을 유지한다. 탁자 아래서 트루먼이 내 무릎을 꽉 쥔다. 딱 한 번. '그만둬.'

— 진심인가. 디파올로가 말한다.

— 진심이에요. 내 말과 동시에 트루먼이 말한다. 믹.

— 그럼 그렇게 하지. 디파올로가 말한다. 해봐. 그럼 그 기자가 뭐라고 할지 아나?

나는 아무 말도 하지 않는다.

— 우리가 범인을 잡았다고 할 거야. 디파올로가 말한다. 오늘 오후 4시 35분에 잡았으니까. 그리고—그는 시계를 확인한다—10분 전, 지역 및 중앙 언론에 보도 자료가 배포됐어.

나는 입을 딱 벌린다.

— 그래도 기자한테 경찰 비리에 대해 이야기하고 싶으면 해. 디파올로가 말한다. 자네가 무슨 일로 정직 처분을 받았는지부터 이야기하지.

그는 술을 마저 마신다. 이번에는 얼굴을 찡그린다.

내가 이렇게 물어보면 그의 기분을 좋아지게 만드는 꼴이 될 것 같다. 하지만 어쩔 수 없다.

— 누군데요? 내가 말한다.

— 로버트 멀비 주니어. 디파올로가 말한다. 그러고 보니 아는 사이겠군.

+++

디파올로가 떠나자마자, 나는 휴대전화를 꺼낸다. 차마 트루먼을 볼 수 없다.

그도 아무 말 하지 않는다. 내 행동이 분명 부끄러웠을 것이다.

나는 지역 뉴스 사이트를 하나씩 찾는다. 계속 확인한다.

몇 분 안에 기사가 뜬다.

켄징턴 살인 사건 용의자 체포. 헤드라인이다.

로버트 멀비 주니어가 전화기 화면 속에서 나를 보고 있다. 머그 숏 속 그의 모습은 법정에서 마지막으로 봤을 때처럼 위협적이다.

멀비는 첫 번째 범죄 현장에 그가 있었다는 익명의 제보가 있은 뒤 금일, 살인 사건 용의자로 체포되었다고 기사는 전하고 있다. 근처 사업체의 감시 카메라 영상이 그가 현장에 있었음을 확인시켜주었다는 것이다. 그리고 주州경찰 DNA 데이터베이스가 그와 두 번째, 세 번째 희생자의 연결 고리를 밝혀냈다고 한다.

나는 재빨리 고개를 든다.

—그런 거였어요.

—뭐가 그런 거야. 트루먼이 말한다.

오랜 침묵 끝에 그의 입에서 처음 나온 말이다.

—내가 그 사람을 알아본 거였어요. 아는 사람이었거든요. 첫 번째 희생자 시신을 발견했을 때, 그 사람을 거니스트리트 선로에서 봤어요. 그때 그 사람에게 말했어요. 여기 있으면 안 된다고. 제 말을 무시했지만요.

그가 기억난다. 유령 같기도 하고 반항적이기도 한, 이상한 표정을 지은 채 그는 덤불 속으로 사라졌다.

나는 한참 만에 트루먼을 본다. 표정이 심각하다.

— 전 왜 이러죠? 무슨 짓을 한 거죠?

트루먼이 한숨을 쉰다. 아, 믹. 이해해. 정말이야, 이해한다고. 자네 동생이 사라졌잖아. 걱정되겠지. 차분하게 생각하기 힘들 거야.

— 그 애가 절 비웃고 있을걸요. 내가 말한다. 케이시는, 어쩌면 새 애인을 만나서 신나게 놀고 있을지도 몰라요. 아마 지금도 절 비웃고 있을 거예요. 내가 자기를 애타게 찾아다닐 거라고 생각하면서 웃어대고 있겠죠.

나는 고개를 젓는다. 내 자신이 너무나 실망스럽다. 그리고 멀비를 기억해내지 못한 것도. 그는 날 알아봤는데도 나는 그를 알아보지 못했다. 심지어 내 면전에서 조롱을 했는데도. 감정에 사로잡혀 증거를 놓치다니.

나는 늘 좋은 형사가 될 거라고 생각했다. 지난 몇 주를 돌이켜보면, 내 착각이었음이 증명된 것 같다.

코로나를 한 병 더 주문한다. 그리고 디파올로의 술을 떠올리고는 제임슨을 한 잔, 또 한 잔, 다시 한 잔 주문한다.

— 한잔할래요? 트루먼은 사양한다.

— 천천히 마셔, 미키. 트루먼이 말하지만 나는 속도를 늦추고 싶지 않다. 빨리, 빨리 내 인생의 이 순간을 지나쳐 반대편으로 가고 싶다.

— 알았어요. 나는 좀 누그러져서 말한다. 혀가 제대로 돌아가지 않는다. 여기까지 차로 왔지만, 운전해서 돌아갈 수 없다. 탁자에 엎드려

자고 싶다.

트루먼이 잠시 망설인다.

— 내 잘못이야. 그가 마침내 말한다. 자네 머리에 그 생각을 집어넣은 건 나야. 그자가 항상 싫었어. 소문도 많았고. 난 그저……

트루먼은 말을 맺지 못한다.

— 휩쓸리기 쉽잖아? 그자가 자네한테 한 짓도 있으니. 그자가 항상 싫었다고.

우리 둘 다 한참 동안 아무 말도 하지 않는다.

— 그 사람이 거기서 뭘 했는지는 아직 몰라요. 내가 말한다.

트루먼은 어깨를 으쓱한다. 잠복근무를 했을지도 모르지. 사건이 너무 유명해져서 전부 투입된 걸지도. 그 지역 사람들이 모르는 경관을 보낸 걸지도 몰라.

나는 고개를 젓는다. 그 사람은 수사관이에요. 풍기단속반이 아니고요.

— 모를 일이지. 자네도 나도 지금은 배제된 채니까.

나는 그를 본다. 부스 위에 매달린 조명이 그의 위로 불빛을 뿌리고 있다. 티파니 램프[14] 스타일의 전등이다. 흥미롭게도 루이스 컴퍼트 티파니는 웨스트체스터 사관학교에 다닐 때, 여기 펜실베이니아주에서 시간을 보냈다. 하지만 우리 머리 위의 전등은 잘 만들어진 물건 같지는 않다. 옛날 범죄 영화에 나오는 취조실의 조명 같다. 바로 그 순간, 내 일이 내 삶을 장악해버렸다는 생각이 든다. 행동하고 생각하고 보는 모든 것이, 직장이라는 렌즈를 거친다. 디파올로가 감사관실에 내가 한 짓을 알리면, 더는 되돌아갈 수 없을지도 모르는 직장. 웃음이 나온다.

---

14 아르누보 양식의, 스테인드글라스로 등갓을 장식한 조명.

— 달아날 수 없어요. 내가 말한다. 못 달아나.

트루먼은 무슨 소리인지 모르겠다는 눈치다. 염려스러운 표정으로 나를 본다. 아니, 실은 상냥한 표정인 것 같다. 금방이라도 손을 뻗어 내 뺨을 어루만질 것 같다.

— 괜찮겠어, 미키? 걱정되는데.

— 멀쩡할 거예요.

나는 조금 미친 듯이, 계속 웃어댄다.

트루먼이 말한다. 가자. 집에 데려다줄게.

+++

문을 나서면서 조금 비틀거린다. 트루먼이 내 허리를 잡더니 차까지 가는 동안 감싸 안고 있다. 그의 힘, 내 옆구리에 닿은 그의 손을 의식한다. 그곳의 근육이 긴장된다. 그의 옷에서 나는 희미한 세제 향기가 의식된다. 트루먼에게 이렇게 가까이 다가간 건 처음이다. 불쾌하지 않다. 사실, 기분이 좋다. 다른 사람이 날 잡아주니 참 좋다. 나도 그의 몸에 팔을 두르고 머리를 기댄다.

트루먼은 듀크스에서 한 구역 떨어진 거리에 차를 대어놓았다. 그는 나를 조수석 문으로 데려간다. 나는 문 앞에 서서, 자동차 키의 버튼을 누르는 트루먼을 마주하고 있다. 차에서 삑 소리가 난다. 조용한 거리에 그 소리가 울린다.

트루먼이 허리를 숙여 손잡이를 잡는다. 나는 움직이지 않는다.

—믹. 문 열어줄게.

나는 그의 얼굴을 본다. 갑자기 세상에 관한, 트루먼과 나에 관한 새로운 사실을 이해하게 된다. 이 순간 그것이 너무나 분명해져서, 나는 잠시 웃는다. 트루먼은 10년 가까이, 내내 내 곁에 있었다. 그동안 왜 몰랐을까? 트루먼은 내 호흡에 맞추어 숨쉬고 있다. 그리고 지금은 빠르게. 우리 둘 다.

나는 그의 뺨에 키스한다.

—믹, 그가 내 어깨에 손을 얹는다.

나는 아까 상상 속에서 그가 내게 한 것처럼 그의 얼굴을 쓰다듬는다.

—이봐. 트루먼이 말한다. 하지만 피하지 않는다.

나는 그의 입술에 키스한다. 그는 잠시 그렇게 서 있다. 순응하면서. 하지만 몸을 빼낸다.

— 아니. 미키, 이러면 안 돼.

그는 뒤로 두어 발자국 물러나 나와 거리를 둔다.

— 이러면 안 돼, 믹.

— 돼요. 내가 말한다. 괜찮아.

트루먼은 입을 꾹 다문다. 나, 만나는 사람 있어.

— 누구요? 나는 생각도 하지 않고 묻는다.

하지만 그가 말하기 전에, 나는 이미 답을 알고 있다. 트루먼의 집 탁자 위에 놓여 있던, 행복해 보이는 가족사진이 떠오른다. 아름다운 딸들, 아름다운 아내, 그리고 트루먼의 어머니가 떠오른다. 내게 문을 열어주고는 마뜩찮아하던 그 표정이. 보호한다고, 트루먼은 말했었다.

트루먼은 망설인다.

— 실라야, 미키. 우리 다시 만나고 있어. 재결합하려고.

집으로 가는 동안 우리 둘 다 아무 말도 않는다. 차에서 내리면서도 나는 아무 말 하지 않는다.

베서니는 집으로 들어오는 나를 가만히 본다. 나는 그 애에게 다가가지 않으려고 노력하지만, 수고비를 건넬 때 베서니는 결국 술 냄새를 맡게 될 것이다.

내 평생 가장 심한 수치심을 느끼며 일어난다. 처음에는 서서히, 그러다 빠르게 기억이 되살아난다. 손으로 얼굴을 가린다.

— 안 돼. 아냐, 아냐, 아냐, 아냐, 아냐.

밤사이 내 방에 몰래 들어와 있던 토머스가 침대 발치에서 깨어난다. 엄마, 왜?

나는 아이를 본다.

— 뭘 깜빡해서.

베서니는 평소처럼 늦는다. 기다리는 동안 유난히 달콤한 환상을 즐긴다. 그 애가 들어오는 즉시 해고해버리자. 어쨌든 지금은 직무 정지 기간이니 베서니가 필요 없다. 하지만 두 가지 이유가 충동적인 행동을 자제하게 해준다. 우선, 오늘 유니아타에 가서 차를 가져와야 하는데 토머스에게 차를 거기 둔 이유를 설명하고 싶지 않다. 둘째, 직장에 돌아가게 되면 베이비시터가 다시 필요해질 것이다. 그리고 베서니처럼 탄력적으로 일할 수 있는 사람을 다시 찾기란, 불가능하지는 않더라도 쉽지 않을 게 분명하다.

베서니가 도착하자 나는 출근하는 척한다. 그리고 베서니는 처음으로, 늦어서 미안하다고 사과한다. 오늘은 메이크업도 하지 않아서 굉장히 어려 보인다.

나는 베서니의 진심 어린 태도에 놀란다.

— 음, 괜찮아요. 걱정 말아요.

― 토머스는 오늘 티브이 프로그램 하나 봐도 돼요. 언제 보여줄지는 베서니가 정해요.

벤세일럼의 집에서 유니아타까지 가는 데 든 택시 요금이 팁을 제외하고 38달러 2센트나 된다. 굳이 알 필요 없는 사실을 새로 배운다.

택시에서 내린 뒤, 내 차에 올라 운전한다.

하루 종일 원하는 일을 해도 된다는 걸 깨닫는다. 이런 호사를 누려보는 건 참 오랜만이다. 일도, 아이도, 내가 정한 어떤 과제도 없는 것은 오랜만이다.

켄징턴과 24번가를 돌아본다. 근무 중에는 보지 못했던 것이 눈에 들어온다. 주민들이 작은 공터를 놀이터로 바꿨다. 가장자리에 녹이 슬어 있는 낡은 미끄럼틀을 가져다놓고, 철조망에 위태위태한 농구 림을 걸어둔 것이 보인다. 중고 가정용품 가게에서 다 낡은 식기세척기니 냉장고를 보도에 내놓고 파는 것도 본다.

순찰차가 아닌 차를 타고 있으니, 지나치는 여자들이 눈길 한번 주지 않는다. 세발자전거를 탄 어린아이가 신호 대기 중인 내 차 옆에 섰다가 다른 방향으로 간다.

문득 포트리치먼드의 예전 집이 보고 싶어져서 그곳으로 간다. 지금은 20대의 엘리트 청년 소유다(아니, 내가 서명한 서류에 따르면, 정확히는 그의 부모 소유다). 그리고 피시타운으로 가서 어릴 적 살던 할머니 집을 지나친다. 오늘은 아무도 없는 것 같다. 실내가 어둡다.

집으로 돌아갈 시간이다. 하지만 보머커피를 지나치다가 충동적으로 그곳에 들르기로 한다. 오늘은 제복을 입지 않았으니 들어가도 아무도 놀라지 않는다. 잠시, 토머스와 함께 다른 삶을 사는 나를 상상한다. 주말이면 여기 와서 신문을 읽는 삶. 토머스가 궁금해하는 것은 전부 알려주고, 아이에게 편안하고 평화로운 하루하루를 선사하는 삶. 지금 내 앞에 보이는 유리 진열장 안 5달러짜리 두툼한 머핀이나, 지금 직원이 손님에게 건네는 파란 도자기 그릇 속 신선한 과일, 또는 요거트를 아이에게 사주는 것을. 이 청년과, 아니 여기서 일하는 모든 직원들과 친해지는 장면을 상상한다. 쉬는 날이면 다른 식당에 가 몇 시간씩 앉아 있는 모습도 떠올려본다. 스케치북을 가져가 주위를 스케치하는 장면도. 나는 그림 그리기를 좋아했다.

줄을 서서 주문할 것을 생각하는데, 누가 뒤에서 내 이름을 부른다.

— 미키? 여자다. 미키 맞아요?

나는 곧바로 긴장한다. 기습당하는 느낌을 좋아하지 않는다. 누군가를 보게 될 거라고는 전혀 생각지 않은 곳에서 누군가와 마주치는 것도 싫다.

돌아보니 라일라의 엄마, 로렌 스프라이트가 서 있다. 오늘 로렌은 헐렁한 털모자와 별 무늬가 있는 스웨트셔츠를 입고 있다.

— 안녕하세요! 로렌이 말한다. 반가워요. 어떻게 지내는지 궁금했어요, 그 뒤로요.

그러니까, 로렌은 뭐라고 말할지 궁리한다. 파티 이후로요.

— 아, 네. 나는 양다리의 체중을 앞뒤로 바꿔 싣는다. 바지 주머니에 손을 넣는다. 미안해요. 못 볼 꼴을 보였어요.

— 토머스는 잘 있어요?

— 네. 너무 빠르게 대답한다. '당신이 상관할 일은 아니죠.' 이렇게 말하고 싶다. 하지만 로렌에게서 진심이 느껴진다. 피상적인 관심이나

괜한 참견으로 던지는 말이 아니다.

— 다행이네요.

— 저기, 로렌이 말한다. 언제 우리 집에 놀러올래요? 라일라가 매일 토머스 얘길 해요. 다시 만나게 해주면 좋겠어요.

— 뭐 드릴까요? 카운터 뒤의 청년이 재촉한다. 내 차례가 된 걸 몰랐다.

— 좋아요. 내가 말한다. 네, 그럼 좋겠네요.

로렌은 내가 주문할 수 있게 뒤로 물러난다. 전화할게요.

커피를 들고 차에 타 프랭크포드를 따라 남쪽으로, 델라웨어애비뉴에서 다시 북쪽으로 달린다. 그리고 놀랍게도, 사이먼과 자주 갔던 잔교 옆 주차장에 차를 세운다. 그때 이후로 강가의 풍광이 바뀌었다. 남쪽으로는 슈거하우스 카지노가 버티고 서 있다. 근처에 주차장이 생겼고, 강을 내다볼 수 있는 자리에는 신축 콘도가 들어서 있다.

하지만 우리의 잔교는 변하지 않았다. 여전히 아무도 없이 쓰레기만 흩어져 있는, 낡은 잔교다. 겨울이라 앙상한 나무들이 여전히 강을 가리고 있다.

차를 세우고 내린다. 잎이 다 떨어진 나무들 사이로, 발로 가지를 밀고 잡초를 밟으며 걷는다. 잔교 위에서 허리에 손을 짚고 선다. 사이먼이 떠오른다. 바로 이 자리에 앉아 있던 열여덟 살의 내가 떠오른다. 대체 어떤 남자가, 어떤 인간이 어린아이의 애정을 얻으려고 그렇게나 애를 쓸까 싶다. 결국, 나는 어린아이였으니까.

+++

오후 1시, 피곤한 데다 숙취까지 있어서 몸이 좋지 않다. 베서니를 일찍 돌려보낼 생각이다. 오후에는 쉬라고 하자. 주차장을 빠져나와 95번 도로를 타고 북쪽으로 간다.

문을 여니 집 안이 조용하다. 토머스는 아직도 가끔 낮잠을 자긴 하지만, 그런 일이 점점 드물어진다.

재킷을 벗어 옷걸이에 건다. 지나가며 주방을 확인한다. 아침과 점심 식사 접시가 흩어져 있고, 베서니는 아무 데도 없다. 나는 심호흡을 한다. 숨을 내쉰다. 이것도 베서니와 이야기해야 할 부분이다. '낮에 정리를 좀 할 수 있으면……'

그러다가 생각한다. 선택해서 집중해.

복도를 걸어간다. 토머스 방의 문이 닫혀 있다. 아이가 자는 거라면 깨우고 싶지 않다.

욕실 문도 닫혀 있다. 그 앞에 서서 잠시 귀를 기울인다. 30초가 지나도록 물소리도, 다른 어떤 소리도 들리지 않는다.

나는 작게 노크한다.

— 베서니? 나지막이 부른다.

결국 문을 조금 열어본다.

— 베서니? 다시 부른다.

문을 활짝 연다. 아무도 없다.

나는 홱 돌아선다. 이번엔 복도 반대편의 문을 연다. 토머스의 방이다. 침대 위만 흐트러져 있을 뿐 아무도 없다.

이제 소리를 크게 낸다. 다들 어디 있어? 토머스? 베서니?

여전히 조용하다.

내 방으로 달려갔다가, 그다음엔 미친 듯이 쪽지를, 혹시 남겨놓았을지 모를 무언가를, 어디 갔는지 알리는 흔적을 찾아 집 안을 뒤진다.

베서니의 차는 집 앞에 세워져 있다. 산책을 나가기에는 너무 춥다. 더구나 날씨가 따뜻한 날에도 베서니는 산책을 나간 적이 없다.

나는 재킷도 걸치지 않고 밖으로 나가 계단을 내려간다. 층계 거의 끝에 이르러 뛰어내린 뒤, 그대로 유턴을 한 다음 건물을 돌아간다. 스웨터 속으로 바람이 파고든다.

베서니의 차를 지나며 안을 들여다본다. 비어 있다. 토머스를 앉히라고 사준 유아용 시트는 아직도 설치돼 있지 않은 채다.

머혼 부인 집 현관문을 두드린다. 그리고 초인종도 누른다.

끔찍한 생각이 떠오른다. 내 아들의 시체가, 내가 일하면서 본 희생자들처럼 생기 없이 축 늘어져 있는 모습이 떠오른다. 아이의 시신은 딱 한 번, 스프링가든에서 차에 치여 숨진 여섯 살짜리의 것을 본 게 전부다. 그때 나는 울었다. 죽은 아이의 모습이 머릿속에서 오랫동안 떠나지 않았다.

초인종을 다시 누른다.

머혼 부인이 갈색 목욕 가운과 슬리퍼 차림으로 나와 큰 안경알 너머로 눈을 깜빡인다.

— 괜찮아요, 미키? 내 표정을 보더니 부인이 묻는다.

— 토머스가 안 보여요. 오늘 아침에 베이비시터에게 맡겼는데, 없어졌어요. 쪽지 같은 것도 없고요.

머혼 부인의 얼굴이 창백해진다. 이런, 오늘은 못 봤는데.

부인이 현관문 밖을 내다본다. 차는 아직 있죠?

나는 다시 집을 끼고 돌아 우리가 사는 층으로 뛰어 올라간 뒤 휴대전화를 찾아 베서니에게 전화한다. 받지 않는다. 문자메시지를 보낸다.

어디 있어요. 전화해줘요. 집에 왔어요.

그때 퍼뜩, 코너 매클래치의 말이 떠오른다. '아들 있잖아. 토머스, 맞지?'

10초 동안 어떻게 할까 생각한다.

그러다 911에 전화를 건다.

+++

벤세일럼 경찰과 소통하는 건 처음이다. 규모는 작지만 굉장히 전문적인 조직이다. 몇 분 만에 우리 집은 범죄 현장이 된다. 순찰경관 두 명이 먼저 도착한다. 청년 경관과 조금 나이가 있어 보이는 여성 경관이다. 그들이 신속하게, 내게 몇 가지 질문을 한다.

아래층에서 머혼 부인도 따로 면담 중이다.

필라델피아 경찰이 아닌 다른 경찰에 협조하고 있자니 기분이 이상하다. 경찰관이라는 내 신분이 이 순간에 도움이 되어야 할 것 같은데, 전화를 할 만한 사람이 떠오르지 않는다. 내가 아는 모든 사람이—마이크 디파올로, 에이헌, 사이먼, 심지어 트루먼까지도—저마다 다른 이유로 내가 기댈 수 없는 상대 같다. 내 가족도 마찬가지다. 전화할 사람이 아무도 떠오르지 않고, 삽시에 내가 얼마나 외톨이인지만 실감하게 될 따름이다. 주위 세상이 조금씩 조금씩 좁혀오고, 나는 숨이 찬다.

— 진정하세요. 여자 경관이 내 상태를 보고 상냥하게 말한다. 진정해요. 심호흡하고.

나는 이제껏 이런 식으로 면담한 적이 없었다. 그녀가 시키는 대로 한다.

— 베이비시터에 대해서 뭘 알고 있죠? 여자 경관이 묻는다.

— 이름은 베서니 사노예요. 올해 스물한 살인 걸로 알고 있어요. 메이크업 일을 해요. 전문대에서 수업도 듣는 걸로 알아요. 아마 온라인으로 수강하는 것 같아요.

경관이 고개를 끄덕인다. 그래요, 집 주소는 아세요?

나는 멍한 표정을 짓는다. 아뇨. 실은, 몰라요.

베서니에게 수고비는 항상 현금으로 준다. 탁자 아래 놓아둔다. 한 달에 두 번.

— 그렇군요. 경관이 말한다. 친구나 가족은요? 연락할 만한 사람이 있나요?

이번에도 나는 고개를 젓는다. 자책하면서. 베서니를 고용할 때 딱 한 사람, 메이크업 아카데미 강사에게 신원 확인을 요청했다. 그 사람도 베서니를 추천하는 데는 미적지근한 반응을 보였다.

— 걱정되는 일이 있어요. 목이 멘다. 특히 걱정되는 일이.

— 뭐죠? 경찰관이 묻는다. 파트너인 젊은 경관도 실내를 어느새 살펴본 후 옆에 와 있다. 그의 눈에 어떻게 비쳐질지 알 것 같다. 지저분하고, 낡고, 어수선한 집. 손님이 찾아오지 않는 집.

— 동생도 실종 상태예요. 저는 동생이 어디 있는지 몰라요. 그리고 내가 동생을 찾는 걸 못마땅하게 여기는 사람들이 있어요. 저는 필라델피아 경찰 소속 24지구대 순찰경관이기도 한데, 지금 내사를 받고 있어요. 하지만 그건 오해 때문에 그런 거예요. 아니면, 내부 비리를 알아버려서⋯⋯.

경관들이 재빨리 서로 눈짓을 주고받지만, 나도 알아차린다. 나도 그들 입장이 되어봤다. 내 말이 어떻게 들릴지 알고 있다.

나는 말끝을 흐린다. 그만해. 그만하라고. 트루먼이 속삭이는 소리가 들린다.

— 이유가 뭐죠? 청년 경관이 묻는다. 콧등을 긁고 있다.

— 그건 됐어요. 중요한 일이 아니니까. 납치됐을까 봐 걱정돼서 그래요.

여성 경관이 다시 몸을 움직인다. 아드님이 납치됐다고 믿는 이유가 뭐죠? 의심 가는 사람이 있나요?

— 네, 코너 매클래치요. 하지만 다른 가능성도 있어요. 남자 경관이 복도를 걸어가 상황실에 무전을 친다. 정확히 무슨 말을 하는지는 들리지 않는다. 여자 경관은 내게 계속 질문하고, 현장에는 점점 더 많은 사람들이 모여든다.

그때, 문을 마구 두드리는 소리가 들린다.

유리창을 통해 보니 머혼 부인이 머리를 헝클어뜨린 채, 알 수 없는 표정으로 서 있다.

— 문 열어줘요. 부인이 말한다.

+++

돌아왔어요. 문을 열자 부인이 말한다. 부인은 다른 사람들은 무시한 채, 나만 보고 있다.

나는 그대로 주저앉는다. 두 손에 얼굴을 묻고 울음을 터뜨리지 않기 위해 온 힘을 다한다.

— 어디 있어요? 내가 묻는다.

— 집 앞에. 머혼 부인이 말한다. 남자랑 같이 있어요.

나는 **부인, 잠시만요, 부탁합니다,** 라고 말하는 남자 경관을 무시하고 달려 나간다.

계단을 내려가 건물을 돌아가자 토머스가 진지한 표정으로 서 있고, 그 앞에 형사로 보이는 사람이 쪼그리고 앉아 아이에게 뭐라 이야기하고 있다.

나는 토머스에게 달려간다. 아이를 품에 안아 올린다. 아이가 내 목덜미에 얼굴을 묻는다.

상황을 살핀다.

베서니가 울고 있다. 그 옆에 모르는 청년이 있다. 수갑을 찬 채다. 얼굴을 붉힌 채 화를 내고 있다.

나중에, 그가 베서니의 남자 친구라는 걸 알게 될 것이다. 그 커플이, 유아용 시트도 없고 뒷좌석에 제대로 된 안전띠도 없는 남자의 차에 토머스를 태우고 쇼핑몰에 가기로 했다는 것 또한. 쪽지도 메시지도 남기지 않고서. (화를 내실 것 같았어요, 라고 베서니가 말하면 내가 당연하죠, 라고 말할 것이다.) 30분 뒤 나는 베서니를 해고할 것이고, 베서니는 일자리를 구할 때 추천인이 되어달라고 내게 진심으로 부탁할 것이다.

하지만 지금 이 순간, 나는 눈을 감는다. 사람들이 내게 말을 건다는 걸 알지만, 들리지 않는다. 내 아들의 숨소리만 들리고, 그 애의 심장박동만 감각되며, 깨끗한 겨울의 냄새만이 느껴진다.

+++

그날 밤, 또 누가 현관문을 두드려서 나는 깜짝 놀란다.

창문에 드리워진 레이스 커튼 사이를 들여다보는 머혼 부인이 보인다. 얼굴을 너무 가까이 댄 탓에 유리에 입김이 서린다.

나는 피곤하다. 토머스와 소파에 누워 텔레비전이나 보고 싶다.

하지만 토머스는 머혼 부인을 보더니 신이 나서 벌떡 일어난다.

— 안녕하세요! 토머스는 눈 온 날 부인과 함께 지낸 후로 부인을 특별히 따르게 되어 그녀와 마주칠 때마다 손을 열심히 흔들어댔다.

토머스가 달려가 문을 활짝 연다. 나는 들어오세요, 라고 말한다.

찬바람이 들이치는가 싶더니 이내 문이 쾅 닫힌다.

머혼 부인은 양손에 뭔가를 하나씩 들고 있다. 하나는 갈색 종이로 싼 병 같고, 다른 하나는 크리스마스 포장지로 싼 네모난 물건이다. 나중 것은 가운데에 작은 혹이 튀어나와 있다.

— 잘 있는지 보러 왔어요. 힘든 하루였을 테니까. 그리고 이걸 가져왔어요.

부인은 다소 뻣뻣하게 내 쪽으로 병을 내밀고, 선물은 토머스에게 건넨다. 그녀는 격식을 차려서, 불안한 표정으로 말하고 있다.

— 정말 고마워요. 내가 말한다. 이러실 필요 없는데.

하지만 병을 받아 든다.

— 그냥 레모네이드예요. 내가 병을 열기 전에 머혼 부인이 말한다. 그냥 내가 먹으려고 만드는 건데. 병에 담아 냉장고에 넣어두거든. 너무 시면 설탕을 더 넣어요. 나는 신맛을 좋아해서.

— 저도요. 정말 감사합니다.

토머스가 옆에서 포장을 뜯는다. 체스 판, 그리고 비닐 주머니에 든 말이 나온다. 그걸 보는 순간, 나는 휘청한다.

토머스는 부인보다 먼저 나를 쳐다본다.

— 이게 뭐야?

— 체스. 내가 나직이 말한다.

— 체스?

— 체스야. 머혼 부인이 말한다. 게임. 최고의 게임이란다.

토머스는 봉투에서 말을 하나씩, 크기 순으로 조심스레 꺼낸다. 처음엔 킹, 그리고 퀸, 비숍, 나이트, 루크, 폰까지. 머혼 부인이 그것들의 이름을 차례로 알려준다. 그 소리에 나는 긴장하고 만다. 청소년 시절 이후 처음 듣는 이름들이다. 사이먼 이후로.

토머스가 머혼 부인에게 비숍을 들어 보인다.

— 나쁜 사람이에요?

비숍은 위협적인 모습이다. 눈도 없는 데다, 모자의 줄무늬가 꼭 찡 그린 이맛살 같다.

— 나쁘기도 하고 착하기도 해. 모두가. 머혼 부인이 말한다. 상황에 따라서.

토머스는 부인을, 그리고 나를 본다. 엄마, 머혼 아주머니랑 저녁 같 이 먹어도 돼?

나는 아들과 조용한 시간을 보내길 바랐지만, 그러자고 대답할 수밖 에 없다.

— 물론이지. 머혼 부인, 함께 드시겠어요?

— 저야 좋죠.

― 그런데 전 채식주의자예요.

머혼 부인에게는 놀라운 점이 참 많다.

찬장, 냉장고 그리고 냉동실을 살핀다. 차려 낼 만한 게 거의 없다. 결국 파스타와 유리병에 든 토마토소스를 고른다. 유통기한이 살짝 지났다. 냉동 브로콜리를 곁들일 것이다.

슬프게도 대화가 매끄럽게 흘러가지 않아 최대한 빨리 저녁 식사를 준비한다.

우리 셋은 작은 식탁에 앉는다. 머혼 부인에게 상석을 내주고, 파스타가 든 볼을 제일 먼저 그녀 앞에 놔준다. 토머스와 나는 마주 보고 앉는다. 우리 셋 모두, 부인이 가져온 레모네이드를 한 잔씩 마신다. 머혼 부인이 실내에서 키운다는 민트도 들어가 있다. 여름이라는 계절이 있었다는 사실을 뒤늦게나마 알려주는 맛이다. 토머스는 벌컥벌컥 세 모금 만에 전부 들이켠다.

먹는 동안 긴 침묵이 이어지고, 그사이 나는 토머스가 초조해하는 것을 느낀다. 아이는 자기와 함께하는 어른들이 즐겁게 대화하기를 바란다.

나는 헛기침을 한다.

― 머혼 부인. 결국 이렇게 말한다. 벤세일럼에서 계속 사셨어요?

― 아뇨, 뉴저지에서 자랐어요.

― 그렇군요. 참 좋은 주죠.

― 좋은 곳이에요. 부인도 맞장구친다. 농장에서 컸어요. 뉴저지라고 하면 농장을 떠올리는 사람은 별로 없지만요. 하지만 전 그랬어요.

우리 모두 다시 먹기 시작한다. 머혼 부인이 자기가 입은 순록 그림

스웨트셔츠에 토마토 소스를 뚝 떨어뜨려서, 나는 괜한 책임감을 느낀다. 머혼 부인이 눈치채고 부끄러워하지 않기를 바란다.

토머스가 나를 본다. 나도 토머스를 본다.

— 이곳엔 무슨 일로 오셨어요? 내가 부인에게 묻는다.

부인이 대답한다. 성 요셉 자매회 때문에요.

나는 고개를 끄덕인다. 부인의 집 벽에 걸려 있던 학교 사진을 기억한다. 눈 오던 날 토머스를 데리러 갔을 때 본 것.

— 거기서 운영하는 학교에 다니셨어요?

— 아뇨. 부인이 말한다. 거기 소속이었어요.

— 소속이었다고요?

— 네.

— 수녀셨어요?

— 20년 동안요.

왜 그만두셨어요, 라고 묻고 싶지만 몹시 무례한 질문이라는 느낌이 든다.

저녁 식사 후, 토머스는 부인이 사준 체스 세트로 달려가 말들을 판 위에 올려둔다.

— 이리 오렴. 부인이 소파를 토닥거리며 말하고는 아이에게 말을 두는 자리와 움직이는 법을 가르쳐준다.

둘이 노는 동안 나는 식탁을 치우고 천천히, 손으로 설거지를 한다. 어깨에 힘이 빠지면서, 몇 달 동안 지나치게 힘을 주고 살았다는 걸 깨닫는다. 아이를 타인이 잘 돌봐줄 때 특유의 편안함을 만끽한다. 어떤 죄책감도 들지 않는, 순수하고 평화로운 만족감.

나중에 나는 토머스가 배운 것을 내게 가르쳐줄 수 있도록, 체스를 모르는 척한다. 토머스와 부인이 체스를 둔다. 부인은 아이가 결정을 내려야 할 순간마다 어떻게 해야 할지 알려준다. **정말 그렇게 할 거니? 그거 한 수 되돌려. 잠깐, 잠깐, 생각 좀 해보렴.** 결국 아무것도 모르는 토머스도 **체크메이트**를 외칠 수 있다.

아이는 아버지가 예전에 가르쳐준 '터치다운' 자세로 손을 치켜들고 좋아한다.

— 이겼다!

— 도와주셨잖아.

— 정당하게 이긴 거죠. 부인이 말한다.

토머스를 재우는 동안 부인은 소파에서 기다린다. 토머스의 요청에 따라 나는 구석에 스탠드를 켜두고 지난 생일 때 선물로 준 슈퍼히어로 책을 건넨다.

— 사랑해. 토머스가 말한다.

나는 멈칫한다. 이건 내가 잘 쓰는 말이 아니다. 분명 토머스는 내 행동과 내가 보살피는 방식에서, 자신 그리고 자신의 안위에 관심을 갖는 다양한 모습을 통해 내가 자기를 얼마나 사랑하는지 알 것이다. 나는 말을 신뢰하지 않는다. 특히 감정을 묘사하는 말은 인위적으로 느껴져서. 마치 가짜처럼 느껴진다. 내 기억에, 그 말을 내게 한 사람은 사이먼 뿐이었으니 말이다. 그 결과는 참담할 뿐이다.

— 그 말 어디서 배웠니? 내가 묻는다.

— 티브이에서.

— 나도 사랑해.

─나도, 나도 사랑해. 토머스가 다시 말한다.

─그래, 됐어. 이제 자. 하지만 나는 웃고 있다.

거실로 나오자 머혼 부인이 살짝 졸고 있다. 내가 서너 번 헛기침을 하자 부인이 깜짝 놀라 고개를 든다.

─이런. 부인이 말한다. 긴 하루였네요.

부인은 일어나려는 듯 무릎에 손을 얹었다가, 나를 보고 마음을 바꾼다.

─미키. 있잖아요, 전부터 얘기하려고 했는데. 가끔 토머스를 봐주고 싶어요. 착한 아이예요. 그리고 요즘 힘든 거 아니까.

나는 고개를 젓는다. 그러실 필요 없어요.

하지만 부인은 진지하게, 변명은 듣지 않겠다는 듯이, 가만하고 침착하게 나를 본다. 불현듯 내 첫 학교의 엄격한 수녀 선생님들이 떠오른다.

─아이에겐 일관된 환경이 필요해요. 부인이 말한다. 그런 게 별로 없는 것 같아요, 지금은.

나는 처음으로 신경이 곤두선다. 그거다. 내가 예상한 대로 장바구니와 아들 양육에 간섭하는 부인.

부인이 다시 입을 여는데, 내가 가로막는다.

─괜찮아요, 감사합니다. 제가 알아서 해요.

거실이 조용해진다. 부인은 체스 판을 내려다본다. 힘겹게 일어나더니 손으로 바지를 문지른다.

─푹 쉬어요. 저녁 잘 먹었어요.

부인이 문을 여는데, 나는 스스로도 놀랍게 느껴지는 짓을 저지르고 만다.

— 왜 수녀원을 나오셨어요? 머혼 부인에게서 그 말을 듣고 내내 궁금했다. 이제 사적인 이야기를 하는 사이가 된 것 같으니까 물어도 되겠지.

— 사랑에 빠졌어요. 부인이 간단하게 말한다.

— 누구랑요?

부인이 천천히, 문을 다시 닫는다.

— 패트릭 머혼이라는 사람과요. 사회복지사였죠. 아주 좋은 사람이었어요.

— 머혼 부인이 되시기 전에는 성함이? 내가 묻는다.

부인이 미소를 짓는다. 시선을 내린다. 소파로 가더니 천천히 앉는다. 나도 함께 앉는다.

— 원래는 서실리아 케니. 그다음엔 캐서린 카리타스 수녀. 그리고 서실리아 머혼이 됐죠. 지금도 그렇고요.

— 패트릭 머혼 선생님과는 어떻게 만나셨어요?

— 그이는 성 요셉 병원에서 일했어요. 우리 수녀회에서 운영을 돕는 곳이었죠. 그이는 아픈 아이가 있는 가정을 돌봤어요. 가난한 가족들이요. 영어를 못하거나, 부모가 아이를 학대하거나 방치하는 가족. 제일 어려운 경우가 그런 사람들이죠. 그이는 거기서 하루 종일 일했어요. 신생아집중치료실에서 간호 일을 할 때 그이를 알게 됐어요. 나는 간호사였거든요. 수녀 중에는 간호사가 많았어요.

부인은 말을 멈춘다.

— 우린 사랑에 빠졌어요. 나는 수녀원을 나왔고, 결혼했죠. 그때가 마흔 살이었어요.

— 용감하셨네요. 내가 잠시 가만있다가 말한다.

하지만 부인은 고개를 젓는다. 용감한 건 아니었어요. 비겁하다면 모를까. 그래도 후회는 없어요.

그 사람이 어떻게 됐는지 묻기가 두렵다. 패트릭이.

— 그이는 5년 전에 죽었어요. 혹시 궁금해할까 봐 말해요. 25년 동안 여기 아랫집에서 살았어요. 부인이 주위를 가리킨다. 여긴 원래 그이 작업실이었고요. 그림을 그렸거든요. 조각도 하고.

— 죄송해요. 내가 말한다. 정말 마음 아프네요.

부인은 어깨를 으쓱인다. 그런 거죠.

— 아래층에 있는 그림이 그분 작품인가요?

부인은 고개를 끄덕인다. 루크를 손끝으로 밀어 움직인다. 두 칸 뒤로. 부인이 잔 너머로 나를 본다.

— 그림이 참 좋아요. 마음에 들어요.

— 가족이 있어요, 미키?

— 있는 셈이에요.

— 그게 무슨 말이에요?

그래서 나는 이야기한다. 왠지 머혼 부인에게는 사실대로 말해도 괜찮을 것 같다. 케이시와 사이먼 일을 이야기한다. 할머니에 대해서도. 부모님에 대해서도. 가까이 있거나 멀리 사는 친척들에 대해서도. 나를 아는 사람들과 알지 못하는 사람들. 남에게 말하면 달아날까 봐 두려워서 하지 못했던 이야기를 다 털어놓는다. 다른 사람들이 감당하기에는 너무 무겁다고 여겼던, 내가 짊어진 그 짐들을.

부인은 또렷한 눈빛과 꼿꼿한 자세로 꼼짝 않고 내 이야기를 듣는다. 평생 누가 이렇게 내 이야기를 귀담아들어주는 건 처음이다.

여섯 살 때, 첫 영성체 전 처음으로 고해를 하던 때의 기억이 있다. 조용하게, 진정하고, 아무거나 꾸며내서 말하라고 할머니가 이를 때 느꼈던 두려움이 생각난다. 작은 부스 안으로 떠밀려 들어가, 존재하지도 않는 죄를 몸뚱이 없는 음성에 대고 털어놓던 일이 떠오른다. 그 괴로움이. 수치심이.

이런 고해가 훨씬 더 적절했을 것 같다. 여섯 살짜리 아이들은 모두 머혼 부인 같은 사람과 편안한 소파에 앉아 이야기해야 한다.

이야기를 마칠 즈음엔 참 편안하고, 누군가에게 이해받았다는 느낌이 들어서 전혀 다른 차원에 들어간 것 같다. 이토록 차분한 기분이 드는 게 몇 년 만인지 모르겠다.

— 머혼 부인, 아직도 신의 존재를 믿으세요?

어리석고 유치한 질문이다. 어릴 때 케이시와 사이먼 외에는 아무에게도 해본 적 없는 질문.

하지만 부인은 천천히 고개를 끄덕인다.

— 믿어요. 난 신과 수녀회가 하는 일을 전적으로 믿어요. 수녀원을 떠난 건 내 평생 가장 슬픈 일이었어요. 하지만 패트릭과 결혼한 건 내 평생 가장 기쁜 일이었죠.

부인은 손을 내밀더니 앞뒤로 뒤집어가며 바깥쪽과 안쪽을 차례로 보여준다.

— 같은 이야기의 양면이에요.

나도 손을 뒤집어본다. 손등은 단단하고, 추위 때문에 튼 상태다. 거리에서 일하니 매년 이렇다. 손바닥은 부드럽고 말랑하다.

— 있잖아요, 난 이제 간호사가 아니지만 성 요셉 병원에서 봉사 활동은 아직 해요. 패트릭이 세상을 떠난 뒤로요. 일주일에 두 번씩 가요.

아기들을 안아주죠.

　—네?

　—중독자 산모에게서 난 아기들. 임신 중에 약을 끊지 않은 산모에게서 태어나는 아기들이 점점 많아지고 있어요. 그리고 아기를 버리고 가요. 엄마 아빠 모두가. 아기를 낳자마자 그들은 거리로 돌아가요. 되돌아오고 싶어도 못 오는 경우도 있지만요. 아기들에게 금단증세가 나타나면 안아줘야 해요. 안아주면 통증을 줄여줄 수 있거든요.

　내가 너무 오랫동안 말이 없자, 부인은 내 어깨를 잡아준다.

　—괜찮아요?

　나는 고개를 끄덕인다.

　—가끔 와주면 좋을 거예요. 관심 있어요?

　나는 아무 말도 하지 않는다.

　내 어머니를 떠올린다. 아기 시절의 케이시도.

　—남을 돕다 보면 자기 문제를 잊기도 해요. 부인이 말한다. 적어도 나는 그래요.

　—전 그러지 못할 것 같아요.

　부인이 나를 가만히 본다.

　—그래요. 마음이 바뀌면 알려줘요.

일주일 내내, 토머스와 함께 지낸다. 출산휴가 이후로 집에서 이렇게 오래 아이와 함께 있는 건 처음이다. 아이와 시간을 보낼 수 있어서 기쁘다. 하루 종일 아이와 함께한 지가 너무 오래됐다. 덕분에 아이는 꽃이 피듯 피어난다. 함께 책을 읽고 놀이를 한다. 캠던 수족관과 프랭클린 과학박물관에 간다. 필라델피아에 관한 소소한 지식을 아이에게 전부 알려준다.

최근에 정한 규칙도 있다. 이제는 토머스가 밤중에 내 방에 와도 돌려보내지 않는다. 모르는 척, 아이가 침대로 기어들게 놔둔다. 아침이 되어 깨어나면 아이를 본다. 햇빛이 비추는, 날마다 변하는 어린 소년의 얼굴을 본다. 자느라 흐트러진 머리카락, 베개 밑에 넣거나 가슴 위에 올려놓거나 항복 자세로 뻗고 있는 작은 손도 본다.

크리스마스를 맞아 토머스를 데리고 크리스마스트리 파는 곳에 가서 두 개를 산다. 작은 것은 우리 것, 조금 더 큰 것은 머혼 부인 것이다. 부인 것은 도움이 필요하면 나를 부르라고 적은 쪽지와 함께 현관문 앞에 세워둔다.

부인은 정말로 도움을 청한다.

트루먼에게 사과할까 날마다 생각한다. 하지만 부끄러워서 도저히 전화기를 들 수 없다. 그래서 서에서 일어나는 일도 나는 알 수 없다. 트루먼에게서도, 마이크 디파올로에게서도 아무런 연락이 없다. 물어볼 사람도 없다.

매일 아침, 오늘은 데니즈 체임버스에게서 전화가 올 거라고 생각한다. 아마 나는 파면될 거라고. 하지만 날마다 아무 일 없이 지나간다.

+++

크리스마스 날은 굉장히 춥고 햇빛이 쨍쨍하다. 차 앞창에 촉수 모양으로 얼음이 얼어 있어서, 토머스를 뒤에 태우기 전에 그것부터 긁개로 긁어낸다. 머혼 부인은 종일 자기 동생과 함께 지낸다.

뒷좌석에 오른 토머스가 묻는다. 우리 어디 가?

— 할머니 집에.

— 왜?

— 크리스마스에 항상 가잖아.

그건 사실이 아니다. 크리스마스 '무렵'에 간다. 보통 크리스마스 당일에는 근무가 있어서 토머스를 예전 베이비시터인 칼라에게 맡겨야 했으니까. 아이가 너무 어려서 잘 모를 거라고 생각했다. 하지만 작년에도 그랬는지는 확신할 수 없다. 그리고 올해는, 직무 정지가 얼마나 계속될지 정해지지 않았기에, 편리하게도 그런 의무가 없다. 그래서 토머스와 내가 이렇게, 킹오브프러시아 쇼핑몰에서 작은 선물 두 개를 사들고 할머니 집에 갈 수 있는 것이다.

딱히 할머니가 보고 싶은 건 아니다. 그저 가족이라는 것의 전반적인 개념이 그리웠던 듯싶다. 토머스를 잃어버렸던 날, 도와달라고 전화할 사람이 없다는 사실에 굉장히 괴로웠다. 그리고 나는 스스로에게 이렇게 말했다. 미케일라, 지금보다 더 큰 가족과 친구의 인맥을 만드는 것도 네가 해야 할 일이야. 네 자신을 위해서가 아니라, 토머스를 위해서.

그래서 어제 할머니에게 우리가 갈 거라고 알렸다. 처음에 할머니는 내키지 않아 하는 듯했다. 집도 엉망인 데다 연휴 즈음에 일이 많아서 토머스 선물을 준비할 시간을 미처 내지 못했다고 하더니, 이내 단념하는 것 같았다.

— 할머니. 내가 말했다. 그런 건 걱정 안 하셔도 돼요. 토머스가 할머니를 보고 싶다고 했어요. 그것뿐이에요.

할머니는 잠시 아무 말도 없었다.

— 그 애가 그랬어?

할머니 음성에서, 작게 짓는 미소가 느껴졌다.

— 음, 그럼 그래라.

— 오후는 어떠세요? 4시쯤?

— 좋다. 할머니는 작별 인사도 없이 전화를 끊었다. 할머니는 대개 그런 식이다.

오늘 아침 토머스와 나는 조용한 시간을 보냈다. 나는 토머스에게 와플을 만들어주었다. 아이가 제일 좋아하는 음식이다. 선물도 네 개나 줬다. 아이 허리까지 오는 크기의 트랜스포머 장난감과 우쿨렐레(토머스는 기타를 배우고 싶다고 말했었다), 나도 어릴 때 좋아했던 《그림동화》 책, 그리고 스파이더맨 그림이 있고 걸을 때마다 불이 들어오는 운동화.

지금 토머스는 그 운동화를 신고 뒷좌석에서 '뽁뽁' 소리를 내고 있다. 아이가 발뒤꿈치를 서로 부딪고 신발에 불이 들어오는 걸 보는 소리다. 백미러로 보니, 흐린 겨울 햇빛에 회색으로 물든 토머스의 얼굴이 창밖을 내다보고 있다.

지라드 방면 출구로 나가 피시타운으로 향한다. 거리는 조용하다.

크리스마스 당일에 사람들은 교외에 나가거나 아니면 집에서 지낸다.

어린 시절 살았던 벨그레이드로 들어가 쉽게 주차한다. 토머스를 차에서 내려준 뒤, 함께 손을 잡고 걷는다.

초인종을 한 번 누르고 기다린다. 30년 동안 같은 소리를 내는 초인종이다. '띵' 소리 뒤에 지지직대며 끓는 소리가 난다. 한 번도 고친 적이 없다.

충분히 기다린 뒤, 내 열쇠를 꺼내―그사이 할머니는 케이시가 물건을 훔쳐 가지 못하게 서너 번 잠금장치를 바꿨지만 그때마다 내게 새 열쇠를 줬다―넣는다.

열쇠를 돌리기 직전, 갑자기 할머니가 문을 열더니 햇살에 눈을 깜빡인다. 조금은 신경 쓴 듯한 옷차림이다. 짧게 잘라 갈색으로 염색한 머리는 깔끔하게 빗고, 평소에 입는 티셔츠와 레깅스 대신 붉은색 스웨터와 청바지를 입고 있다. 작은 크리스마스 장식물 같은 빨간색과 파란색 귀걸이도 한 채다. 쇼핑몰의 귀 뚫는 가게에서 받은 조그만 은제 귀걸이가 아닌 다른 걸 착용한 모습은 처음 본다.

―미안하다. 할머니가 들어오라고 비켜주면서 말한다. 화장실에 있었어.

안이 싸늘하다. 할머니는 아직도 가스 요금을 아끼느라 난방을 끄고 지내는 모양이다. 토머스가 몸을 떨기 시작한다. 이 부딪는 소리가 들린다.

하지만 할머니가 노력한 것도 느껴진다. 한쪽 구석에 작고 앙상한 크리스마스트리(어제 근처 가게에서 마지막 남은 것을 샀다고 할머니가 말한다)가 서 있고, 고장 난 벽난로 위에는 작은 오르골 세 개가 놓여 있다.

춤추는 곰과 호두까기 인형, 그리고 산타클로스가 각각 동그란 판 위에서 돌아가게 돼 있는 것들이다. 케이시와 나는 그것들을 좋아해서 날마다 세 개를 한꺼번에 돌리곤 했고, 그러면 할머니는 요란한 소리에 질색하며 화를 냈다. 토머스도 신기한지 그쪽으로 다가가 곰 오르골을 들고 자세히 살펴본다. 벽난로 장식대에 손이 닿을 만큼 키가 컸다.

— 켜도 돼요? 나는 전등 스위치 근처에서 묻는다.

— 그래라. 어쨌든 불은 켤 생각이었다.

스위치를 올리자 크리스마스트리의 장식 전구에 불이 들어온다.

난방도 좀 더 할 수 있는지 묻고 싶지만, 그냥 코트를 벗지 않기로 한다. 토머스도 외투를 입힌 채로 둔다.

어제 벤세일럼의 빵집에서 산 크랜베리 빵을 건네자 할머니는 말없이 그걸 가지고 주방으로 간다. 냉장고 문이 열렸다가 닫히는 소리가 난다. 내 기억에 할머니는 철마다 찾아오는 쥐들과 늘 전쟁 중이었는데, 그것은 음식을 싱크대에 그냥 두는 법이 없다는 뜻이기도 하다.

거실로 나오는 할머니를 보고 문득, 그사이에 참 작아졌음을 깨닫는다. 할머니는 늘 아담한 체구였다. 케이시와 나는 열 살쯤 됐을 때부터 할머니보다 체격이 훨씬 커졌다. 이제 할머니는 굉장히 말라서 꼭 아이 같다. 지나치게 마른 것 같다. 할머니는 여전히 빠르게 움직이고, 늘 가만있지 않으며, 손으로는 알 수 없는 무언가를 항상 찾고 있다. 그 무언가를 턱에 올렸다가 허리에 올리고는 다시 주머니에 넣었다가 도로 꺼낸다. 할머니가 크리스마스트리로 가더니 급하게 포장한 상자 두 개를 꺼내 온다. 하나는 토머스 것, 하나는 내 것이다.

— 자. 할머니가 말한다.

— 앉을까요? 내가 묻는다.

— 마음대로 하려무나.

토머스와 함께 소파에— 내가 어릴 적에 쓰던, 솔기가 헤진 소파— 앉은 뒤, 토머스에게 선물을 먼저 열어보게 한다. 상자가 제법 크고 묵직해서 아이가 포장을 뜯는 동안 내가 들어준다.

수퍼소커. 방아쇠 대신 펌프를 당기는 방식의 네온 컬러 물총이다. 철 지난 여름 장난감을 할인가로 산 게 분명하다. 나라면 절대로 아이에게 저런 걸 사주지는 않을 것이다. 총 모양의 장난감 따위는 허락한 적이 없다. 하지만 표정은 태연하게 유지한다.

토머스는 말없이 선물을 살펴본다.

— 네가 어렸을 때 좋아하던 거란다. 갑자기 할머니가 내게 말한다.

사실이 아닐 것이다. 물총을 가지고 논 기억도 없다.

— 그랬어요? 내가 묻는다.

할머니는 고개를 끄덕인다. 옆집에 있었거든. 그 집 애들이 여름마다 그걸 가지고 하루 종일 놀았어. 네가 그걸 어찌나 만져보고 싶어 하던지, 종일 창가에 서서 구경하더구나. 아무리 달래봐도 소용없었어.

이제 무슨 말인지 알겠다. 하지만 내가 본 건 총이 아니라 아이들이었다. 아이들의 작은 행동이나 대화, 습관적인 언행 같은 걸 기억해두었다가 훔쳐 쓰려던 거였다.

— 뭐라고 해야지? 내가 토머스에게 말한다.

— 감사합니다, 할머니. 토머스가 말한다.

— 고마워요. 나도 한 박자 늦게 말한다.

내가 할머니에게 준 선물은 '가족'이라고 적혀 있는 액자에, 토머스가 가장 최근에 유아원에서 찍은 사진을 끼운 것이다. 그래도 찍은 지 1년이 넘었다. 토머스가 할머니에게 준 선물은 나비 모양의 핀이다. 할머니가 내게 준 선물은 아주 연한 하늘색의 스웨터다. 할인점에서 보고 내게 어울릴 것 같아서 샀다고 한다.

— 돈도 꽤 줬다. 할머니가 말한다. 직원 할인을 받았는데도 말이야. 캐시미어야.

할머니는 텔레비전에서 토머스가 좋아할 만한 프로그램을 찾아 틀어놓는다. 나는 할머니를 따라, 음식을 차리러 주방으로 간다.

그제야 뒷문의 유리가 깨져 있는 걸 본다. 깨진 부분을 랩으로 서투르게나마 덮어놓았지만, 그래도 외풍이 들이친다.

나는 다가가서 살펴본다. 바닥에 유리 조각은 없다. 최근에 있었던 일이라고 볼 만한 흔적은 없다. 그래도 유리가 깨진 부분이 문손잡이에서 가까운 곳이라는 사실에 나는 흠칫 놀란다.

— 할머니. 내가 묻는다. 무슨 일 있었어요?

할머니는 나와 문을 번갈아 흘깃거린다.

— 아무것도 아니다. 잘못해서 빗자루로 쳤어.

나는 아무 말도 하지 않는다. 랩을 건드려본다. 가장자리를 손끝으로 훑는다.

— 정말요? 왜냐하면……. 그때 할머니가 내 말을 가로막는다.

— 진짜야. 자, 이거나 좀 도와다오.

할머니는 거짓말을 하고 있다. 이제 알 수 있다. 고집스러운 말투와 별안간 남의 말을 가로막고 화제를 바꾸려 하는 걸 보면 알 수 있다. 거짓말을 하는 이유는 알 수 없다. 하지만 따져 묻지는 않는다. 아직은 그럴 때가 아니다.

나는 그러는 대신 치즈와 크래커를 내놓고, 필즈버리 크루아상 반죽 속에 페퍼로니와 치즈를 말아 넣는 것을 도운 다음, 차에 두고 온 것이 있다고 말하고 주방에서 나간다.

— 바로 올게. 나는 토머스 앞을 지나가며 말한다.

텔레비전에서는 스톱모션으로 찍은 애니메이션 〈루돌프, 빨간 코 순록〉이 방송 중이다.

밖으로 나와 집 앞에 서서 살펴본다. 할머니 집과 이웃집 사이에 쓰레기를 내다 놓는 좁은 골목이 있다. 그 골목은 두 집의 작은 콘크리트 테라스들로 연결된다. 그리고 다시 이곳을 지나면, 각 집의 뒷문이 나온다.

뒤쪽에서 빗장을 걸게 돼 있는 파란색 문이 골목으로부터 누군가 침입하는 것을 막아준다. 하지만 그 문은 이제 낡고 덜렁거리는 데다 나무도 심하게 갈라져 있다. 문에 손을 대고 밀어본다.

쉽게 밀린다. 반대편으로 걸어간다. 애초에 단단하지 않았던 빗장에서 나사가 떨어져 나갔다. 누군가 문을 발로 찬 것처럼.

무언가 중요한 일이 시작되고 있다는 느낌에 뒷목이 간질거린다. 아드레날린이 솟구치면서 콧김이 씩씩 나온다.

다시 안으로 들어간다. 주방으로 간다.

— 할머니. 내가 말한다. 확인해봤는데요.

할머니가 나를 돌아본다. 얼굴에서 저항감과 죄책감이 드러난다.

— 뭔데.

—골목 쪽 문이요.

—그래. 너한테 전화받고 그거 고칠 사람 구해봤는데, 아무도 못 온 다더구나. 크리스마스이브니까.

—누가 발로 차서 부순 거던데요. 내가 천천히 말한다.

할머니는 한숨을 쉰다. 그래. 체념한 목소리다. 그래. 그랬다.

+++

싸웠어. 할머니가 말한다. 케이시랑. 싸우게 됐어. 케이시가 찾아와 돈을 달라기에 이젠 정말 끝이라고 했다. 그 애가 몹시 화를 냈어.

— 그게 언제였죠? 내가 묻는다.

할머니는 천장을 본다. 두 달 전. 아니면 더 전이거나. 모르겠다.

— 왜 저한테 거짓말하셨어요? 최근에 케이시 본 적 있는지 여쭤봤을 때요.

할머니는 나를 가리킨다.

— 넌, 할머니가 말한다. 걱정거리가 많잖니. 네가 참견할 테니까. 넌 나보다 그 애한테 무르기도 하고. 나처럼 거절을 못 할 테니까.

나는 고개를 젓는다.

— 할머니, 제가 얼마나 걱정했는지 아세요? 할머니도 살인 사건 얘기 들으셨잖아요. 제가 케이시 걱정한 것도 아셨으면서.

할머니는 어깨를 으쓱한다.

— 미리 걱정해두면 나중에 걱정을 그만큼 덜 할 것 아니야.

나는 고개를 돌린다.

— 어쨌든 다음 날 집에 왔더니 누가 문을 따고 들어왔었더구나. 우연이 아니라고 본다. 그렇지?

— 경찰에 신고하셨어요? 내가 말하자, 할머니가 차갑게 웃는다.

— 네가 경찰인데 그런 짓을 왜 하겠니.

할머니는 잠시 후에 이렇게 말한다. 게다가 그 애가 뭘 가져갔는지를 몰라. 짐작도 안 되고. 뭘 신고해야 할지도 모르는데.

내 머릿속에서 한 가지 가능성이 떠오른다.

— 집 안을 다 살펴봤어. 돈은 그대로야. 티브이도, 보석도, 은식기도 그대로고.

할머니는 얼마 되지 않는 가재도구를 하나씩 읊었고, 나는 주방에서 나와 계단으로 향했다.

— 어디 가니? 하지만 나는 할머니를 볼 수 없다.

— 화장실이요.

계단을 오른 뒤, 어린 시절에 쓰던 방으로 간다. 케이시와 함께 쓰던 방으로. 몇 년 동안 들어가지 않았다. 할머니 댁에 오더라도 그 방에는 갈 이유가 없으니까. 잠시 형식적으로 방문하는 동안 1층에 머물고, 화장실에 갈 때만 2층에 올라갔다.

할머니는 그 방에서 우리의 흔적을 싹 벗겨냈다. 지금 거기에 남아 있는 건 우리가 어릴 때 함께 쓰던 침대뿐인데, 그마저도 폴리에스테르 재질로 보이는 침구로 바꿔놓았다. 다른 가구는 없다. 장롱 하나 없다. 스탠드도.

한쪽 구석에 쪼그리고 앉아 카펫 끄트머리를 들어 올린다. 그 아래 헐거운 마루가 있고, 다시 그 아래가 우리의 비밀 장소다. 쪽지와 소중한 물건을 감춰두던 곳. 우리만의 성지. 케이시의 삶이 어두워진 뒤에는 마약 용품을 감추어두던 곳.

케이시는 이 집에 뭘 가지러 온 것이 아니라, 어쩌면 남기러 온 것일지도 모른다는 생각이 든다.

나는 숨을 참고, 마룻장을 들어 올린다.

손을 뻗는다. 종이가 닿는다. 몇 장을 꺼낸다.

그게 뭔지 알 수 없다. 1991년 2월 1일에 펜실베이니아주에서 발행한 583달러 수표다. 나머지도 확인한다. 10년 동안 매달 한 장씩, 금액이 서서히 증가한다.

또 있다. 펜실베이니아주 복지부에서 대니얼 피츠패트릭을 대신해 처리한 서류 세 장이다. 대니얼 피츠패트릭. 우리 아버지다. 수령인은 미케일라 피츠패트릭과 케이시 피츠패트릭이다. 지원금은 낸시 오브라이언이 수령한다고 적혀 있다. 우리의 보호자. 할머니.

할머니는 늘 사서함을 이용해서, 집으로는 우편물이 오지 않았다. 비로소 그 이유를 알아차린다.

그 공간에 다시 손을 집어넣는다. 더 있다. 크리스마스와 생일 카드 수십 장. 편지 수십 장. 핼러윈 카드. 밸런타인데이 카드. 모두 '사랑하는 아빠가'라고 적혀 있다. 현금을 동봉한다는 등의 돈 이야기가 적혀 있는 것도 있다. 모두 할머니가 빼 간 것이다.

가장 최근 것은 2006년에 온 것이다. 내가 스물한 살, 케이시가 열아홉 살 때.

문득 깨닫는 사실이 있다. 당시에, 나는 아버지가 돌아가셨다고 생각했다.

+++

한 손에 서류와 카드를 든 채 아래층으로 내려간다. 내가 거실을 지나칠 때 토머스가 고개를 들고 본다.

— 거기 있어. 내가 말한다.

주방에서 할머니는 맥주를 들고 있다. 카운터에 기대선 채. 창백한, 체념한 얼굴로 나를 본다. 내가 새로운 사실을 알게 된 걸 아는 것이다. 처음 봤을 때는 좋았던 할머니의 옷차림이 이제는 나를 서글프게 만든다. 오랜 세월의 잘못을 가리기 위한 서글픈 시도.

나는 잠시 아무 말도 하지 않는다. 하지만 내가 찾아낸 증거를 쥐고 있는 손이 기대감으로 살짝 떨린다.

— 그게 뭐니. 뭘 들고 있니.

할머니가 서류를 본다.

나는 할머니가 서 있는 곳으로 가서 조리대 위에 서류를 세게, 던지듯 내려놓는다. 바로 옆에 서니, 내가 할머니보다 크다. 나는 계속 기다리지만, 할머니는 서류를 집어 들지 않는다.

— 이걸 찾았어요.

— 네 동생 찾으려고 시간 낭비하지 마라. 케이시가 사라진 건, 그 애가 사라지길 원해서야. 네 시간 낭비하지 마.

— 이걸 좀 보세요.

— 그게 뭔지 안다. 다 보여.

— 왜 거짓말을 하셨어요?

— 거짓말한 적 없어.

나는 웃는다. 셈을 어떻게 하신 거죠? 평생 하루도 빠짐없이 양육비 때문에 불평하셨잖아요.

할머니는 나를 노려본다.

— 그놈은 너희를 버렸어. 할머니가 잘라 말한다. 내 딸을 중독자로 만들고, 걔가 죽으니까 떠났다고. 너희를 키운 건 나야. 다른 사람들이 너희를 버리고 갔을 때 내가 맡았다. 고작 한 달에 200달러로 달라지는 건 없어.

— 살아 있어요? 내가 묻는다.

— 내가 어떻게 알겠니.

— 할머니, 우릴 키우느라 할머니 인생이 망했어요?

할머니는 코웃음을 친다. 지금 무슨 드라마 찍니?

— 아뇨, 진지하게 묻는 말이에요. 우리가 할머니 인생을 망가뜨렸어요?

할머니는 어깨를 으쓱한다. 내 딸이 죽었을 때 내 인생이 망했지. 내 외동딸. 그랬어.

— 하지만 우린 어렸잖아요. 케이시는 아기였어요. 엄마가 죽은 건 우리 잘못이 아니에요.

할머니가 고개를 꽥 돌린다. 나도 알아. 내가 그걸 모를 것 같니?

할머니가 갑자기 냉장고를 가리킨다. 저거 봐라. 저기 뭐가 있니? 보라고.

오랫동안, 그리고 여전히 냉장고 문은 콜라주 작품 같다. 노랗게 빛바랜 종이들이 다닥다닥 붙어 있다. 우리가 받아 온 가정 통신문, 케이시가 딱 한 번 받은 좋은 성적표, 학교에서 찍은 사진. 토머스가 작년 크리스마스에 할머니에게 보낸 카드도.

— 너희는 항상 소중했다. 너도, 케이시도. 너흰 내 가족이니까.

— 하지만 우릴 사랑하진 않으셨죠.

— 물론 사랑했어. 할머니는 거의 고함을 지른다. 그러다 진정한다. 하지만 말 같은 건 소용없어. 나는 행동으로 너희를 돌봤다. 내 평생을 너희에게 바쳤어. 그 돈은 다 너희한테 썼어.

나는 기다린다.

— 난 원래 순했는데, 할머니가 드세게 만든 거예요.

할머니는 고개를 끄덕인다. 다행이구나. 세상은 힘든 곳이야. 네게 그걸 가르쳐야 한다고 생각했다.

— 그러셨어요.

할머니는 고개를 돌린다. 다행이네. 다시 말한다. 내가 원한 거였어.

할 말이 더 있다.

— 할머니. 나는 어릴 때 할머니에게 써서 이따금 통했던 상냥한 말투로 말한다. 부탁이에요. 케이시가 어디 있을지 모르시겠어요?

— 그 앤 그냥 놔둬라. 할머니 표정이 단호해진다. 갠 내버려두는 게 네 신상에 좋아.

— 내가 원하는 대로 할래요.

평생 할머니에게 이런 식으로 말한 적은 없었다.

할머니는 따귀를 맞은 사람처럼 한참을 멍하니 있는다.

그러다가 나를 노려본다.

— 갠 배가 불렀어. 한참 뒤에 할머니가 입을 연다.

에둘러서 한 말이라 의미를 파악하는 데 시간이 걸린다. 설마. 왜 배가……. 묻고 싶다.

— 그래서 우리가 싸운 거다. 이젠 알겠지.

할머니는 내 반응을 잠자코 기다린다. 나는 표정을 유지한다.

그러다 할머니가 내 어깨 너머를 바라본다. 나도 따라 돌아본다. 내 뒤에서 토머스가 조용히 주방으로 들어온다. 염려스러운 표정으로 가만히 서 있다.

— 네 아들 왔구나. 할머니가 말한다.

THEN
그때

+++

이 한마디는 해두고 싶다. 나는 내가 가진 모든 능력을 다해 명예롭게 살고자 노력했다.

'명예롭게' 살아야 한다는 생각이, 직업적으로든 개인적으로든 내 행동을 결정했다. 나는 대체로 옳고 정당하다 여기는 것에 따라 살아왔다고 당당하게 말할 수 있다.

그럼에도 불구하고, 누구나 그렇겠지만, 지금에 와서는 다시 생각해 보고 싶은 결정을 한 적이 한두 차례 있다.

그 첫 번째 결정에 이르게 된 이야기는, 포트리치먼드에서 나와 함께 살던 케이시가 마약에 다시 손을 댄 시점으로부터 시작된다.

나는 곧장 그 애에게 나가라고 말했다.

케이시에게 지낼 곳을 내주면서 내가 내건 조건은 마약을 끊는 것이었다. 케이시가 내 집에 왔을 때, 나는 두 번째 기회는 없을 거라고 말했다. 그리고 그 애가 그 말을 믿게 하려면, 정말로 그렇게 하겠다는 결심을 세워야 한다고 늘 생각했다.

그렇기에, 케이시가 마약을 하고 서랍에는 그 증거가 가득한 것을 내가 보았을 때 그 애는 아무 말도 하지 않은 것이고 나 또한 마찬가지였던 것이다. 케이시는 말없이 짐을 챙겼고, 나는 지하실에서 소리 죽여 울었다.

케이시와 함께 사는 것이 너무 좋았다.

케이시는 말 한마디 없이 떠나버렸다.

+++

동생이 거리에서 일하는 것을 처음 목격했을 때, 나는 그게 그 애가 의도한 거라고 확신하지 못했다.

케이시가 집을 나간 직후의 어느 아침이었다. 순찰 중에 긴급 호출이 와서, 나는 담당 구역에서 벗어나 북동쪽으로, 프랭크포드 방면으로 향했다. 그날 트루먼이 함께 있었고 그가 운전을 했다. 나는 조수석에 앉아 있었다.

켄징턴애비뉴를 따라 올라가다가, 반바지와 티셔츠 차림으로 핸드백을 어깨에 멘 채 보도에 서 있던 여자를 지나쳤다. 잠시 후, 생각했다. 케이시였어. 하지만 너무 순식간에 일어난 일이라 꼭 신기루를 본 것 같은 느낌이었다.

정말로 케이시였을까? 확실하지 않았다. 뒤로 돌아앉아 다시 보려고 했지만, 그녀는 이미 시야 밖으로 사라진 뒤였다.

— 왜 그래? 트루먼이 물었다. 아무것도 아니라고 했다.

— 아는 사람을 본 것 같아서요.

트루먼은 내 동생을 만난 적이 없었다.

돌아오는 길에 내가 운전하겠다고 하고 일부러 같은 교차로 쪽으로 차를 몰았다.

그렇다. 케이시였다. 무릎을 굽히고 있었다. 취해서. 케이시는 어떤 차 창문 쪽으로 허리를 숙이고 있었고, 그 차 운전자는 우리 순찰차를 보더니 아무렇지도 않은 척, 차를 움직이기 시작했다. 케이시는 하마터면 차에 끌려갈 뻔했다. 케이시가 갑자기 몸을 펴고 짜증을 내며 뒷걸음질을 쳤다. 그리고 핸드백을 어깨로 끌어 올렸다. 실망했는지 팔짱을 꼈다.

내가 너무 느리게 운전하자, 트루먼이 왜 그러는지 다시 물었다.

이번에는 대답하지 않았다.

그럴 계획은 아니었지만, 그 차가 내 동생 바로 앞에 있었을 때 나는 순찰차를 길 한가운데 세웠다. 아무도 빵빵거리지 않았다. 아무도 경찰차를 향해서는 그러지 않는다.

— 미키? 트루먼이 물었다. 뭐 하는 거야, 미키?

우리 뒤에 차들이 길게 늘어섰다. 몇 대 지난 뒤쪽에 있던 차가 왜 밀리는지 몰라 경적을 울렸다.

그리고 그 소리에, 케이시도 시선을 들었다. 나를 봤다. 허리를 폈다.

우리는 한참 동안 서로를 보았다. 마치 시간의 흐름이 늦춰지다가 그대로 멈춰버린 것 같았다. 그 순간 우리 사이에 오간 것은 견딜 수 없는 슬픔, 결코 예전으로는 돌아갈 수 없으리라는 자각, 그리고 어릴 적 서로를 위해 꿈꿨던 더 나은 삶이 모두 무너져 먼지로 화하는 느낌이었다.

차 안에서 손을 들어 케이시에게 손가락질을 했다. 트루먼이 몸을 당겨 밖을 내다봤다.

그날 본 케이시의 상태는 최악이었다. 몸은 너무 말라 있었고, 피부에는 딱지가 앉았으며, 머리는 감지 않았고, 메이크업은 번져 있었다.

— 아는 사람이야? 트루먼이 말했다.

하지만 그의 말투에는 날카로움도 혐오도 없었다. 아니, 그의 목소리는 오히려 굉장히 상냥했다. 저 사람이 내 친구든 친척이든 상관없이 받아들일 것 같은 느낌이었다. 네, 트루먼. 나는 속으로 생각했다. 아는 사람이에요.

　　— 제 동생이에요. 내가 말했다.

+++

그날 밤, 그 무엇도 나를 위로할 수 없었다. 사이먼에게 계속해서 연락했지만 그는 받지 않았다.

그러다 결국, 연락을 받고 싶지 않을 때 늘 그러듯이 짜증 가득한 목소리로 그가 전화를 받았다.

— 뭐가 그렇게 급한데?

나는 사이먼에게 바라는 게 없었다. 그에게 많은 걸 요구하는 것처럼 보이고 또 필사적으로 보일까 봐, 나는 늘 망설였다. 하지만 그날 밤에는 어쩔 수가 없었다. 당신이 필요해요. 내가 말했다.

사이먼은 곧 가겠다고 대답했다.

한 시간 뒤 사이먼이 도착하자, 내가 본 것을 그에게 말했다.

그는 굉장한 관심을 기울이며 경청했고, 관대하게 조언했다.

— 그러고 싶지 않은 거지. 케이시를 완전히 끊어냈다는 내 말에 사이먼은 그렇게 이야기했다.

나는 그러고 싶다고 했다. 그래야만 한다고.

사이먼은 고개를 저었다. 아니, 실은 그렇지 않을 거야.

— 내가 만나볼게.

우리는 소파에 나란히 앉아 있었다. 그는 한쪽 무릎에 다른 쪽 발목을 얹어놓고 있어서, 위에서 보면 몸이 꼭 '4'자처럼 보였다. 그는 멍한 얼굴로, 'X'자를 문신한 종아리를 건드렸다.

— 마지막으로 한 번만. 그 정도는 해야지. 그래야 너도 편하고 말이

야. 마지막 시도 없이 끊어내면 너도 내내 아쉬울 거야. 내가 도와줄게.

나는 피곤해져서, 그러자고 말했다.

— 나도 경험이 있어. 사이먼이 말했다. 나한테 같은 경험이 있다는 걸 잊지 마. 겪어본 사람의 이야기를 들어야 할 때도 있는 법이야.

일주일 만에 사이먼은, 어느 버려진 집에 친구들과 함께 있던 케이시를 찾아냈다. 그는 형사들이 쓰는 수법을 썼다고 했다. 그의 말로는 그 지역에 있는 자기 정보원을 이용했다는 것이다.

처음에 케이시는 내켜 하지 않았지만, 사이먼이 끈질기게 설득했다.

매일 케이시와 연락을 하고 내게 경과를 알렸다. 케이시는 오늘 안 좋아 보였어. 오늘은 좋아 보였어. 케이시에게 점심을 사줬어. 뭘 먹게 했어.

한 달 동안, 그는 케이시를 찾아내고 돌보는 과정을 내게 세세히 들려주었다. 그렇게 세상 누군가가 케이시를 보살펴준다고 생각하니 기분이 좋았다. 보호받는 느낌이었다. 네 살 때부터 홀로 져온 책임을 이제는 누군가와 나누고 있었다. 여전히 사이먼은 알 수 없는 방식으로 능력이 있었고, 신뢰할 수 있었으며, 어른스러웠다.

— 왜 이렇게까지 해주는 거예요? 그의 관대함이 놀라워서 이렇게 물어본 적이 있었다.

그러자 그는 말했다. 난 사람 돕는 걸 좋아해.

2개월쯤 지난 어느 날, 사이먼이 전화로 말했다. 미키, 할 이야기가 있어.

나쁜 소식이라는 걸 단번에 알 수 있었다.

— 지금 말해요.

하지만 사이먼은 만나서 이야기해야 한다고 했다.

그가 포트리치먼드의 집으로 찾아왔다. 소파 옆자리에 앉았다. 그리고 내 손을 잡더니 말했다. 미키, 잘 들어. 케이시 사정이 안 좋은가 봐. 환각에 빠진 것 같아. 알 수 없는 소리를 주절거리기 시작했어. 약 때문인지 뭔지 모르겠어. 어쨌든 걱정스러운 일이야.

나는 이맛살을 찡그렸다.

— 뭐라고 하는데요?

사이먼은 한숨을 쉬었다. 나도 잘 모르겠어. 뭔가에 화를 내고 있는데, 그게 도대체 뭔지 모르겠어.

그가 하는 말이 어딘가 이상하게 들렸다.

— 음, 케이시가 무슨 말을 하는데요?

당연한 질문인데도 어째서인지 사이먼은 짜증이 난 표정을 짓고 있었다.

— 날 믿어. 응? 걘 제정신이 아니야.

— 알겠어요. 어떻게 하면 되죠?

— 케이시가 도움을 받게 하려고 그래. 조현병 진단을 받으면, 사회복지시설에서 도와줄 수 있을 거야. 우선 케이시를 병원에 데려가야 해.

사이먼은 나를 보았다. 좋아? 싫어?

— 알겠어요. 나는 다시 말했다.

+++

그날 밤 나는 도저히 잠을 이룰 수 없었다. 침대에 누워, 아침 근무가 시작될 때까지 남은 시간을 헤아렸다. 사이먼이 내게 동생 이야기를 들려주던 내내, 거리에서 그 애를 본 적이 없다는 사실이 떠올랐다. 나는 그것을 '발전'으로 여겼었다.

새벽 1시였고, 근무는 8시에 시작되었다. 하지만 아무리 자기최면을 걸어도 잠들지 못한다는 사실을 알게 되자, 기어이 나는 침대에서 몸을 일으켰다.

옷을 입었다. 내가 갖고 있는 케이시의 가장 최근 사진을 찾았다.

밖으로 나가 차를 타고 켄징턴으로 향했다.

사이먼이 전한 이야기를 근거로, 케이시가 사는 곳을 어렴풋이 짐작하고 있었다.

그곳에서 가장 가까운 교차로로 가서 사람들에게 묻기 시작했다.

밤 동안 켄징턴에는 일반인이 많다. 그날처럼 하지가 가까운 따뜻한 밤이면 더욱 그렇다. 5월 초였고, 켄징턴이 자랑하는 몇 안 되는 꽃나무들이 만개하여 하얗고 묵직한 가지를 바람에 흔들고 있었다. 햇빛을 갈구하는 꽃들이 한밤중 가로등 불빛에 밝혀진 모습은 으스스하기까지 했다.

나는 거리에 있는 사람들에게 케이시의 사진을 보여주었다.

누군가 그 애를 알아봤다. 혹시 케이시의 고객인가 싶어 나는 수상쩍은 눈으로 그를 보았다. 아, 알아요. 그가 말했다. 이 여자한테 뭘 원해요?

필요 이상으로 말하고 싶지 않아서 그냥 친구라고 했다. 요즘 얘가 어디 사는지 알아요?

그는 머뭇거렸다.

모두가 서로서로 알고 지내고 서로의 사정도 아는 듯이 보이는 켄징턴이지만, 정작 이곳에서 뭘 알아내기란 쉽지 않다. 그럴 필요 없는데 왜 상관이냐는 것이다. 왜 말썽을 불러들이려는 거냐고 말이다. 그중에서도 이런 말을 가장 많이 듣는다. '내 이름은 입에 올리지 마.' 켄징턴에 대표 표어 같은 게 있다면 아마도 이 말일 터다. 하지만 어쩌면 이 남자가, 경찰복을 입고 이곳을 돌아다니던 내 얼굴을 기억하는 것인지도 몰랐다. 내가 잠복근무 중이며, 케이시의 체포 영장을 갖고 있다고 생각하는 건지도 몰랐다.

다행스럽게도, 사람들이 입을 열게 만드는 데 상대적으로 쉬운 방법이 존재한다. 바로 돈이다.

5달러 지폐 한 장—헤로인을 동전 크기만큼 살 수 있는 액수—으로도 효과가 있을 테지만, 나는 케이시가 있는 곳을 안내해줄 사람에게 주려고 20달러 지폐를 가져왔다.

그가 돈을 빼앗으려고 하는 경우에 대비해 셔츠 아래로 총도 차고 있었다. 그건 말하지 않았다.

남자는 주위를 둘러보았다. 그 표정이 마음에 들지 않았다. 마약에 갈급한 나머지 무슨 짓이라도 저지를 것 같은 느낌이었다. 이런 상태의 사람은 용수철처럼 튈 수 있다. 지금 그들의 정신은 평소 자신이 가지고 있던 윤리 규범과 완전히 분리되어 있다.

남자는 나를 데리고 목격자들로부터 점점 더 멀리 떨어져 걸어갔고, 나는 필요하면 언제라도 총을 뺄 수 있게 만반의 준비를 하고 있었다. 그와 주변을 한눈에 볼 수 있도록 몇 발자국 뒤에서 걸었다.

드디어 그가 어떤 집 앞에서 멈춰 섰다.

버려진 집 같지는 않았다. 창문이 막혀 있지 않았다. 낙서도 없었다. 결정적으로, 집 앞에 놓인 화분 두 개에서 붉은 제라늄이 보기 좋게 자라고 있었다.

— 여기서 지냈어요. 안내인이 말하고는 손을 내밀었다.

나는 고개를 저었다.

— 케이시가 여기 있는지 어떻게 알아요? 확인한 뒤에 줄게요.

— 이봐요. 남자가 말했다. 진심이에요? 이 시간에 문을 두드리라니, 무례하잖아요.

남자는 한숨을 쉬더니 결국 시키는 대로 했고, 나도 그를 과소평가한 것에 미안함을 느꼈다.

그가 문을 두 번, 처음에는 소심하게 그다음엔 단호하게 두드렸다.

5분쯤 문을 두드린 끝에 모습을 드러낸 여자는 케이시가 아니었다. 여자는 잠에 취한 눈을 깜빡이며 짜증스러운 표정을 지었지만 약에 취한 것 같지는 않았다. 파자마 바지와 티셔츠 차림이었다. 모르는 사람이었다.

— 대체 뭐야, 제러미? 여자가 말했다. 무슨 일이냐고.

남자가 내 쪽으로 엄지를 내밀었다. 코니를 찾아.

문 너머로 집 안이 보였다. 바닥에 깨끗한 카펫이 깔려 있었다. 잘 정돈된 곳 같았다. 누군가 식사를 제대로 차려 먹은 듯, 안에서 마늘과 양파 냄새가 풍겼다.

여자가 짜증 난 표정으로 나를 노려봤다. 그러더니 내 눈앞에서 손가락을 튕겼다. 이보세요. 여자가 말했다. 뭘 도와드릴까요?

나는 돌아서서 여자를 등졌다. 최대한 눈에 띄지 않게 제러미에게 돈을 건넸다. 그가 떠나자, 나는 몸을 돌려 다시 여자와 마주했다.

— 제 동생이에요. 여기 있나요?

여자는 마지못해 비켜섰다.

케이시는 깔끔한 방에 놓인 트윈 침대에서 자고 있었다. 숨소리가 가벼웠다. 어릴 때부터 케이시는 늘 깊이 잠들었다. 제러미가 그렇게 문을 두드려댔는데도 깨지 않은 게 전혀 놀랍지 않았다.

— 고마워요. 나는 여자가 돌아가길 바라며 말했다. 하지만 여자는 한쪽 눈썹을 치켜세운 채 그 자리에 서 있었다. 케이시의 반응을 보려는 것이었다. 케이시가 나를 만나고 싶어 하는지 확인하려고. 그렇지 않다면 개입할 태세였다. 거칠고 확고한 표정이었다. 케이시와 할머니 등 내가 아는 많은 여자들의 그것과 같은 표정이었다. 세월이 흐르면서 나 역시 일하는 중에 그런 표정을 흉내 내게 되었지만, 여전히 얼굴에 자연스럽게 떠오르지는 않는다.

케이시의 어깨에 손을 얹고 부드럽게, 그리고 세게 흔들었다.

— 케이시. 일어나. 케이시. 미키야.

한참 만에 눈을 뜬 케이시의 표정은 혼란에서 당혹으로, 다시 놀람으로, 그리고 수치로 바뀌었다.

그러더니 곧바로 눈물을 글썽였다.

— 그 사람이 말했구나. 케이시가 말했다.

나는 아무 대답도 하지 않았다. 무슨 말인지 알 수 없어서.

케이시는 일어나 앉더니 머리를 감싸 쥐었다. 룸메이트가 내 시야에서 슬그머니 사라졌다.

— 정말 미안해, 언니. 케이시는 계속 이렇게 말했다. 정말 미안해. 정말.

+++

　그 순간에도 우리가 교차로에 서 있음을 나는 감지했다. 우리 삶의 지도가 앞에 펼쳐져 있고, 내가 고를 수 있는 다양한 길이 있는데, 그 선택이 동생에게 미칠 영향이 또렷이 보였다.

　물론, 돌이켜보면 내가 선택한 길은 잘못된 것이었다.

　불명예스럽기도 했다.

　— 임신했어. 케이시가 말했다.

　— 사이먼이야. 케이시가 말했다.

　— 상태가 안 좋던 때였어. 케이시가 말했다. 내가 무슨 짓을 하는지도 몰랐어. 사이먼이 날 이용했어.

　— 그 뒤로 끊으려고 노력하는 중이야.

　그리고 나는 말했다. 아니야.

　내 입에서 나온 첫마디였다. 어릴 적 가끔 느꼈던 어지러움이 다시금 엄습해왔고, 나는 그걸 그치게 하고 싶었다. 그래서 다시 말했다. 아니야.

　그 말을 하면서, 그것으로 중요한 한 가지가 결정되었음을 느꼈다. 이제는 되돌리기 어려웠다. 만약 그 순간으로 돌아갈 수 있다면, 나는 손으로 귀를 막았을 것이다.

　거기서 나왔을 것이다. 조금 더 생각할 시간을 가졌을 것이다.

　— 미키.

　나는 고개를 홱 돌렸다.

　— 믹, 정말 미안해. 미안해. 할 수만 있다면 되돌리고 싶어.

내가 케이시에게 한 최악의 행동과 말을 열거해보면, 아마 그 맨 윗자리는 어머니에 대한 거짓말이 차지하고 있을 것이다. 어머니가 케이시보다 나를 더 사랑한다고 말했다는 거짓말. 그건 자매 사이의 일상적인 싸움 도중 내가 휘두를 수 있는 가장 날카로운 칼이었다. 하지만 케이시가 무시무시한 소리로 울음을 터뜨리는 바람에 나는 내가 한 짓을 후회하며 그렇게 못된 소리는 다시는 하지 않겠다고 맹세했었다.

하지만 그날 밤, 나는 또 그랬다.

— 거짓말이지. 나는 침착하게 말했다.

케이시는 잠시 혼란스러운 표정을 지었다.

— 아냐.

— 어쨌든, 네가 어떻게 알기나 하겠어?

— 무슨 소리야? 케이시가 말했다.

— 아버지가 누군지 네가 어떻게 알아?

한순간 케이시가 나를 때릴 것 같았다. 싸움을 시작할 때면 주먹을 꽉 쥐고 팔에 힘을 주는 그 애 모습을 어릴 때부터 봐왔으니까. 하지만 케이시는 아무 말 없이, 내 말이 전하는 충격을 그대로 흡수하고 고개를 돌렸다.

— 가.

처음 만난 그 애 룸메이트도 문을 가리키며 그 말을 반복했다. 그 여자—내가 알지도 못하는 낯선 사람이—가 그날 나보다 동생에게 더 의리 있게 행동했다는 생각이 든다.

내가 케이시에게 적대적으로 군 덕분에, 사이먼은 아주 편해졌을 것이다. 그는 내게 아니라고 부인할 필요도 없었다. 나는 그러는 대신, 이튿날 그가 찾아왔을 때 그 말에 동의한다고, 케이시에게는 도움이 필요하다고 말했다.

― 애를 가졌다던데. 당신 아이라고 했어요.

사이먼은 아무 말도 하지 않았다.

― 그 말을 믿을 수 있겠어요?

― 내가 말했잖아.

― 임신한 건 맞아요?

― 그럴지도 모르지. 두고 봐야 할 것 같아.

그해 봄과 여름, 케이시를 보는 횟수가 점점 많아졌다. 케이시는 거리에서 꾸준히 모습을 드러냈다. 나는 근무 때마다 그 애가 일하는 모습을 보았다.

그리고 곧, 배가 나오는 것도 보았다.

케이시가 제라늄 화분이 있던 집에서 정말로 약을 끊은 상태였다면, 어쨌든 그 뒤로는 다시 약을 하는 게 분명했다. 충혈된 눈이 번득였다. 피부에는 붉은 자국이 있었다. 깡마른 몸에서 오직 배만 튀어나와 있었다. 슬픈 일이지만, 그렇다고 고객이 끊기거나 하지는 않는 모양이었다. 나는 케이시의 고객들이 그 애 바로 앞에 차를 세우는 장면을 자주 목격했다. 그냥 지나쳤다가 도로 후진해서 케이시에게 다가가는 남자들도 있었다.

　─ 못 보겠어요. 나는 사이먼에게 한두 번 그렇게 말했다.

　나는 아기와 그 애의 안위를 생각했고, 우리 어머니와 어머니가 한 선택을 생각했다.

　변호사를 구하기 시작했다.

첫 변호사는 제삼자 양육권 지정도 논외는 아니라고 했다. 부모 중 하나 혹은 둘 모두 중독자일 때 자주 있는 경우라고 했다. 그녀는 그해만도 그런 사건을 서너 건이나 다뤘다고 했다. 하지만 친모에게서 양육권을 가져올 수 있다 해도, 아이 아빠가 누군지 모른다는 친모의 증언은 반드시 필요했다. 만약 아이 엄마가 친부의 이름을 밝히면, 친부 또한 양육권을 양도한다는 내용의 서류에 서명을 해야 했다.

— 만약에, 엄마가 환각 상태라면요? 아빠 이름을 거짓으로 말하면요?

— 음, 새러 히메네스라는 변호사가 말했다. 그러면 대부분의 판사는 친자 감정을 제안할 거예요.

내가 그렇게 전하자 사이먼은 아무 말도 하지 않았다.

사실 그해 내내 그는 케이시 문제가 입에 오를 때면 수상할 정도로 말수가 적어졌다. 그리고 더는 케이시를 만나지도, 돕지도 않았다. 내가 케이시 이야기를 꺼내면 그는 말을 돌렸다.

하지만 케이시의 주장이 틀렸다는 것을 확인하려면 친자 감정이 꼭 필요하다고 말하자, 그리고 그가 여전히 침묵으로만 일관하자, 나는 결국 마음속으로 알고 있었던 사실을 소리 내어 인정하기에 이르렀다.

물론, 내가 동생에게 한 말을 돌이키기에는 이미 너무 늦은 때였다.

토머스 홈 피츠패트릭은 2012년 12월 3일, 아인슈타인 병원에서 태어났다. 물론 '토머스'라는 이름이 처음부터 붙여진 것은 아니었다. 케이시는 아버지의 이름을 따서 아이를 '대니얼'이라고 불렀다. 하지만 나는 그 이름은 붙일 수 없다고 생각했다.

나는 아이가 태어날 때 그 자리에 있지 않았다. 하지만 케이시가 졸면서, 분명 약에 취한 상태로 병원에 갔다는 사실을 알게 되었다. 그리고 아이가 태어난 직후 토머스는 산모와 떨어졌고, 신생아집중치료실 간호사들이 혹여 금단증상을 보이는지 확인하며 아기를 보살폈다.

포트리치먼드의 집에서 나는 아이를 더 나은 삶 속으로 맞아들일 준비를 하고 있었다. 몇 달 동안 계획한 바였다. 케이시가 쓰던 방을 편안한 분위기의 아기 방으로 바꾸어놓았다. 내 아들의 명랑한 삶을 기원하는 연노랑으로 내부를 꾸몄다. 내가 좋아하는 책의 글귀를 액자에 넣어 벽에 걸었다. 서점에 가서 내가 어릴 적에 읽어보지 못한 책을 샀다. 아이에게 전부 읽어줄 생각이었다. 아이가 원하는 만큼, 그보다 더. 그만하자는 말은 하지 않을 생각이었다.

그 무렵 사이먼과 나는 더 이상 대화하지 않았지만, 몇 가지 부분에 있어서 합의점에 도달했다. 그는 토머스의 양육권을 내주는 대신 아이와 가끔 만나게 해달라고 요구했다. (왜죠? 내가 물었다. 그러자 그는, 자기는 시작한 건 반드시 마무리 짓는 습관이 있다고 대답했다.) 나는 토머스의 교육비를 내주면 그렇게 될 거라고 했다. 다른 건 필요 없다고 했다. 아이로 하여금 좋은 교육을 받게 해줄 돈이면 된다고.

이 모든 것은 구두로 정했다.

이 합의 속에는 무언의 협박 두 가지가 포함돼 있었다. 먼저, 나는 우리 관계가 어떻게 시작됐는지 사이먼의 상관에게 고발할 수 있었다. 그리고 사이먼은 토머스의 양육권을 되찾아 갈 수 있었다.

우리는 서로에게 상냥하게 대했지만 대화는 거의 하지 않았다. 아이가 태어난 뒤, 한 달에 한 번 수표가 도착했다. 스프링가든 유아원의 원비가 전부인 액수였다.

그에 대한 보상으로 한 달에 한 번, 사이먼은 토머스를 데리고 놀러나갔다. 처음에 토머스는 그걸 싫어하더니, 자라면서 점점 더 그날을 기다리게 되었다. 몇 주 전부터 어서 그날이 오기만을 고대했고, 그 뒤 몇 주 동안은 그날의 이야기를 한없이 되풀이했다.

이 합의에서 제외된 사람은, 물론 케이시였다.

케이시는 자발적으로 토머스를 내주지 않았다. 아이를 직접 키우고 싶어 했다. 병실에서 케이시는 약을 끊겠다고 계속 다짐했다. 하지만 출생 시 토머스의 신생아 금단 증후군의 수치가 매우 높았고, 산모의 체내에 있던 다양한 약물 성분에 대한 금단증상도 심했다. 내 변호사의 예상대로 아이는 필라델피아 복지부의 보호하에 들어갔고, 아이가 거기서 하루 지내는 동안 공무원들은 아이의 가장 가까운 친척을 찾았다. 이튿날 그들은 할머니에게 전화한 후, 내게 전화했다.

할머니는 내가 개입한 것을 두고 미쳤다고 했다. 네가 지금 무슨 짓을 하는지 몰라서 그러는 거야. 혼자 애 키우기가 얼마나 힘든지 몰라서 그래.

하지만 나는 이미 결정을 내린 뒤였다.

네. 나는 사회복지사에게 말했다. 제가 키울 수 있어요.

내 계획은 온전한 양육권을 넘겨받는 것이었다. 나는 변호사와 함께, 케이시의 친권을 완전히 종료시키지는 않기로 결정했다. 케이시가 회복해 토머스와 모자 간 상봉을 이룰 여지는 남겨두기로 했다. 다만, 케이시는 법정에서 명령한 약물 검사를 통과하기 전까지는 아들을 볼 수 없었다.

케이시는 그러지 못했다. 여러 차례 저항하고 방문 권리를 얻으려 시도했지만, 케이시는 매번 검사를 통과하지 못했다.

그러므로 케이시는 토머스를 만나지 못했고, 나는 토머스에 대한 완전한 양육권을 갖게 되었다. 법정은 이 결정이 아이에게 최선이라고 판단했다. 점잖은 판사가 내리기 쉬운 결정이었다.

바로 이것들이, 내가 제안한 것들이라고 생각한다. 점잖은 행동, 품위, 맨정신, 안정적인 거주지와 직업. 그리고 케이시의 아들, 이제는 내 아들이 교육받을 기회.

나는 필라델피아 경찰에, 그리고 트루먼에게 아이를 입양했다는 사실을 알렸다.

아무도 질문하지 않았다.

5년째 파트너였던 트루먼조차도, 축하한다고만 말할 뿐이었다. 그는 내게 선물을 주었다. 책과 유아복이 든 예쁜 선물 상자였는데, 굉장히 세심히 고른 게 눈에 보일 정도로 준비에 시간을 많이 들인 듯했다. 나는 감사 카드를 써서 그의 집으로 보냈다.

필라델피아 경찰은 육아휴직에 관대하지 않다. 우선, 무급이다. 하지만 부모가 된 사람에게 6개월의 출산휴가를 주니 어쨌든 없는 것보다는 낫다고 할 수 있었다. 내 적은 저축으로 3개월 1주 동안은 지낼 수 있으리라고 판단했다. 그 후에는 토머스를 유아원에 보내야 했다.

토머스가 태어난 후 몇 달 동안이 내 평생 가장 힘든 시기였다. 신생아를 몇 달씩, 가족이나 도우미의 도움 없이 혼자 돌보는 것은 절대 추천하지 못할 일이다. 케이시처럼 심한 중독자에게서 태어나 금단증세를 겪는 신생아라면 더욱. 하지만 나는 혼자서 아기를 돌봤다.

병원에서 토머스는 모르핀을 맞았다.

퇴원할 때는 페노바르비탈[15] 처방을 받았다.

그 두 가지 모두 아이에게서 금단증세의 고통을 완전히 덜어주지는

---

15 진정, 수면, 항경련 작용이 있는 약물.

못했다. 그래서 그 작은 몸뚱이가 떨리고 경련을 일으키던 때, 나는 가없은 마음으로 아기를 바라보면서 이래도 되나 싶을 정도로 빠르게 뛰는 가슴에 손을 얹은 채, 그치지 않는 울음소리를 괴로운 심정으로 들었다. 분유를 먹이면 어찌나 많이 토하던지, 체중이 30그램이나마 느는 것도 대단하게 느껴졌다. 아이를 달랠 수 없는 때가 더 많았다.

그래도 나는 아이를 안아주었다. 그리고 더 이상 버티지 못하겠다 싶던 때에 마치 오아시스처럼 등장한 그 짧은 평화의 순간에, 나는 아이와 사랑에 빠졌다. 반짝이는 눈을 서서히 뜨고, 주위의 작은 세상을 놀란 표정으로 바라보는 그 모습에. 아이가 한 가지씩 새로운 동작을 해내고, 모음을 쏟아내고, 자음을 발음할 때마다 나는 격려했다.

아이를 품에 안고 있을 때 몸속에 차오르는 애정을 감히 누가 말로 표현할 수 있을까? 아기의 부드러운 입과 새 피부(닳아 거칠어진 내 피부에 닿는 그 느낌), 가족을 찾아 내 얼굴을 향해 뻗는 그 작은 손이 주는 동물적인 느낌, 뺨과 가슴에 나방처럼 가볍게 닿는 그 손길.

살면서 내가 가장 큰 슬픔을 느꼈던 때가 있다. 토머스에게 분유를 먹이던 어느 오후였다. 나는 침대에 앉아 품에 안은 토머스를 내려다보고 있었다. 머리에 난 보드라운 머리카락과, 통통한 팔부터 이어지는 팔꿈치를 보고 있으니 불신과 슬픔이 휘몰아쳐서, 나는 부끄럽게도 엉엉 울고 말았다.

그때 처음으로, 어머니가 우리를 두고 떠나기로 한 선택이 어떤 것이었는지를 깨달았기 때문이다. 의도한 것은 아닐 테지만, 부주의하고 무모하게 마약을 찾는 행동으로써 어머니는 그와 같은 선택을 했던 것이다. 나는 품에 안은 토머스를 바라보면서, 나를—우리를—안고 바라보던 어머니를 이해했다. 어머니는 우리를 그렇게 안고도 나를, 우리를 버리고 떠나기로 했다.

그 순간 나는 스스로와 약속했다. 그 후로 그것은 내 삶의 철칙이 되었다. 나는 케이시와 내가 겪은 운명으로부터 아들을 지키기로 했다.

토머스의 고통은 1년 가까이 계속됐다. 그 모습을 지켜보면 동생에 대한 분노가 목구멍까지 치밀었다. 대체 어떻게, 어떻게 이럴 수가.

밤은 낮이 되고 낮은 다시 밤이 됐다. 나는 먹는 것도 씻는 것도 자주 잊었다.

사이먼을 제외하면, 우리의 결정을 알린 사람은 할머니뿐이었다. 처음에 할머니는 우리를 보러 자주 들렀지만, 곧 드물어졌다.

토머스가 태어난 뒤 얼마나 힘든지 딱 한 번 할머니에게 토로했을 때, 할머니는 나를 보더니 이렇게 말했다. 둘이라고 생각해보렴.

그 후로 다시는 불평하지 않았다.

그 시기에 나는 한 가지를 확실히 정했다. 토머스가 삶을 이렇게 시작했다고 해서 남들에게 뒤처지게 하지는 않겠다는 것. 아이의 이런 사연이 그 애 인생의 발목을 잡게 하지는 않도록 하겠다는 것. 나는 아이가 자기 정체성을 확립하는 데 부정적인 영향을 받지 않는 시기에 이를 때까지 이 이야기를 꺼내지 않기로 다짐했다.

이런 까닭에 현재까지도, 토머스는 나를 자기 생모로 알고 있다.

나는 케이시가 거리로 돌아가 잊을 거라고 생각했다.

내게 화를 내기는 해도 곧 새 출발을 할 거라고 생각했다. 마약을 구하고 또 찾고 다시 구하는 과정에 몰입하고 취하느라 신경 쓸 겨를이 없을 거라고 여겼다.

하지만 육아 휴가 중 서너 차례, 건너편 집 앞에 다리를 뻗고 앉아 좌절해 있는 케이시의 모습을 위층 창문으로 보았다. 케이시는 고개를 들고, 아들이 혹시 보이는지 창문을 하나하나 살폈다. 내 아들이 눈에 띄는지.

한두 차례 초인종을 누르기도 했다.

나는 문을 열지 않았다.

나는 실내의 불을 모두 끈 채 토머스가 울지 않도록 분유를 먹였고, 그 애가 문을 두드리고 초인종을 눌러대며 아기를 찾아 울부짖는 동안 뒤로 멀찌감치 물러나 있었다.

그 무렵 말미에 토머스를 아기 띠로 둘러 안고 산책을 나간 적이 있었다. 동네 구멍가게까지 걸어갈 생각이었다. 평소처럼 창밖에 동생이 있는지 확인하고 나갔다.

하지만 집에서 10미터쯤 걸어갔을 때 뒤에서 발자국 소리가 빠르게 뒤쫓아 왔다. 나는 손으로 토머스의 머리를 가리며 돌아섰다. 눈을 번득이고 머리는 산발을 한, 성난 유령 같은 케이시가 그곳에 있었다. 어딘가에 숨어 있었던 모양이다.

— 제발, 믹. 제발 보여줘. 잘 있는지 보고 싶어. 다시는 부탁 안 할게.

그때 내가 무슨 생각이었는지 모르겠다. 거절했어야 했는데.

나는 망설이다가 말없이 케이시 쪽으로 돌아선 다음 토머스의 작은 얼굴을 보여줬다. 아이는 자고 있었다. 내 가슴에 뺨을 누른 채. 지금도 그렇듯, 잘생긴 아기였다.

케이시는 살짝 미소를 지었다. 그 상태로 울기 시작하니 더 미친 사람 같았다. 그 애는 손등으로 코를 닦았다. 이웃이 지나가다 눈을 휘둥그레 뜨고 우릴 쳐다봤다. 그러더니 나와 눈을 맞추고 괜찮은지 물으려 했다. 내가 미친 사람에게 성가신 일을 당하는 것으로 안 성싶었다. 나는 못 본 체했다.

케이시는 조심스레 손을 뻗어 토머스의 이마에 갖다 대려고 했다. 축복기도라도 하려는 듯이. 하지만 나는 본능적으로 피했다.

— 제발. 케이시가 다시 말했다.

일적으로 나눈 대화 외에는 그것이 케이시가 내게 마지막으로 한, 이후 5년이라는 세월 동안 유일하게 한 말이었다.

나는 고개를 저었다. 그리고 걸어갔다. 케이시는 버려진 집처럼 가만히, 불쌍한 모습으로 그 자리에 서 있었다.

+++

지금까지도, 케이시가 돌아와 토머스를 내놓으라고 하는 악몽을 꾸곤 한다.

그런 꿈속에서 케이시는 아주 건강한 모습이고, 행동은 어릴 때처럼 활달하고 명랑하다. 아주 아름다운 케이시에게, 토머스는 가게나 유아원 또는 성당 같은 북적이는 곳에서 곧장 달려가 말한다. '보고 싶었어. 기다리고 있었어.' 혹은 그저 '엄마'라고만. 토머스도 엄마를 부른다. 대상을 가리키면서, 사실을 말한다. **엄마.**

NOW
지금

+++

네 아들이 왔구나. 할머니가 말한다. 그 음성에서 살짝 책망이 느껴진다.

— 너한텐 이미 쟤가 있잖아. 할머니가 말한다. 다른 애는 걱정할 필요 없어.

— 그만하세요.

내가 그렇게 무례한 소리를 하는 걸 처음 본 토머스가 내 등 뒤에서 작게, 놀란 듯한 소리를 낸다.

주위를 돌아보니 문득, 여기서 21년이나 산 것이 믿기지 않는다. 이 차갑고 불편한 집에서. 아이들이 지낼 수 없는 집이다. 온몸이 동시에 신호를 보내오기 시작한다.

나가자, 나가자, 나가자. 토머스를 데리고 나가자. 이 집에, 이 여자에게 돌아오지 말자.

나는 말없이 토머스의 어깨를 잡고, 가자고 신호한다. 토머스가 장난감을 챙기는 걸 보고 놔두라고 말하려 한다. 하지만 마지막 순간에 마음을 바꾼다.

집을 나서는데 할머니의 말이 머릿속에 울린다. '세상은 힘든 곳이야. 세상은 힘든 곳이야.' 우리가 어렸을 때, 할머니는 늘 그렇게 말했다. 그러다 불현듯, 올해 토머스가 힘든 일을 겪을 때마다 나도 그렇게 말했다는 것을 깨닫는다.

등 뒤에서 할머니가 외친다.

— 이번엔 걔를 그냥 놔둬라! 네 신상에 뭐가 좋은지 안다면, 간섭하지 마.

+++

토머스와 나는 잠시 차 안에 앉아 있다. 아이는 걱정스러운 얼굴로 생각에 잠겨 있다. 무언가 심상치 않은 일이 벌어지고 있다는 걸 알 정도의 나이는 된다.

내 오른손에는 아버지가 우리에게 보낸 생일 카드 한 장이 들려 있다. 집에서 나오기 전에 낚아채듯 가져왔다. 이건 케이시에게 보낸 카드다. 봉투 왼쪽 위에 델라웨어주 윌밍턴 주소가 적혀 있다.

잠시 토머스를 맡아줄 사람이 필요하다. 그 순간 가장 믿고 맡길 수 있는 사람은 머혼 부인뿐이다.

차에 탄 다음 부인의 집 전화로 전화를 걸면서, 부인이 여동생 집에서 돌아와 있기를 기도한다.

마치 전화기 옆에서 대기하고 있었던 것처럼, 머혼 부인이 즉시 받는다.

— 미키예요. 내가 말한다.

나는 전에 도와주겠다고 했던 말이 유효한지 묻고는 오늘 밤에 설명하겠다고 약속한다. 물론이에요. 머혼 부인이 말한다. 집에 오면 문 두드려요.

전화를 끊는데, 토머스가 말이 없다. 뒷좌석을 돌아보자, 아이가 울고 있다.

— 왜 그래? 토머스, 무슨 일이야?

— 또 머혼 아줌마한테 나 두고 가려고. 아이가 말한다.

403

— 아주 잠깐만이야. 내가 말한다.

나는 앞좌석에서 몸을 돌려 아이를 바라본다. 아이는 나이 들어 보이면서도, 동시에 아주 어려 보인다. 최근에 너무나 많은 일을 겪었다.

— 크리스마스잖아. 새 장난감들 갖고 노는 거 도와줘.

— 그건 머혼 부인이 도와줄 수 있어. 내가 말하자 아이가 다시 말한다. 아니, 난 엄마가 해줬으면 좋겠어.

나는 앞좌석에서 뒤쪽으로 팔을 뻗어 아이의 운동화를 꼭 쥔다. 내 손에 눌린 운동화에 불이 들어온다. 아이가 잠시 미소를 짓는다.

— 토머스. 내가 말한다. 내일은 네 옆에 있을게. 그리고 그다음에는 매일. 괜찮지? 이번 겨울이 힘들었다는 거 알아. 곧 다 괜찮아질 거야, 약속해.

아이는 나를 쳐다보지 않는다.

— 곧 라일라랑 재밌는 거 하자. 그러면 좋겠지? 라일라 엄마한테 말하면 돼.

드디어 토머스가 미소 지으며 뺨에서 눈물을 닦는다.

— 좋아. 아이가 말한다.

— 좋지? 내가 다시 말한다.

아이가 용감하게 고개를 끄덕인다.

+++

아버지를 알았던 시간보다 아버지를 모르고 산 시간이 더 길다. 아버지가 우리 인생에서 사라졌을 때, 나는 열 살이었다. 케이시는 여덟 살이었다.

토머스를 머혼 부인 집에 내려준 다음, 나는 내비게이션에 윌밍턴의 아버지 집 주소를 입력하고 출발한다.

조수석에 놓인 편지 봉투는 10년 전의 것이다. 그 주소에 아버지가 더 이상 살고 있지 않을 수도 있다는 뜻이다. 하지만 다른 단서가 없으니 이것을 따라가는 수밖에 없다.

기억 속 아버지는 키가 크고 말랐다. 나처럼. 낮은 목소리에 말투는 느렸고, 배기 진 바지와 앨런 아이버슨[16] 저지 재킷 차림에 야구 모자를 거꾸로 쓰고 있었다. 그때 아버지의 나이는 아마 스물아홉 정도였을 것이다. 기억 속 아버지는 지금의 나보다도 젊다.

나는 죽어도 엄마 편이었고, 할머니도 엄마가 죽은 건 아버지 탓이라는 뉘앙스의 말을 늘 해왔기 때문에 자연스레 아버지를 미워했다. 아버지와 포옹하지도 않았고, 그를 신뢰하지도 않았다.

케이시는 달랐다. 케이시는 사람들이 아버지에 대해 하는 말들을 절대 믿으려 하지 않았다. 내가 하는 말도 마찬가지였다. 아버지가 없을

---

16 미국의 농구 선수.

때면 케이시는 나보다 훨씬 더 힘들어했다. 그러다 아버지가 나타나면 그 애는 아버지 옆에 찰싹 붙어 방마다 졸졸 따라다니면서, 숨도 쉬지 않고 끊임없이 조잘거리며 아버지의 관심을 갈구했다. 나는 말이 없는 편이었다. 그저 지켜보기만 했다.

아버지와 마지막으로 만난 날, 그는 우리를 데리고 필라델피아 동물원에 갔다. 동물원에 한 번도 가본 적 없는 우리에게 특별한 경험을 시켜주려고 한 것이었다. 우린 몇 주 전부터, 아버지가 우리를 동물원에 데려갈 거라는 걸 알고 있었다. 나는 케이시에게 너무 큰 기대는 하지 말라고 말해두었다.

아버지는 약속대로 오기는 했지만, 그날 내 기억에 가장 크게 남은 장면은 아버지의 무선호출기가 계속해서 울려대던 것과 그때마다 아버지가 짓던 불안한 표정이었다. 우리는 기린을 조금 구경했고, 그다음에는 고릴라를 조금 보았다. 그러자 아버지가 이제 가야 한다고 말했다.

— 방금 왔잖아요. 케이시가 화를 내며 말했다. 아직 거북이도 못 봤다고요.

아버지는 혼란스러워 보였다.

나는 케이시가 왜 거북이를 보고 싶어 하는지 알고 있었다. 이웃에 사는 지미 도너히가 거북이를 한 번도 본 적이 없다며 그 애를 놀렸기 때문이다. 입에서 나오는 대로 무심히 지껄이는 잔인한 말. 케이시를 쉽게 놀릴 수 있는 방법이었다. 어쩌다 그런 말이 오갔는지는 기억나지 않지만, 하여간 그랬다. 케이시는 지미 도너히에게 거북이를 봤다고 말하기 위해 거북이를 보고 싶어 했다.

— 케이시. 아버지가 말했다. 난 여기에 거북이가 있는지도 몰랐어.

— 있어요. 케이시가 강력하게 주장했다. 분명히 있어요.

아버지는 주위를 둘러봤다. 음, 난 어디에 있는지 모르겠구나. 아버지는 그렇게 말했고, 우리는 그만 떠나야 했다.

호출기가 계속 울려댔다. 아버지가 그걸 들여다보았다.

집으로 오는 차 안은 조용했다. 나는 케이시에게 앞자리를 양보했다. 아버지가 우리를 내려주자, 할머니는 이럴 줄 알았다는 듯 입을 꾹 다문 채 차 문을 열어주었다.

— 빨리 왔네. 할머니가 그것 보란 듯이 말했다.

일주일 후 소포가 도착했다. 상자 안에 봉제인형 두 개가 들어 있었다. 케이시 것은 거북이, 내 것은 고릴라였다. 나는 인형에 신경도 쓰지 않았고 금세 잃어버렸다. 하지만 케이시는 인형을 소중히 간직했고 어디에 가든 가지고 다녔다. 심지어 학교에도 가져갔다. 어쩌면 아직도 가지고 있을지 모른다.

그날 이후 아버지 소식은 듣지 못했다. 할머니도 모르는 척했다. 할머니는 걸핏하면, 양육비 문제로 아버지를 고소해야 하지만 시간도 없고 돈도 없어서 못 한다고 했다. 먹고살기 바빠서, 아무 짝에도 쓸모없는 푼돈이나 받아보겠다고 아버지를 쫓아다닐 시간이 없다고.

아버지가 사라진 이후 10대 시절 내내, 우리는 아버지 이야기를 피했다. 할머니에게서 아버지 얘기를 듣고 싶지 않았다. 시작했다 하면 끝도 없이 계속될 게 분명하니까. 한두 번인가, 이웃 혹은 친척들에게서 아버지의 소재에 관한 소문을 듣기는 했다. 다들 아버지가 델라웨어주 윌밍턴에 있다고 했다. 거기서 또 한 여자를 임신시켰다느니, 알고 보니 둘이었다느니, 실은 애가 여섯 명이나 더 있다느니 하는 소리도 들었다. 감옥에 있다는 말은 수도 없이 들은 것 같다.

죽었다는 소식은 나중에 들었다.

그 말을 들었을 때 인터넷에서 검색을 해봤다. 있었다. 아버지와 같은 해에 태어난 필라델피아 출신 대니얼 피츠패트릭의 사망 기록이. 하지만 나는 아버지 생일을 몰랐고, 할머니에게 물어보지도 않았다. 할머니도 몰랐을 것이다.

그래서 아버지가 죽은 줄로만 알았다.

케이시에게는 말하지 않았다. 몇 번이나 말하려고 했지만 차마 그 소식을 알릴 수 없었다. 케이시의 인생에서 아버지가 어느 정도는, 꺼져가는 불씨처럼 희미하게 빛나는 몇 안 되는 좋은 일들이었으리라고, 다만 보이지 않을 뿐인 영원한 희망이었으리라고 아마 나는 믿었던 것 같다. 인생의 목적이나, 잘해주고 싶은 사람 같은 것 말이다. 케이시에게서 그걸 빼앗고 싶지 않았다. 그 작은 불빛을 꺼뜨리고 싶지 않았다.

+++

내비게이션을 따라 도착한 곳은 작은 집이다. 리버뷰 공동묘지 건너 편에 있는, 두 세대가 살 수 있게 지은 벽돌 주택의 오른쪽 건물이다. 모양도 좋고 구조도 괜찮아 보인다. 양쪽 집 모두 크리스마스 장식이 되어 있다. 오른쪽 집의 창문에는 전구 촛불들이, 현관 앞에는 플라스틱 크리스마스트리가 놓여 있다. 아직 7시지만, 어두워진 지 벌써 몇 시간 이나 되었다.

나는 집에서 50미터 떨어진 길가에 차를 세우고 시동을 끈다. 헤드 라이트를 끄자마자 길이 보이지 않는다. 빛이라고는 창문의 크리스마 스 장식에서 나오는 게 전부다.

나는 잠시 그대로 앉아 있다. 그러다 뒤로 돌아 문제의 집을, 정면을 바라본다. 다시 고개를 돌린다.

아버지가 저 집에 살고 있을까? 내 마지막 기억 속 아버지와 리버뷰 드라이브 1025B번지의 집주인을 일치시키기가 어렵다.

5분 뒤, 나는 밖으로 나와 소리 없이 차 문을 닫는다. 길 여기저기에 있는 작은 얼음판 위를 걷다가 최소 한 번은 휘청한다. 어둠이 나를 압 도하고, 등 뒤 묘지의 존재가 내 걸음을 재촉한다.

집 앞 계단 네 단을 올라 초인종을 누르고 몇 걸음 뒤로 물러서서 기 다린다. 경찰 일을 할 때, 내 방문을 전혀 예상치 못한 사람들을 찾던 순 간들을 떠올린다. 나는 습관적으로, 문을 여는 사람에게 잘 보이게끔 옆구리에 손을 붙인다.

오른쪽 창문에서 살짝 바스락거리는 소리가 들린다. 커튼이 옆으로 젖혀졌다가 다시 제자리로 떨어진다.

잠시 후 10대 소녀가 문을 연다. 마른 체격에 짙은 색의 곱슬머리를 가진 소녀. 안경을 썼다. 수줍고 신중한, 어쩌면 낯선 사람 앞에서는 약간 긴장하는 성격일지도 모를 아이라는 느낌이 든다. 아이가 나를 훑어본다.

아이는 말없이, 내가 먼저 말하기를 기다린다.

갑자기, 오래전 주소지에 아직도 아버지가 살 거라고 여긴 것이 어처구니없는 생각이었다는 깨달음이 찾아든다. 내 경험상 한자리에 뿌리박고 사는 사람들, 자기가 자란 집에서 계속 사는 사람들은 할머니 세대다. 부모님 세대는 떠돌아다닌다.

나는 약간 당황해서 말을 꺼낸다.

— 안녕하세요. 나는 소녀에게 말한다. 실례지만, 혹시 대니얼 피츠패트릭이라는 분이 여기 사시는가 해서요.

소녀가 살짝 얼굴을 찌푸린다. 망설인다. 걱정스러운 표정이다.

— 괜찮아요. 내가 말한다.

소녀는 열셋 아니면 열네 살 정도 돼 보인다.

— 급한 일은 아니에요. 그냥 잠깐 이야기를 하고 싶어서요. 여기 살고 계신다면요.

살아 있다면요, 하고 속으로 생각하지만 말은 하지 않는다.

— 잠깐만 기다리세요. 소녀가 말한다. 소녀는 문을 그대로 열어둔 채 안으로 들어간다.

저 애가 아버지 딸일까? 나는 생각한다. 내 이복동생? 입매가 케이시와 살짝 닮은 것도 같다.

나는 몸을 앞으로 내밀어 집 안을 둘러본다. 모든 게 잘 정돈되어 있다. 정면으로는 계단이 보이고, 거실은 오른쪽이다. 가구는 오래됐지만 관리 상태가 좋은 편이다. 테리어처럼 보이는 조그만 개 한 마리가 쪼르르 달려와 킁킁거리며 발 냄새를 맡더니 한두 차례 짖는다. 나는 개가 도망가지 않도록 조심하면서 발로 슬쩍 민다. 라디오가 켜진 다른 방에서 크리스마스 노래가 조용히 흘러나오고 있다.

소녀는 오랫동안 돌아오지 않는다. 너무 오래 걸려서, 내가 따라갔어야 했나 싶다. 차가운 공기가 집 안에 들이친다. 손을 녹이려고 입김을 부는데, 정면 계단에서 누군가 내려오는 모습이 보인다. 맨발이, 그리고 회색 운동복 바지에 싸인 다리가 보인다.

짙은 색 머리의 50대 남자다.

아버지다.

— 미케일라? 그가 말한다. 너니?

나는 고개를 끄덕인다.

— 네가 찾아오다니, 정말 기쁘구나. 널 계속 찾고 있었어.

+++

아버지가 뒤를 슬쩍 돌아보고 신발을 신더니, 문 옆 탁자에 놓인 열쇠 뭉치를 집어 든다. 그러고는 현관에서 나와 등 뒤로 문을 닫는다.

— 드라이브 가자. 아버지가 말한다.

나는 잠시 주저한다. 할머니 집에서 발견한 서류 덕분에 아버지는 내 마음 속에서 구제되었지만, 그럼에도 여전히 동기를 모르겠다. 동생이 어디에 있는지도 여전히 모르고.

아버지가 내 망설임을 눈치챈 것 같다.

아버지가 말한다. 아니면 네가 몰든지. 네가 결정해라. 차 있지?

— 네. 내가 말한다.

우리는 차에 탄다.

— 돌아가신 줄 알았어요. 나는 아버지가 안전띠를 매기도 전에 말한다.

그러자 아버지가 피식 웃는다. 아닌 것 같은데. 그가 말한다. 그러면서 손가락으로 자기 손등을 가리킨다. 천만에, 아직은 안 죽었어.

왜인지는 모르겠지만, 아버지 옆에 있으니 자의식이 생긴다. 오랜만에 만난 내 얼굴이 아버지에게 어떻게 보일지 갑자기 궁금해진다. 아버지가 나를 좋게 봤으면 하는 생각을 하다가, 그런 것에 신경을 쓰는 나 자신에게 불쑥 화가 치민다.

나는 아버지가 말하기 전까지 먼저 말하지 않겠다고 다짐한다.

마침내, 아버지가 입을 연다.

+++

아버지는 나와 케이시, 우리 둘을 오랫동안 찾고 있었다고 한다.

약은 2005년에 끊었다.

그 시점엔 우리 둘 다 성인이었는데, 아버지는 우리가 당신을 미워하고 있다고 생각했다는 것이다. 아버지가 보낸 카드나 편지에 전혀 답장을 하지 않았으니까.

몇 년 동안 아버지는 그것을 구실로 삼아 우리를 찾지 않았다.

— 그러다가 내 딸 제시가……. 아버지가 말을 하다 뚝 끊는다.

— 새로 얻은 딸이야. 제시. 열두 살이야. 올해 너희들에 대해 묻기 시작하더구나. 왜 만나지 않느냐고. 언니들을 만나고 싶어 하는구나 생각했지. 그러자 이런 생각이 들더구나. 어쩌면 시간이 많이 흘렀으니 너희들도 나를 다시 볼 생각이 있지 않을까, 하고 말이다. 내가 다 망쳐버린 거 잘 알고 있다. 내 탓이라는 거 알아. 하지만 이젠 약을 끊었으니 연락해봐도 되지 않을까 싶었다. 너희 둘을 생각하면 늘 마음이 안 좋았어. 하지만 어디로 가야 너희를 찾을 수 있을지조차 알지 못했어. 너희 할머니는 당연히 도와주지 않을 테고. 그래서 아는 사람을 고용했다. 전직 형사인데 지금은 탐정 일을 하거든. 대부분은 남편이나 아내를 찾는 일에 고용되는데, 그러니까…… 무슨 말인지 알지? 하여간 그 사람이 일을 맡아줬어.

— 너희 둘 다 찾아냈지. 그것도 꽤 빨리. 켄징턴에 살고 있는 케이시를 찾았고, 벤세일럼에 사는 너도 찾아. 돌아와서 본 것들을 말해주면서 주소를 건네더라. 이제는 내 손에 달렸다면서.

아버지는 팔걸이에 팔꿈치를 올린다. 긴장하고 있는 게 보인다. 연달아 헛기침을 몇 번 하면서 목청을 가다듬는다. 기침이다. 한 손으로 예의 바르게 입을 가린다. 기침이 계속된다.

— 케이시를 먼저 보러 갔어. 그 친구가 케이시 상황이 안 좋다고 했거든. 걱정이 됐어. 그게 3, 4개월 전이었다. 걔가 지낸다는 곳에 찾아갔어. 버려진 집이었지. 나를 알아보지도 못하더구나. 나도 그 앨 못 알아봤을 거야.

— 우린 오랫동안 이야기를 했다. 우리 집에 와서 같이 살 계획을 세웠지. 케이시가 하루만 시간을 달라고 그러더라. 그래서 내가 말했지. **잘 들어. 나도 중독자야. 네가 무슨 꿍꿍이로 그러는지 다 안다.** 마음에 안 들었어. 아니나 다를까, 다음 날 걔를 데리러 갔더니 온데간데없더구나.

— 그사이 벤세일럼 주소로 널 만나러 갔었다. 점잖은 부인이 문을 열어주더니 네가 집에 없다고 하더라. 다른 말은 일절 없이 말이야. 그러면서 전할 말이 있으면 남기라는 거야.

나는 조수석에 앉은 아버지를 슬쩍 본다. 머혼 부인이 말해줬던, 벤세일럼에 두 번 찾아왔다는 사람의 인상착의를 되새긴다. 그렇다. 아버지는 사이먼과 닮았다. 적어도, 전반적인 인상은 그렇다. 어쨌거나 인상착의가 같다. 사이먼처럼 키가 크고, 머리 색깔이 짙다. 머혼 부인이 말한 대로 왼쪽 귀 바로 아래에 문신도 있다. 어두워서 무슨 모양인지는 잘 모르겠지만.

아버지는 계속 말한다.

— 그래서 실패구나 싶었어. 난 노력했다. 너한테는 곧 다시 찾아가

봐야지 생각했지만, 살다 보니 바빠서……. 알지? 하여간 그렇게 한 달이 지났어.

— 그러다 어느 날 갑자기 케이시가 나타난 거야. 어디에 있었는지, 어떻게 날 찾았는지는 절대 말 안 하더구나. 손목이 부러졌는데도 어쩌다 그렇게 됐는지를 말하지 않았어.

— 그리고 임신을 했다고 하더라. 아기를 낳고 싶다고. 약을 끊고 싶다고 했지.

나는 어디로 가는지도 모르면서 오른쪽으로 왼쪽으로, 되는 대로 방향을 틀며 정처 없이 차를 몬다. 이러다가는 그 집을 다시 찾지 못할 것 같다.

아버지가 헛기침을 한다.

— 알겠지만, 그건 보통 일이 아니야. 그래도 생각했지. 예전의 잘못을 조금이나마 만회할 수 있는 기회라고 말이야. 게다가 나도 그 과정을 겪어봤잖니. 약을 끊는다는 게 어떤 건지 아주 잘 알고 있어. 약을 먹지 않고 버틴다는 게 어떤 건지 잘 알고 있어. 아직도 일주일에 두세 번은 모임에 나가고 있단다. 케이시도 거기 데리고 가면 돼. 후견인이니 뭐니 필요한 것들도 마련해주고, 옆에서 응원해줄 거야.

— 이젠 좋은 직장에 나가고 있어. ITT 기술대[17]에서 얼마 전에 학위를 땄거든. 이제는 IT 쪽 일을 해. 돈도 꽤 잘 벌고. 케이시와 아기가 건강보험에 들게 도와줄 수도 있어.

곁눈질로 보니 아버지가 흘깃거리며 내 반응을 확인하고 있다. 내가

---

17 2016년 폐교 전까지 미국 전역에 약 130개의 캠퍼스를 보유했던 전문대학.

자랑스러워하기를 바라는 걸까? 나는 아니다. 아직은.

— 하여간, 아버지가 말한다. 케이시 말로는 이미 약을 줄이고 있다는구나. 구할 수 있을 때는 서박손[18]을 먹고 있대. 의사에게 데려갔더니 임신 중이라면 메타돈[19]을 쓰는 게 좋다고 추천하더라. 의사가 도와줘서 메타돈 유지 프로그램에 들어갔는데, 그 뒤로 계속 거기 다니고 있어.

— 그러니까 개랑 지금 같이 지낸단 말이네요. 마침내 내가 말한다.
— 나랑 같이 있다. 아버지가 말한다. 아까 그 집에 있어.
— 살아 있군요. 내가 말한다.
— 살아 있어.

나는 한참 동안 침묵을 지킨다.
— 만날 수 있어요? 결국 말한다.
이번에는 아버지가 입을 다문다.
— 문제는, 케이시가 널 만나고 싶어 할지 잘 모르겠다는 거야.
— 자기 아들 이야기를 했거든. 아버지의 말에 나는 움찔한다.
내 아들이야, 하고 나는 생각한다. 내 아들.
— 우리 집에 오자마자 그 이야기를 하면서 다시는 너를 보지 않겠다고 하더구나.
— 그런데 이상하지, 아버지가 말한다. 약을 끊는 기간이 길어질수록 네 이야기를 더 많이 해.
— 약을 끊은 것 같지 않네요. 내가 말한다.

18 부프레놀핀의 상품명으로, 아편 중독 치료에 쓰이는 마약성 진통제.
19 약물 금단증상을 치료하는 데 쓰이는 합성 진통제.

못된 소리다.

아버지가 고개를 끄덕인다. 나는 차창 밖 희미한 불빛에 비친 아버지의 얼굴선을 바라본다. 그 뒤로 가로등이 휙휙 스쳐 지나간다.

— 무슨 말인지 안다. 아버지가 부드럽게 말한다. 많은 사람들이 메타돈을 복용하는 건 약을 끊는 게 아니라고 생각하지.

다른 말은 하지 않는다.

— 하지만 아버진 그렇게 생각하지 않으시죠. 기어이 내가 말한다.

아버지가 어깨를 으쓱인다. 모르겠다. 내 생각이 뭔지 모르겠어. 이제 메타돈을 끊은 지도 좀 됐어. 하지만 처음에는 그게 필요했다. 그 약 없이는 회복 기간을 버티지 못했을 거야.

그 후로 둘 다 아무 말도 하지 않는다.

나는 계속 차를 몬다. 차는 조금 더 넓어진 도로를 일직선으로 달리고 있다. 갑자기 눈앞에 반짝이는 수면이 나타난다. 나는 다시, 델라웨어강에 왔다는 것을 깨닫는다. 태어났을 때부터 줄곧 나를 따라다니던 그 어두운 강에.

— 여기서 우회전하는 게 좋을걸. 아버지가 말한다. 안 그러면 물에 빠질 거야.

나는 차를 세운다. 헤드라이트 불빛이 암흑 속으로 뻗어나간다. 나는 그걸 끈다.

— 네 이야기를 점점 더 많이 한단다. 아버지가 말한다. 너를 보고 싶어 해. 케이시에겐 가족이 필요해.

— 허. 내가 말한다.

심기가 불편할 때마다 내가 내는 소리다. 심각한 문제를 가볍게 받아칠 때.

　— 케이시가 온 뒤에 너를 찾으러 벤세일럼에 한 번 더 갔어. 아버지
가 말한다. 하지만 그때도 같은 여자가 나와서 네가 이사 갔다고 하더
구나.

　나는 고개를 끄덕인다.

　— 또다시 널 잃어버린 줄 알았다. 아버지가 말한다.

　— 내가 그렇게 말해달라고 했어요. 다른 사람인 줄 알았거든요.

　실내등을 켜고 아버지를 바라본다.

　— 왜? 아버지가 말한다. 갑작스럽게 밝혀진 환한 불빛에 그는 눈을
껌벅이며 나를 본다.

　나는 귀 아래 문신을 확인하려고 아버지를 자세히 살핀다.

　'L.O.F.' 장식체로 새겨져 있다.

　조금 지나서야 그것의 의미를 깨닫는다. 어머니 이름의 이니셜.

　내 시선을 알아차린 아버지가 문신에 손가락을 대더니 그걸 살짝 누
른다. 그러고는 시선을 돌린다.

　— 엄마가 그립지. 아버지가 말한다. 나도 그래.

+++

아버지를 다시 집에 내려주니 9시다. 우린 아무런 계획도 세우지 않았다. 아버지는 이제 내 전화번호를 가지고 있고, 나도 아버지의 전화번호를 가지고 있다. 케이시와 다시 만날 것인지 마음을 정할 때까지는, 그 정도면 충분하다.

아버지는 케이시와 이야기해보겠다고 한다. 설득해보겠다고.

— 너희에겐 서로가 필요해. 아버지가 말한다.

— 설득할 필요 없어요. 나는 딱딱하게 말한다. 내가 보고 싶지 않으면, 그러라고 해요.

— 알았어. 아버지가 말한다. 그래, 잘 알았다.

하지만 아버지의 음성에서 내 말을 믿지 않는다는 걸 느낄 수 있다.

아버지를 내려준 후, 나는 그가 계단을 올라가는 걸 지켜보며 잠시 기다린다. 창문의 블라인드가 걷혀 있어서 안이 들여다보인다. 저 불켜진 창들 가운데 하나가, 불빛을 훑고 지나는 케이시의 모습을 드러내 보일 것만 같다.

하지만 케이시는 나타나지 않는다. 보이지 않는다. 나는 한참 뒤에 차에 올라 그곳을 떠난다.

오랫동안 밖에 있었더니 휴대전화 배터리가 방전됐다. 불안이 가중된다. 토머스와 연락할 수 없는 게 싫다.

길에는 사람이 없다. 눈이 조금씩 내리고 있다. 노랗고 둥근 달이 떠 있다. 토머스와 머혼 부인의 모습을 그려보려 애쓴다. 두 사람은 텔레비전으로 크리스마스 프로그램을 보며 아늑한 집에 잘 있다고, 자기암시를 걸어본다. 집에 갔을 때까지도 토머스가 깨어 있을지 모른다. 그렇다면 적어도 잘 자라는 인사는 할 수 있을 테니, 죄책감을 조금은 덜 수 있을 것이다.

차를 세우고 뒤쪽 계단을 오르는데, 문 옆 창문에서 일렁이는 불빛이 보인다. 토머스가 자고 있을 경우에 대비해 최대한 살살 열쇠를 돌린다. 그런데 문이 3센티미터 정도 열리다가, 턱 멈춘다. 미친 듯이 다시 밀어본다. 뭔가가 문을 막고 있다.

+++

문 위쪽에 난 창문 너머로, 염려스러운 표정을 한 머혼 부인의 동그스름한 얼굴이 보인다. 부인은 내가 미행당하고 있는지 확인하려는 것처럼 잠시 내 어깨 너머를 바라본다.

— 미키? 문 너머로 부인이 말한다. 당신이에요?

— 무슨 일이에요? 저예요. 괜찮은 거예요? 토머스는 어디 있어요?

— 잠깐만 있어요. 잠깐만.

뭔가를 질질 끌어서 바닥이 긁히는 소리가 난다.

마침내 문이 활짝 열리고, 나는 집 안에 들어서자마자 재빨리 안을 둘러보며 아들을 찾는다.

— 토머스는 어디 있어요? 내가 다시 말한다.

— 침실에서 자고 있어요. 돌아와서 너무 다행이에요. 미키를 찾더라고.

— 누가요? 내가 말한다.

— 경찰이요. 부인이 말한다. 경찰이 한 시간 전에 여기 와서 초인종을 눌렀어요. 가엾은 토머스가 잔뜩 겁에 질렸는데, 나도 겁이 나서 죽을 뻔했어요. 경찰이 미키가 죽었다고 말하러 온 줄 알았어. 그런데 미키한테 아무리 전화를 해도 연락이 안 된다고 하지 뭐예요. 그래서 집에 있나 찾으러 온 거더라고.

— 배터리가 없어서요. 누구였는데요? 경찰관 누구?

머혼 부인이 호주머니를 뒤지더니 명함을 내게 건넨다. '형사 데이비스 응우옌'이라고 적혀 있다.

— 한 사람 더 있었어요. 부인이 말한다. 한 사람 더. 그런데 이름은 기억이 안 나네.

— 디파올로요? 내가 말한다.

— 맞아, 그 사람이에요. 머혼 부인이 말한다.

— 용건이 뭐래요? 내가 말한다.

나는 충전기를 두는 구석의 탁자로 가서 콘센트에 전화기를 연결한다.

— 그런 건 말 안 하더라고. 머혼 부인이 말한다. 그냥 집에 오면 전화하라고만 했어요.

— 알겠어요. 고마워요, 머혼 부인.

— 그런데 혹시 이게 뉴스랑 관련이 있는 거예요?

— 무슨 뉴스요?

머혼 부인이 텔레비전을 향해 고갯짓을 하자 나는 그녀의 시선을 좇는다. 지금 텔레비전에서 나오는 것은 크리스마스 영화가 아니다. 컴벌랜드스트리트의 공터 앞에 기자가 서 있다. 공터에는 노란 테이프로 경찰 통제선이 쳐져 있다. 벤세일럼에 내리는 눈이 저곳에도 사락사락 내리고 있다.

크리스마스 살인. 기자의 창백한 얼굴 아래로 자막이 떠 있다. 기자는 자주색 파카를 입고 있다. 그녀가 마이크에 대고 말한다. 2주 전, 필라델피아 경찰은 용의자를 구금하고 있다고 발표했습니다. 하지만 일각에선 오늘 벌어진 살인 사건이 이달 초 켄징턴에서 발생한 일련의 살인 사건과 관련이 있을지도 모른다는 추측이 나오고 있습니다.

머혼 부인이 고개를 저으며 조그맣게 쯧쯧 소리를 낸다. 딱한 것 같으니. 그녀가 말한다.

— 누구예요? 내가 말한다. 희생자 이름이 나왔어요?

— 아뇨, 아직은. 여자라고만 했어요.

— 다른 건요? 내가 말한다.

— 정오쯤에 발견됐대요. 죽은 지는 얼마 안 된 것 같고.

나는 한 손에 휴대전화를 든 채다. 겨우 전원이 들어올 정도로 배터리가 충전되자 바로 버튼을 눌러 전화기를 켠다.

— 머혼 부인, 이 전화 거는 동안 함께 계셔주실래요? 혹시 경찰서로 오라고 할지 몰라서 가시라고 말씀드릴 수가 없네요.

— 나도 그 생각 하고 있었어요. 난 괜찮아요.

+++

내가 전화를 건 사람은 응우옌이 아닌, 디파올로다. 디파올로와 더 잘 아는 사이니까.

그가 즉시 전화를 받는다. 긴장된 목소리다. 밖인 것 같다. 자동차 소리가 들린다.

— 미키 피츠패트릭이에요. 내가 말한다. 우리 집에 오셨다면서요.

— 드디어 전화가 됐군. 지금 어딘가?

— 집이요.

— 아들은 어디 있어? 디파올로가 말한다.

대답을 하려다가 마음을 바꾼다. 왜요? 내가 묻는다.

— 그냥 둘 다 무사한지 확인하려고.

— 괜찮아요. 자고 있어요.

하지만 문득, 확인해야 한다는 생각이 든다. 디파올로와 통화하면서 나는 재빨리 토머스의 방으로 가서 문을 연다.

거기 있다.

침대 한가운데 둥지처럼 쌓아놓은 이불을 꼭 끌어안고 있다. 턱에 힘이 들어가 있다. 나는 문을 다시 살짝 닫는다.

— 다행이군. 디파올로가 말한다.

— 무슨 일이에요? 멀비는 아직 수감 중 아닌가요?

디파올로는 잠시 숨만 쉬고 있다.

— 그랬지. 그가 말한다. 오늘 아침까지는.

— 무슨 일이 있었는데요?

— 알리바이가 있었어. 그가 한참 만에 입을 연다. 약을 끊은 친구가 하나 있는데, 크리스티나 워커가 살해되던 때 멀비와 내리 이틀을 같이 있었다고 증언한 거야. 멀비도 죽은 두 여자한테서 자기 DNA가 나온 건 자기가 그 여자들 고객이었기 때문이라고 주장하고 있고. 멀비도 자기가 한 짓이 아니라고 하고, 친구도 멀비가 죽인 게 아니라고 맹세하더군. 그러면서 변호사를 불러달라는 거야. 풀어줄 수밖에 없었어.

— 몇 시에 풀려났죠? 피해자 사망 추정 시각에는 갇혀 있었어요?

무슨 대답이 나오기를 바란 것인지 모르겠다.

— 갇혀 있었어. 디파올로가 말한다.

그의 음성에서 할 말이 더 있음이 느껴진다.

— 이봐, 디파올로가 말한다. 순찰차를 그쪽으로 보낼게. 9번 지구에서 온 신참인데, 오늘 밤 자네 집 앞 진입로에 차를 대고 있을 거야. 거기 있는 걸 봐도 놀라지 말게.

— 왜요? 내가 말한다.

디파올로가 말을 멈춘다. 전화기 너머에서 사이렌 소리가 가까워졌다 멀어진다. 그가 기침을 한 번, 또 한 번 한다.

— 왜죠, 마이크? 내가 묻는다.

— 만약의 경우에 대비해서. 그가 말한다. 과잉 반응일지도 모르겠지만. 그런데 듀크스에서 만났을 때 자네가 준 이름 말이야. 필라델피아 경찰 내부의 누군가를 고발했다는 그 여자.

— 폴라, 폴라 멀로니요.

디파올로는 말이 없다. 자기가 준 단서들을 내가 잇기를 기다리는 것이다.

— 오늘 발견된 게 그 여자야. 그가 한참 만에 말한다.

머혼 부인에게 내 침대에서 자라고 한다. 저는 현관 바로 앞 방에 있는 소파에서 잘게요. 누가 들어오면 가장 먼저 볼 수 있게.

우리 모두 한 지붕 아래 있고 싶다.

눈 쌓인 진입로로 바짝 들어와 조용히 주차해 있는 순찰차에 대해서는, 동료들이 특별히 조심하는 거라고만 머혼 부인에게 말해뒀다.

— 전혀 걱정할 일 아니에요. 내 말에 머혼 부인이 말한다. 내가 많이 걱정하는 것처럼 보여요?

하지만 머혼 부인이 그저 용감한 척하고 있을 뿐이라는 걸 나는 안다. 부인도 나처럼 그러고 있을 뿐이다. 그녀가 화장실에 있는 동안 나는 살금살금 복도를 걸어가 금고에서 총을 꺼낸다.

잠을 이루지 못한다. 진입로에 있을 순찰차 생각을 한다. 만약 디파올로가, 입막음을 위해 폴라가 살해당한 거라고 생각한다면 왜 필라델피아 경찰을 시켜 우리를 보호하게 하는 걸까. 주경찰에 부탁했다면 더 안심할 수 있을 텐데. 맞다. 디파올로는 다른 지구에서 온 신참을 시켜서 보초를 세운다는 사실을 굳이 말해줬다. 그러니까 아마도, 우리 24지구에 연고가 없는 사람이라는 뜻으로 한 말일 터다. 나는 소파에 누워 4시까지 잠들지 못한 채, 바깥 가로등의 희미한 불빛에 비친 벽시계의 초침만 바라본다. 블라인드의 그림자가 시계 위로 줄무늬를 드리우고 있다. 잠든 토머스를 깨우지 않을 수만 있다면 옆에 가서 누울 텐데. 아이 옆에 있고 싶다. 내가 아이를 보호하고 있다는 걸, 아이가 곁에 있다는 걸 확인하고 싶다.

또 다른 감정이 슬며시 배어나 걱정과 합쳐진다. 그 감정은 슬픔이다. 폴라의 죽음에 대한 압도적인 슬픔. 신랄한 소리를 잘하고 걸핏하면 깔깔 웃어대던 열여덟 살의 폴라가 아직도 눈에 선하다. 폴라는 늘 케이시 편을 들었다. 케이시가 늘 내 편을 들었던 것처럼. 나는 폴라가 동생과 함께 있으면서 그 애를 지켜봐주고, 또 켄징턴의 모든 여자들을 지켜봐주어서 늘 든든하게 여겼던 것 같다.

마지막으로, 가장 뼈아픈 죄책감이 찾아든다. 우리가 찾는 사람이 필라델피아 경찰 내에 있다면, 내가 폴라 멜로니의 이름을—에이헌에게, 그다음 체임버스에게, 그리고 디파올로에게—말한 대상이 그라면, 그렇다면……. 그렇다. 내게도 폴라의 죽음에 간접적으로 책임이 있다.

눈을 감는다. 머리에 손을 올린다.

'오프더레코드로요?' 나는 에이헌에게 그렇게 말했다.

'오프더레코드로.' 에이헌이 내게 말했다.

+++

다음 날까지도 필라델피아 경찰은 폴라의 이름을 뉴스에 내보내지 않는다.

나는 인터넷에서 폴라에 대한 정보를 찾아본다. 친구들이 폴라를 추모하며 만든 페이스북 페이지가 나온다.

장례미사에 관한 정보를 발견한다. 이번 주 목요일에 성 구세주 성당에서 있을 예정이다.

고인과 마지막으로 대면해 인사를 나누는 과정은 없다. 그것이 암시하는 바를 생각하니 속이 메스껍다.

가기로 마음먹는다.

하루 종일, 폴라의 사망 정황에 관한 정보가 더 나오기를 기다린다. 혹시 체포된 사람이 있는지 텔레비전 뉴스를 보고 싶지만, 토머스를 겁먹게 하고 싶지는 않다. 그래서 휴대전화에 옷장 상자 안에서 찾은 이어폰을 연결하고 지역 라디오 방송을 듣는다. 이어폰을 낀 채 집 안을 돌아다니며 세탁과 집 안 정리를 하고, 그사이 토머스는 기차 놀이 목제 블록으로 복잡한 미로를 만든다.

—뭐 들어? 아이가 몇 차례 묻는다.

—뉴스. 내가 대답한다.

진입로에 있던 순찰차는 떠났지만, 새 순찰차가 이따금 집 앞을 천천히 지나간다. 침실 창문으로 차가 보인다. 가끔은 그게 안심이 된다. 그러나 어떨 때는 위협적이고 불길한 포식자같이 느껴진다. 토머스의 눈에 띄지 않게 하고 싶지만, 토머스는 관찰력이 좋다. 무슨 일이 벌어지고 있다는 걸 알고 있을 것이다.

내가 듣고 있는 방송은 로렌 스프라이트가 일하는 지역 라디오 방송국의 것이다. 한 시간짜리 프로그램이 끝날 때 진행자가 그녀의 이름을 말한다.

불현듯, 보머커피에서 로렌과 마주쳤을 때 그녀가 언젠가 라일라와 토머스를 만나게 해주자고 했던 게 생각난다. 목요일 폴라의 장례식 날 그렇게 하자고 로렌에게 부탁해볼까 싶은 생각도 든다. 스프링가든 유아원은 크리스마스부터 새해까지 일주일 동안 휴원한다. 즉, 로렌도 집에 있을지 모른다.

나는 다시 침실로 들어가, 로렌에게 전화를 건다. 받지 않는다. 가야 할 장례식이 있는데 그날 토머스가 놀러 가도 되겠느냐는 메시지를 남긴다. 1분 후, 로렌에게서 전화가 온다.

— 미안해요. 그녀가 말한다. 전화번호를 몰랐네요. 좋은 생각이에요. 라일라가 할 일을 계속 찾고 있었거든요. 방학이 도무지 끝이 안 나네요.

로렌이 잠깐 웃었다가 멈춘다. 친구 일은 안됐어요.

— 고마워요. 나는 말한다. 친한 친구는 아니었어요. 제 친구라기보다는 동생 친구였거든요.

— 그래도요. 로렌이 말한다. 가족의 친구니까요. 누구라도 젊은 나이에 죽는 건 싫어요.

— 맞아요. 내가 말한다. 정말 그래요.

+++

필라델피아 경찰이 마침내 희생자의 이름을 발표했지만, 폴라의 장례식에는 사람이 별로 없다. 나는 미사가 시작되기 10분 전에 들어가 습관적으로 한쪽 무릎을 꿇었다가 뒤쪽 신도석에 앉는다.

여기에 온 이유는 두 가지다. 첫 번째는 경의를 표하기 위해서. 내가 사후 세계를 믿는지는 잘 모르겠지만, 생전에 옳은 일을 하려고 노력해야 한다는 것만은 믿는다. 내가 필라델피아 경찰에 이름을 말해서 폴라가 죽게 되었는지는 아직 확실히 모른다. 하지만 그것이 폴라의 신뢰를 져버린 짓이었다는 것만은 분명히 안다. 그래서 용서를 빌기 위해 여기 온 것이다.

두 번째 이유는, 여기서 무언가 정보를 들을 수 있지 않을까 싶어서다. 어쩌면 폴라가 죽은 원인을 두고 오가는 추측들을 들을 수 있을지도 모른다.

오늘 아침 검정색 바지와 셔츠를 입다가 별안간 내 모습이 식당에서 일하는 할머니 같다고 느꼈다. 그래서 나는 검은 셔츠 대신 회색 셔츠를 입고, 머리와 얼굴은 최대한 수수하고 눈에 띄지 않게 꾸몄다.

내가 앉아 있는 뒤쪽 신도석에서 보니 앞쪽 좌석 몇 줄은 양쪽 다 가득 차 있지만 나머지는 텅 비어 있다. 성당 안 사람들 대부분이 24지구에서 근무할 때나 고등학교 시절에 알던 사람들이다. 참석자들은 오늘만큼은 모두 멀쩡해 보인다. 남자 몇 명이 모여 앉아 있는데, 그중 하나가 미친 듯이 기침을 하고 있고 또 하나는 꾸벅꾸벅 졸고 있다. 여자 열두어 명 중 몇몇은 내가 경찰서에 데려가 심문했던 사람들이다.

성 구세주 성당은 우리가 어렸을 때 다녔던 곳이고, 우리가 다녔던 학교와 자매결연을 맺은 곳이기도 하다. 커다란 석조 건물은 여름에는 에어컨 없이도 시원했고 겨울에는 추웠다. 오늘도 마찬가지다. 이 성당에 얽힌 추억이 많다. 여기서 나는 첫 영성체를 했고, 2년 뒤에는 케이시가 같은 드레스를 입고 영성체를 했다. 천천히 걸어야 한다는 걸 잊지 않으려 애쓰던, 마치 신부처럼 차려입은 어린 케이시의 모습이 선연히 떠오른다.

케이시가 여기 올 가능성도 없지는 않다. 케이시도 분명 지금쯤은 폴라의 사망 소식을 들었을 것이다. 하지만 케이시의 모습은 보이지 않는다. 아직까지는. 나는 가끔씩 고개를 돌려 문 쪽을 확인한다.

미사가 시작된다. 신부—스티븐 신부는 이 성당에 아주 오랫동안 있는데, 우리 어머니의 장례미사도 그가 집전했다—가 빠른 속도로 기도문을 읊조린다. 나는 지난 20년 동안 이 지역의 장례미사가 많아졌다는 섬뜩한 상상을 한다. 스티븐 신부는 자기 역할에 아주 익숙해 보인다.

반대편 신도석 맨 앞줄에 앉은 폴라 어머니의 옆얼굴이 보인다. 청바지 차림에 운동화를 신고 있다. 파카는 벗지 않고 몸에 걸친 채다. 독특한 자세로 팔짱을 끼고 있어서 양쪽 손바닥이 모두 천장을 향하고 있다. 그녀는 아기 시절 폴라의 무게와 온기를 되새기며, 그 기억을 품에 안은 듯 자기 손바닥을 물끄러미 내려다보고 있다. 뭐가 잘못된 걸까 생각하는 것처럼.

폴라의 오빠 프랜 멀로니가 추도사를 하고 있다. 내용은 대부분 살인자에 대한 분노다. 교회가 허용하는 한도 내에서, 최대한 위협적인 태도로 머리를 앞뒤로 흔들며 몇 번이고 **누가 이런 짓을 했건 간에,** 라고 말한다. 스티븐 신부가 헛기침을 한다. 추도사 말미에서 그는 스스로를 그런 지경으로 몰고 간 폴라에 대한 분노를 내비친다. 어린 시절 폴라가 얼마나 유머러스하고 착했는지 기억을 더듬는다. **무슨 일이 벌어진 건지 저는 도무지 모르겠어요.** 그는 몇 번이고 말한다.

— 폴라가 더 나은 선택을 했다면 좋았을 겁니다. 삶을 망치게 하는 약을 주변의 모두에게 소개한 사람이 하는 말이다.

미사가 끝난다. 뒤쪽 입구에 인사하려는 사람들이 줄지어 선다. 프랜 멀로니와 그의 어머니, 그리고 할아버지로 보이는 사람이 줄 앞쪽에 서 있다.

케이시는 오지 않았다.

나는 가장자리 통로로 슬쩍 다가가, 24지구에서 일하면서 낯이 익은 여자들 뒤에 선다. 그들은 폴라의 친구들이면서 내 동생의 친구들이기도 하다.

나는 그들이 혹시라도 고개를 돌리다가 나를 보게 될 경우에 대비하여 고개를 숙이고 전화기를 들여다본다. 오늘은 경찰복을 입고 있지 않지만, 그럼에도 그들 대부분이 나를 알아볼 것이다.

모두가 속삭이듯 말하고 있지만 드문드문 이야기 소리도 들려온다. 이따금씩 들리는 단어들이 그들의 견해를 말해주고 있다.

— 그 개자식. 하나가 말하자 또 한 사람이 반복한다. 그 개자식.

처음에는 프랜 멀로니 이야기를 하는 줄 알았다. 모두가 그쪽을 보고 있으니까. 하지만 이야기의 방향이 조금 바뀐다. 한번은 **경찰,** 이라고 말하는 게 똑똑히 들린다. 그리고 **그 사람은 아냐,** 라고 하는 것도. **보석,** 이라는 말소리도 들린다. 내 쪽에서는 뒤통수만 보이지만, 가끔은 그들 중 하나가 다른 사람에게 고개를 바짝 붙이고 속삭이기도 한다. 그럴 때면 옆얼굴과 거기 떠오른 표정이 슬쩍 엿보인다.

그중 한 여자가, 무리의 맨 앞에 서서 친구가 하는 말을 들으려고 고개를 돌렸다가 나를 발견하고는 얼어붙는다.

— 이봐, 그녀가 친구에게 말한다. 그만해.

네 사람 모두 그녀의 시선을 좇아 내 쪽으로 고개를 돌린다. 나는 눈치 못 챈 척하려고 계속 전화기만 들여다본다. 하지만 아무도 고개를 되돌리지 않는 것이 곁눈으로 보인다.

가장 가까이 선 여자는 키가 작고 다부지게 생겼다. 자주색 진 바지를 입고 있다. 그녀가 내 가슴을 거의 쿡쿡 찌를 것처럼 손가락으로 나를 가리키는 바람에, 나는 어쩔 수 없이 고개를 든다.

— 아주 배짱이 두둑하시네. 그녀가 말한다. 여기 나타나다니.

머리를 뒤로 넘겨 묶고, 칼라에 거의 닿을 듯이 기다란 귀걸이를 한 여자다.

— 뭐라고요? 내가 말한다.

— 그러게. 다른 여자가 말한다.

이제 네 사람 모두 손을 주머니에 넣고 턱을 앞으로 내민 채, 위협적인 태도로 내게 다가온다.

— 당장 여기서 꺼져. 자주색 바지를 입은 여자가 말한다.

— 무슨 말씀이신지 모르겠네요. 내가 말한다.

여자가 코웃음을 친다.

— 뭐야, 바본가?

내가 싫어하는 말이다. 나는 눈살을 찌푸린다.

여자가 내 얼굴 앞에서 손가락을 튕긴다. 저기요? 그녀가 말한다. 저기요? 집에 가시라고요. 꺼지라니까.

그들 뒤에서 일어나는 갑작스러운 움직임에 나는 그쪽으로 시선을
빼앗긴다. 떠나는 사람들의 흐름을 거스르며 누군가 성당 안으로 들어
오고 있다.

처음에는 누군지 알아보지 못했다.

머리가 밝은 갈색이다. 어린 시절 이후 처음으로 보는, 원래 머리에
가장 가까운 색이다. 안색은 창백하다. 안경을 쓰고 있다. 안경을 쓴 모
습은 처음이다.

케이시. 내 동생이다.

건강해 보이기는 하지만, 장례식에 늦어서 당황한 표정이다. 여미지 않은 재킷 사이로 배가 불러 있는 게 보인다. 코트 안에는 흰색 셔츠와 회색 운동복 바지를 입고 있다. 아마 맞는 바지가 그것밖에 없어서일 것이다. 이제 케이시는 사람들을 헤치며 줄 선 사람들을 지나 걸어가고 있다.

자주색 바지를 입은 여자가 친구들을 흘깃 보자, 다음 순간 그중 두 사람이 아무 말 없이 다가와 내 양쪽 팔꿈치를 잡는다.

— 찍소리도 내지 마. 한 사람이 내 귀에 대고 중얼거린다. 예의를 지켜. 장례식장이잖아.

하지만 경찰에서 훈련받은 대로 몸을 홱 돌리자 한 명이 철퍽 엎어진다. 다른 한 명도 손을 뗀다.

— 세상에. 아직 서 있는 쪽이 말한다. 어떻게 이런 짓을.

나는 양손을 위로 올린다. 이봐요, 내가 말한다. 오해가 있는 것 같은데.

어느새 케이시가 내 옆에 서 있다.

— 안녕. 케이시가 내가 아니라 네 여자를 보면서 말한다. 안녕, 왜들 이래?

— 이년이 방금 나한테 손을 댔어. 바닥에 엎어진 여자가 말한다. 실제로 먼저 손을 댄 사람은 자기라는 걸 잊은 모양이다.

케이시는 나를 보지 않는다.

— 미안하대. 케이시가 말한다. 내 이야기다. 미키, 미안하다고 해.

— —난 아닌데. 내가 입을 여는데, 케이시가 팔꿈치로 나를 쿡 찌른다.

말해, 미키. 미안하다고 해.

— 미안해요. 내가 말한다.

자주색 바지를 입은 여자가, 내 눈이 아닌 이마를 본다. 거기에 과녁이라도 그려져 있는 것처럼.

그 여자가 케이시에게로 시선을 돌리더니 고개를 젓는다. 너한테 뭐라 하고 싶진 않지만…… 케이시, 정말로 뭐라 하고 싶진 않아. 네 언니라는 건 알아. 하지만 뒤통수 조심해. 언니라고 다 아는 건 아니잖아.

케이시는 나와 그 여자를 번갈아 보면서 잠시 아무 말 하지 않다가, 이윽고 머릿속에서 결정을 한 양 여자를 향해 가운뎃손가락을 들어 보인다. 그리고 내 어깨를 거칠게 잡더니, 혼란스러운 표정으로 우리를 지켜보고 있는 프랜과 어머니를 지나쳐 성당 밖으로 나간다. 갑자기 어릴 적의 케이시가 생각난다. 누군가 나와 충돌하기가 무섭게 내 편을 들어주던 케이시가.

성당을 나가 계단을 내려가서 거리에 설 때까지, 야유 소리가 우리 뒤를 끈덕지게 따라온다.

성당 안에서 그 여자가 케이시를 향해 다시 한번 외친다. **뒤통수 조심하라고.**

+++

동생은 얼마간 아무 말도 하지 않는다. 내가 모퉁이에 주차해놓은 차로 걸어가자 옆에서 나를 따라온다. 호흡이 힘겹다. 나도 무슨 말을 해야 할지 모르겠다.

— 케이시. 내가 결국 입을 연다. 고마워.

— 아냐. 동생이 지나치게 빨리 말한다. 됐어.

벌써 차에 다 왔다. 나는 이제 어떻게 해야 좋을지 몰라서 걸음을 멈춘다.

케이시가 처음으로 내 눈을 응시한다.

— 언니가 날 찾아왔다는 말 들었어. 아빠한테서.

— 그게, 내가 입을 연다. 아니라고 할 생각이었다. '널 찾고 있던 건 아니었어.'

그러는 대신 이렇게 말한다. 걱정이 돼서.

케이시는 방어하듯 배 위로 팔짱을 낀다. 대답이 없다.

— 미키. 마침내 케이시가 말한다. 그게 무슨 소리야? 아까 걔들이 하던 말.

— 나도 몰라. 내가 말한다.

— 확실해? 동생이 말한다. 하고 싶은 말 없어?

나는 침을 삼킨다. 폴라 생각을 한다. 정식으로 신고해달라는 내 요청에 폴라가 한 말을 내가 져버린 것에 대해. '절대 안 해.' 폴라는 그렇게 말했다. '이놈의 도시 경찰 전부랑 원수지간이 되라고?'

— 아니. 내가 말한다. 케이시, 무슨 소린지 모르겠어.

케이시는 나를 빤히 보며 고개를 끄덕인다. 우린 한참을 아무 말 없이 서 있다. 한 무리의 아이들이 지저분한 자전거의 앞바퀴를 치켜들고 쏜살같이 지나간다. 케이시는 아이들의 소음이 사라질 때까지 입을 열지 않는다.

— 언니 말 믿어. 케이시가 말한다.

차로 데려다주겠다고 하자 그 애가 거절한다.

— 아빠 차를 가져왔어. 아빠가 집에서 기다리고 있어.

우리는 그 차까지 함께 걸어가 길가에서 작별 인사를 한다. 죄의식 때문에 너무 괴로워서 배가 아프다.

노선리버티스에 있는 로렌 스프라이트의 집으로 토머스를 데리러 갈 시간이다. 로렌이 안으로 들어오라고 한다. 로렌의 집은 공원 맞은 편에 있는 크고 현대적인 주택이다. 그 공원은 이 동네가 아직 우리 것 이었던 어린 시절, 질 나쁜 아이들이 자주 찾던 곳이다.

마치 텔레비전 요리 프로그램을 위해 만들어진 것 같은 주방이 1층 에 자리하고 있다. 탁 트인 실내에는 발코니로 이어지는 미닫이 유리문 이 있다. 밖에는 하얀 전등불로 장식된 진짜 크리스마스트리가 서 있 다. 이런 건 처음이다. 누군가의 뒤뜰에 서 있는 크리스마스트리. 마음 에 든다.

— 애들은 위층에 있어요. 로렌이 말한다. 마실 것 드릴까요? 커피?

— 좋아요. 내가 말한다. 폴라의 장례미사 일로 마음이 진정되지 않 는다. 작고 따스한 무언가를 손에 쥐고 있으면 좋을 것 같다.

— 장례식은 어땠어요?

나는 얼마간 입을 열지 않는다.

— 이상했어요, 사실.

— 어째서요?

로렌은 기다란 유리 실린더에 든 커피 원두 분말에 뜨거운 물을 붓고 있다. 그리고 꼭대기에 자루 같은 게 달린 뚜껑을 덮더니 그대로 둔다. 이런 식으로 커피를 만드는 건 처음 본다. 그에 관해 물어보지는 않는다.

— 이야기가 길어요,

— 시간 많아요. 로렌이 말한다.

위층에서 요란한 소리가 나더니 잠깐 조용해졌다가, 이내 숨죽여 킥킥대는 소리가 들린다.

— 아마도요. 로렌이 말한다.

나는 그녀를 가늠해본다. 내가 아는 모든 것을 로렌에게 털어놓고 싶은 유혹이 생긴다. 로렌은 이야기를 잘 들어주고, 자신의 정돈된 삶을 영위하는 모습이 행복해 보인다. 로렌을 보고 있으니 마음 한구석에서 '나도 이렇게 살 수 있었는데' 하는 생각이 든다. 어쩌면 다른 직업을 가지고 다른 집에서 다른 삶을 살 수도 있었을 것이다. 사이먼과 처음 사귀게 됐을 때, 나는 그에게 개브리엘이 다 크면 같이 살자는 이야기를 하곤 했다. 로렌에게 내가 세웠던 계획들을 다 들려주고 싶다. 학교 성적이 좋았다고도 말하고 싶다. 내 인생에 담긴 온갖 사실들을 로렌 스프라이트라는 관대하고 상냥한 그릇에 모조리 쏟아붓고 싶다. 예쁜 얼굴을 다정하게 내 쪽으로 돌리고 있는 로렌. 이름부터가 순수하고 매력적인 로렌에게.

하지만 그러지 않는다. 할머니의 목소리가 귓가에 들린다. '그 사람들은 믿어선 안 돼.' **그 사람들**이 누군지 할머니가 말해준 적은 없지만, 로렌 스프라이트도 분명 그들에 해당된다. 다른 모든 면에서 할머니는 틀렸지만, 이것만큼은 대체로 동의한다.

+++

그날 밤 토머스를 재우고 나자 전화벨이 울린다.

전화기 화면을 확인한다.

댄 피츠패트릭이라는 글자가 떠 있다. 아버지가 전화번호를 줬을 때 차마 '아빠'라는 이름으로 저장하지 못했다. 그러면 너무 가까운 사이 같으니까.

전화를 받는다.

아버지는 아무 말도 하지 않더니, 다음 순간 다른 사람의 것이 분명한 부드러운 숨소리가 들린다.

— 케이시? 내가 말한다.

— 안녕. 케이시가 말한다.

— 너 괜찮아?

— 있잖아, 케이시가 잠시 뜸을 들이다 말한다. 이제부터 내가 중요한 이야기를 할 거야. 내 말을 믿을 건지 말지는 언니가 결정해.

— 그래. 내가 말한다.

— 옛날에 언니가 늘 내 말을 믿지는 않았다는 거 알아. 케이시가 말한다.

나는 눈을 감는다.

— 오늘 여기저기 좀 물어봤거든. 친구들한테 전화를 해봤어. 사람들이 언니에 대해 무슨 소리를 하는지 알아보려고.

— 그래. 내가 다시 말한다.

기다린다.

— 트루먼 도스랑 같이 있어?

— 무슨 소리야?

그 이름을 이런 식으로 갑작스럽게 들으니 이상하다. 내가 어색하게 키스를 시도한 이후로 트루먼 소식은 듣지 못했다. 죄책감과 부끄러움 때문에 트루먼 생각은 하지 않으려고 그동안 애써왔다.

— 지금 말이야. 케이시가 말한다. 지금 같이 있냐고. 같은 차나 방 안에.

— 아니. 내가 말한다. 난 집에 있어.

케이시가 조용해진다.

— 왜, 케이시?

— 사람들은 트루먼이 범인이라고 생각해. 동생이 말한다. 그 사람이 폴라랑 다른 사람들을 다 죽였다고 말이야. 그리고 언니가 그 사실을 안다고 생각해.

+++

온몸이 저항한다.

아니야. 나는 생각한다.

사실일 리 없어. 말도 안 돼. 내가 알고 있는 트루먼을 생각하면 방금 들은 말은 절대 믿을 수 없다.

나는 입을 열었다 닫는다. 심호흡을 한다.

전화기 반대편에서 케이시의 호흡 소리가 들린다. 내 대답을 기다리고 있다. 내 긴 침묵 속에서 내가 자신을 얼마나 믿는지 재면서.

마지막으로 케이시의 말을 믿지 않았던 때가 생각난다. 케이시가 아닌 사이먼의 말을 믿었을 때. 나는 얼마나 철저하게 틀렸던가. '아니'라는 그 한마디 말이 우리 삶의 궤적에 어떤 방식으로 영향을 미쳤던가.

그래서 나는 이렇게 말한다. 고마워.

— 고맙다고? 케이시가 말한다.

— 이야기해줘서.

그리고 전화를 끊는다.

상충되는 불편한 생각들이 속에서 울렁거리며 요동친다. 내 본능에 대한 믿음이 케이시의 말에 대한 믿음과 충돌을 일으킨다. 해결 방법은 케이시의 주장을, 증거로써 검증하거나 혹은 반증할 가설로 보는 것뿐이다.

계단을 내려가 머혼 부인의 문을 급히 두드린다.

부인이 문을 열었을 때 나는 이미 재킷을 입고 가방도 들고 있다.

— 알아요. 부인이 내가 뭐라고 하기도 전에 말한다. 가서 할 일을 해요. 내가 토머스랑 위층에 있을 테니까. 필요하면 거기서 잘게요.

— 정말 죄송해요. 내가 말한다. 정말 죄송해요, 머혼 부인. 돈을 드릴게요.

— 미키. 부인이 말한다. 패트릭이 죽은 후 내가 이렇게 쓸모 있는 사람으로 느껴지는 건 처음이에요.

— 알겠어요. 내가 말한다. 고마워요. 감사합니다.

그리고 다른 것도 부탁한다. 살면서 누군가에게 이렇게 많은 부탁을 해본 적이 없다.

— 저랑 차를 바꿔 쓰셔도 될까요? 내가 말한다. 부인 차를 잠시 빌려도 괜찮을까요?

머혼 부인은 웃고 있다. 필요하면 뭐든지 해요, 미키. 부인이 입구의 못걸이에 걸려 있던 키를 가져오자, 나도 내 것을 부인에게 건넨다.

— 가속이 잘되는 차예요. 머혼 부인이 말한다. 그냥 알고 있으라고.

— 고마워요. 내가 또 말하자 부인이 손사래를 친다.

부인은 나를 따라 위층으로 올라간다. 소파에 앉아 가방에서 책을 꺼낸다.

나는 벽장으로 가서 맨 위 칸, 총을 넣어두는 금고를 향해 손을 뻗는다. 서에서 지급한 5인치 총열의 글록 자동 권총이다. 전에는 이 총에 불만이 없었다. 하지만 오늘은 더 작고 아담한 무기가 있었으면 싶다. 눈에 띄지 않고 쉽게 들고 다닐 수 있는 것으로.

허리에 권총집을 차고 큼직한 총을 거기 꽂는다. 재킷이 커서 다 가려지기는 하지만, 그래도 거추장스러운 느낌이다.

다시 거실로 가자, 머혼 부인이 책을 읽다가 고개를 든다.

— 머혼 부인. 내가 말한다. 아무한테도 문 열어주지 마세요.

— 그럴게요. 머혼 부인이 말한다.

— 경찰이라도요. 내가 말한다.

머혼 부인이 갑자기 걱정스러운 표정을 짓는다. 무슨 일이에요?

— 그걸 알아보려고 하는 거예요. 내가 말한다.

진입로에서 차를 너무 빨리 빼는 바람에 타이어가 끼익 소리를 낸다. 과연 부인 말대로 가속이 잘되는 차다. 지금은 근무 중이 아니라는 것, 순찰차에 타고 있지 않다는 점을 명심해야 한다. 절대 경찰 단속에 걸려서는 안 된다. 적절한 속도로 감속한다.

이런 야심한 시각에는 제한속도를 조금만 넘겨 달려도 마운트에어리의 트루먼 집까지 30분이면 간다.

나는 트루먼의 집에서 반 블록 떨어진 도로에 차를 세우고 조용히 내린다.

지금은 밤 11시다. 대부분의 집은 불이 꺼져 있다. 하지만 트루먼의 집은 아직 환하다. 길에서도 창문 너머 책장과 그것에 가득 꽂힌 책들이 보인다. 트루먼은 보이지 않는다. 나는 어둠 속에 몸을 숨기면서 현관 앞으로 다가간다.

까치발을 하고 계단을 올라 창문 안을 들여다본다. 트루먼과 어머니가 불 켜진 거실에 앉아 있다. 트루먼은 책을 읽고 있고 그의 어머니는 안락의자에서 졸고 있다.

나는 트루먼을 빤히 바라본다. 뭘 읽고 있는지 모르겠지만 책에 푹 빠져 있는 것 같다. 무슨 책인지는 보이지 않는다. 맨발로 소파에 엎드려 한 발로 다른 발을 긁고 있다.

트루먼이 어머니에게 알아들을 수 없는 말을 한다. 아마 이런 거겠지. '침대에 가서 주무세요, 엄마. 일어나요, 주무실 시간이에요.'

다음 순간 그의 시선이 어머니에게서 창문으로 옮겨진다. 한순간 그가 나를 똑바로 쳐다보는 것만 같다. 나는 바닥으로 재빨리 몸을 낮춘다. 집 외벽에 등을 붙이고 상체를 웅크린다. 하지만 문은 끝내 열리지 않고, 얼마 뒤 내 호흡이 진정된다.

결국 나는 자세를 낮춘 채 살금살금 다시 계단을 내려간다. 머혼 부인의 차로 돌아가 올라탄다. 감시하기 좋은 위치에서 집을 지켜본다.

5분이 지난다. 그리고 10분. 마침내 트루먼이 소파에서 일어난다. 뒤쪽의 스탠드 불빛을 받은 그의 그림자가 창문에 나타난다. 그가 방을 가로질러 걸어간다. 여전히 다리를 조금 절고 있다.

그 순간 처음으로, 슬며시 의심이 생긴다. 뒤늦게 의문이 든다. 트루먼에게 장애를 입히고 그를 퇴직하게 만든 그 폭행 사건이, 정말 불특정인을 대상으로 한 범행이었을까? 모두가 믿었던 그의 말처럼?

혹시 다른 동기에 의한 공격은 아니었을까?

의문이 연달아 떠오른다.

닥에게 갔던 일에 대해서는 내게 진실을 말해준 것일까? 그는 닥을 두 번 찾아갔고, 매번 그날 한 일을 내게 보고했다. 하지만 그 두 번의 방문이 사실이라는 증거는 없다.

그 이야기들 중에 사실이 있기는 한 걸까?

갑자기 트루먼 집의 불이 전부 꺼진다.

그 순간, 떠올리기조차 역겨운 생각이 든다. 떨칠 수 없는 생각이. 사이먼이 범인일지 모른다는 말을 처음으로 한 사람이 트루먼이었다. 집 반대쪽 뒷마당에 서서 그는 내게, 함께해보자고 말했다. 그러고는 나 혼자 비난을 감수하도록 내버려뒀고, 마이크 디파올로는 나를 미친 사람 취급했다.

날이 추워지고 있다. 하얀 입김이 보인다. 가끔 차에 시동을 걸고 동네를 한 바퀴 돌고 와 다시 시동을 끈다. 라디오를 튼다.

내 목표는 트루먼 도스가 집에서 나올 때까지 깨어 있는 것이다. 그런 다음 미행할 것이다. 트루먼의 주장에 따라 내가 사이먼을 미행했던 것처럼.

+++

7시 반에 화들짝 놀라 잠에서 깬다. 얼어 죽을 것 같다. 너무 추워서 손가락과 발가락에 감각이 없다. 재빨리 두 손을 비빈다. 뻣뻣한 관절을 억지로 움직여본다. 차에 시동을 걸고 실내가 데워지길 기다리며 공회전을 시킨다.

다행히 트루먼의 차는 아직 진입로에 서 있다.

천천히 손과 발에 피가 돌면서 욱신거리는 감각이 일기 시작한다. 이제 차는 충분히 데워졌고, 나도 몸이 녹았다.

전화기를 확인한다. 메시지도, 걸려온 전화도 없다.

곧 배가 고파질 테고 화장실도 가야 한다. 나는 시간을 계산하면서 트루먼의 집을 지켜본다. 여기서 5분 거리에 와와[20]가 있다. 거기 가면 트루먼을 놓칠 가능성이 있지만, 오늘 일이 언제 끝날지도 모르는데 그때까지 버틸 수는 없을 것 같다.

충동적으로 편의점을 향해 출발한다. 너무 빨리 달리지는 않는다.

8시 전에 트루먼의 집 앞으로 돌아오니—방광을 비우고 물과 커피, 아침거리와 점심거리를 구해 왔다—그의 차가 진입로에서 나오고 있다. 트루먼이 내 옆을 지나며 차에 탄 나를 볼까 봐 얼른 길가에 차를 댄다. 하지만 그는 반대 방향으로 갔고, 나는 몇 박자 늦게 차를 빼고는 그의 뒤를 쫓는다.

---

20 미국의 주유소와 편의점 결합형 매장 체인.

머혼 부인의 기아 차는 흔한 하얀색 세단이다. 트루먼에게 특별히 낯익은 것으로 보이지는 않을 것이다. 잠복 훈련을 받았다면 좋았을 것이라는 생각이 또다시 든다. 받은 훈련이 없으니 최선을 다해, 본능에 따라 운전할 뿐이다. 차 몇 대를 사이에 두고 따라가면서, 제발 같은 교통신호만 받게 해달라고 기도한다. 그러다 한번은, 트루먼을 놓치지 않으려고 신호를 위반한다. 옆의 운전자가 내 행동이 믿기지 않는다는 듯이 경적을 울리며 내게 가운뎃손가락을 치켜든다. **미안해요.** 나는 입 모양으로 말한다.

트루먼은 저먼타운애비뉴를 따라 남동쪽으로 몇 킬로미터를 달린다. 모든 도로는 켄징턴으로 이어진다. 목적지를 알 수 있지만, 그것이 놀랍지는 않지만, 서서히 두려운 마음이 든다.

진실을 알고 싶지 않다.

트루먼은 멈추지 않고 달린다. 서두르지 않고 천천히, 느릿느릿 간다. 트루먼을 지나치지 않고 따라가는 데 내 안의 모든 의지력을 동원한다. 트루먼과 같은 차를 타던 때 그는 나를 속도광이라고, 무모하게 운전한다고 놀리곤 했다.

앨러게니에 도착하자 그가 좌회전을 한다. 나도 그렇게 한다. 그는 앨러게니를 따라 동쪽으로 가다가 켄징턴애비뉴 바로 앞에서 돌연 차를 세운다.

나는 그를 지나쳐 약간 앞쪽에다 차를 세운다. 고개를 돌리지 않고 백미러와 사이드미러를 번갈아 보면서 그를 주시한다.

그가 차에서 내린다.

천천히 걷고 있다. 아마 무릎 때문일 것이다. 길모퉁이를 돌아 켄징턴애비뉴로 접어든다.

그가 시야에서 사라지자, 나는 머혼 부인의 차에서 내려 같은 방향으로 달려간다. 놓치고 싶지 않다.

트루먼이 돌았던 길모퉁이를 돌자마자 그의 등이 다시금 시야에 들어와 마음을 놓지만, 이제는 거리가 너무 가깝다. 재킷에 달려 있는 모자를 뒤집어쓴 다음, 수상하게 보이지 않으면서 그와 거리를 두기 위해 잠시 벽에 기대선다. 아마 이 미행은 실패했는지도 모른다.

나는 곁눈질로, 천천히 멀어져가는 트루먼을 훔쳐본다. 그는 30미터쯤 떨어진 곳에서 왼쪽으로 방향을 꺾어 어느 가게의 문을 연다. 들어가기 전에 양옆을 흘깃거리더니 이윽고 안으로 사라진다. 그제야 나는 거기가 어딘지, 트루먼이 어디에 가는 것인지 깨닫는다.

+++

라이트의 가게 진열장은 처음 봤을 때와 다를 바 없다. '가정용품' 표지는 여전히 비딱하게 기울어져 있다. 똑같은 플라스틱 인형들이 똑같이 표정 없는 눈으로 나를 보고 있다. 똑같은 식기들이 먼지를 뒤집어쓴 채 똑같은 선반에 똑같은 모양으로 놓여 있다. 물건들이 너무 빽빽하게 진열돼 있어서 가게 안이 보이지도 않는다. 그래서 나는 어쩔 줄 몰라 하며 밖에 서 있다.

트루먼을 따라 들어가면 내가 쥔 패를 너무 빨리 드러내버리는 꼴이 될 수 있다. 그리고 트루먼에게 자신이 켄징턴에 있는 이유를 꾸며낼 기회를 만들어주는 셈이 될 것이다.

트루먼이 나올 때까지 기다리는 것은 중요한 정보를 놓칠 위험이 있다. 모종의 거래를 보지 못할 수도 있다.

나는 스스로와 거래를 한다. 10분만 기다리자. 10분 안에 나오지 않으면 들어가자.

나는 입구에서 10미터 떨어진 곳에 자리를 잡고 휴대전화로 시간을 확인한다. 전화기를 주머니에 집어넣는다. 카운트 시작이다.

나 자신에게 부여한 시간이 반도 지나기 전에, 트루먼이 나온다. 뭔가를 질질 끌고 있다.

바퀴 달린 커다란 검정색 여행 가방이다.

가방을 움직이는 모양새를 보니 안에 뭔가 무거운 게 든 것 같다.

그는 켄징턴애비뉴를 따라 남쪽으로 걸어가고, 나도 다시 그를 뒤쫓는다. 이번에는 케임브리아에서 왼쪽으로 돌아 얼마쯤 계속 걷더니 처음 보는 골목으로 들어간다. 저렇게 좁은 길에는 보행자가 없다. 그가 갑자기 뒤를 돌아볼까 봐 겁이 난다. 나는 최대한 조용히 걸으려고 노력한다. 내 발자국 소리를 듣지 못하도록 살금살금 걷는다.

트루먼이 들어간 골목에 다다랐는데, 그의 모습이 보이지 않는다. 소리는 들린다. 문을 두드리는 소리다.

앞에 있는 건물은 여섯 채뿐이다. 그중 두 채는 지붕도 없이 뼈대만 휑하게 남아 있다. 다른 네 채도 낡았지만 그나마 모양은 유지하고 있다.

나는 누군가 나오면 공터로 몸을 숨길 요량으로 그중 한 건물에 다가선다. 소리로 트루먼의 위치를 파악하고자 잠시 귀를 기울여본다. 하지만 들리는 것은 내 숨소리와, 피가 귀로 몰려드는 소리뿐이다. 그 소리들 너머로 켄징턴애비뉴를 내달리는 자동차 소리가 들린다. 철로를 순환하는 엘 전차 소리도.

나는 앞으로 나아간다. 한 집 한 집, 판자로 막은 창문 안을 들여다본다. 왼편 첫 번째 두 집은 안이 보이지 않는다. 세 번째 집 창문을 막고 있는 판자 두 개 사이로 안을 들여다보는데, 무언가 움직이는 게 눈에 띈다. 희미하게 보이는 인물이 실내를 가로질러 걸어간다. 더 잘 보기 위해 두 손을 동그랗게 말아 눈 주위를 가린다.

안은 조용하다.

다음 순간 목소리가 들린다. 매우 나지막한 트루먼의 목소리다.

똑똑히 들리지는 않지만, 그는 바닥에 있는 누군가에게 말하고 있다. 트루먼이 몸을 굽히자 그의 모습도, 그가 무엇을 하는지도 보이지 않게 된다.

케이시를 떠올린다. 이런 거리에서 10년 동안 그 애가 견뎠을 온갖 일들을. 폴라를 떠올린다. 마음이 바뀌기 전에 총을 꺼내 들고 잠기지 않은 문을 잡아당긴다.

+++

나는 배운 대로, 되도록 몸을 노출시키지 않으면서 문틈으로 비스듬히 들어간다.

늘 그렇듯이 어둠에 눈이 천천히 적응한다. 한 인물─트루먼─이 고개를 든다.

─움직이지 마. 나는 그의 가슴에 총을 겨누고 말한다. 움직이지 마. 손 들어.

그는 명령에 따른다. 팔을 들어 올린다.

나는 주위를 둘러본다. 또 한 사람이 있다. 어두워서 누군지 알아볼수 없다. 여자는 트루먼의 다리 사이, 바닥에 누워 있다.

트루먼의 여행 가방은 닫힌 채로 옆에 놓여 있다.

나는 그를 조준한 채다.

─바닥에 있는 사람 누구예요? 내가 말한다.

─미키. 트루먼이 말한다.

─누구예요? 다쳤어요? 내가 말한다.

─말해요. 내가 말한다.

하지만 내 목소리는 점점 약해지고 권위를 잃어간다.

트루먼이 결국 입을 연다. 도대체 여기서 뭘 하는 거야. 그가 조용히 말한다.

─난 그저……. 나는 말을 꺼내다가 주저한다. 이 문장을 끝낼 수 없음을 깨닫는다.

─그거 치워, 미키.

나는 총으로 여행 가방을 가리킨다. 저기엔 뭐가 들었어? 내가 말한다.

— 보여줄게. 열어서 보여줄게.

발치에 누운 여자는 꼼짝도 하지 않는다.

트루먼이 여행 가방 옆에 쭈그리고 앉는다. 그냥 전화기만 꺼낼 거야, 괜찮지?

그는 가슴의 주머니 속으로 천천히 손을 넣어 휴대전화를 꺼낸다. 전화기의 플래시를 켜고 가방을 비추며 지퍼를 연다. 그가 가방을 휙 열어젖힌다.

처음에는 내용물이 보이지 않는다. 두 걸음 다가가 안을 들여다본다. 스웨트셔츠, 장갑, 모자, 모직 양말이 보인다. 여덟 시간이나 열 시간 동안 지속되는 핫 팩, 에너지 바, 초콜릿 바, 생수. 그리고 가방 뚜껑 밑 그물망 안에는 나캔 비강 분무제가 열두어 개 들어 있다.

— 이해가 안 돼요. 내가 말한다.

바닥에 누운 사람이 몸을 조금 움직이는 게 얼핏 보인다. 나는 휙 몸을 돌려 그쪽으로 총을 겨눴다가 다시 트루먼에게로 총구를 되돌린다.

— 저 남자는 아직 의식이 있어. 트루먼이 말한다. 하지만 시간이 별로 없어.

— 무슨 소리예요? **남자**라니?

트루먼이 그 인물을 향해 플래시를 비춘다. 그때 문득 나는 내 실수를 깨닫는다.

— 누구예요? 내가 말한다.

— 이름은 카터야. 아마도. 어쨌든 그게 자기 이름이라고 했거든.

수치심이 차츰 밀려오는 것을 느끼며, 나는 바닥에 누운 사람에게로 천천히 다가간다. 여자가 아니다. 소년, 열여섯 살 정도 된 어린 소년이다. 같은 상태에 빠져 있던 케이시를 처음 봤을 때 그 애가 딱 이 나이였다. 아이는 말랐고, 흑인이며, 펑크족 차림이다. 눈에 아이라인을 그리는 등 나이 들어 보이려고 애쓴 모양새다. 어린애 같은 가냘픈 체격이 실체를 드러내고 있지만.

아이가 다시 의식을, 완전히 잃는다.

— 안 돼. 내가 말한다.

트루먼은 아무 말도 하지 않는다.

— 안 돼. 내가 다시 말한다.

— 도와줄래? 내가 할까? 트루먼이 가방 안 나캔을 가리키며 단호하게 말한다.

얼마 후 우리는 길에 나와 구급차가 도착하기를 기다린다.

정신이 돌아온 카터는 바닥에 주저앉아 낙담해 울고 있다. 구급차 필요 없어요. 아이가 울부짖는다. 가야 해요. 소맷자락이 손가락을 가리고 있다. 손가락으로 소매 끝을 잡아당기고 있다. 어깨를 다독여주려고 하자 소년이 손을 뿌리친다.

— 가만있어. 트루먼이 날카롭게 말하자, 마침내 아이도 체념하고 말을 듣는다.

트루먼은 나를 보지 않고 옆으로 비켜선다.

나는 몇 번이나 말을 해보려고 했다. 어떻게 사과해야 최선일지 생각해봤다. 오늘 일에 대해서. 듀크스에서 벌어진 일에 대해서. 모두 다. 하지만 어떤 말도 떠오르지 않는다.

— 여기서 뭘 하는 거예요? 마침내 내가 말한다.

트루먼은 한참 동안 나를 본다. 내가 설명을 들을 자격이 있는지 판단하는 것 같다.

결국 그가 입을 연다. 라이트 노인과 자원봉사를 한 지 꽤 되었다고 한다. 매일 켄징턴의 라이트 가게에 들러 그가 미리 준비한 물품들을 넣은 여행 가방을 건네받은 뒤 동네를 돌면서 위태로운 이들을 돕는다는 것이다. 사람들에게 음식과 필수품 따위를 건네고, 필요하면 나캔도 준다. 아들들이 죽은 후 10년 동안 라이트가 해오던 일이다. 하지만 이제 그는 늙고 거동이 힘들어져서, 누군가 그 일을 대신해야 한다.

— 정말 좋은 일을 하네요. 나는 속절없이 말한다. 기어드는 목소리로. 하지만 슬프다. 사과해. 나는 생각한다. 사과해, 미키.

한데 그 순간 새로운 생각이 떠오르면서 내 관심을 그쪽으로 돌린다.

— 그 폭행 말이에요. 나는 약간 구슬프게 말한다. 선배를 공격했던 남자요.

— 그게 뭐?

— 우연히 생긴 일은 아니죠, 그렇죠?

그는 거리 저쪽을 바라본다.

— 내가 여기저기 쑤석대고 다니는 걸 싫어들 해서.

— 아는 사람이었어요?

— 그 일이 있기 하루 이틀 전쯤에 내가 제 여자 친구한테서 떼놓았던 사람이야. 여자를 개 패듯이 패고 있었거든. 내가 말렸지.

— 왜 아무 말도 안 했어요? 내가 묻는다.

그가 살짝 짜증 난 듯한 표정으로 나를 본다. 근무시간이 아닐 때 이런 폐건물에서 뭘 하고 있었는지 어떻게 설명하라는 거야? 그가 말한다. 자네한테든, 누구한테든 말이야.

뭐라 대답할 말이 없다.

나는 시선을 돌린다.

— 그래서? 트루먼이 한참 만에 말한다.

— 그래서라뇨?

— 자네 차례야. 그는 입을 꾹 다물고 있다. 음성에서도 따뜻함이라고는 느껴지지 않는다.

— 미행했어요. 내가 말한다.

나는 난감한 심정으로, 포기한다. 내게는 이 순간에 진실을 말하는 것 외에는 다른 수가 없다. 나는 도로의 갈라진 틈들, 그 틈들을 비집고 올라온 조그만 잡초들과 돌멩이들에 시선을 고정한다.

— 왜. 트루먼이 조용히 말한다.

나는 숨을 내쉰다. 선배가 범인이라고 했어요.

— 누가?

— 케이시의 친구들이요.

트루먼이 고개를 끄덕인다.

— 그래서 그 말을 믿었군.

— 아니에요.

트루먼은 웃었지만 목소리는 단호하다. 아, 그런데도 여기 왔군. 나는 아무 말도 하지 않는다. 한참을 그저 땅바닥만 바라본다.

— 어쩌다 우연히 온……. 내가 대답하는데, 트루먼이 말을 자른다.

— 왜 그런 식으로 말하지? 미키, 왜 그런 식으로 말해?

솔직히 말해서, 흥미로운 질문이다. 나는 잠시 생각해본다. 파월 선생님이 이르기를, 사람들은 우리가 쓰는 말과 문법에 근거해 사람을 판단한다고 했다. '공정하지는 않지만,' 선생님이 말했다. '그게 사실이야. 문법과 억양. 스스로에게 물어봐. 세상이 너희를 어떻게 봐줬으면 하는지.'

— 선생님이 있었어요. 내가 말을 시작하자, 트루먼이 말한다. 파월 선생님 말이지, 알아.

— 미키, 자넨 지금 서른셋이야.

— 그래서요?

그는 대답하지 않는다.

— 그래서요? 나는 고개를 들며 다시 묻는다. 트루먼이 보이지 않는다. 오른쪽을 돌아본다. 길모퉁이를 도는 트루먼의 등과 들어 올린 발뒤꿈치만이 보일 뿐이다.

+++

갑자기, 전화기를 확인한 지 너무 오래됐다는 사실을 깨닫는다. '부재중 전화'가 세 건이나 있다.

모두 집에서 걸려온 전화다.

음성메시지도 하나 있다.

나는 그걸 듣지 않고 집으로 전화를 건다.

— 미키예요. 별일 없어요, 머혼 부인? 토머스는요?

— 아, 이젠 괜찮아요. 머혼 부인이 말한다. 토머스가 좀 아픈 것 같아서.

— 어디가요? 내가 말한다.

— 조금 토했어요.

— 저런. 내가 말한다. 머혼 부인, 정말 죄송해요.

— 걱정 말아요. 머혼 부인이 말한다. 내 간호학 학위를 써먹을 기회였으니까. 벌써 나아진 것 같아요. 지금 크래커를 먹고 있어요. 집에 올때 수분 보충이 될 만한 걸 사 오면 좋을 것 같아요.

— 45분 뒤에 도착해요. 내가 말한다.

차 안에서 아버지에게 전화한다.

— 케이시 좀 바꿔주세요. 내가 말한다.

케이시가 전화를 받는다.

— 잠깐만. 케이시가 말한다.

케이시가 자리를 옮기는지 발소리가 들린다. 조용히 통화할 곳을 찾는 것 같다.

문이 닫힌다.

— 말해. 케이시가 말한다.

나는 재빨리 오늘 있었던 일을 들려준다.

— 트루먼은 아닌 것 같아. 마지막에 이렇게 덧붙인다. 네 친구들이 뭐라고 하든.

케이시는 잠시 말을 멈추고 생각에 잠긴다.

— 걔들이 왜 거짓말을 하겠어? 케이시가 말한다. 이런 거짓말을 왜 하겠어? 말이 안 돼. 거기 사람들 모두 그렇게 생각하고 있어.

한 가지 생각이 떠오른다. 오래된 감각. 정확하게 들어맞으리라 확신하는 퍼즐 조각을 들고 있는 느낌.

— 케이시. 내가 말한다. 케이시, 걔들이 정확히 뭐라고 했어?

— 맙소사, 믹. 나도 몰라.

— 제발 기억해봐. 뭐라도 생각나는 거 없어?

케이시가 한숨을 쉰다.

— 그냥, 그냥 이런 식이었어. **켄징턴 사람들 모두 네 언니 파트너에 대해 알고 있어. 네 언니가 모를 것 같아?**

말문이 턱 막힌다.

— 왜 그래?

— 트루먼은 지난봄 이후로 내 파트너가 아니었어.

— 그래? 그럼 누군데?

에디 래퍼티에 관해 내가 가진 엄청난 정보들이, 이제는 믿을 수 없는 축복처럼 느껴진다.

우리가 함께 근무한 건 단 한 달뿐이지만, 그 한 달 동안 내가 주로 한 일은 그의 옆에서 그가 자신에 대해 떠드는 이야기를 듣는 것이었다.

하지만 최근에는 소식을 들은 게 전혀 없다.

에이헌에게 파트너를 바꿔달라고 요청한 뒤로는 웬만하면 그를 피했다. 그리고 정직 처분 이후로는 그에 대한 아무런 정보도 없다.

이 문제를 주제로 이야기를 나누고 싶은 사람은 단연 트루먼이다. 하나 안타깝게도 지금은 그에게 말할 수 있는 입장이 아니다.

그 대신 케이시에게 래퍼티의 이름을 말해주자, 그 애는 한참 동안 말이 없다.

— 익숙한데. 들어본 적 있는 이름 같아.

— 잠깐만. 케이시가 말한다. 잠깐만 기다려.

내가 뭐라 대답하는 순간 케이시는 이미 전화를 끊은 뒤였다.

집에서 토머스는 탁자에 물 한 잔을 놓고 소파에 누워 있다. 좋아하는 텔레비전 프로그램을 보고 있다. 안색이 조금 창백한 것 외에는 괜찮아 보인다.

— 나 토했어. 아이가 잘라 말한다.

— 들었어. 내가 말한다.

아이 이마에 손을 얹고 열을 재본다. 서늘하다.

— 몇 번? 내가 묻는다.

토머스가 보란 듯이 다섯 손가락을 좍 편 채 손을 든다. 그리고 다른 손도 들어 올린다. 열 번.

방 저쪽에서 머혼 부인이 아주 살짝 고개를 젓는다.

— 지금은 나아졌어요. 부인이 말한다. 안 그러니, 토머스?

— 아니에요. 토머스가 말한다.

아이는 걱정스러운 표정으로 나를 본다.

— 아직 아파.

머혼 부인이 입을 열었다가 다시 다문다. 그러고는 집 뒤쪽을 향해 고갯짓을 한다.

나는 부인을 따라간다.

내 침실로 들어가자 부인이 살며시 문을 닫는다.

— 끼어들기 싫지만, 뭐라고 돌려 말해야 할지 모르겠네요. 토머스가 엄마 걱정을 하는 것 같아.

— 무슨 말씀이세요?

머혼 부인이 주저한다. 토머스는 멀쩡한 것 같아요. 부인이 말한다. 아침 일찍 한 번 토하기는 했어. 하지만 그 이후로는 계속 토하는 척하는 것 같아. 화장실로 달려가 물을 틀어놓고 소리를 좀 내다가 변기 물을 내려요. 그러고는 나와서 아프다고 말하고. 몇 번 그런 일이 있은 다음에야 알았어. 토머스에게 관심이 필요한 것 같아요.

— 일주일 내내 집에 같이 있었어요. 내가 말한다. 어제까지 일주일 내내요.

— 애들은 눈치가 빨라요. 머혼 부인이 말한다. 엄마한테 무슨 일이 있다는 걸 아는 것 같아. 엄마가 위험하다고 생각하고 있을지도 몰라요.

— 허.

— 괜찮을 거예요. 머혼 부인이 말한다. 착한 애니까. 예의 바르고.

— 감사합니다.

머혼 부인이 미소 짓는다.

— 자, 그럼. 부인이 말한다. 난 가볼게요. 둘이서 이야기해요.

— 감사합니다.

나는 토머스와 소파에 웅크리고 앉아 하루를 보낸다. 아이는 기분이 좋아서 내게 파고든다. 나는 계속 케이시의 전화를 기다린다. 전화는 오지 않는다.

잘 때가 되자 토머스는 내게 안긴 그대로 잠이 들고, 나는 아이를 안은 채로 앉아 있다. 상처를 지압하는 것처럼, 피를 막는 것처럼 꼭 안고서. 아이의 조그만 몸이 축 늘어지면서 말랑해진다. 아이를 눕히지 않는다. 래퍼티에 대해 조사해봐야 한다. 누군가에게 전화를 해봐야 한다. 내 일을 해야 한다. 하지만 그러는 대신 나는 아들을 안고 그 기적 같은 얼굴을, 케이시의 축소판이자 완벽하게 배열된 세포들의 별자리 같은 얼굴을 물끄러미 바라본다.

— 아무 데도 가지 마. 아이가 화들짝 깨서 말한다.

— 안 가. 내가 말한다. 약속할게.

+++

아침 9시에 진입로로 들어오는 자동차 소리가 또렷이 들린다. 밤사이 머혼 부인이 아래층으로 내려가 외출하지는 않았을 것이다. 집에 올 사람은 아무도 없다.

토머스를 깨우지 않으려고 조심하며 아이 밑에서 빠져나와 몸을 일으킨다.

집의 불을 다 끈다. 옥외등만 켠 채로 놔둔다. 방문자가 누군지 살피기에는 그게 낫다. 사슬고리를 걸어 현관문을 잠근다.

소파에 누워 있는 토머스를 본다. 토머스가 이렇게 현관문 가까이 있는 게 마음에 걸린다. 아이를 번쩍 안아 들고 침실로 데려가서 침대에 누인다.

보이지 않는 곳에 있는 게 좋다.

어두운 거실로 돌아와 꼼짝 않고 귀를 기울인다. 잠시 후, 나무 계단을 천천히 오르는 발소리가 들린다. 문 밖에서 방문객이 걸음을 멈춘다. 문을 두드리지 않는다.

총을 차고 있다면 좋을 텐데. 지금이라도 벽장 금고에서 총을 꺼내 올까 생각한다.

그러는 대신 문으로 기어가 그 옆에 무릎을 꿇고 앉는다. 그런 다음 창문 위로 머리를 내밀고, 얇은 커튼 자락을 아주 살짝만 들어 올린다.

케이시다.

나는 일어나 잠금장치를 푼다. 문을 세게 열어젖힌다. 차가운 바깥 공기가 얼굴을 때린다.

— **여기서 뭐 하는 거야?** 내가 속삭인다.

— 보여줄 게 있어. 케이시가 말한다. 당장 봐야 해.

나는 엉거주춤 옆으로 비켜서서 불을 켜고 케이시를 들어오게 한다. 케이시가 찬찬히 집 안을 둘러본다.

— 좋네. 케이시가 상냥하게 말한다.

— 그래, 뭐.

나는 말을 멈춘다. 케이시도 입을 열지 않는다.

— 여길 어떻게 찾았어? 내가 묻는다.

— 아빠가 주소를 줬어.

나는 동생을 본다. 무슨 일인지 말했어?

케이시가 진지하게 고개를 끄덕인다. 난 뭐든 다 말해. 내가 아는 한 그게 약을 끊을 수 있는 유일한 방법이야. 철저히 정직해질 것. 안 그러면 사소한 거짓말들을 하기 시작하고, 그러다가는…….

케이시가 말끝을 흐린다. 손으로 비행기 모양을 만들더니 급강하하는 시늉을 한다.

— 아빠한테 전화해도 돼? 케이시가 말한다. 여기 오면 전화하겠다고 약속했거든.

통화를 마치고 케이시가 내 쪽으로 돌아서서 말한다. 노트북 있어?

우리는 내 침대에 나란히 앉아 있다. 케이시는 노트북을 들고 있다.

케이시가 능수능란하게 노트북을 다룬다. 페이스북에서 '에드워드 래퍼티'를 검색한다.

우리는 함께 모니터를 들여다본다. 검색 결과로 나온 일곱 명의 에드워드 래퍼티 가운데 하나가 그자 같다. 선글라스를 끼고 대머리를 훤히 드러낸 모습이다. 씩 웃으며 핏불테리어 잡종으로 보이는 개를 한 팔로 안고 있다.

그가 개 이야기를 하던 게 기억난다.

내가 지목도 하기 전에 케이시가 그의 얼굴에 손가락을 갖다 댄다.

— 저 사람이야. 케이시가 말한다.

질문이 아니다.

나는 고개를 끄덕인다. 저 사람이야.

코너의 친구야. 전에 만난 적 있어. 케이시가 말한다.

코너. 이해하는 데 몇 초가 걸린다.

— 닥? 내가 생각도 하지 않고 말하자, 케이시가 묻는다. 어떻게 그 이름을 알아?

— 알아. 너를 찾던 중에 만났어. 불행하게도.

케이시가 고개를 끄덕인다.

— 그래. 케이시가 말한다. 그래, 강한 사람이지.

— **강해?** 내가 말한다. 그렇게 말할 수도 있겠네.

케이시가 갑자기 움찔하더니 자세를 똑바로 하고 앉아 양손을 배에 올린다. 아, 하고 케이시가 부드럽게 말한다.

— 무슨 일이야? 내가 묻는다.

— 공주님이 발로 차네.

— 딸이구나.

케이시가 어깨를 으쓱한다. 내게 알려준 것을 후회하는 표정이다.

또다시 손으로 배를 감싼다. 보호하고 있다.

　— 처음부터 이야기하는 게 좋을 것 같네. 전부. 케이시가 말한다.

+++

지난여름, 케이시가 말한다. 어떤 남자를 만나기 시작했어. 코너, 그 사람 이름이야. 사람들은 '닥'이라고 부르지만 난 한 번도 그렇게 부르지 않았어. 나한테 잘해줬어. 아주 오랜만에 생긴 남자 친구였지. 집안도 좋았어. 한 번도 가족과 만난 적은 없지만 그가 이야기를 많이 해줬어. 그는 가족이 그립다고 했어. 그 사람이 내게 같이 약을 끊자고 했고, 나도 그러고 싶었어.

물론 그런 일은 일어나지 않았지. 같이 약을 끊었다가도, 나든 그 사람이든 둘 중 하나가 결국 포기하고 상대방을 다시 끌고 들어가곤 했거든.

— 혼자 있고 싶어 하지 않는 게 문제야. 케이시가 말한다. 약을 끊건 제정신이건 간에 사랑하는 사람과 어떻게든 같이 있었으면 하는 마음 말이야. 그래서 갈팡질팡하게 되는 거야.

— 9월에 한참 동안 생리를 하지 않았다는 걸 깨달았어. 얼마나 오래 안 했는지도 몰랐어. 그런 걸 체크하지 않고 살았으니까. 코너와 만나기 전에 콘돔을 사용하려고 생각했었는데, 그러다 그냥 잊어버렸어. 알 잖아, 그렇게 되는 거. 갑자기 생리한 지가 너무 오래됐다는 생각이 들어서 임신 테스트기를 받으러 무료 진료소에 갔어. 그런데 거기서 초음파 검사도 해주더라고. 내 안에 사람 모양이 있는 게 모니터에 보였어. 내 인생에서 두 번째로 그런 걸 본 거야. **당신 아기예요**, 라고 그 사람들이 말했어.

케이시가 울기 시작한다. 옷소매로 코를 닦는다. 두 손으로 머리를 쓸어 넘긴다. 어릴 때처럼. 갑자기 위로해주고 싶은 마음이 들지만, 나는 그러지 않는다.

— 11주나 되었다는 거야. 케이시가 말한다. 그게 9월이었어. 나한테 술이나 약을 하냐고 묻더라. 정직하게 말했어. 네, 헤로인을 하고 있어요. 약도 하고, 술도 마셔요. 네, 다 해요.

그러자 간호사가, 굉장히 친절한 간호사가 메타돈 클리닉에 소개해주겠대. 이럴 때 추천할 방법은 메타돈을 하는 거라고. 갑자기 약을 끊으면 아기에게 굉장히 해로울 수도 있다면서 말이야. 그 이야기는 전에도 들은 적이 있었어. 켄징턴에는 약을 하면서 임신한 친구들도 있으니까. 하지만 그래도 끔찍했어, 언니. 왜냐면 난 그냥, 만약 다시 임신을 하게 되면 '제대로' 하고 싶었거든. 가끔 코너랑 그런 이야기를 하곤 했어. 약을 끊고 나서 아이를 갖자고. 그런 생각을 하면 기분이 좋았어. 하지만 또 아기를 빼앗기고 싶지는 않았어. 케이시가 나를 보며 말한다.

그러면 난 죽고 말거야.

— 코너에게 이 소식을 알렸어. 케이시가 말한다. 정말 행복해하더라. 클리닉에 다니기 시작했고, 코너도 같이 갔어. 우리 둘 다 처음으로, 정말로 의욕을 불태웠지.

두 주 동안 매일 클리닉에 갔어. 코너도 그랬고. 괜찮은 거처도 찾았어. 버려진 집이었지만 깨끗했고, 날씨도 아직은 따뜻해서 밤에 자는 것도 문제없었어. 추워지면 더 나은 장소를 찾아야 한다는 건 알았지만 어쨌든 당분간은 행복했어.

하루는 늘 가던 시간에 클리닉에 갔는데, 거기서 만나기로 한 코너가 오지 않는 거야. 그래서 약을 타 가지고 우리가 살던 곳에 가봤더니, 코너가 '다른 약'에 취해 있더라고.

그때 이대로는 안 된다는 걸 깨달았어. 기도했어. 신앙은 없지만, 그날 밤만큼은 하느님께 도와달라고 기도했어.

— 다음 날 아빠가 문 앞에 나타난 거야. 마치 무슨 계시나 응답처럼 말이야. 말도 안 되지? 코너는 나가고 없었어. 아빠는 아무것도 묻지 않을 테니 당장 윌밍턴에 가자고 했어. 하지만 난 코너에게 그런 짓을 할 수는 없었어. 코너는 내가 만난 남자들 중 최고였거든. 미쳤다고 생각하는 거 알아. 하지만 그때는 그렇게 생각했어.

아빠한테 하루만 시간을 달라고 했지. 딱 하루만. 내일 다시 데리러 오면 준비하고 있겠다고. 아빠가 날 믿지 않는다는 걸 알 수 있었어.

— 코너가 어딘지 모를 곳에서 돌아왔어. 대화를 할 수 있을 만큼 약에서 깰 때까지 기다렸지. 그런 다음 잠시 떠나겠다고 이야기했어. 아기를 위해 약을 끊을 거고, 우리 삶을 더 나아지게 하려면 당분간 서로 떨어져 있는 게 좋겠다고 말했어. 어디로 가는지는 말하지 않았어. 코너는 내 결정을 받아들이지 못했고 우린 심하게 싸웠어. 코너는 나를 때리고 목을 조르면서 죽이겠다고 난리를 쳤어. 심하게 밀치는 바람에 손목까지 부러졌어.

난 집을 나왔어. 그날 밤은 공원에서 잤지. 그다음 날도. 아빠와는 만나지 않았어.

약을 두 번 걸렀어. 그렇게 얻어터진 꼴로는 너무 부끄러워서 클리닉에 갈 수가 없더라. 그런 꼴로 가면 어쩔 수 없이 질문을 받거든. 사회복지사랑 이야기하게 하고.

손이 떨리기 시작했어. 기분도 안 좋고. 금단현상이지. 거리에서 메타돈을 대체할 만한 걸 찾을 수만 있다면 잠시 동안은 그렇게 자체 처방을 하면서 약을 줄여나갈 수 있을 거라고 생각했어.

케이시는 이야기를 멈춘다. 방바닥을 보고 있다. 너무 오랫동안 조용히 있어서 잠든 게 아닌가 싶을 정도다. 그 순간 케이시가 다시 입을 연다.

— 곧장 예전으로 돌아가더라고. 케이시가 말한다. 한 번도 약을 끊은 적이 없는 것처럼 곧장. 그러는 내내 노숙했어. 거리에서 자고 술도 마시고. 켄징턴에서 호객을 하고.

며칠이 지나니까 한계가 오더라고. 제정신이 돌아왔지.

케이시는 다시 조용해진다.

— 그래서 어떻게 했어? 내가 말한다. 어디로 갔니?

— 난 애슐리랑 계속 연락하고 지냈어. 케이시가 말한다. 언니도 그건 알 거야. 애슐리는 늘 내 안부를 묻고 확인했지. 가끔은 돈까지 보내줬어.

그래서 애슐리를 찾아갔어. 집에 찾아가니까 받아주더라.

나는 고개를 젓는다. 믿을 수가 없다.

— 애슐리가 알고 있었다고? 널 봤다고? 네가 살아 있는 걸 알았다고? 그런데 나한테 말을 안 했어?

하지만 케이시는 얼굴을 찌푸린다.

— 내 탓이야. 케이시가 말한다. 내가 말하지 못하게 했거든. 언니한테는 절대 말하지 말라고 했어.

— 그래서 나한테 거짓말을 했구나.

— 애슐리가 날 구해줬어, 미키. 나를 먹여주고 씻게 해줬어. 집에서 재워주고 말이야. 애슐리와 론이 하루에 두 번씩 차로 메타돈 클리닉에 데려가줬어. 나를 감시해줬지. 계속 임신에 대해 이야기해주고, 아기와 만나는 순간을 기대하게 만들어줬어.

언니도 알다시피 애슐리는 요새 종교에 열심이잖아. 애슐리랑 론 둘 다. 두 사람은 성당에서 아이들을 돌봐. 애슐리는 정말 열심히 나를 응원해줬고 일요일마다 성당에 나와 함께 갔어. 심지어 거기서 일도 하게 해줬어. 지하실이랑 화장실 청소 같은 거. 그 대가로 성당에서 음식을 줬고, 나는 그걸 집에 가져왔지. 다들 친절했어. 정말 집처럼 편안했어. 다들 아기에 대해서도 알고 있었어. 늘 내가 자랑스럽다고, 나한테 제대로 하고 있는 거라고 말해줬어. 존중받는 느낌이 들었지. 거기, 성당에 있는 게 좋았어. 내가 마치 그 사람들의 영웅이 된 것 같았거든.

하지만 무서웠어, 믹. 밤에 잘 때마다 아기 생각을 했어. 내가 아기한테 이미 저질러버린 짓이 계속 떠올랐어. 아기에게 해로운 짓을 했다는 사실이 무서웠어. 부끄러웠어. 나 자신이 증오스러웠어. 메타돈을 먹을 때마다 나 자신이 더 미웠어. 금단현상이 뭔지 잘 알아. 15년이나 그걸 겪으면서 살았으니까.

케이시가 재빨리 숨을 고른다.

― 토머스 생각을 했어. 토머스 생각을 떨칠 수가 없었어.

내가 아이에게 지어준 그 이름을 케이시가 입에 담는 건 처음이다.

케이시는 이제 흐느껴 울고 있다. 목소리가 갈라지고 높아진다. 나는 꼼짝도 않고 동생을 지켜본다.

마침내 케이시가 조금 진정하더니, 이야기를 계속한다.

― 린 할머니 생일 파티가 11월 초에 있었어. 케이시가 말한다.

― 설마 네가 거기 있었다는 거야? 내가 말한다.

케이시는 혼란스러운 표정이다. 이마에 주름이 잡힌다. 왜?

― 두 주 지나서 그 사람들을 만났거든. 내가 말한다. 추수감사절 때. 다들 내가 널 찾고 있다는 걸 알고 있었어. 오브라이언 가족들 모두가 알고 있었다고. 왜 다들 나한테 거짓말을 했지?

케이시가 심호흡을 한다. 할 말을 고르고 있다. 말을 할까 말까 망설이는 것이다. 표정을 보면 알 수 있다.

― 저기, 케이시가 말한다. 그 사람들은 언니를 안 믿어.

내 안에서 날카로운 웃음이 터져 나온다.

─나를? 내가 말한다. 못 믿는 게 **나**라고? 그렇게 덜떨어진 소리는 처음 들어보네.

─ 언니는 그 집에 안 가잖아. 그리고 경찰이고. 게다가…… 케이시가 입을 열다가 멈춘다. 내가 충격을 받을까 봐.

─ 게다가 뭐? 내가 말한다.

─ 말해. 다시 말한다.

─ 언니가 토머스를 빼앗은 걸 다들 알고 있어.

나는 웃음을 터뜨린다.
─ 그 사람들이 그렇게 말해?

그게 사실이야. 케이시가 말한다. 상황이야 어쨌든, 언니가 토머스를 빼앗은 걸 안다고.

그날 애슐리네 집에서 봤던 사람들의 표정이 떠오른다. 오브라이언 가족들의 표정. 딱딱하고, 이상하고, 오락가락하던 그 표정이. 내가 다가가면 하나같이 뻣뻣해졌다. 다들 케이시에 대해 알고 있었는데, 아무도 말하지 않았다. 가슴 한복판에서 모멸감이 천천히 퍼져나간다. 어릴 때부터 알고 있던 익숙한 느낌이다. 그 느낌이 어찌나 강한지 울고 싶은 심정이다. 오브라이언 가족들과 있으면 늘 그런 기분이 든다. 나는 외부인, 주워 온 아이, 무리에 속하지 않은 사람이라는 느낌.

나는 벌떡 일어나 벽 쪽으로 걸어간다. 동생 쪽을 보지 않는다.

— 나도 가족이야. 나는 겨우 말한다.

케이시의 숨소리가 들린다. 무슨 말을 할까 생각하는 것이다. 한참만에 입을 연 케이시의 목소리는 부드럽다.

— 언니가 걱정하는 걸 아무도 몰랐던 것 같아. 케이시가 말한다.

나는 헛기침을 한다. 그만하면 됐어. 나는 생각한다. 그만해.

— 보비도 거기 있었어? 내가 말한다.

— 어디?

— 린 할머니 생일 파티에.

나는 돌아서서 케이시를 바라본다. 케이시가 고개를 끄덕인다.

— 보비도 있었어. 케이시가 말한다.

— 그리고 네 얼굴은 어땠어?

케이시가 움찔한다. 내가 너무 노골적으로 말한 것 같다.

— 그러니까, 케이시가 말한다. 그때까지 얻어터진 꼴이었느냐고 묻는 거지? 그랬어. 남자 친구가 그런 거라고 말했어. 누구라고는 말 안 하고.

— 이제 알겠네. 내가 말한다.

— 뭐를?

—네가 닥이라는 남자랑 데이트하고 있다는 말을 보비한테 했거든. 보비가 이야기를 종합해보고 짐작을 한 거구나. 그 후에 보비가 직접 해결했거든.

케이시는 웃음을 참으려고 애쓴다. 설마. 케이시가 말한다. 보비가 날 위해서 그랬다고?

나는 어깨를 으쓱한다. 케이시의 반응, 그 만족감이 마음에 들지 않는다.

— 난 늘 보비가 좋았어. 케이시가 말한다.

— 난 아냐. 내가 말한다.

이야기하는 동안 케이시는 침대에 앉아 있었는데, 어느새 엉거주춤 옆으로 누워 있다. 베개 위에 머리를 올려놓고. 피곤한 것이다.

— 파티에서 무슨 일이 있었는데? 내가 묻는다. 린 할머니 생일 파티에서 말이야.

— 애슐리가 우리 할머니를 초대해도 되겠느냐고 묻더라. 린 할머니랑 우리 할머니는 서로 종종 보잖아. 나는 몇 년 동안 할머니를 본 적이 없었지만, 안 될 게 뭐 있겠느냐고 말했어. 지난 잘못을 바로잡는 건 꼭 거쳐야 하는 과정이고, 내게는 그런 잘못들이 아주 많았으니까. 할머니부터 시작할 수 있겠다 싶었지.

그날 밤 파티에서 할머니는 정말 굉장했어. 아주 성질 고약하게 굴었다니까. 평소 그대로였지만 난 끄떡없었지. 나한테 괜찮아 보인다면서 앞으로의 계획을 묻더라. 난 메타돈으로 유지 약물 요법을 하고 있지만, 그 밖의 다른 약은 끊었다고 했어. 잘하고 있다면서 계속 잘해보래. **개판으로 만들지나 마**, 라고 하더라고. 할머니는 할머니니까.

파티가 끝나갈 무렵에 할머니한테 아기 이야기를 하기로 마음을 굳혔어. 어차피 조만간 알게 될 거라고 생각했거든. 차라리 내가 직접 알리는 게 나을 것 같았어. 나는 할머니가 버스를 기다리는 동안 옆에 같이 서 있었어.

할머니, 말씀드려야 할 게 있어요. 내가 말했지.

그런데 할머니가 공포에 질린 표정으로 나를 보는 거야.

안 돼. 할머니가 말했어. **설마 내가 생각하고 있는 그건 아니겠지.**

제가 뭘 말할 거라고 생각하시는데요? 내가 물었어.

할머니는 눈을 감더니 이 말만 되풀이했어. **안 돼. 안 돼.**

저, 아이를 가졌어요. 내가 말했어.

그러자 할머니는 정말로 울기 시작했어. 할머니가 우는 거 본 적 있어, 미키? 난 평생 한 번도 못 봤어. 손으로 얼굴을 가리면서 우시더라. 어떻게 해야 좋을지 모르겠더라고. 나는 할머니 등에 손을 갖다 댔어.

그런데 내 손이 닿자마자 할머니가 몸을 홱 돌리면서 내 손을 뿌리치는 거야. 그러더니, 폭발했어. 고래고래 소리를 지르더라고. 날 때리는 줄 알았어. 나하고는 이제 끝이라면서 이러시더라. **네가 또 그 짓을 시작하면 누가 이 애 엄마가 될 건데?** 다른 사람 애를 봐주는 건 이제 지긋지긋하다는 거야. 언니도 마찬가지라고. 내 사생아를 키우는 일 말고도, 언니는 자기 일만으로도 너무나 힘들다면서. '사생아'라는 말을 썼어.

케이시는 내 반응을 기다리며 잠깐 말을 멈췄다가, 다시 이야기한다.

— 할머니가 말했어. **네 엄마가 너한테 했던 짓을 네가 네 아기한테 또 하는 꼴은 못 보겠다.**

내 말 들었어? 케이시가 말한다.

나는 고개를 끄덕인다.

— 아니. 케이시가 말한다. 그게 아니야. 이해했어?

— 뭘 이해해?

— 눈치 못 챌 줄 알았어. 하지만 난 늘 궁금했어. '너한테'라고 할머니는 말했어. '너와 미키한테'가 아니라. '너희 자매한테'가 아니라. 우리 둘한테가 아니라. '나한테'라고.

내가 말했지. **무슨 뜻이에요, '나한테'라니?** 그러니까 할머니가, 엄마가 날 가졌을 때 약을 했다고 말하는 거야.

미키는 아니구요? 내가 말했어.

믹. 하늘에 맹세하는데, 할머니가 웃더라.

미키는 아니야. 할머니는 그 이야기를 기어이 나한테 들려줘서 흡족한 표정이었어. **리사는 미키가 태어나고 나서 그 짓을 시작했어.**

나는 그 정보가 머릿속에 자리를 잡을 때까지 잠시 기다린다.

그리고 말한다. 케이시, 거짓말을 했을 수도 있잖아. 너한테 겁을 주려고 했던 걸 수도 있어. 할머니라면 그러고도 남지.

하지만 그 말은 우리 사이에서 부유한다.

케이시가 고개를 젓는다.

— 나도 그렇게 믿고 싶었어. 케이시가 말한다. 할머니가 거짓말을 하고 있는 거라고.

할머니를 거기 두고 걸어가면서 그렇게 생각했어. 그때까지도 할머니는 내게 소리를 질러대고 있었지. **애가 불쌍하다. 그 애가 불쌍하다고!**

밤새 생각했어. 잠을 잘 수가 없었어.

애슐리는 나랑 할머니 사이에 있었던 일을 몰라. 아무것도 몰라. 아침에 애슐리한테 나는 안전하다는 메모를 남기고, 누가 깨기 전에 몰래 집에서 나왔어.

피시타운으로 가는 버스를 탔지. 할머니 집으로 걸어갔어. 출근하셨을 거라고 생각했거든. 내 생각이 맞았어. 몇 번이나 노크를 했는데, 아무 대답도 없더라.

몇 년 동안 그 집 열쇠를 가져본 적이 없었지만, 언니도 알다시피 뒷길로 들어가는 문은 세게 치면 열리잖아. 그렇게 좁은 골목으로 들어가서 집 뒤쪽으로 향했어. 뒷문을 확인해보니 잠겨 있더라. 유리를 깨고 들어갔지.

잘못이라는 거 알아. 상관없어.

지하실로 내려갔지. 난 그저 할머니 말이 사실인지 확인하고 싶었어. 나한테는 그게 중요했거든.

지하실에 있는 캐비닛 알지? 거기 맨 아래 서랍에 '애들'이라고 적힌 파일이 있었어.

꺼내보니 안에 서류가 잔뜩 들어 있더라. 언니 출생증명서가 있었어. 미케일라 피츠패트릭, 병원에서 찍은 사진, 출생 시 몸무게, 키 같은 것들. 그리고 건강하다는 걸 증명하는 서류 몇 장. 그게 다였어.

내 건 달랐어. 내 출생증명서도 있기는 했지. 하지만 내 퇴원 서류는 무슨 설명서 같았어. '약물의존 신생아 돌보기'. 거기에는 내가 다른 신생아들보다 더 많이 보챌 수도 있다고 적혀 있더라. 그리고 더 많이 울 수 있다는 설명도. 진정제 처방도 있었어. 그러니까 난 태어날 때부터 약을 하고 있었던 거야.

나도 그 서류를 안다고 말하고 싶다. 토머스를 맡았을 때 나도 그런 서류 꾸러미를 받았어, 라고.

하지만 아무 말도 하지 않는다.

케이시가 이야기를 계속한다.

— 캐비닛 안을 샅샅이 뒤졌어. 다른 것들도 발견했지. '댄 피츠패트릭'이라는 제목의 파일이 있었어. 케이시가 말한다.

나는 고개를 끄덕인다.

— 언니도 아는구나. 케이시가 말한다.

나는 다시 고개를 끄덕인다.

— 그거 찾았구나. 카드랑 수표랑.

— 그래. 내가 말한다.

— 잘됐어. 케이시가 말한다.

케이시는 생각에 잠겨서 잠시 이야기를 멈춘다.

— 일부러 거기 둔 것 같아. 언니가 혹시라도 나를 찾으려고 한다면, 거기서 그걸 찾아낼지도 모른다고 생각했거든.

— 나가고 싶었어. 케이시가 말한다. 그 집에서 나와야 했어. 내가 태어난 병원에서 준 서류들을 전부 챙기고 아빠가 보낸 카드도 한 장 챙겼어. 내가 열여섯 살이 됐을 때 아빠가 보낸 생일 카드.

할머니 집은 어지럽힌 그대로 두고 나왔어. 물건들을 뒤졌다는 걸 숨기지 않았어. 상관없었거든. 뒷길로 다시 나와서 거길 떠났어. 지라드애비뉴 끝까지 걸어가서 95번 고속도로 진입로로 들어가 엄지손가락을 내밀고 지나가던 차를 얻어 탔지. 가지고 온 카드에 적힌 반송 주소로 그대로 향했어. 아빠가 아직 거기 살고 있는지 어떤지도 모르면서. 하지만 그 정도로 난 절박했어.

그게 11월 초의 일이었어. 그 이후로 계속 아빠 집에 있었고, 아빠가 날 돌봐주고 있어. 필요한 것들을 챙겨주고, 아기가 태어났을 때 좋은 가정을 가질 수 있도록 도와주고 있어.

케이시가 나를 바라본다. 처음으로 그 얼굴에서 두려움이 보인다.

—아기에게 필요한 건 다 장만할 거야. 케이시가 말한다.

나는 말한다. 케이시, 난 널 믿어.

이건 케이시가 부탁한 일이 아니다. 하지만 갑자기, 케이시에게 토머스를 보여줘야겠다는 생각이 들었다.

우리 둘은 조용히 토머스의 방으로 간다. 소리 없이 문을 연다. 복도에서 희미한 빛이 방 안으로 비집어 든다. 그 불빛에, 침대에 누운 토머스의 모습이 드러난다. 시트와 이불과 베개 사이에서 동그랗게 몸을 말고 있고 내 아들의 모습이.

케이시가 나를 보며 눈으로 허락을 구하고, 나는 고개를 끄덕인다.

케이시가 침대 발치에 무릎을 꿇고 앉는다. 무릎에 양손을 올려놓고 아이를 물끄러미 바라본다. 그 자세로 오랫동안 앉아 있다.

어린 시절 우리 집에는 책이 다섯 권 있었다. 하나는 성경책. 다른 하나는 필라델피아의 역사에 관한 책. 두 권은 할머니가 어렸을 때부터 가지고 있던 낸시 드루[21] 책들. 마지막 한 권은 오래된 《그림동화》 축약판으로, 마녀와 숲으로 가득한 내용에 거침없는 삽화들이 있는 무서운 책이었다. 같은 책을 올해 토머스에게 크리스마스 선물로 주었다.

이 책에서 내가 가장 좋아했던 이야기는 〈하멜른의 피리 부는 사나이〉다. 무서운 이야기였다. 사나이가 홀연히 나타나 아이들을 데려가 버리는 게 무서웠다. 부모들의 무기력함도, 마을에서 부모들을 제대로 돕지 못하는 것도, 그 부모들 또한 아이들을 제대로 돕지 못하는 것도

21　유명 추리소설 시리즈의 주인공 탐정.

다 무서웠다.

나는 궁금했다. 그 아이들은 어디로 갔을까? 마을을 떠난 후 그 아이들은 어떻게 살았을까? 다치지는 않았을까? 추웠을까? 가족을 그리워했을까?

경찰 일을 하면서 매일매일 그 이야기를 생각했다. 내 상상 속에서 마약은 피리 부는 사나이의 모습을 하고 있다. 약이 주는 황홀감을 그려본다. 그 황홀감을, 일하는 매일매일 또렷이 목격할 수 있다. 모두가 마법에 걸려 매혹된 채로 돌아다닌다. 이야기가 끝난 후의, 아이들과 음악과 피리 부는 사나이가 떠난 뒤의 하멜른 마을을 상상해본다. 그 소리가 내 귀에 들려온다. 그 마을의 끔찍한 고요가.

지금 침대 발치에 무릎을 꿇고 앉아 회한에 빠져 있는 케이시를 보고 있으니, 아주 희미한 가능성을 느낀다. 언젠가는 케이시가 돌아올지도 모른다는 가능성을.

그리고 토머스를 바라보면서, 늘 그랬던 것처럼, 항시 존재하는 이탈과 영원한 상실의 위험을 되새긴다. 오로지 아이들의 귀에만 들리는 희미한 고음의 멜로디가 그곳을 불길하게 맴돌고 있다.

케이시와 나는 돌아와 침대 위 노트북의 화면을 본다.

케이시가 다시 에디 래퍼티를 가리킨다.

— 코너랑 같이 살고 있는 동안 이 남자가 찾아오곤 했어. 내가 약을 끊기 전에. 기억이 희미해. 그래도 생각은 나. 나한테 말을 붙였거든. 붙임성 있었어. 말을 걸면서 날 훑어보더라고. 데이트할 사람을 찾고 있나 보다 싶었지만, 나한테 그러자고 한 적은 없어. 그 사람이랑 코너는 어딘가에 자주 같이 갔어. 어디 갔는지는 몰라. 약을 하는 게 목적일 거라고 생각했지. 코너가 거래책이고. 아마 지금도 그럴 거야.

— 더 기억해봐. 내가 말한다.

케이시는 천장을 바라보다 바닥을 내려다본다.

— 못하겠어. 케이시가 말한다.

— 다시 해봐. 내가 말한다.

— 내 인생에는 기억하지 못하는 부분이 많아. 케이시가 말한다.

우리 둘 다 한참 동안 아무 말도 하지 않는다.

— 그냥 물어보면 되지. 갑자기, 케이시가 말한다.

나는 믿기지가 않아서 케이시를 본다.

— 코너한테? 내가 말한다. 닥한테 말이야? 너한테 그런 짓을 했는데, 닥한테 도와달라고 하고 싶니?

— 응. 믿기 힘들다는 거 알지만 코너는 꽤 좋은 사람이었어. 나한테 잘해줬어. 적어도 다른 남자들보다는.

— 케이시, 그 사람은 널 때렸어.

케이시는 다시 생각에 잠겨 한동안 말을 멈춘다.

― 하지만 말하게 할 자신 있어.

이제 나는 고개를 젓고 있다.

― 절대 안 돼.

케이시가 고개를 돌린다.

― 아침에 다시 생각하자. 내가 말한다. 우리 둘 다 자야 해. 케이시가 고개를 끄덕인다.

― 좋아. 케이시가 말한다. 가야겠네.

하지만 케이시는 움직이지 않는다. 나도 마찬가지다.

― 잠깐 자도 돼? 케이시가 묻는다.

나는 불을 끈다. 우리는 어색하게, 침대에 나란히 눕는다. 방 안이 조용하다.

― 미키. 케이시가 불쑥 말한다. 나는 깜짝 놀란다.

― 왜. 나도 너무 빨리 말한다. 왜.

― 토머스 돌봐줘서 고마워. 그 말을 한 번도 한 적이 없네. 나는 입을 열지 못한다. 당혹스럽다.

― 천만에. 내가 말한다.

― 우습지.

― 뭐가?

― 언니가 나를 찾으려고 애쓰는 내내 나는 숨으려고 애쓰고 있었다는 게.

― 그걸 우습다고 말할 수도 있겠네. 조금 있다가 내가 말한다.

하지만 이내 들려오는 숨소리로 케이시가 벌써 잠들었음을 안다.

우리가 할머니 집 뒷방에서 나란히 누워 잔 지 16년이 지났다. 우리 인생의 반이다. 그때는 어린애에 불과했던 우리 모습을 떠올려본다. 잠들기 전에 우리는 서로 이야기를 들려주거나, 책을 읽거나, 멀쩡한 전구가 끼워져 있는 법이 거의 없는 전등을 어둠 속에서 올려다보곤 했다. 아래층에서는 할머니가 쉰 목소리로 전화기에 대고 불평을 늘어놓거나, 누군가의 악행에 분을 삭이지 못한 채 혼자 구시렁거리고 있었다. '등 만져줘.' 케이시가 말하면 나는 엄마 손의 촉감을 소중한 기억 속에서 떠올리며 그대로 해주곤 했다. 돌이켜보면, 나는 케이시에게 가치 있는 존재가 되고 싶었던 것 같다. 돌아가신 어머니의 사랑을 쏟아내는 그릇이 되어주려고, 케이시에게 세상의 수많은 어려운 일들에 맞설 수 있는 면역력을 길러주려고 했던 것 같다. 그렇게 케이시의 등을 어루만져주며 우리는 잠이 들곤 했다. 우리 위에는 겨울을 버티기엔 너무나 허약하게 느껴지는 평평한 타르 지붕이 있었고, 그 지붕 너머에는 필라델피아를 굽어보는 밤하늘이 있었다. 그리고 그 하늘 너머는 우리가 알 수 없는 곳이었다.

+++

잠에서 깨자 해가 떠 있고, 전화벨이 울리고 있다.

케이시는 옆에 없다.

나는 일어나 앉는다.

전화기를 든다. 아버지다.

— 미케일라? 아버지가 말한다. 케이시 거기 있니?

나는 집 안 곳곳을 확인한다. 케이시는 없다. 창밖을 내다본다. 차가 진입로에 없다.

— 그쪽으로 가고 있을지도 몰라요.

하지만 두 사람 다 말이 없다.

— 찾아볼게요. 내가 말한다. 어디 있는지 알 것 같다.

그러자 토머스 생각이 난다.

토머스에게 약속했다. 오늘은 함께 있을 거라고. 머혼 부인이 어제 설명해준 토머스의 모습, 엄마를 집에 오게 하려고 화장실에서 물을 틀어놓고 아픈 척하는 모습을 생각하니 가슴이 무너지는 것 같다.

그리고 동생 생각을 한다. 바로 지금 이 순간에 다른 사람들을 보호하기 위해 자기 목숨을, 태어나지 않은 자기 아이의 목숨을 걸고 있을지도 모를 동생을. 그리고 다른 사람들, 켄징턴 거리의 숱한 여자들, 에디 래퍼티가 활보하는 한 목숨이 위태로울 수도 있는 그 여자들을 생각한다.

놀랍게도 문득, 할머니가 안됐다는 생각이 든다. 우리에게 안정된 환경을 마련해주기 위해 할머니가 했을 고생이 떠오른다. 그렇게 죽어라 일하면서, 우리가 다니던 학교가 문을 닫을까 봐 염려하며 살았으니 얼마나 힘들었을까?

나는 생각한다. 또 생각한다.

그러다 마침내 오늘 일은 우리 둘을 넘어선 문제라고, 우리 가족의 필요를 넘어선 문제라고 판단한다. 사람들의 목숨이 걸려 있다. 나는 스스로에게 되뇌면서 마음을 단단히 먹고 머혼 부인에게 전화한다.

부인이 도착하자 침실로 가서 아들에게 인사를 한다.

아이는 아직 잠들어 있다. 잠시 아이를 지켜본다. 옆에 앉는다. 아이가 눈을 뜬다. 다시 질끈 감는다.

— 토머스. 내가 입을 열자 아이가 말한다. 가지 마.

— 토머스. 내가 다시 말한다. 해야 할 일이 있어. 머혼 부인이 여기 있을 거야.

아이가 울기 시작한다. 여전히 눈을 질끈 감고 있다. 싫어. 아이가 고개를 흔든다.

— 나 아파요. 너무 아파. 토할 것 같아요.

— 미안해. 엄만 가야 해. 정말 중요한 일이 아니라면 갈 리가 없잖아. 너도 알지?

아이는 아무 말도 하지 않는다. 이제 조용하다. 자는 척이라도 하는 양 작게 숨을 쉬고 있다.

— 약속해. 금방 돌아올게. 언젠가는 꼭 설명해줄게. 이렇게 자주 나가야 했던 이유를. 네가 크고 나면. 알았지? 말해줄게.

아이가 돌아눕는다. 내게 등을 보인다. 나를 보지 않는다.

나는 아이 뺨에 입을 맞춘다. 머리에 손을 얹고 잠시 그대로 있는다. 그러다 일어선다. 틀렸으면 어쩌지? 내 선택이 잘못된 거라면?

— 사랑해. 내가 말한다.

그리고 집을 나선다.

+++

켄징턴에 도착해, 코너 매클래치의 임시 거처에서 멀지 않은 골목에 차를 댄다.

매디슨스트리트를 따라 재빨리 동쪽으로 걸어간다. 그리고 골목길로 들어가 'B'가 세 개 적힌 집 뒤쪽으로 간다.

모퉁이를 돌아서 보니, 나와 골목 끝 사이 중간 지점에 사람들이 서 있다. 남자 셋이다. 두 사람은 건설용 안전화와 안전모를 착용하고 있다. 한 명은 긴 코트에 멋진 청바지 차림이다.

그 사람들이, 내가 보고 있는 집 앞에 서 있다. 매클래치의 집이다.

저기서 뭘 하고 있는지 모르겠다. 나는 아까 전보다는 조금 확신이 약해진 상태로 그쪽으로 다가간다.

— 뭐 도와드릴까요? 코트 차림의 남자가 상냥하게 말한다. 말투에 이 동네 사람들의 것과 같은 강한 필라델피아 억양이 있다. 하지만 외모는 그와 다르게, 최근에 성공한 사람처럼 보인다.

— 저는, 나는 입을 열지만 뭐라고 해야 할지 모르겠다. 여동생을 찾고 있어요. 저 집에 있을 것 같아서요.

나는 우리 앞에 있는 흰 집 쪽으로 고개를 까딱거린다.

— 저기에 여동생분 같은 사람은 없어요. 남자가 쾌활하게 말한다. 이 말이 내게 얼마나 익숙한지 저 사람은 모른다. 어쨌든 없는 쪽이 더 낫죠. 그가 말한다. 내일 철거 작업을 시작하거든요. 막 마지막 확인 작업을 한 참입니다.

확실히 그 집 문이 열려 있다.

— 이봐요, 괜찮아요? 내가 한참 동안 아무 말이 없자 건설 인부 한 명이 말한다.

— 괜찮아요. 나는 대충 대답한다. 그리고 돌아서서 허리에 손을 얹은 채, 이제 뭘 해야 할지 몰라 다시 한번 매디슨스트리트 쪽을 바라본다. 뒤에서 남자들이 의논을 재개한다. 아파트를 지을 예정이다. 아마 조만간 로렌 스프라이트 같은 사람들, 보머커피에서 커피를 마시는 아이들이 이곳에서 살게 될 것이다. 이 도시는 멈출 수 없이 변하고 있다. 쫓겨난 사람들, 약물 중독자들은 이동하고 재정비하여 새로운 장소를 찾아 번성할 것이다. 상황이 좋아지는 일은 아주 가끔뿐이다.

그때 전화기에서 소리가 난다.

주머니에서 꺼내 살펴본다.

화면에 메시지가 떠 있다. **온타리오스트리트 대성당**.

발신자는, 라이트 노인의 가게에서 그와 처음 마주한 11월 이래로 계속 저장은 되어 있지만 여태껏 사용된 적은 없는 번호다. **닥. 코너 매클래치**다.

온타리오스트리트 성당의 정확한 이름은 '위안의 성모 성당'이다. 하지만 건물이 크고 장엄해서 내가 어렸을 때부터 모두가 '대성당'이라고 불렀다.

열두 살 때인가 그 안에 들어가본 적이 있다. 케이시의 친구 집에서 아이들이 모여 잔 다음 날, 그 애가 우리를 성당에 데리고 갔다. 성당은 거대했다. 늘 들어왔던, 유럽에서 들여왔다는 건축자재와 사람들에게 신을 기억하라는 의미로 설계했다는 높은 천장으로 이루어진 실내…… 성당은 몇 년 전에 문을 닫았다. 신문에서 읽었다. 그때는 별 생각이 없었다. 최근 필라델피아에서 문을 닫은 수많은 성당들 중 하나에 불과했으니까.

대성당은 차를 주차해둔 곳에서 조금만 더 가면 있다. 나는 차에 올라타 출발한다.

차를 댄 다음 오랜만에 성당을 찬찬히 본다. 그곳은 25지구에 속해 있기에 내가 순찰하면서 지나칠 일은 거의 없다. 성당은 전성기 때와는 전혀 다른 모습이다. 창문들은 거의가 깨져 있고, 정문에는 '거주 불가' 표지가 붙어 있다. 종탑이 건물 동쪽에 솟아 있지만 그 안에 종은 없다. 누군가 그 종을 가져가 지키고 있는 것일지 궁금하다.

차를 주차하고 정면 계단을 걸어 올라간다. 문을 하나씩 열어보지만 모두 잠겨 있다. 건물을 끼고 옆으로 돌아가보니 뒷문 하나가 살짝 열려 있다. 쇠사슬로 묶어 막아놓았지만 별 소용이 없다. 나는 쇠사슬 아래로 몸을 숙여 안으로 들어간다.

안에 들어가자마자 나지막하게 중얼거리는 소리가 들린다. 나는 본능적으로 걸음을 멈추고, 거슬리는 쳇소리의 케이시 음성이 들리는지 귀를 기울인다. 하지만 들리는 목소리들은 모두 낯설다. 큰 소리로 이야기하는 사람은 아무도 없음에도, 말들이 깨진 타일 바닥과 벽 그리고 높은 천장에 부딪혀 크게 울려 퍼진다. 속삭이는 말들이 냉기를 뚫고 내게로 흘러온다.

그냥…… 내가 그렇게 말했잖…… 요전에…… 그때까지…….

이곳에서는 두 가지 냄새가 난다. 하나는 성당을 다녀봐서 아는 냄새다. 성경책의 얇은 종이와 먼지 쌓인 벨벳 무릎 방석의 냄새. 따스하고 좋은 냄새다. 크리스마스 바자회, 예수 탄생 성극, 성호의 냄새이기도 하다. 다른 하나는 떠돌이들, 가진 것도 없고 갈 곳도 없는 사람들에게 장악당한 곳 특유의 냄새다. 후자의 냄새에 익숙하다. 지붕에 난 구멍을 통해 들어온 두 개의 날렵한 빛줄기가 마치 핀처럼, 깔끔하게 성당 중심부를 꿰뚫는다. 회중석이라 불리는 곳이다. 성당 각 부분을 도형화해서 가르쳐주던, 초등학교 때 내가 가장 좋아했던 선생님인 조세파 수녀의 모습과 함께 그 단어가 금세 생각난다. **회중석. 제단, 후진, 부속 예배당, 세례당.** 그리고 내가 가장 좋아하는 **성물안치소.** 다 기억난다.

성당 안 빛이 서서히 흩어진다. 신도석에 앉은 사람들이 보이기 시작한다. 마치 미사가 시작되기를 기다리는 것처럼 다들 참을성 있게 앉아 있다. 자는 사람들, 움직이는 사람들, 서 있는 사람들, 성가대원들이 앉는 왕좌 모양 의자에 앉아 있는 사람들. 성당 안 사람들의 숫자는 스무 명 내지 서른 명 정도 될 것이다. 어쩌면 더 많을 수도 있다.

아기 울음소리가 공간을 날카롭게 찢어발기자 모두가 조용해진다. 잠시 후 사람들이 다시 중얼거리기 시작한다. 순간적으로, 저 아이를 찾아서 여기서 내보내고 싶다는 생각이 든다. 품에 안고 나가서 다시는 돌아오고 싶지 않다.

어떤 여자가 옆을 휙 스치고 지나가는 바람에 나는 소스라친다.

— 조심해요. 여자가 말한다. 미안해요. 내가 말한다.

그리고 묻는다. 실례지만 뭐 좀 물어봐도 될까요?

여자가 내게 등을 보인 채로 걸음을 멈추더니 잠시 후에 돌아선다.

— 케이시 봤어요? 내가 말한다. 아니면 코니라든가. 아니면 닥?

우리가 있는 곳은 성당 안에서도 가장 어두운 부분이라서, 여자의 얼굴은 잘 보이지 않는다. 그래도 몸은 보인다. 그 이름들을 말하는 순간 여자가 얼어붙는다. 여자는 나를 훑어본다.

— 위층에 가봐요. 여자가 겨우 말한다. 그러고는 떨어진 문짝을 가리킨다. 문틀 오른쪽 벽에 문짝이 기대 세워져 있다. 그 문틀 너머로 계단이 희미하게 보인다.

계단을 오르자, 대성당 본당에서 들리던 목소리들이 희미하게 멀어진다. 어디로 가고 있는지는 몰라도 위로 올라갈수록 공기가 점점 차가워진다. 나는 전화기를 꺼내 플래시로 앞의 계단을 비춘다. 가끔 내 발 오른쪽 또는 왼쪽에서 조그만 무언가가 움직이는 게 보인다. 쥐나 바퀴벌레일 것이다. 어쩌면 4년 묵은 먼지 덩어리일지도 모른다.

계단에는 삭아빠진 카펫이 깔려 있어서 소리 없이 움직일 수 있다. 올라가며 계단의 숫자를 센다. 20⋯⋯. 40⋯⋯. 층계참 하나를 지난다. 잠긴 문도 하나 지난다. 여러 번 열어보려 시도하고 어깨로 세게 밀어도 보지만 문은 꼼짝하지 않는다.

계단을 60단 이상 오르자 희미한 빛이 계단통에 비쳐 들기 시작한다. 왼쪽 꼭대기에 들창이 두 개 나 있다. 지금은 발아래 산산조각 나 있는 유리 조각들로 미루어 원래는 스테인드글라스가 끼워져 있었던 듯하다. 문 건너편에서 사람 목소리가 들린다.

문손잡이를 돌려본다. 돌아간다.

최대한 조용히 문을 열자, 가장 먼저 케이시가 보인다.

케이시는 허리 높이의 난간에 기대서 있고, 그 뒤로 넓은 대성당 내부가 펼쳐져 있다. 케이시가 서 있는 곳은 2층 성가대석이다. 아마 조용한 곳을 찾아 이곳에 온 것 같다.

코너 매클래치가 케이시에게 뭐라 말하고 있다. 옆얼굴이 보인다. 그는 나를 보지 못한 것 같다. 남자가 하나 더 있는데, 그 사람도 내게 등을 돌린 채다.

케이시와 눈이 마주친다.

그 남자가 이쪽을 돌아보지 않아도, 에디 래퍼티라는 걸 알 수 있다. 그의 대머리나 자세, 키를 아니까. 약간 구부정한 폼도 기억한다. '허리가 안 좋아요'라고 그는 말했었다.

나는 총을 잡는다. 생각을 하기도 전에 총을 꺼내 앞으로 든다.

— 손 들어. 나는 크고 분명하게 말한다. 손 보이게 해.

근무 중에 쓰는 말투가 나온다. 케이시, 폴라, 함께 자란 모든 여자아이들에게서 배운 억양이다. 그들이 학교와 일터에서, 그리고 인생을 헤쳐 나갈 때 쓰던 강한 억양. 문득 그들도 이런 억양을 처음부터 가졌던 건 아닐 거라는 생각이 든다. 그들 또한 여러 가지 다른 이유로 이런 억양을 쓰게 된 건 아닐까.

두 남자가 나를 향해 돌아선다. 래퍼티와 매클래치.

래퍼티는 나를 바로 알아보지 못한다. 경찰복 차림도 아니고, 이 상황에서 전혀 예상치 못한 인물일 테니까. 나는 샤워도 하지 않은 채 머리를 대충 뒤로 넘겨 묶은 몰골로 눈을 부릅뜨고 있다. 피곤하고 긴장된다.

— 와아. 래퍼티가 말한다. 그가 미소 짓는다. 아니, 미소 지으려고 애쓴다. 그는 고분고분 손을 들어 올린다. 미키 아니에요? 그가 말한다.

— 손들어. 매클래치에게 말하자 그도 결국 내 명령에 따른다.

— 여자한테서 떨어져. 나는 케이시를 향해 고갯짓을 하며 매클래치에게 말한다.

코너가 동생과 겨우 팔 하나 만큼을 사이에 두고 있는 데다 케이시도 난간에 기대서 있는 게 영 불안하다. 회중석 바닥까지 높이가 얼마나 되는지 모르겠지만, 나는 그 애가 떨어지는 것만은 볼 수 없다. 아래쪽에서는 여전히 희미한 발자국 소리와 기침 소리, 이제는 무슨 소리인지도 모를 말소리들이 뒤섞여서 알아들을 수 없는 무언가로 변해 울리고 있다.

— 어디로? 매클래치가 무미건조하게 묻는다. 지난번보다 더 마른 모습이다.

— 저기 벽에 붙어. 내가 오른쪽으로 고갯짓한다.

매클래치가 걸어간다. 벽에 기대선다. 한 발을 들어 올린다.

에디 래퍼티는 여전히 나를 향해 역겨운 미소를 짓고 있다. 우리가 여기 함께 서 있게 된 이유를 재치 있게 설명하려고 머리를 쥐어짜고 있는 것 같다.

— 선배도 스파이예요? 마침내 그가 생각해낸 말이다.

나는 아무 말도 하지 않는다. 래퍼티의 눈을 보고 싶지 않다. 하지만 잠시라도 그에게서 눈을 떼고 싶지도 않다. 누구에게 집중해야 할지 모르겠다. 매클래치 혹은 래퍼티. 케이시는 래퍼티 뒤에 서 있다. 갑자기 케이시가 입 모양으로 내게 뭔가 말하고 있다는 것을 눈치챘다.

나는 래퍼티의 오른쪽 귀 너머로 케이시를 곁눈질한다. 케이시가 매클래치를 향해 고개를 까딱한다. 입술로 내가 이해할 수 없는 단어들을 만들고 있다. **그가······ 나······**.

여전히 케이시의 입 모양에 집중하고 있는데, 래퍼티의 몸이 경관 특유의 방식으로 긴장하는 게 눈에 들어온다. 다음 순간 그가 달려들어 나를 땅바닥에 쓰러뜨린다. 총이 한 발 발사되면서 천장 일부가 부서진다. 총이 카펫 깔린 성가대 2층 바닥을 가로질러 미끄러진다.

아래층에서 여자 비명 소리가 들리더니 이윽고 성당 안에 침묵이 흐른다.

래퍼티는 내 상체 양옆에 발을 하나씩 놓고 나를 내려다보며 서 있다. 매클래치가, 서 있던 자리에서 걸어 나와 총을 집어 든다.

+++

나는 꼼짝 않고 뻗어 있다. 호흡이 가쁘다. 바닥에 누운 채 대성당의 아치형 천장을 본다. 총에 맞은 지점이 흐릿하다. 빛줄기 속에서 석회 가루가 조금씩, 서서히 내리고 있다. 한때는 하늘색이었을 천장의 칠이 벗겨지는 중이다. 그곳에서 가장 가까운 구석에 있는 새집 하나가 보인다.

총소리가 아직 귓전에 맴돈다. 그것만 아니면 성당은 무덤처럼 고요하다.

아들의 얼굴이 떠오른다. 오늘이 내 마지막 날이라면, 토머스는 어떻게 되는 걸까. 어머니가 한 선택들을 생각하자, 괴롭게도 나 역시 그녀와 별반 다르지 않다는 걸 깨닫게 된다. 그저 각자가 중독돼 있던 것이 다를 뿐이다. 어머니의 경우는 마약. 명백하게 정의된다. 내 경우는 딱히 형태가 있는 것은 아니지만, 건강하지 않기로는 마찬가지다. 그것은 독선이나 자각이다. 혹은 오만 같은 것.

토머스를 생각한다. 속절없이. 널 두고 와서 정말 미안해.

길고 긴 몇 초가 지나고, 매클래치 쪽을 본다. 그는 마루에서 집어 올린 내 총을 들고 있지만, 자세가 틀렸다. 매클래치가 총을 사용할 줄 모른다는 생각이 든다. 어떻게 하면 이 상황을 내게 유리하게 이용할 수 있을까 궁리하는데, 그가 갑자기 래퍼티에게 말한다. 무릎 꿇어.

래퍼티가 잠시 그를 본다.

— 농담이겠지. 래퍼티가 말한다.

— 아니. 매클래치가 말한다. 무릎 꿇어.

래퍼티가 약간 의아하다는 얼굴로 그 말에 따른다.

— 손 들어. 매클래치가 말한다.

그가 바닥에 누워 있는 나를 슬쩍 본다.

— 맞죠? 그가 내게 말한다.

나는 고개를 든다. 래퍼티가 내게 돌진했을 때 이마를 꽤 심하게 부딪는 바람에 아직도 별이 보인다. 목도 아프다.

— 일어나요. 매클래치가 내게 말한다.

케이시를 보자, 그 애가 고개를 재빨리 끄덕인다. 나는 시키는 대로 한다.

그런데 매클래치가 이해할 수 없는 행동을 한다. 여전히 래퍼티에게 총을 겨눈 채로 조금씩 내 쪽으로 다가오더니 나와 어깨를 나란히 하고 선다. 그러고는 내게 총을 건넨다.

— 당신이 가지고 있는 낫겠죠. 그가 말한다. 난 도대체 뭘 어떻게 해야 할지 모르겠어서요.

내가 총을 받아 래퍼티에게 겨누자마자, 매클래치는 손으로 뒤통수를 감싸더니 안도의 한숨을 쉰다. 그는 성가대 2층 난간으로 걸어가 거기에 팔꿈치를 대고 몸을 내밀어 아래층을 내려다본다.

우리 뒤편의 계단을 올라오는 발자국 소리가 들린다. 그 순간 긴장해서, 나는 래퍼티와 계단 쪽을 번갈아가며 총으로 겨눈다.

문이 활짝 열린다. 마이크 디파올로와 데이비스 응우옌이 총을 들고 나타난다.

— 무기 버려. 디파올로가 나직한 소리로 하는 명령에 나는 총을 바

닥에 내려놓는다.

이해가 되지 않는다.

한순간 나는 래퍼티가 지원을 요청했다고 생각한다. 만약 그렇다면, 내 상황을 설명하는 것은 훨씬 어려운 문제가 될 것이다.

— 저자는 위험해요. 내가 말하자 래퍼티가 반박하기 시작한다. 그때 갑자기 케이시가 모두를 압도하는 커다란 목소리로 말한다.

— 트루먼 도스가 보냈어요? 케이시가 디파올로와 응우옌을 향해 묻는다.

— 당신은 누구지? 디파올로가 말한다. 그와 응우옌은 여전히 팔을 쭉 뻗은 채 차례로 우리 모두에게 총을 겨눈다. 지금 두 사람이 얼마나 혼란스러울지 상상이 간다.

— 내 이름은 케이시 피츠패트릭이에요. 케이시가 내 쪽으로 고갯짓을 한 번 한다. 동생이에요. 내가 트루먼 도스에게 연락했어요. 그리고 저 사람이, 케이시가 이번엔 에디 래퍼티를 고개로 가리키며 말한다. 당신들이 쫓던 사람이에요.

+++

응우옌과 디파올로가 지원 요청을 한다. 그리고 우리 모두—나와 케이시와 래퍼티와 매클래치—를 각기 다른 차에 태워 서로 데려간다.

우리는 따로 조사받는다.

나는 두 사람에게 아는 대로 말한다. 아무것도 빼놓지 않는다. 클리어에 대해 말한다. 케이시에 대해 말한다. 토머스에 대해 말한다. 래퍼티에 대해, 케이시가 한 이야기를 되풀이한다. 심지어 트루먼에 대해서도. 그리고 나의 부끄러운 행동에 대해서도 말한다.

나는 그들에게 평생 처음으로 진실을, 모든 진실을 말한다. 그런 뒤, 두 사람이 나간다.

몇 시간이 흐른다. 배가 고프다는 생각, 화장실에 가야 한다는 생각, 이렇게 목이 마른 것은 평생 처음이라는 생각이 든다. 나는 불편감에 몸을 뒤척인다. '이쪽' 입장이 되어본 것은 처음이다.

드디어 내가 갇혀 있는 방으로 디파올로가 들어온다. 피곤한 얼굴이다. 그는 주머니에 손을 넣은 채 슬픈 표정으로 고개를 끄덕인다.

—그놈이네. 디파올로가 말한다. 래퍼티.

그는 예쁜 원피스 차림으로 미소 짓는 젊은 여자 사진을 아무 말 없이 내민다.

—기억나지? 그가 말한다.

잠깐 기억을 더듬어본다. 근무 일지 위로 몸을 내밀고 첫 번째 희생자를 바라보던 10월의 선로로 되돌아간다. 내 기억—생각만 해도 치가 떨린다―속에서 여자 옆에는 에디 래퍼티가 있었다. 그날 희생자의 얼굴이 생각난다. 고통스러워하던 그 얼굴이. 눈 주위의 붉은 반점들이 떠오른다. 폭력적인 죽음. 래퍼티의 반응을 생각한다. 무감각. 초연함.

― 누구예요? 내가 말한다.

― 사샤 로 래퍼티. 디파올로가 말한다. 에디 래퍼티의 마지막 전처.

― 세상에.

디파올로가 고개를 끄덕인다.

다시 사진을 들여다본다. 래퍼티가 세 번째 아내에 대해 했던 이야기가 떠오른다. 아내의 젊음에 대해 했던 말들. '그 여잔 철이 없었어요. 그게 문제였던 것 같아요.'

― 심각한 약물 중독이었네. 디파올로가 말한다. 매일 약을 했다고 한다. 가족들과는 1년 전에 연을 끊었다. 이후로는 누구와도 연락한 적이 없다. 여자가 연락한 사람은 래퍼티뿐이었다.

디파올로가 말을 멈춘다.

― 그래서 실종 신고가 없었던 거겠지.

― 젠장. 내가 말한다.

나는 아직도 사진을 보고 있다. 생전의 다른 모습을 보게 되어 다행이다. 나는 재빨리 눈을 감았다가 다시 뜬다. 그날 이후 마음속에 줄곧 품고 다녔던 죽은 사샤 로 래퍼티의 고통스러운 모습 대신, 미소 짓는 모습의 그녀를 마음에 새긴다.

― 두 사람이 어디서 만났는지 아나. 디파올로가 말한다.

그의 말을 마저 듣기도 전에, 나는 대답을 알고 있다.

― 와일드우드. 내가 말한다.

디파올로가 고개를 끄덕인다.

— 세상에. 내가 다시 말한다.

디파올로는 잠시 머뭇거린다. 그러더니 이야기를 계속한다. 전에 사이먼 클리어에 대해 물었지.

나는 마음을 단단히 먹는다. 고개를 끄덕인다.

— 내가 조사했다는 사실을 알았으면 하네. 무시하려던 게 아니야. 그 후에 사이먼에게 사람 하나를 붙여서 며칠 동안 미행을 시켰네. 정말로 이틀째 되던 날에, 평일 대낮인데도 켄징턴에 가더군. 거기 갈 이유가 전혀 없는데.

— 그래서요? 내가 말한다.

디파올로가 나를 본다. 그 사람은 문제가 있어, 미키. 그가 말한다. 그자가 켄징턴에 간 이유는 다른 사람들과 같아. 우리가 아는 녀석에게서 옥시[22] 수천 밀리그램을 사더군. 내가 알기로 헤로인은 구입하지 않았지만, 아마 다음 차례는 그거겠지. 형사 월급으로 어떻게 그렇게 많은 옥시를 살 수 있는지는…….

디파올로가 말끝을 흐린다. 휘파람을 분다.

나는 고개를 숙이고 탁자를 내려다본다.

— 알겠어요. 내가 말한다. 납득이 된다.

어렸을 때 사이먼이 한 말이 생각난다. 자기 종아리의 문신을 두고 한 말. '나도 그런 때가 있었거든.' 내가 케이시 때문에 겁에 질려 어쩔 줄 몰라 하자 그는 그렇게 말했었다.

그때는 그 말이 얼마나 위안이 됐는지 모른다.

---

22 옥시코돈.

+++

조사가 끝난 후, 나는 케이시와 함께 경찰서 정문을 나선다. 내 차는 서에서 3킬로미터쯤 떨어진 대성당 앞에 세워져 있다. 케이시가 아버지에게 빌린 차도 마찬가지다.

아버지 이야기가 나온 김에, 나는 곧바로 아버지에게 전화해 케이시가 무사하다고 알린다. 곧 집에 갈 거라고.

— 너는? 아버지가 말한다.

— 네?

— 너도 괜찮니?

— 네, 저도 괜찮아요.

굉장히 마음이 놓인다. 케이시와 나란히 걸으며 주위를 둘러본다. 켄징턴이 달라 보인다. 어딘가 변한 것 같다. 어쩌면 그저, 전에는 한 번도 보지 못했던 것들이 이제야 눈에 들어오는 것인지도 모른다. 여러모로 괜찮은 동네다. 몇몇 블록은 꽤 근사하고 관리도 잘돼 있어서, 서서히 잠식해 들어오는 혼란을 제법 잘 막아내고 있다. 그 블록들에서는 동네를 떠난 적도 없고 절대 떠나지도 않을 할머니들이 시의 아무런 지원도 없이 매일 아침 현관 앞 계단을 비질하고 이웃의 계단들도, 때로는 거리까지도 청소한다. 우리는 크리스마스를 맞아 휜 전구들을 길게 걸어놓은, 거리 오른편을 지난다.

마침내 케이시가, 아침에 있었던 일을 들려준다.

케이시도 제일 먼저 'B'가 세 개 적혀 있는 집, 코너 매클래치가 마지막으로 살던 집에 갔다. 집이 텅 빈 데다 거주 불가 상태인 것을 보고는 켄징턴으로 돌아가서 그의 소재를 물어보고 다녔다. 곧 매클래치가 어디로 갔는지 알게 되었다.

케이시는 그를 찾으러 달려갔다. 무슨 일이 벌어지고 있는지 말해주고 싶었다. 에디 래퍼티에 대해 뭘 알고 있는지 물어보고 싶었다.

— 그런 짓을 했다니 믿을 수가 없어. 내가 말을 자르고 말한다. 네가 왜 그런 짓을 해?

— 말했잖아. 케이시가 말한다. 에디 래퍼티가 여자들을 죽인 놈이라는 걸 알면 코너는 참지 않을 거라고. 난 코너를 알아.

나는 고개를 젓는다. 갑자기 케이시의 안색이 창백해지면서 불안한 표정이 떠오르는 게 보인다. 손으로 배를 잡는다. 이제 임신 6개월이니, 태동을 느끼는 것 같다. 케이시가 끝까지 제대로 할 수 있을지 나는 모르겠다. 케이시는 괜찮다고 계속 우기지만, 그 애 몸이 살짝 앞으로 굽는 게 보인다. 마지막으로 메타돈을 복용한 게 언제인지 궁금하다.

— 괜찮아? 내가 묻는다.

— 괜찮아. 케이시가 이를 악물고 말한다.

우린 묵묵히 조금 더 걸어간다. 그러다 케이시가 말한다.

— 코너는 가끔 나쁜 짓을 저지르기도 하지만, 완전히 나쁜 사람은 아니야. 그런 사람은 거의 없어.

할 말이 없다. 체스 판 위로 손을 까딱까딱하던 머혼 부인이 생각난다. '나쁘기도 하고 착하기도 해. 모두가.' 그 말이 어느 정도는 진실이라는 것을 인정할 수 있다. 그래도 나는 내 동생에게 한 짓 때문에 여전히 코너 매클래치를 증오한다. 내가 그를 절대 용서할 수 없을 거라는 걸 나는 분명히 안다.

— 어쨌거나, 케이시가 말한다. 래퍼티가 지난여름에 접근해왔다고 코너가 말해줬어. 경찰이라고 하면서. 한몫 떼주면 그 대가로 보호해주겠다고 했대. 그래서 내가 그 사람을 알아봤던 거야. 둘은 다른 장소에서 계속 거래를 했어. 래퍼티가 코너에게 리베이트를 받고 있었던 거야.

— 개자식. 내가 불쑥 말한다.

— 누구 말이야?

— 둘 다. 내가 말한다. 둘 다 개자식이야.

그 순간, 이런 생각이 떠오른다. 혹시 에이헌은 래퍼티를 내게 감시역으로 붙였던 걸까? 6개월 전이었다면 말도 안 되는 소리라고 생각했을 것이다. 지금은 모르겠다.

— 에이헌도 개자식이야. 내가 말한다. 분명 알고 있었을 거야. 에이헌도 한몫 챙겼을지 몰라.

케이시가 웃고 있다.

— 왜? 뭐가?

— 언니가 욕하는 건 처음 들어봐.

— 아. 뭐, 요즘은 해.

— 음, 맞아. 코너는 래퍼티만 그러는 게 아니라고 했어. 보수를 받는 거 말이야. 내가 아는 것보다 훨씬 빈번하게 일어나는 일이라고 했어.

— 그럴 거야.

— 코너는 여자들 일은 몰랐어. 그건 코너가 몰랐던 부분이야. 래퍼티가 희생자 넷과 함께 있는 걸 사람들이 봤다는 사실도 모르고 있었어. 켄징턴에서 말이 도는 것도 몰랐고. 내가 말해주니까 굉장히 충격 받는 것 같더라. 주먹으로 벽을 마구 치더라고.

— 참 고결하시네. 내가 말한다.

— 그럴 수 있는 사람이야. 케이시가 생각에 잠겨 말한다.

— 하여간, 코너가 래퍼티 번호를 알고 있어서 당장 전화를 했지. 사업 제안이 있다면서 대성당에서 직접 만나고 싶다고 했어. 래퍼티가 온 다음에 내가 코너의 전화기로 언니한테 연락한 거고. 그러고 나서 트루먼 도스에게도 메시지를 보냈어.

— 트루먼 전화번호는 어떻게 알았어?

— 아, 몇 년 전에 받았어. 언니가 없던 날이야. 형편없는 몰골로 켄징턴에서 그 사람이랑 마주쳤는데 명함을 주더라. 혹시 뭐든 필요한 게 있으면, 혹시 약을 끊고 싶으면, 자기한테 전화하라면서. 그 번호를 외워뒀어.

— 그래, 그 사람은 그런 일을 해.

— 좋은 사람이야, 그렇지?

— 좋은 사람이야. 내가 말한다.

케이시가 자기도 모르게 미소 짓는다.

— 다 잘돼서 다행이다.

갑자기 믿기지가 않는다. 케이시가 우리 모두를 위험 속에 밀어 넣었다는 것이. 트루먼, 나, 토머스, 자기 자신 그리고 배 속의 아기까지.

나는 걸음을 멈추고 케이시를 향해 돌아선다. 젠장. 내가 말한다. 젠장, 케이시.

케이시가 조금 움찔한다. 뭐가? 소리 지르지 마.

— 어떻게 나한테 그런 짓을 할 수가 있어? 내가 말한다. 그런 상황으로 날 몰아넣다니. 난 돌봐야 할 아들이 있다고.

케이시가 조용해진다. 우리 둘 다 상대방에게서 시선을 거두고 다시 걷기 시작한다. 케이시가 이를 맞부딪을 정도로 덜덜 떨기 시작하는 게 겉눈으로 보인다.

교차로에 도착해, 나는 횡단보도 앞에서 선다. 하지만 케이시는 계속 걸어간다. 무턱대고 차도로 걸어 들어간다. 차 한 대가 끼익하고 멈춰 선다. 그 바람에 뒤따르던 차가 앞차를 거의 박을 뻔한다. 사방에서 경적이 울린다.

— 케이시! 내가 부른다.

케이시는 돌아서지 않는다. 나는 보도 너머로 한 발을 살짝 내딛어본다. 차들은 속도를 줄이지 않는다. 결국 나는 신호가 파란불이 될 때까지 기다린 다음, 달리다시피 종종걸음을 친다. 케이시는 15미터 앞에서 빠른 걸음으로 걷고 있다. 케이시가 켄징턴애비뉴 쪽으로 길모퉁이를 돌자 잠시 그 애의 모습이 사라진다.

켄징턴애비뉴에 이르러 케이시를 쫓아 왼쪽으로 돈다. 20미터 앞에 그 애의 모습이 보인다. 양 팔꿈치를 무릎에 대고 머리를 손으로 감싼 채 땅바닥에 쪼그려 앉아 있다. 배가 보도 쪽으로 늘어져 있다. 여기서는 잘 보이지 않지만, 울고 있는 것 같다.

나는 속도를 늦춘다. 조심스럽게 케이시에게 다가간다. 알론조의 가게 앞 교차로다. 예전에 케이시와 폴라가 일하던 곳. 지금 잘못된 말이나 행동을 해버리면 케이시를 영영 잃을 것 같다. 켄징턴이 또다시 케이시를 내게서 빼앗아 갈 것 같다. 케이시가 땅속으로 꺼져 사라져버릴 것만 같다.

나는 잠시 그대로 서서 동생을 내려다본다. 케이시가 몸을 들썩이며 흐느낀다. 엉엉 우느라 숨도 제대로 쉬지 못한다. 케이시는 나를 보지 않는다.

— 케이시.

겨우 동생 어깨에 손을 올린다.

케이시가 격하게 팔을 휘둘러 뿌리친다.

나는 쪼그리고 앉아 동생과 눈높이를 맞춘다. 행인들이 우리를 지나쳐서 걸어간다.

— 왜 그래, 케이시?

마침내 케이시가 고개를 들어 나를 본다. 내 눈을 똑바로 응시한다. 그리고 말한다. 꺼져버려.

나는 다시 일어난다. 도대체…… 케이시, 내가 어쩼다고 이래?

케이시도 일어난다. 가슴을 펴고 배를 내민다. 나는 마음을 다잡는다.

— 언니는 알았잖아. 케이시가 말한다. 래퍼티에 대해서는 몰랐을지 몰라도, 이런 개 같은 일들이 벌어진다는 건 알았잖아. 몰랐을 리가 없어. 분명 언니는 전에 들은 적이 있을 거야.

화가 난다.

— 아니. 아무도 그런 거 말해준 적 없어.

케이시가 허, 하고 웃음을 터뜨린다.

— **내가** 말했잖아. 케이시가 말한다. 내가. 언니 동생이. 사이먼 클리어가, 내가 도저히 거절할 수 없는 상황을 만들어서 나를 이용했다고 말했잖아. 언니는 내 말을 안 믿었어. 내가 거짓말을 한다고 했지.

— 그건 달라. 내가 말한다. 맞아, 내가 틀렸어. 하지만 그건 달라.

케이시가 슬픈 미소를 짓는다.

— 사이먼이 뭔데? 케이시가 말한다. 그 사람이 뭔데? 사이먼이 경찰이야?

나는 눈을 감는다. 숨을 들이마신다.

— 난 사이먼이 경찰이라고 생각했으니까. 케이시가 말한다.

케이시가 내 표정을 읽으면서 나를 빤히 본다.

그러더니 내게서 시선을 옮겨 길모퉁이, 알론조의 가게 쪽을 바라본다. 얼어붙은 듯 꼼짝도 하지 않는다. 나도 결국 그쪽으로 고개를 돌려보지만, 아무도 없다. 물어보지 않아도 케이시가 무엇을 보고 있는지알 수 있다. 언제나 한쪽 다리를 벽에 붙이고 서서 건방지게 미소 짓고있는 폴라 멀로니를 그리고 있는 것이다.

— 그 사람들은 내 친구들이었어. 케이시는 이제 조용히 말한다. 모두 다. 내가 몰랐던 사람들까지도.

— 미안해. 내가 말한다.

케이시는 대답하지 않는다.

— 케이시, 미안해.

그때 마침 엘 전차가 지나가서, 동생이 내 말을 들었는지 알 수 없다.

LIST

명부

숀 조지건, 킴벌리 거머, 킴벌리 브루어, 킴벌리 브루어의 어머니와 삼촌, 브릿앤 코노버, 제러미 해스킬, 디파올란토니오 형제 중 둘, 척 비어스, 모린 하워드, 케일리 자넬라, 크리스 카터와 존 마크스(같은 약으로, 하루 차이로), 성이 도무지 기억나지 않는 칼로, 테일러 보스의 남자 친구 그리고 1년 뒤 테일러 보스, 피트 스톡턴, 우리 예전 이웃의 손녀 헤일리 드리스컬, 셰이나 피트루스키, 두니 제이컵스와 그의 어머니, 멀리사 길, 메건 모로, 메건 해노버, 베건 크리스홈, 메건 그린, 행크 챔블리스, 팀과 폴 플로러스, 로비 시먼스, 리키 토드, 브라이언 올드리치, 마이크 애시먼, 셰럴 소콜, 샌드라 브로치, 켄 라워리와 크리스 라워리, 리사 모랄레스, 메리 브리지스와 그녀의 동갑내기 친구이자 조카딸인 메리 린치, 짐, 마이키 휴스의 아버지와 숙부, 우리가 거의 만나보지 못한 할아버지의 형제 두 분, 우리를 가르치신 폴스 선생님, 데이비스 병장, 우리 사촌 트레이시, 우리 사촌 섀넌. 우리 엄마. 우리 엄마. 우리 엄마. 모두 아이들이었고, 모두 사라져버렸다. 전도유망한 사람들, 남에게 의지하고 의지가 되는 사람들, 사랑하고 사랑받는 사람들, 차례차례, 줄지어서, 원천도 없고 하구도 없는, 강물 속에, 떠나간 영혼들의 길고 빛나는 강물 속에.

NOW

지금

　가끔 나는 노트북으로 온라인 추모관을 찾는다. 그 사람들은 모두, 여전히 그곳에 있다. 페이스북 계정, 장례식장 사이트, 블로그. 죽은 사람들은 디지털 유령이다. 그들이 쓴 마지막 글들은, 밀려드는 애도와 명복을 기원하는 말들 사이에, 그리고 그곳에 있는 사람들의 반은 **가짜**—그게 무슨 말인지 모르겠지만—라고 주장하는 적들과 고인의 친구들 간에 벌어지는 싸움의 틈에 묻혀 있다. 여자 친구들은 2년이 지난 지금도 여전히 **생일 축하해, 자기야,** 라고 글을 남긴다. 마치 인터넷이 수정 구슬이나 위저Ouija 보드²³, 내세로 통하는 문이라도 되는 것처럼. 어떤 면에서는 그럴지도 모른다.

　아침에 눈을 뜨면 제일 먼저 이런 계정들, 죽은 사람들의 친구와 가족들의 계정을 살펴보는 것이 습관이 됐다. 그들의 어머니가 잘 버티고 계실까 궁금하다. 그러면 확인해본다. 친한 친구는 괜찮을까? 남자 친구는? (보통 가장 먼저 과거를 잊고 새로운 인생을 시작하는 사람들은 남자 친구들이다. 거울 앞에서 찍은 행복한 커플의 사진이 프로필에서 내려가고, '셀카'가 자리를 대신한다. 그다음엔 새로운 여자의 사진이 올라온다.) 때로는 친구들이 분통을 터뜨린다. **약속했잖아, 카일. 또 죽는 사람이 생기기만 해보라고. 카일. 편히 쉬어.** 마약에 빠져 제정신이 아닌 이들이, 자신과 같은 사람들에게 가장 모질게 군다. **북동부는 다 우라질 약쟁이 천지야.** 누군가 그렇게 떠들어댄다. 마약 거래 혐의로 전에 내가 체포했던 사람이다. 사진 속

23　보드 위의 문자 기호 등을 이용해 죽은 사람과 소통하는 심령술 도구.

그의 눈은 흐릿해서 몽롱해 보인다.

케이시 생각을 하면, 그 애가 약을 끊고 살 힘과 운과 인내심을 정말로 가질 수 있을까 싶을 때면, 가장 먼저 떠오르는 사람들이다. 그것에 성공한 사람은 거의 없어 보인다. 피리 부는 사나이와 하멜른 마을을 생각한다. 피리 부는 사나이가 사라진 뒤 충격에 빠진, 버림받고 저주받은 그 마을을.

하지만 그러고 나서 케이시를 보면—이제는 거의 매주 일요일마다 우리 집에 찾아오는데 지금도 내 소파에 앉아 있고, 오늘로 약을 먹지 않은 지 189일째다—이런 생각이 든다. 어쩌면 케이시가 그 극소수의 사람들 가운데 하나일지도 모른다고. 부상은 입었으되 살아남은 전쟁 영웅처럼. 어쩌면 케이시가 우리 모두보다 더 오래 살지도, 백다섯 살까지 살지도 모른다. 케이시는 괜찮을지도 모른다.

다시 희망을 품는 게 옳으면서도 잘못된 일같이 느껴진다. 다른 방에서 자게끔 해야 할 시기의 토머스를 내 침대에서 자게 하는 것처럼.

자기를 낳아준 여자를 만나게 하는 것처럼.

비밀을 말해야 하기에 맹세를 깨는 것처럼.

나는 경찰복을 반납했다. 제복이 없어지니 토머스는 좋아한다. 그날, 나는 용기를 내 트루먼 도스에게 전화를 했다. 트루먼이 전화를 받을 때까지 숨을 죽이고 기다렸다.

— 미키예요. 내가 말했다.

— 누군지 알아. 그가 말했다.

— 그만뒀다고 알리려고요. 경찰 그만뒀어요.

트루먼은 잠시 아무 말도 하지 않았다. 축하해. 마침내 그가 말했다.

— 그리고 미안해요. 나는 눈을 감고 말했다. 올해 제가 한 행동, 정말 미안해요. 그런 취급을 받을 분이 아닌데.

숨소리가 들릴 정도로 조용했다. 고마워. 그가 말했다. 하지만 다음 순간, 그는 어머니를 봐드려야 해서 끊어야겠다고 말했다. 그 목소리에서 그것으로 끝임을, 나는 영원히 트루먼을 잃었다는 것을 깨달았다.

그럴 수 있어. 나는 혼자 생각한다. 이럴 때도 있는 거지.

전국적으로 망신당한 필라델피아 경찰은 내부에 만연한 문제를 부정하고 있다. 하지만 진실은 나도 알고, 케이시도 알고, 켄징턴의 여자들도 안다. 그래서 나는 로렌 스프라이트에게 전화를 걸어, 익명으로 제보하고 싶다고 말한다. 그 내용이, 다음 날 라디오 방송에 나온다. **경찰의 성폭력 비위는 켄징턴에서 결코 드문 일이 아닙니다.** 기자의 보도가 시작되자 나는 라디오를 끈다. 듣고 싶지 않다.

때로는 내가 끔찍한 잘못을 저질렀다는 괴로움에 잠을 이루지 못한다. 지금까지 나를 보호해주었던 사람들, 늘 내 뒤에서— 때로는 말 그대로 '내 뒤에서'— 나를 지켜줬던 사람들을 배신했다는 생각에 죄책감이 밀려든다.

조직을 위해 일하는 수많은 훌륭한 사람들을 생각한다. 트루먼은 필라델피아 경찰이었다. 마이크 디파올로는 여전히 그렇다. 데이비스 응우옌도, 글로리아 피터스도. 최근에 내게 직접 전화를 걸어 사과한 데니즈 체임버스조차도.

하지만 래퍼티 같은 사람들도 있다. 나쁜 사람들이 있다. 그런 자들은 소수에 불과하고 드문드문 나타날 뿐이지만, 모두 다 한 번씩은 그와 같은 이들을 겪었다.

가장 곤란한—어쩌면 가장 위험한—존재들은 래퍼티의 친구들이다. 켄징턴에서 벌어지는 일들을 오랫동안 알고 있었을 에이헌 경사 같은 사람. 어쩌면 직접적으로 연루되어 있을지도 모른다. 누가 알겠는가? 하지만 그들은 절대 해고되지도, 조사받지도, 심지어 징계받지도 않을 것이다. 그들은 직장에서 자기들의 권력을 남용하여 사람들과 공동체와 필라델피아 전체에 오랜 세월 악영향을 끼칠 짓을 자행하면서, 매일의 일상을 계속해나갈 것이다.

나를 두렵게 하는 것은, 세상에 있을 에이헌 같은 사람들이다.

나는 아직 직장이 없다. 그 모든 일들을 생각하면 변호사를 구해 필라델피아 경찰을 고소할 수도 있겠지만, 내키지 않는다.

그러는 대신 실업수당을 받아 살아간다. 프랭크포드에 있는 리치 할아버지의 자동차 대리점에서 전화를 받고 사무를 보면서 보수는 비공식적으로, 현금으로 받는다. 이제 규칙적인 스케줄이 생겼기에 일주일에 두 차례, 정기적으로 토머스를 봐줄 베이비시터도 구했다. 믿을 만한 친구다. 월요일과 수요일에는 토머스를 데리고 일터로 간다. 금요일에는 머혼 부인이 아이를 봐준다.

완벽한 상황은 아니지만, 당분간은 괜찮다. 내년에는 토머스가 유치원에 가고 모든 것이 다시 변할 것이다. 어쩌면 전문대에서 수업을 들을 수도 있을 테고. 어쩌면 결국은 학위를 따게 될지도 모른다. 파웰 선생님처럼 역사 선생님이 되는 거다. 어쩌면.

나는 다짐한다. 학위증을 받으면 액자에 끼워 넣고, 할머니에게는 복사본을 보내야지.

+++

4월 중순의 화요일 아침, 나는 집에 있는 창문을 모두 연다. 방금 폭풍우가 지나간 덕분에 바깥 공기에서 부드러운 봄 냄새와 비에 젖은 풀 냄새, 새로운 흙냄새가 난다. 주방에서는 커피 주전자가 끓고 있다. 토머스의 새 베이비시터가 곧 도착한다. 아이는 방에서 레고 블록을 가지고 논다. 오늘 자동차 대리점 일은 휴가를 냈다.

베이비시터가 도착하자 나는 토머스와 인사를 나누고 아래층으로 내려가 머혼 부인 집의 초인종을 누른다.

— 준비됐어요? 문을 연 부인에게 내가 말한다.

우리는 내 차를 타고 윌밍턴으로 향한다.

오랫동안 기대해온 소풍이다.

그 씨앗이 뿌려진 것은 내가 케이시와 머혼 부인을 저녁 식사에 초대한 지난 1월의 어느 날이다. 그 식사가 매주 하는 정기 행사가 됐다. 이제 우리는 일요일마다, 토머스를 재운 뒤 함께 텔레비전을 본다. 새로운 코미디 프로그램이면 뭐든지 본다. 케이시가 좋아하기 때문이다. 소위 '살인 쇼'—최근에 겪은 일들에도 불구하고 케이시는 여전히 이 '살인'이라는 말을 쓴다—로 불리는 프로그램도 본다. 거의 매번 실종 여성이 등장하고, 거의 매번 그 여성이 폭력적인 남편이나 남자 친구에게 살해당하는 사건을 다루는 프로그램이다. 진행자는 그 모든 일들을 놀라울 정도로 차분하게 서술한다. **밀러 부부가 딸을 보는 것은 이때가**

마지막이 될 것입니다.

— 저 사람 짓이야. 케이시는 대개 남편을 지목한다. 분명 저놈이 범인이야. 세상에. 저 사람 좀 봐.

때때로 희생자들은 가난하다. 때로는 금발에 흠잡을 데라곤 없는, 의사나 변호사 남편을 둔 부유한 여자들이다.

그 부유한 여자들은, 케이시와 내가 수십 년 전에 딱 한 번 〈호두까기 인형〉을 보러 가서 만났던 그 소녀들이 커서 된 어른 같다. 금발을 동그랗게 틀어 올린 소녀들. 희귀종의 새처럼, 무용수들처럼 갖가지 색의 드레스를 입고 있던 소녀들. 모두가 사랑받던 소녀들.

일요일 저녁 식사 때마다, 케이시는 만약 딸이 태어나면 병원으로 꼭 보러 와야 한다는 약속을 우리에게서 매번 받아낸다.

— 사람들이 와줬으면 좋겠어. 케이시가 말한다. 아무도 안 올까 봐 걱정돼. 올 거죠, 둘 다?

그럴 거라고, 우리는 말한다.

오늘, 머혼 부인과 나는 병원 주차장으로 들어간다.

아이는 어제 태어났다. 이름은 아직 없다.

아이는 상태가 확인될 때까지 신생아집중치료실에 있을 거라고, 아버지가 말했다.

케이시는 언제든 아이를 보러 갈 수 있다. 의사들에게도 잘 협조하고 있다. 아기가 금단증세를 보이는지 살피러 집중치료실로 옮긴 것을 모두가 알고 있다.

차에서 내리기 전에 머혼 부인이 나를 본다. 내 손 위에 자기 손을 올린다. 그리고 내 손을 꼭 쥔다.

— 힘든 과정이 될 거예요. 부인이 말한다. 토머스가 생각날 거고, 그러면 토머스가 겪었던 아픔도 되살아날 테니까. 케이시에게 새삼 화가 치밀 거예요.

나는 고개를 끄덕인다.

— 하지만 케이시는 최선을 다하고 있어요. 머혼 부인이 말한다. 그것만 생각해요. 케이시는 최선을 다하고 있다고.

케이시에게는 말해주지 않은 엄마의 기억이 하나 있다. 어렸을 때는 그 기억이 너무나 소중하게 느껴졌다. 소리 내어 말하면 기억에서 사라져버릴 것만 같아 두려웠을 정도로.

그 기억 속에서 엄마의 얼굴은 보이지 않는다. 내가 목욕을 하는 동안 말을 걸어오는 엄마의 다정한 목소리만 기억난다. 우리는 놀이를 하고 있었다. 언젠가 부활절에 누군가 플라스틱으로 된 달걀을 선물로 줬는데, 목욕할 때 그것들을 욕조에 가지고 들어갈 수 있었다. 달걀들은 노란색, 오렌지색, 파란색, 녹색이었고 가운데 금이 나 있어서 둘로 쪼개지게 돼 있었다. 내가 달걀들을 분리했다가 아무렇게나 다시 붙이는 바람에 색이 맞지 않게 되었다. 노란색이 파란색과, 녹색이 오렌지색과 하나로 붙어 있었다. 모든 게 뒤죽박죽이었다. '저런, 저런.' 엄마는 나를 놀리며 외치곤 했다. '다시 붙여봐!' 왠지는 모르겠지만 내게는 그것이 세상에서 제일 재미있는 놀이였다. '바보야.' 엄마는 나를 그렇게 부르곤 했다. 그런 어린애 같은 호칭으로 불려본 것은 그때가 마지막이었다. 엄마 냄새, 그리고 햇살을 받은 꽃들이 풍길 것만 같은 비누 냄새가 떠오른다.

어린 시절, 나는 그 기억 덕분에 케이시와 같은 운명에 빠지지 않았다고 생각하곤 했다. 나를 나로, 케이시를 케이시로 만든 것은 그 기억이라고 생각했다. 아직도 생생하게 들리는 엄마의 목소리, 늘 나에 대한 엄마 사랑의 증거라고 생각했던 그 상냥한 목소리 덕분이라고. 나를 무엇보다 사랑한 사람이 한때 세상에 있었다는 것을 나는 알고 있었기 때문이라고. 어떤 면에서 나는 여전히, 그것이 사실이라고 생각한다.

병원에서 머혼 부인과 내게 방문객 배지를 준다. 조그만 벨을 누르자 병동으로 통하는 문이 열린다. 우리는 러네이라는 이름의 간호사를 따라간다.

복도 끝에 있는 케이시가 가장 먼저 눈에 들어온다. 벌써 일어나 있다. 그 옆에 아버지가 서 있다. 두 사람은 유리창 너머를 바라보고 있다. 신생아집중치료실인가 보다.

손님이 오셨어요. 러네이 간호사가 명랑하게 말한다.

케이시가 돌아본다.

— 왔구나. 케이시가 말한다.

러네이가 자기 배지를 출입구의 인식기에 대자 문이 열린다. 의사가 나와 빠른 어조로 인사한다.

신생아집중치료실 안은 어둡고 조용하다. 백색소음이 은은하게 들려온다.

문 오른쪽에 세면대가 두 개 있고 그 위에는 손을 씻으라는 안내문이 붙어 있다.

우리 모두 안내에 따른다. 케이시가 손을 씻는 동안 나는 주위를 둘러본다. 통로를 가운데 두고 양쪽으로 플렉시 글라스²⁴ 요람이 각각 네 개씩 놓여 있다. 기계와 모니터들에서 불빛이 끊임없이, 조용히 반짝거린다. 반대편 끝에는 또 다른 간호사실이 있다. 약간 떨어진 곳에 있는 그 방은 다른 곳보다 불을 더 환히 밝힌 채다.

간호사 두 명이 근무 중이다. 한 사람은 아기 기저귀를 갈고 있고, 또 한 사람은 허리 높이의 이동식 작업대에 놓인 컴퓨터에 뭔가를 입력하고 있다. 자원봉사자인지 아이의 할머니인지 모를 사람이 신생아를 품에 안고 안락의자에서 몸을 앞뒤로 흔들거린다. 그녀는 우리를 보고 미소 짓지만 아무 말도 하지 않는다.

이 중 누가 케이시의 아기일까?

동생이 세면대의 물을 잠근다. 그리고 돌아서더니, 방을 가로질러 한 요람으로 걸어간다.

'피츠패트릭 아기'라고 요람 앞쪽 이름표에 쓰여 있다.

요람 안에 여자아이가 있다. 아기는 출산 당시의 고생으로 부어오른 눈을 감고서 잠들어 있다. 눈꺼풀이 살짝 떨리더니, 아기가 제 완벽한 얼굴을 왼쪽에서 오른쪽으로 돌린다.

우리는 요람을 둘러싸고 서서 아기를 들여다본다.

— 얘야. 케이시가 말한다.

— 얘구나. 내가 되풀이한다.

— 이름을 뭐로 붙여야 할지 모르겠어. 케이시가 말한다.

---

24 유리처럼 투명한 아크릴 합성수지.

케이시가 나를 본다. 계속 이 생각만 나는 거야. **이 이름으로 평생 불리게 될 텐데.** 그러면 생각이 딱 멈춰버려.

방은 굉장히 조용하다. 마치 물속에 있는 것처럼, 모든 소리가 저 멀리서 들려온다. 그 순간, 뒤에서 날카로운 울음소리가 터져 나온다. 아파서 울부짖는 소리다.

토머스. 나는 반사적으로 생각한다.

우리 모두 그쪽을 돌아본다. 다시 울음소리가 들린다.

결코 잊을 수 없는 소리다. 태어난 직후의 내 아들이 내던 울음소리. 얼마나 많은 밤을, 그 소리에 잠에서 깨곤 했던가? 심지어 깨어 있을 때도, 그 조그만 이마에 주름이 질 때마다 나는 지레 움찔하곤 했었다.

케이시를 흘깃 본다. 그 애는 조각상처럼 미동도 없이 한 곳만 바라보고 있다.

— 괜찮아? 내가 속삭이자, 케이시가 고개를 끄덕인다.

우는 아이는 1.5미터 떨어진 곳에 있다. 간호사가 나타나 요람 안으로 몸을 숙인다. 모자를 쓴 채 강보에 싸인 조그만 아기를 안아 올린다.

엄마는 어디 있지? 나는 생각한다.

— 아가. 간호사가 말한다. 자장자장.

간호사는 아기를 자기 어깨에 기대게 한 뒤 몸을 흔들기 시작한다. 엄마 생각이 난다. 토머스 생각이 난다. 내 몸에는 안겼던 기억과 안았던 기억이 모두 있다.

간호사가 아기 기저귀를 토닥거린다. 조그만 입에 고무 공갈 젖꼭지를 물려준다.

하지만 울음은 그치지 않는다. 아기는 조그맣게 꺽꺽거리며, 새소리처럼 날카로운 음성으로 울부짖는다. 달래지지가 않는다.

간호사가 아기를 다시 요람에 눕히고 강보를 푼다. 기저귀를 확인한다. 다시 꽁꽁 싸맨다. 품에 안는다. 그래도 아기는 운다.

또 다른 간호사가 와서 그 간호사를 지나 요람 끝에 놓인 차트로 손을 뻗는다.

—아. 간호사가 말한다. 시간이 됐어.

—가져올게요. 간호사는 그렇게 말하더니 치료실 반대편으로 걸어간다.

옆에 선 동생은 여전히 얼어붙은 듯이 꼼짝도 하지 않는다. 숨소리가 들린다. 약하고 빠르면서 얕은 숨소리다. 케이시는 자고 있는 이름 없는 딸의 머리에 살짝, 본능적으로 손을 올려놓는다.

두 번째 간호사가 약물 점적기點滴器를 가지고 돌아온다.

첫 번째 간호사가 여전히 울고 있는 아이를 요람에 눕힌다.

점적기를 내린다. 아이가 그쪽을 향해, 약을 향해, 약을 갈구하며 고개를 돌린다. 아이는 기억하고 있다.

아이가 입을 연다. 그리고 먹는다.

감사의 말

이 소설에서 다루는 다양한 소재들에 관한 개인적 경험을 지난 몇 년 간 제게 들려주신 모든 분들께, 특히 인디아와 맷, 데이비드, 호세, 크리스타 킬런, 그리고 시어보먼센터의 여성분들께 감사드립니다.

거의 평생 동안 켄징턴의 모습을 카메라에 담아왔으며, 2009년에 처음으로 켄징턴을 제게 소개해준 사진작가 제프리 스톡브리지에게 감사를 표합니다. 그분이 없었다면 이 소설 또한 세상에 존재하지 않았을 것입니다.

내털리 위버, 마이클 더피 신부님, 세인트프랜시스인 호텔의 직원 여러분들께도 감사드립니다. 여러분의 우정과 공동체를 향한 봉사 정신에 대해, 또한 제가 이 단체를 알게 되는 소중한 기회를 주신 데 대해 고마울 따름입니다. 필라델피아와 주민 여러분들에게 꼭 필요한 도움을 주고 계신 또 다른 두 단체, 우먼인트랜지션과 마이티라이터스에도 심심한 감사를 표합니다.

소설에 필요한 정보 조사는 물론 관련 집필 프로젝트에 도움을 준 조 밴 오스돌, 사인 에스피노자, 찰스 오브라이언 박사, 너새니얼 팝킨, 마저리 저스트 그리고 클래런스에게, 또한 초고를 읽고 작품에 대한 의견을 준 제시카 소퍼와 맥 케이시에게 고마움을 전합니다.

소설 집필에 필요한 정보를 제공해준 다음 책들의 저자 여러분께 진심으로 감사드립니다. 《켄징턴의 목소리들: 사라지는 공장들, 사라지는 동네들Voices of Kensington: Vanishing Mills, Vanishing Neighborhoods》(진 세더 저, 낸시 헬레브랜드 사진), 《실크 스타킹과 사회주의: 재즈 시대에서 뉴딜까지, 필라델피아의 급진적인 양말 제조 노동자들Silk Stockings and Socialism: Philadelphia's Radical Hosiery Workers from the Jazz Age to the New Deal》(샤론 매코널시도릭 저), 《노동 풍경: 공업 도시 필라델피아, 1890~1950Work Sights: Industrial Philadelphia, 1890–1950》(필립 스크랜턴, 월터 릿 공저), 《백인 도시 미국Whitetown USA》(피터 빈젠 저), 그리고 《WPA 필라델피아 안내서WPA Guide to Philadelphia》.

세스 피시먼과 '거너트' 팀, 세라 맥그래스, 진 딜링 마틴, 케이트 스타크와 '리버헤드' 팀, 엘런 골드스미스베인과 '고담' 팀의 전문적인 조언 및 감수 그리고 우정에도 감사드립니다.

이 책을 쓰는 데 도움을 주신 수많은 가족과 친구들, 아이들을 돌봐주신 분들께 감사드립니다. 매일매일 여러분께 고마워하고 있습니다.

길고 빛나는 강

지은이 리즈 무어
옮긴이 이나경
펴낸이 정규도
펴낸곳 황금시간

초판 1쇄 발행 2021년 6월 16일
초판 2쇄 발행 2022년 11월 30일

편집총괄 권명희
편집 최장욱
디자인 정은경디자인

황금시간
Golden Time

주소 경기도 파주시 문발로 211
전화 (02)736-2031(내선 360)
팩스 (02)738-1713
인스타그램 @goldentimebook

출판등록 제406-2007-00002호
공급처 (주)다락원
구입 문의 전화 (02)736-2031(내선 250~252)
　　　　　팩스 (02)732-2037

한국 내 Copyright ⓒ 2021, 황금시간

저자 및 출판사의 허락 없이 이 책의 일부 또는 전부를 무단 복제·전재·발췌할 수 없습니다.
구입 후 철회는 회사 내규에 부합하는 경우에 가능하므로 구입문의처에 문의하시기 바랍니다.
분실·파손 등에 따른 소비자 피해에 대해서는 공정거래위원회에서 고시한 소비자 분쟁 해결
기준에 따라 보상 가능합니다. 잘못된 책은 바꿔 드립니다.

값 15,800원
ISBN 979-11-91602-04-3 03840